Donde van a morir
los elefantes

José Donoso

Donde van a morir
los elefantes

ALFAGUARA

© 1995, José Donoso
© De esta edición:
   1995, Aguilar, Altea, Taurus, Alfaguara S. A.
   Beazley 3860. (1437) Buenos Aires

• Santillana S.A.
Juan Bravo, 38. 28006 Madrid
• Aguilar, Altea, Taurus, Alfaguara S. A. de C. V.
Avda. Universidad 767, Col. del Valle,
México, D.F. C.P. 03100
• Editorial Santillana, S. A.
Carrera 13 N° 63 - 39, Piso 12
Santafé de Bogotá
• Aguilar Chilena de Ediciones Ltda.
Pedro de Valdivia 942, Santiago
• Editorial Santillana, S. A. (ROU)
Javier de Viana 2350 - (11200) Montevideo

   ISBN: 950-511-163-0
   Hecho el depósito que indica la ley 11.723
   Diseño:
   Proyecto de Enric Satué
   Ilustración de la cubierta:
   Susana y los viejos (detalle), de Il Tintoretto
© *Foto:* Gustavo Pueller
   Impreso en Argentina. Printed in Argentina
   Primera edición: Marzo de 1995
   Octava reimpresión: Mayo de 1996

ALFAGUARA

Una editorial del GRUPO SANTILLANA que edita
en Argentina, Bolivia, Colombia, Costa Rica, Chile,
Ecuador, EE.UU., España, Guatemala, México,
Nicaragua, Panamá, Perú, Portugal, Puerto Rico,
República Dominicana,Uruguay y Venezuela.

para María Pilar
y Pilarcita

Índice

A novel is a writer's secret life,
the dark twin of a man.

William Faulkner

Libro primero

La Biblioteca de San José

Capítulo uno

El que escribe una novela lo hace, generalmente, no porque estime que su propia vida sea novelesca, sino todo lo contrario: por un anhelo vergonzante de participar en hechos que, se figura, tuvieron esa condición.

Los cuatro disparos que Gustavo Zuleta no oyó –si su atención no hubiera estado subyugada por la bulimia de la Ruby, que devoraba un rascacielos de helados multi-colores, los habría oído pese al estrépito de la cocina y los decibeles del rock ambiental– fueron los del triple asesinato, seguidos del balazo con que se suicidó el culpable: resultó ser un estudiante chino de altas matemáticas que Gustavo había conocido en esa pequeña universidad nor-teamericana, perdida en las praderas del Medioeste.

Gustavo estaba terminando de almorzar con la Ruby –tarea de no poca monta y que tomaba un buen tiempo–, tan ignorante de lo que ocurría a pocos pasos de la puerta como el resto de la muchachada que colmaba el casino. Nadie, ni los que sí lo oyeron, alcanzó a reaccio-nar con el tiroteo. Tres minutos después de los disparos –Gustavo lo calcularía más tarde, mirando los despachos televisivos– él y la Ruby iban saliendo por una puerta late-ral que daba a la otra fachada de la cafetería. Hizo parar el bus para ir a recogerse en su hotel. Se alojaba allí con su mujer mientras encontraban una casa que les acomoda-ra por ese año; y quizás por más tiempo, si su desempeño resultaba tan exitoso como había augurado la reciente ce-remonia académica en que fue uno de los protagonistas.

Al meter la llave en la cerradura de su habitación, Gustavo oyó desde el pasillo que la guagua se desgañitaba llorando. Encontró a Nina histérica sobre la cama, en un nidal de almohadas desaliñadas, sus greñas revueltas, estridente de sollozos y pegajosa de mocos y *kleenex* y pañales desechables y cremas pasosas, sin hacerle caso al niño que lloraba a su lado. La televisión –lo estaban filmando todo, incluso primeros planos de los cadáveres, pegoteados bajo periódicos sanguinolentos– la había mantenido absorta mientras Gustavo, ignorante de todo y tras despedirse de la Ruby con un beso en una escalera alcahueta, viajaba en el bus repleto de profesores y estudiantes tan inocentes como él.

El televisor estallaba en fogonazos lívidos, envolviendo la habitación con los giros de una cámara ingrávida. Enfoques cambiantes, tomas repetidas, bocetos degradados en busca del suceso que urgía narrar: el anónimo camarógrafo ramoneaba en medio de la trifulca de los curiosos, las sirenas policiales, las declaraciones de posibles testigos y las preguntas de periodistas desorientados. Pero la *caja idiota* no era capaz de emitir más que graznidos electrónicos, rayos fosforescentes que se apagaban en cuanto una nueva imagen inconclusa fundía la anterior. El pasmo era demasiado reciente para componer un relato consecutivo.

Pero Nina había logrado organizar una suerte de relato con las esquirlas de lo sucedido. A pesar de los berridos del niño, ya sabía lo esencial: un estudiante chino había asesinado a otro estudiante chino, y luego al doctor Jeremy Butler –el profesor de altas matemáticas con el que ambos orientales trabajaban– y a Mi Hermana Maud, y finalmente, junto a las franjas de begonias del jardín del Capitolio –por donde Gustavo circulaba a la ida y a la vuelta de sus clases–, se había suicidado con el cuarto y último disparo.

Las escuetas, espantadas palabras de Nina configuraron por fin una secuencia lógica, y Gustavo se dejó caer sentado en el borde de la cama para que su cuerpo absorbiera los reflejos de tamaña catástrofe. No... ¡no! Ni él, ni Nina, ni Nat –que no cumplía aún dos meses– eran culpables de nada. No habían tenido participación alguna en el asunto. Era algo ajeno, extraño, imágenes novelescas, cosas raras que les sucedían a otras personas (no a gente como ellos), a quienes ni él ni su mujer conocían ni podían conocer. Darle una forma a este pánico no aplacó, sin embargo, esa dentellada de culpa que pareció cortar su intimidad conyugal, instaurando un odioso recelo en sus mutuas miradas de soslayo. Era como un desasosiego al constituir pareja y ser, por lo tanto, garantes el uno del otro, cada uno responsable por igual de tanto horror. Les bastaría cualquier referencia compartida sobre quiénes eran ese par de chinos –saber dónde vivían, por ejemplo– para sentirse involucrados y preguntarse: ¿será tu culpa, o culpa mía, este gatuperio que tiene a todo San José en carne viva?

¡No! ¡Imposible! ¡Claro que no! Habían sido espectadores remotos de la fechoría: babear de miedo ante sobrecogedoras imágenes televisivas no es lo mismo que vivirlas. Hacía muy poco tiempo, en todo caso, que tenían algún vínculo con los chinos, y además muy vago. Conocían apenas retazos de su leyenda. Pero fueron tan inesperados los hechos, y sus víctimas personajes tan descollantes en el limitado ambiente de la Universidad de San José, que hasta los que formaban comparsa, como Nina y Gustavo, quedaron aprisionados en el reducto de esa tarde siniestra.

De vuelta en Chile, la memoria culposa de Nina se obstinó durante mucho tiempo en apropiarse, una y otra vez –mientras tejía o planchaba, en su evocación recurrente de lo ocurrido en San José–, del dato cruel de que había conocido *personalmente* al culpable. Es algo que jamás llegó a esclarecerse. En sus reiteradas versiones, la pobre Nina aseguraba que el asesino era el mismo oriental que Josefina Viveros le presentó ese día en que almorzaron juntas en la cafetería, adonde su compatriota la llevó para mostrarle el ambiente de un casino estudiantil típicamente norteamericano. Y tal vez fuera el mismo chino –aunque podía ser el otro– con el que conversó un instante en la cena que los Viveros ofrecieron a los Zuleta, para presentarlos a sus colegas del departamento de español y a un grupito de sus más selectos amigos.

La verdad, le comentaría la Ruby después a Gustavo, era que asistieron los dos chinos a la cena. Al fin y al cabo, ¿no eran todos los chinos iguales? No había quién no confundiera a este par. Decir que invitó sólo a uno era otra de las famosas mentiras de Josefina. Afirmando haber convidado sólo a uno –el favorecido por Mi Hermana Maud–, quedaba bien con la anciana y, secretamente, se daba el gusto de tenerlos a ambos en su casa: Josefina, aseguró la Ruby, jamás daba puntada sin hilo...

El asunto del chino singular o plural nunca se discutió siquiera: frente a la tragedia era un dato sin importancia. Y si fuera verdad la versión de Nina, aquel contacto fugaz en la cafetería y las cuatro palabras cruzadas donde los Viveros constituirían su única relación con el criminal... aunque tal vez haya sido con su víctima. Como fuera, lo ocurrido en San José mantuvo a Nina, hasta mucho tiempo después, empantanada, temáticamente prisionera de acontecimientos en los que, al fin y al cabo, no le cupo más que un papel de figurante. Gustavo notaba que la repetición obsesiva de los acontecimientos de San José pervertía la sensibilidad de su mujer: antes ella era la circunspección misma, y ahora le daba a todo una forma de depresión parlanchina. Él, entretanto, se iba poniendo menos comunicativo, más y más monacal, como si cualquier cosa dicha por Nina la convirtiera en una caricatura de sí misma. Frente a este ser estrambótico, no le quedaba a Gustavo otro expediente que refugiarse en su análisis de la última novela del ecuatoriano Marcelo Chiriboga: era un experto en el personaje, y ese trabajo sería el estudio definitivo que le solicitaba una de las revistas doctas más prestigiosas del continente.

La verdad es que Gustavo trabajaba poco. No lograba sumergirse en nada. Sólo podía pensar, a pesar del tiempo transcurrido, en los cuatro peleles que la televisión mostró despaturrados a la sombra azul del follaje coriáceo. Lo que el popular espacio televisivo *Larry King Live* bautizó como "los cuatro minutos trágicos" configuró la tétrica culminación de aquellas semanas durante las cuales los chinos transitaron, casi esfumados, por el remoto horizonte de la conciencia de Gustavo Zuleta: incomprensibles, brumosos, angustiantes. Pero su deceso los transformó de golpe en imágenes vívidas, una metáfora o un comentario aterrador –paralelo y periférico, aunque no transparente– de cosas muy confusas: bruscamente, habían dejado de ser placebos, para convertirse en la encarnación de ideas tan enigmáticas que apenas daban cabida a las especulaciones.

Capítulo dos

Gustavo oyó a Nina tarareando *Isabelle* –había escrito su memoria de profesora de francés sobre *Los elementos existencialistas en las canciones de Edith Piaf;* los examinadores la consideraron brillante– en el minúsculo jardín de su *bungalow*, en el balneario de El Quisco, mientras plantaba almácigos de tomates y albahaca; la observaba, desde el cochecito de paseo, su hijo Nathanael, a punto ya de cumplir un año.

No la oía canturrear su canción predilecta desde antes del viaje a San José, adonde había llegado con Nat en un moisés de percala celeste. Nina quedó tan frágil después del parto, que al llegar a Estados Unidos se negaba a salir del hotel Congreve/San José si la criatura mostraba siquiera media línea de esa intraducible fiebre yanqui. Ahora se veía mucho más tranquila. Su marido, por su parte, había subido a encerrarse con el computador en su dormitorio: trabajar en su famoso artículo sobre Marcelo Chiriboga tenía la virtud de despejar la ofuscación que habitualmente lo envolvía.

En cuanto terminaba de revisar las memorias de sus alumnos, de corregir sus trabajos de seminario y poner las notas finales del año, Gustavo se trasladaba con Nina –ahora con Nina y Nat– a su *bungalow* de El Quisco, en esa urbanización donde el gobierno había dado facilidades a un grupo de profesores para comprar viviendas. Era una cabaña de traza algo precaria, por no decir poblacional –su techo era una mediagua de fonolita–, y una pandereta de ladrillos demasiado colorados la separaba del idéntico *bungalow* vecino.

Aunque desde su ventanal los Zuleta sólo avistaban un trocito de mar, entre laderas escrofulosas de casitas semejantes a la propia, oían por lo menos el rumor asonante del oleaje allá lejos, sobre todo de noche.

Sí, Gustavo subía a menudo a su dormitorio para escribir... Pero cuando cerraba su puerta y se sentaba ante la pantalla iluminada, por mucho que se esforzara por dar con una voz propia –escribiendo un artículo, un poema, un ensayo, un cuento, lo que fuera–, sólo producía *pastiches* de García Márquez o de Carlos Fuentes, pero sobre todo de Marcelo Chiriboga, cuya esclavizadora voz literaria nunca dejaba de intervenir en la textura de sus intenciones. La voz literaria del ilustre hijo de Cuenca, tenía que reconocerlo, se adueñaba de la suya. Cómo no, si solamente gracias a su admiración por Chiriboga había llegado a San José.

Resulta que, un año después de titularse de profesor de castellano, Gustavo Zuleta sintetizó su memoria y la publicó en forma de una *plaquette* donde analizaba a los críticos estructuralistas dedicados a la obra de Chiriboga. En cuanto tuvo la edición en sus manos, apartó tres ejemplares. Uno para llevárselo a Cristina Videla –Nina–, la compañera de universidad con la que después se casó. El entusiasmo de su primer opúsculo –la ilusión conmovedora de creer que con esto iba a cambiar el mundo– lo llevó a inscribir en el primer ejemplar la consabida dedicatoria: ...*sin cuyo aliento jamás hubiera podido escribir estas páginas.* Lo que no era verdad, porque Nina sostenía que los desvelos de los estructuralistas no eran más que un sartal de patrañas. Ella se interesaba, más bien, por la literatura en relación con su historia.

Le mandó el segundo ejemplar al mismísimo Marcelo Chiriboga, a París. El gran escritor le respondió enseguida: agradecía que velara por la sobrevivencia de su obra y le dirigía dos o tres amables comentarios protocolares, que revelaban no sólo su escaso conocimiento del estructuralismo, sino también que la teoría crítica lo tenía totalmente sin cuidado.

El tercer ejemplar se lo envió al profesor Rolando Viveros, su maestro e inspirador, el que había puesto en sus manos los grandes textos clásicos del *boom* latinoamericano. Le había insinuado entonces que haría bien en escogerlos como campo de especialización: "Tienen futuro", le había advertido, "y encarnan lo mejor de la modernidad latinoamericana". Pero ahora la modernidad estaba pasada de moda y había cedido su preeminencia a otros temas: los estudios chicanos, el psicoanálisis, el feminismo, las literaturas de minorías y la deconstrucción.

A vuelta de correo recibió un generoso comentario sobre su trabajo. Pese a su brevedad –le escribía Viveros–, se trataba de una obra "necesaria en la crítica literaria latinoamericana contemporánea". No sólo porque enfocaba problemas del *boom* desde la perspectiva –que Gustavo, con tanta gracia, llamaba *perspectivas/savitcepsrep*– de la crítica más reciente, sino porque ungía a Marcelo Chiriboga como cabeza de su generación, algo que nadie hasta ahora se había aventurado a hacer. Viveros le hacía notar la brevedad de su trabajo, lamentándola, pero haciéndose cargo al mismo tiempo de que, con los miserables estipendios de los profesores universitarios en los países subdesarrollados, resultaba difícil encontrar estímulos para profundizar las investigaciones literarias. Los economistas gobernantes, que todo lo reducían al asunto del *debe* y el *haber,* las consideraban inútiles. Valoraban la literatura según las leyes que rigen el consumo.

Este carteo inicial –fue como si ambos intelectuales estuvieran olfateándose el trasero, como los perros en la calle, para enterarse de qué puntos había llegado a calzar cada uno con el correr de los años– inauguró una larguísima correspondencia entre Gustavo Zuleta y su antiguo maestro, en la que no escatimaron detalles sobre sus vidas privadas. Gustavo consultó a Rolando sobre su matrimonio, quizás prematuro, pero no le hizo caso cuando Viveros lo cauteló respecto a Nina, tan inclinada al análisis histórico de las corrientes literarias, y se casó con ella de todos modos. Sin embargo, en otras coyunturas atendió a su buen consejo, porque estaba empeñado en hacer una carrera académica interesante. Su amigo, por su parte, le confió que, después de una prolongada soltería, había contraído matrimonio con una compatriota divorciada –ya tenía un hijo crecidito– y residente en Estados Unidos, la cual, le aseguró, "maneja ideas muy desprejuiciadas, muy posmodernas, acerca de la vida en pareja, igual que gran parte de las mujeres cultas de este país". Él mismo, le confió, se había visto obligado a adaptarse a realidades tan duras como las literaturas feminista, peninsular y chicana. Estas corrientes estaban desbancando a la gran novela latinoamericana, que en San José se enseñaba a través de un enfoque anticuado, historicista, con el cual él no podía comulgar. Le encantaría tener ocasión de discutir todo esto con Nina. Su esposa, Josefina, era secretaria del departamento de Historia, donde tenían con ella toda clase de miramientos, pues nadie conocía tan bien el tejemaneje universitario. Su oficina, en el segundo piso del Capitolio, quedaba en el otro extremo del pasillo que también albergaba al departamento de Matemáticas.

La Universidad de San José era pequeña y no muy ilustre, pero su departamento de Matemáticas, célebre debido a sus relaciones con el Pentágono, se contaba sin duda entre los más prestigiosos del Medioeste. Se hizo famoso por la afortunada casualidad de que el profesor Jeremy Butler, el renombrado sabio especialista en constelaciones de números primos –era un secreto a voces que, por la escandalosa relación del matemático Mittag-Lever con la esposa de Nobel, éste, en venganza, habría excluido a las matemáticas de su testamento; y que si se modernizaran las bases del premio, Jeremy Butler sería el primerísimo en obtenerlo–, había nacido en una de esas casas finiseculares, con porches y terracitas de madera, construidas a la sombra de los corpulentos árboles –olmos, arces, robles, castaños, cedros– que agraciaban el campus… Al enviudar, el doctor Butler se jubiló, retirándose a San José para vivir, junto a su hermana Maud, en la misma casa donde había pasado su adolescencia de hijo mayor del entonces único farmacéutico en la comarca. De niño, Jeremy solía merodear por los caminos del condado en su bicicleta, repartiendo los pedidos de esas casas adornadas con recortes de palitos, no muy distintas a la casa en la que él nació. Durante mucho tiempo el muchacho, con largos trechos de paisaje para meditar mientras pedaleaba y silbaba, fue ahorrando sus propinas para ayudar a sus padres a financiar sus estudios en una universidad de primera, cuyas autoridades se fijaron en su talento y lo becaron *ad infinitum.* Josefina Viveros –todo el mundo lo comentaba– mantenía una relación muy especial, casi poética estimaban algunos, con el anciano profesor Butler. Él nunca dejaba de saludarla desde lejos, en el pasillo, con una venia ligera pero gentil a la que ella –pizpireta, teñida, irritante portadora de colgandijos que sonaban *clickety-clack* –contestaba:

–*And how are you today, doctor Butler?*

Y se quedaba mirándolo alejarse rumbo a su oficina, rengueando, apoyado en su bastón. Jeremy Butler, el nexo que la Universidad de San José tenía con el Pentágono –había trabajado para ellos durante tantos años–, se había transformado en la celebridad local, irradiando su prestigio y atrayendo a estudiantes que él mismo seleccionaba por medio de intrincadas entrevistas, de las cuales unos salían aullando de dicha y otros gimiendo por la derrota. También tenía a su cargo a unos cuantos superdotados: se los enviaban sus amigotes de Washington para que los capacitara en la formulación de problemas cuya explicación era incomprensible, y estaban destinados a mantener en alto el prestigio del país en el escenario de las matemáticas puras. Varias veces al año se celebraban congresos, simposios o conferencias sobre los números primos, tema por excelencia del gran matemático; eran, más que nada, celebraciones en torno a Jeremy Butler. Estas justas congregaban a sabios de los cinco continentes. Durante unos días el rubio alumnado que transitaba por la calle principal del pueblo –llamada, naturalmente, Jeremy Butler Avenue– era condimentado por guarapones, turbantes y casquetes de procedencia irreconocible para los naturales de Saint Jo.

Maud, la hermana del profesor Butler, una frágil anciana de pelo blanco y rizado como el de un cordero, siempre con unas gafas negras de marco estrafalario, se había constituido, hacía ya muchos años, en Primera Dama del pueblo. A veces, durante los congresos, invitaba a los afiliados al programa de su hermano a tomar té con *scones* que ella misma preparaba en su horno –ahora, como se cansaba tan pronto, se los preparaba Josefina, pero seguían siendo "los *scones* de Mi Hermana Maud"– y que perfumaban la manzana entera de su casa.

Todas las actividades del departamento de Matemáticas se desarrollaban alrededor de Jeremy Butler, y todas las conversaciones del campus contenían inevitables alusiones a su persona. Su historia era por todos repetida y su idiosincrasia respetada; hasta sus alumnos de variada pigmentación eran tratados, en los restaurantes y bancos de San José, en zapaterías, sastrerías y librerías, como abanderados del conocimiento universal, recaudadores de prestigio para el pueblo, emblemas sacralizados por su contacto con el máximo gurú científico, bajo cuya aura todos esperaban medrar.

En sus primeras cartas Rolando Viveros le comentaba a Gustavo Zuleta todos estos pormenores, pintándole un cuadro sumamente seductor de lo que era *su* vida en *su* universidad. Con los años, eso sí, Gustavo se fue dando cuenta de que las cartas de su amigo se volvían demasiado frecuentes, demasiado caudalosas, cargadas a veces de un tonito que parecía exigirle respuestas igualmente entusiastas. Al principio Gustavo se hacía la rastra para contestar, porque era como si el maestro le ponderara ciertos aspectos de su vida con el propósito de compensar algo. Enfáticas e insistentes, las cartas parecían venir con párrafos subrayados o traer frases escritas en cursiva: la situación de su antiguo maestro en San José, llegó a sospechar Gustavo, no debía ser como al principio se la pintaba. Sin embargo, enredado en su maleficio y lisiado por su propio afecto, respondía carta tras carta.

En otoño –Rolando se demoraba una página entera en describir un campus universitario norteamericano– el *college* era una opulenta conflagración de colores por donde él se paseaba leyendo textos poéticos o filosóficos, o donde tomaba el amable sol otoñal rodeado de sus alumnos –"mis discípulos", llegó a escribir–, que lo escuchaban sedientos de cada una de sus palabras. ¿No le gustaría a Gustavo enseñarle a un grupo así, en un ambiente así? O le escribía después de escuchar un concierto de flautas dulces ejecutando música del Renacimiento: ¿lo traicionaba su memoria o era verdad que Gustavo, en su época de estudiante, integró pasajeramente un conjunto dedicado a tocar olvidados motetes italianos? O volvía de Chicago, a tres horas de viaje en su BMW –Josefina manejaba su propio Volvo colorado–, donde se había dado un atracón de películas antiguas en las cinematecas. ¿No le gustaba tanto Janet Gaynor en *El séptimo cielo,* según le había confesado? ¿No se había casado con Nina debido a su parecido con esa actriz, hoy tan injustamente olvidada? ¿No le envidiaba su lancha a motor, su casa, esas charlas con sus pares intelectuales?

Al cabo de unos años Gustavo percibió que el tiempo lo había llevado a envidiar abyectamente los placeres y ventajas de la situación de su maestro; sintió que el aire removido por esas cartas con el membrete de la Universidad de San José soplaba inmisericorde sobre la pira de su envidia, hasta chamuscarlo. Cortó entonces su correspondencia con Rolando Viveros: no quería odiarse a sí mismo por odiarlo tanto a él a causa de esas pequeñeces. Durante meses dejó que las cartas se apilaran sobre su escritorio, sin abrirlas. Rolando Viveros se había transformado en un majadero, le comentó a Nina. No quería tener ninguna relación con él. ¿Con qué carota insistía en la plenitud de sus satisfacciones, si en el último arranque lírico se había quejado de su aislamiento, de su nostalgia –en esos parajes de grandes ríos mansos recostados sobre la pradera– por el horizonte fracturado de la Cordillera y por la quietud colonial del barrio bajo de nuestra capital católica, resonante de campanas los domingos por la mañana? Y por los sabores irrecuperables de nuestra cocina... Y por la multitud en las calles, cuyos rasgos no eran jamás totalmente extraños, sino parecidos a los de algún primo, o a los de ciertos amigos de sus padres, o a los rostros de los hijos de los vecinos que jugaban al *pillarse* en las veredas crepusculares de la niñez...

Con ocasión del matrimonio de Gustavo y Nina, el doctor Zuleta, su padre, un médico más aplicado a la baraja y a los caballos de carrera que a su profesión, opinó, como él mismo decía, que le estaba "mejorando el naipe"; fue así como pudo estirar sus ganancias y regalarle dinero a Gustavo para que pagara el pie y la primera cuota de una casita en El Quisco.

Antes de su partida a San José, Gustavo consideraba que su *bungalow* era un regalo espléndido. Cada cuota cancelada era un estímulo para instalar la luz eléctrica con sus propias manos, o construir un brocal para la noria, o ayudar a Nina a preparar los camellones y mejorar la mezquina tierra costera para esas pequeñas plantaciones que tanta serenidad les proporcionaban. Pero a raíz de su correspondencia con Viveros cada cuota le pareció un renovado abuso del banco, una arbitrariedad de las autoridades empeñadas en aniquilarlo. Cuando Rolando comenzó a pintarle el cuadro idílico de sus circunstancias, Gustavo encontró lóbrega su casita de fin de semana. Ya no hablaba de ella como "mi bungalow": la calificaba de "maldito cuchitril". ¿Adónde huiría para esconder su vergüenza si Rolando y su mujer viajaran a visitarlo? Nina le respondió:

–Pájaro que se caga en su nido es pájaro de mal agüero, decía mi abuelito Tomás...

Durante la época del silencio epistolar, Gustavo volvió a disfrutar, en cierta medida, su casita en El Quisco; incluso pudo sentirse un miembro de la *gentry,* al podar su docena de multifloras, o plantando un cerco vivo de pitosporos para disimular el colorado estridente de los ladrillos de la pandereta.

Pero un viernes, mientras preparaban sus bártulos para partir a El Quisco, recibió un sorpresivo fax:

Estimado Gustavo:

La Universidad de San José se complace en ofrecerte oficialmente un cargo de profesor ayudante en el departamento de Español. El profesor designado para ese puesto fue rechazado por incumplimiento. Debes enseñar narrativa latinoamericana contemporánea seis horas por semana, más ocho horas de un seminario de idioma. Te aconsejo aceptar este ofrecimiento. Te he recomendado con tanto entusiasmo que aquí ya dan tu aceptación como un hecho. Contesta lo más pronto posible, mira que estos gringos son como locos de apu-

*rones. Te abrazo esperando tener el gusto de verlos por aquí
en septiembre.*

Rolando Viveros

*PD: El sueldo es tres mil dólares al mes, para comenzar.
Te conviene, porque la vida en Saint Jo es muy barata.*

Se dio cuenta de que la diligencia emprendida
por Rolando para obtenerle un trabajo –cosa que él jamás le solicitó– había sido un acto de pura nostalgia: si
no le ofrecía algo a Gustavo, no le escribiría nunca más,
y sus palabras se las llevaría el viento. Su entusiasmo por
encontrar un interlocutor a su nivel lo había llevado a
propasarse en su correspondencia. Gustavo no le mostró
el fax a Nina; prefirió mantener ese fin de semana sin
pleitos y meditar el asunto con toda tranquilidad. Cuando subieron a su autito para dirigirse a El Quisco, se metió el fax en el bolsillo de la parka. En el camino habla-
ron de cualquier cosa; o de nada, porque en aquel tiempo el silencio no significaba hostilidad entre ellos. Después de que dejaron atrás la bifurcación en la autopista y
disminuyó la afluencia de autos, Gustavo tomó el camino
que va hacia el norte, a las playas vecinas a Algarrobo, y
que pasa por El Quisco. No aguantó más y, sacando el
fax, se lo entregó a Nina. Ella se lo devolvió después de
leerlo:
	–Creí oírte que Rolando Viveros era un majadero
–observó–. Y que no querías tener nada que ver con él.
	–Sí... Pero hay que reconocer que tiene sus méritos.
	–No me habías mostrado este fax.
	–Bueno, tengo que tomar decisiones, ¿no?
	–Por lo menos podías haberme consultado, Gustavo.
	–Es que se me olvidó.
	Nina lo pensó un rato y de repente dijo:
	–Aceptemos. Me encantaría conocer Estados Unidos.
	–San José no es Estados Unidos.
	–No me vengas con ésas.
	–Tiene quince mil habitantes y queda en el medio
de la pradera.
	–Supongo que no es conocer Estados Unidos... pe-

ro podríamos viajar: Nueva York, Hollywood, Washington, Miami... ¿O no?

–Viajar cuesta caro.

–Supongo. Pero me muero de ganas de conocer, aunque sea San José no más. Yo nunca he viajado... aunque fuimos once chiquillas del curso a Buenos Aires, con dos monjas carmelas que nos cuidaban como perros rabiosos y nos espantaban a todo el mundo. No nos dejaron comprar más que un chaleco y una cartera cada una; todo lo demás era pompa y vanidad mundana. No, eso no fue viajar.

Gustavo volvió a meterse el fax en el bolsillo; después de un kilómetro de silencio, Nina murmuró:

–A mí también se me había olvidado darte una noticia.

–¿Ves como tú tampoco eres perfecta?

–Vamos a tener un hijo.

–No le veo el chiste.

–Es para fines de octubre.

–¿Cómo quieres que acepte el trabajo en San José, entonces? ¿No habíamos quedado en no tener familia todavía?

–Es que me estaban cambiando la T... No quise decirte nada porque te pones tan pesado cuando te rechazo.

–¡Siempre con tus recriminaciones! ¿Me vas a decir que lo de tu T es culpa mía?

–¿Cuál es el problema de irnos por un año a Estados Unidos, mi amor? Allá hay clínicas regias y, con esto de la Hillary, seguro que nos va a salir todo gratis. ¿Te imaginas si el niño nace ciudadano norteamericano? ¿No son gratis allá la educación y la medicina, como dice mi papá que era aquí en la época de los radicales? Qué maravilla, ¿no? Y el inglés...

A Nina se le ocurrían razonamientos convincentes cuando quería salirse con la suya, pensó Gustavo con un poquito de resentimiento. Pero no le puso obstáculos a su mujer, porque él tampoco había viajado nunca, ni a Buenos Aires siquiera, y tenía ganas de conocer. En El Quisco, con una pareja de semiólogos madrileños que le arrendaban la casa al profesor vecino, brindaron por "el estado de buena esperanza" de Nina; por el futuro viaje de los Zuleta a "conocer esos mundos de Dios"; y también por su hijo, que llevaría el nombre de su abuelo, el doctor Nathanael Zuleta. Gustavo brindó sin excesivo entusiasmo: sospechaba que el advenimiento del niño podía imponerle trabas a su carrera académica, la cual, como se perfilaban las cosas gracias a su amigo Rolando Viveros, iba por el mejor camino. En la mañana del lunes mandó un fax aceptando el ofrecimiento de la Universidad de San José. Le daba las gracias al profesor Viveros por ocuparse de sus asuntos, prefiriendo no entrar en un análisis de las razones seguramente especiosas que aquél tuvo para hacerlo... Para qué analizar las cosas ahora, si la oportunidad de un cambio en las perspectivas de su vida era demasiado seductora y demasiado fácil de aceptar. Como posdata agregó que dentro de siete meses, en octubre, nacería su primer hijo. Los Viveros los honrarían mucho accediendo a ser sus padrinos...

Esa misma noche, Rolando, incomprensiblemente, llamó por teléfono a Gustavo. Le chilló que era el colmo que no le hubiera comunicado antes el inconveniente del nacimiento de su hijo. El seguro de salud ofrecido por *su* universidad no cubría los gastos de ginecólogo, obstetra y maternidad, y en Estados Unidos esos servicios eran muy caros, sobre todo si Nina exigía –las mujeres chilenas eran muy regalonas; sí, sí, que no se lo negara– el servicio de lujo al que se sentiría con derecho. Todo esto, tartamudeaba en el fono, era una maquinación que lo ofendía en lo más íntimo: pese a que se atrevió a recomendarlo sin prácticamente conocerlo, Gustavo ya había comenzado a meterlo en cahuines. Y cuando éste osó pedirle que averiguara cuál sería la situación de su familia con relación a los seguros médicos, y que lo llamara enseguida para comenzar a hacer los trámites, Rolando elevó el diapasón de sus chillidos de tal manera que Gustavo, al principio, no entendió qué decía, y se distrajo pensando en lo desagradablemente agudas que son las voces de los chilenos, incluyendo la propia.

Estaba a punto de colgarle a su antiguo maestro con una grosería, olvidándose de la quimera de Estados

Unidos y de la Universidad de San José. Antes, eso sí, cubrió el fono con la mano y consultó a Nina, que se había colocado justo detrás de su hombro izquierdo:

–Va a ser más difícil de lo que parecía. ¿Vamos o no vamos...?

Nina le sopló en el oído la respuesta que en ese momento le pareció más sensata:

–Vamos no más. ¿Qué importa? Allá nos desentendemos de él y nos arreglamos por nuestra cuenta. Dile que partirás solo, para estar allá a tiempo de la primera clase, y que yo te voy a seguir a fines de octubre o principios de noviembre, con el niño por lo menos de un mes. Mi mamá y mis primas me van a ayudar mucho más que tú en todas las cosas del parto... Tú, con lo nervioso que te pones, no me vas a servir más que de estorbo.

Capítulo tres

Hasta hace poco el Medioeste norteamericano tenía fama de ser un territorio de prosaica abundancia, donde una población de granjeros conformistas –esto se decía levantando irónicamente una ceja– se iba consumiendo en un árido letargo intelectual. Eran de costumbres tan rígidas e ideas políticas tan reaccionarias, y estaban tan preocupados de esconder su peculio bajo el colchón, que los visitantes de otras regiones los despachaban con un comentario burlón y media sonrisa. Se trata de una comarca de praderas infinitas, surcada por ríos estupendos y poblada por los descendientes de inmigrantes anglosajones, irlandeses y nórdicos; en general, se presume que nada excepcional puede ocurrir en el Medioeste, salvo millonarias cosechas de maíz.

Hacía ya varias décadas, sin embargo, que esas tierras –cuyos pobladores aborígenes habían sido exterminados–, explotadas sin medida por los codiciosos colonos y sus descendientes, drenadas, abonadas y violadas, mostraban cierto cansancio pese a su inmensidad, transformándose poco a poco en fincas de menor lucro. La juventud comenzó a buscar actividades alternativas a la agricultura, y el tono de la vida en el Medioeste, con sus nuevas manufacturas y universidades, cambió.

Gustavo Zuleta llegó a San José en los primeros días de septiembre, una semana antes de las clases en la universidad. Florecían los crisantemos; la muchachada gastaba el remanente de la energía veraniega entrenándose para el fútbol otoñal y persiguiendo *frisbies,* y los árboles comenzaban a engalanarse con los anaranjados que, al mes siguiente, transformarían el campus en la suntuosa tapicería pregonada por las cartas de Rolando Viveros.

Dos estudiantes altas, fortachonas, ataviadas sumariamente con jeans rasgados y camisetas de aspecto sospechoso después del *jogging*, dueñas de largas cabelleras rubias –lisa y hasta la cintura, una; las facciones menudas de la otra se perdían en el torbellino de su melena rizada–, habían ido a esperar a Gustavo en el aeropuerto, que no era sino una acumulación de hangares achaparrados, muy a propósito para los aterrizajes y despegues en la ventosa planicie de San José. Quién sabe cómo, sin titubear, reconocieron a Gustavo, que al ver a las gigantonas apoderándose de sus maletas tuvo la fantasía de que se disponían a robárselas. En todo caso, le arrancaron su equipaje sin ninguna contemplación por sus remilgos masculinos.

Tras acumular las maletas en la parte trasera del furgón, se identificaron como Sally –la más bonita, la del pelo sedoso, la menos corpulenta– y Olivia –la del pelo rizado–, ambas voluntarias del Comité de Ayuda al Visitante Extranjero. Les dio las gracias en un inglés que hasta ese momento había creído impecable, pero que desde este primer intercambio reveló su insuficiencia: se le trabó la lengua para explicar que llevaba veinte horas de avión con dos trasbordos eternos, cada vez a un aparato más frágil, y que los nervios propios de su primer vuelo no lo dejaron dormir ni una pestañada. En cuanto la furgoneta se puso en marcha, y como mecido por ella –en vez de mirar el panorama, donde acechaba una noche más grande que todas las noches de su vida y donde había, por lo demás, muy poco que ver–, logró por fin quedarse dormido.

Despertó con el auto ya estacionado. Olivia lo estaba zamarreando.

–Profesor Zuleta, profesor Zuleta, despierte... Ya llegamos...

Atontado por el sueño, quiso bajar su equipaje, pero las dos amazonas ya lo estaban haciendo: con sus cuerpos acaballados y sus caras hombrunas, perfectamente lavadas, se revelaban bastante más aptas que él para esta tarea. Trepó lentamente las gradas detrás de ellas.

–¿Dónde estamos? –preguntó.

–En el hotel Congreve/San José, el mejor del pueblo. Todo está convenido para que usted se aloje aquí hasta que encuentre una casa que le acomode. Su *suite* es muy bonita, con vista al río; Josefina misma la eligió. El profesor Viveros se excusa: tenía una cita impostergable –explicó Olivia.

–Y Josefina tuvo que llevar a Mi Hermana Maud a una reunión de las Hijas de la Revolución Americana –terminó Sally.

–¿Quién es *Mi Hermana Maud?* –preguntó Gustavo, despertando con el cambio de inflexión.

–Ya le explicarán –dijeron ambas voluntarias al unísono, y sonrieron evasivas.

–Tiene la *suite* 607 –masculló la conserje sin mirarlos, alcanzándole la llave a Olivia desde el otro lado del mesón.

Gustavo se dio cuenta de que la conserje estaba sentada: veía nada más que su cabeza monumental, de carrillos inflados, como listos para una explosión grosera. Un par de estrafalarias antiparras, con un cristal verde y el otro rojo, multiplicaba la pantalla del televisor en que ella fijaba la vista.

–¿No debe llenar unos papeles el profesor Zuleta? –preguntó Olivia.

–Mañana... –repuso vagamente la gran cabeza, sin apartar la vista de la pantalla.

–Bueno –dijo Olivia–. Usted está muy cansado, profesor Zuleta. Nosotras le vamos a subir el equipaje. No, si no nos cuesta nada.

–¿No tienen un hombrecito… un botones o algo así?

–Todavía no ha vuelto de su clase de arqueología cretense –contestó una de las dos rubias. Gustavo ya no sabía cuál, porque en su modorra las confundía. Siguiendo sus pasos, les preguntó por qué la dama del mesón usaba unas antiparras tan extrañas.

–Es que le interesa la *realidad virtual.*

–¿La qué...?

–La creación de espacios artificiales.

–No entiendo.

–Nadie entiende –dijo Sally riéndose–. Es una de

las chifladuras de la Ruby. Le duran un par de semanas y después se olvida.

—¿Es muy rara esa señora?

—No... Como todo el mundo, no más. Tiene sus cosas, pero es muy simpática. Todos la queremos.

—No me pareció muy amable su manera de entregarnos la llave.

—Hay que entenderla: ésta es la única hora de la semana en que transmiten un programa sobre la *realidad virtual*, y tiene que aprovecharla.

—¿Pero qué es...?

A Gustavo los párpados le pesaban. Siguió a las muchachas por el pasillo hacia el ascensor. El suelo encerado se movía con una resaca propia. Los reflejos del parquet se estabilizaron en cuanto sintió que el aparato comenzaba a elevarlos. Apenas Sally encendió la luz del velador, junto al lecho matrimonial, Gustavo se desplomó encima de la colcha y se quedó dormido. Esa noche la pasó tirado en el fondo del sueño, sin compañera, sin ruidos en el pasillo, sin sentir la incomodidad de la cama desconocida, sin que aparecieran los cucos en las celosías de otros tiempos.

Una voz apremiante lo despertó con un grito metálico en sus oídos:

—*Anita is coming... Anita is coming...*

Se sentó bruscamente en la cama. Miró alrededor. No vio a nadie, pese a que la voz se originaba en la habitación misma.

—Anita se acerca... Anita se acerca...

Miró su reloj: eran las ocho y media de la mañana. ¿Para qué podía necesitarlo Anita tan temprano? ¿Era tan peligrosa que debían advertírselo a gritos? Se dio cuenta de que estaba sin chaqueta y sin pantalón: permanecían vigilándolo, en guardia, sobre el mayordomo de madera frente al televisor, a los pies de su cama. Se levantó en calzoncillos para descorrer la cortina y mirar por los ventanales: el cielo azul brillaba como los ojos de las voluntarias que lo recogieron en el aeropuerto, y el río se dibujaba nítido junto al bosque. Todo portentosamente inmóvil, menos un grupo de atletas: en el prado delante del hotel se atacaban fieramente para apoderarse de un objeto que debía ser esférico, pero que antes de disolverse con los restos del sueño había adquirido otra forma. En lo que se demoró en ponerse el pantalón, para estar presentable en caso de que Anita irrumpiera en la *suite,* y en pasarse la peineta por el pelo frente al espejo –en cuanto despachara a Anita se daría un buen baño, lento y fragante: había visto una serie de pomos novedosos sobre el tocador– antes de salir a explorar. Regresó a los ventanales y se quedó contemplando el cielo ahora cambiante, de pronto veloz, que comenzaba a nublarse, insinuando montañas de nubarrones sobre un horizonte que iba cerrándose. El cielo se fracturó con un relámpago. Gustavo quedó pasmado ante el fenómeno: todo iba adquiriendo una mayor densidad, y se volvía más plomo y más hermético minuto a minuto, hasta que los árboles, abajo, estremecieron sus ramas y los deportistas huyeron a refugiarse en el hotel, dejando sus hostilidades incumplidas.

–Anita se acerca... Anita se acerca...

Oyó carreras y voces alteradas en el pasillo, y el aullido de una sirena le produjo un sobresalto. Se estaba desnudando para meterse a la ducha pese al desorden, cuando alguien golpeó su puerta. Volvió a ponerse la camisa y abrió.

–¡Anita se acerca! Apague la radio, por favor.

Como Gustavo miraba todos los rincones sin atinar a nada, el guardia saltó por encima de las maletas despanzurradas a la entrada del dormitorio y apretó un botón del tablero en la cabecera de la cama. Antes de salir, lo urgió:

–¡Baje al sótano inmediatamente, para protegerse!

–¿Pero de qué?

–Anita se acerca –dijo el guardia y partió corriendo, sin cerrar la puerta.

Gustavo miró por la ventana mientras se ponía la chaqueta: los árboles, desmelenados junto al río, se inclinaban ante el huracán y por todas partes caían rayos, rasgando el cielo fosco. Un colega, becado en una universidad del sur, le había contado que una vez, viajando por una carretera de Florida atestada de autos, oyó que la voz de su radio repetía *"Doris is coming... Doris is coming"*, sin explicar nada. Pero el mensaje despejó la carretera en unos minutos: *"Doris is coming... Doris is coming..."* Él apenas logró refugiarse en una gasolinera antes de que el viento y las aguas barrieran con su modesto pero estupendo Edsel de segunda mano... aunque esta parte le pareció a Gustavo un aditamento literario de su amigo, que más bien pecaba por ese lado.

Salió corriendo de su habitación. Sí, recordó, los huracanes –¿o eran los tornados, o los tifones?, ¿cuál era la diferencia?– tienen en Estados Unidos nombres de mujer: Mary, Doris, Anita, Dolly, todas peligrosísimas. En *El mago de Oz* uno de estos huracanes –¿o sería un tornado?– alzaba la casita entera, transportándola al mundo de la fantasía, al otro lado del arco iris. Bajando a toda carrera los seis pisos, porque el ascensor estaba clausurado por la emergencia, Gustavo tuvo visiones de viejas novelas de Joseph Conrad y Sommerset Maugham, y de noticieros de Bangladesh y la India, con pueblos inundados y vacas y niños flotando, y gente pidiendo auxilio desde los tejados de granjas miserables.

Estas imágenes de catástrofe cruzaban el magín de Gustavo cuando llegó al primer piso, donde esperaba verse envuelto en el imponente espectáculo del pánico. Pero no vio aguas turbulentas arrastrando a damnificados que se aferraran a sus enseres, sino algo más sorprendente: nadie había obedecido las órdenes de los guardias. Era evidente que el hecho de que Anita se acercara tenía a todo el mundo sin cuidado. El gran *lobby* central del hotel Congreve/San José, cuyas mareas de encerado había cruzado la noche anterior, se veía ocupado por la circulación normal, o así le pareció, del alumnado. Era un movimiento lento, sensual, enredado en las diferentes formas que para cada uno tomaba su falta de objetivo: los estudiantes leían sentados en el suelo, sus espaldas reforzando la pared, sus oídos empachados con la música vil de los *walkmans,* sus piernas flojamente drapeadas sobre el brazo de un sofá, riendo en grupos. Gordos y gordas –o por lo menos personas de proporciones desmesuradas– acariciándose obscenamente, devorando palomitas de maíz que sacaban de gigantescas bolsas de papel. Algún negro rítmico, alguna parlanchina oriental, compartían la superficie de esa comunidad de piel lechosa y salpicada de pecas, lengüeteando las descomunales boñigas de helados de frambuesa que las máquinas evacuaban en cucuruchos de galleta, o devorando cuñas de pizza colosales, enajenados todos en su burbujeante parloteo o coqueteo, patipelados por puro placer, los jeans jironeados no a causa de escenas como las que iba a desencadenar el huracán, sino porque así lo dictaba la moda. Parecían no oír el altoparlante que anunciaba la proximidad de Anita` entre retazos de música ambiental, ni dejarse influenciar por el apremio de los guardias. ¿A quién podía importarle, si todos sabían que la naturaleza era perfectamente controlable? Los edificios estaban hechos de un material segurísimo, los automovilistas obedecían las instrucciones para buscar refugio, los deportistas se dirigían a un lugar adecuado para guarecerse. Un huracán era inusual en esta época del año, pero al fin y al cabo se trataba sólo de la naturaleza contra la naturaleza, y ésta era impotente contra quienes sabían conjurar sus amenazas por medio de ordenanzas racionales.

Todo fue cuestión de diez minutos. Después, nada. El altoparlante anunció que el huracán había cambiado de rumbo, hacia las Dakotas, y Gustavo imaginó un tornillo de viento y polvo elevando en sus roscas a casas y niños y corderos. En San José no hubo desgracias que lamentar.

Él se había deslizado entre esos cuerpos jóvenes, perfumados y oliscos a la vez, como cuerpos de potrillos al sol, con el propósito de acercarse al ventanal: esperaba ver pasar, por lo menos, un árbol arrancado de raíz; o, con suerte, un niño sesgado tocando la trompeta del Juicio Final bajo el cielo de oro. Sin embargo, todo había resultado un chasco. La carretera pronto volvió a llenarse de autos y los atletas regresaron a su contienda en el prado, frente al hotel.

No volvió a su habitación. Se quedó vagando por el *lobby*. Su primer día norteamericano lo había defraudado: nadie se fijaba en él. Recordó que, después de todo, su sueño no había sido tan tranquilo: se vio niño otra vez, premunido de gafas con un cristal verde y otro colorado, escudriñando la pantalla del viejo televisor del doctor Zuleta. De ella emergían tibios tentáculos de pulpo que lo arrastraban, gritando y pataleando, a las entrañas televisivas que lo devoraban. Lo extrajo de ahí aquella voz que anunciaba a Anita, para depositarlo en este poblado *lobby*. Divisó a algunas enormes muchachas, infladas como personajes-globo de Disneylandia: groseras y delicadas a la vez, limpias, frescas, blancas. Un espectáculo típicamente norteamericano, supuso: todo el volumen de esa carne risueña de hoyuelos rebasando los *shorts* mínimos, toda la opulencia de aquellas ancas cimbreándose, la piel inflada susurrando en la intimidad caliente, seguramente húmeda, de sus muslos al caminar. Estas muchachas, albas como pan a punto de dorarse, cubrirían con amplias camisetas sus pechos libertinos, agitados por el apetito de la mirada de sus interlocutores. Evocó la virtuosa menudez de Nina, su esqueleto de jilguero. Pesaba apenas cuando la levantaba en sus brazos para llevarla, a veces riendo, hasta su estrecha cama de El Quisco: Nina pertenecía a otra estirpe animal, una especie desprovista de olores, y su pecho no acezaba como una máquina con la presencia de otros.

Solitario, Gustavo oteaba esa multitud destinada a celebrarlo en un futuro cercano: iba a ser su profesor.

Una majestuosa muchacha de melena rubia y rizada le daba la espalda desde el otro lado del *lobby*. ¿No era Olivia? Su boca se licuó con el deseo de gritarle "¡Olivia!", y saborearla en esas sílabas, pero no lo hizo. Dio rodeos, pidió permiso, saltó por encima de piernas extendidas, hasta llegar junto a la espalda de Olivia... Se disponía a tocarle el hombro cuando se le ocurrió que, probablemente, habían sido ella y Sally las que anoche le habían quitado no sólo la chaqueta y la corbata, sino también el pantalón. Y Gustavo se quedó ahí, con la mano en alto junto al hombro de la voluntaria, incapaz de completar su simple gesto de cordialidad. Su mano cayó derrotada. La escondió en su bolsillo en cuanto imaginó los dedos de la muchacha desabrochándole el pantalón y hurgándole el calzoncillo, seguramente poco fresco después del viaje interminable. Sintió el impulso de huir ante la imagen de su propia pasividad. No tuvo tiempo, pues en ese mismo momento la rubia se dio vuelta: no era Olivia. Y mientras Gustavo tragaba saliva para excusarse por la presumible insolencia de su mano alzada, ella fijó en él su mirada azulina:

–¿Profesor Zuleta? Yo también soy voluntaria, y lo conozco...

–¿Cómo?

–Me llamo Doris. Mucho gusto.

Y le dio un buen apretón de manos: Doris, nombre de huracán, de tornado, de gringa pecosa y encantadora. ¡Qué jóvenes eran estas estudiantes!

–Ruby anda buscándolo –sonrió ella–. Tiene que firmarle unos papeles. Mire, allá está, en la oficina.

Y la rubia –que no era tan rubia, sino pelirroja y tal vez teñida, y no tenía nada de encantadora– pareció no verlo más, borrándolo, y con paso elástico se fundió en el resto de la población estudiantil, que comenzaba a ralear para dirigirse a las aulas.

Se había levantado de su asiento y había abandonado el televisor. Con un asombro no desprovisto de regocijo, Gustavo pudo ver que las mejillas de la conserje no estaban hinchadas de aire: pertenecían, de manera impecable, a la arquitectura de una de esas gordas espléndidas y ligeramente obscenas que lo habían maravillado en el *lobby*. Elástica y, al parecer, liviana, semejaba una muñeca-flotador para piscina, una figura que –a Gustavo le resultaba fácil imaginarla– un perverso o un tímido sin remedio inflaría para acompañar sus desvelos solitarios. Por discreción, prefirió no levantar la vista de los formularios que la muñeca le tendía. Ansiaba hacerlo, para observarla minuciosamente. Mientras escribía –no estaba muy seguro de lo que anotaba en los casilleros destinados al número de su oficina, su dirección y su teléfono, aún indefinidos–, sintió desde el otro lado del mesón el poderoso resuello de maquinaria del cuerpo de la conserje. Por el rabillo del ojo se percató no solamente de que era rubia y muy linda, y de piel muy lisa y blanca, sino de que todo en ella hacía juego con una minúscula banderita norteamericana de esmalte y metal dorado, chuchería a punto de naufragar en el proceloso ponto de su escote, allí donde se le juntaba la carne un poquito sudada de ambos pechos. Si la palpara –fantaseó mientras escribía–, ella se remontaría como un globo e, ingrávida, lejos, se desinflaría con un ruido indecente al dar con el techo, y caería a sus pies reducida a un pellejo.

Devolvió los formularios. Ella los guardó sin mirarlos y le dijo, como si él pudiera no recordarlo:

–Mi nombre es Ruby. Ahora voy a salir un minuto a hacer una diligencia. Estoy de turno esta noche: llámeme si necesita algo.

No se posaban en él los ojos de la conserje, pero Gustavo pudo ver que brillaban con un extraño color turquesa, como si sus iris fueran fluorescentes, sombreados por pestañas más oscuras que su pelo rubio, peinado como una cuidada melena de paje.

–¿Es estudiante usted? –quería retenerla y poder contemplarla a sus anchas.

–No me interesa nada de lo que enseñan aquí –declaró la Ruby, sacando de su cartera un espejito tan minúsculo que parecía ocioso su esfuerzo por mirar en él su gran rostro completo. Se pintó los labios y devolvió el espejito a la cartera, como también las gafas bicolores que llevaba la noche anterior.

–¿Qué le interesa, entonces? –preguntó Gustavo. No quería que se fuera.

–La *realidad virtual*... –respondió la Ruby.

–Y eso, ¿qué es?

–Es la creación de espacios y sensaciones artificiales por medio de ondas cibernéticas. Para eso son estas gafas. Le aseguro que, con el tiempo, la *realidad virtual* va a reemplazar a la realidad tal como la conocemos; señala el futuro, el comienzo de la verdadera ciencia y el punto de partida del arte. Es el principio del progreso auténtico de la humanidad.

Gustavo no podía creer lo que estaba oyendo, pese a que recordaba haber leído algo al respecto en un *Time Magazine*, en Chile. Desde allá todo, especialmente los adelantos como el que la conserje pregonaba, parecía tan remoto. En esa ocasión, ya en los primeros párrafos se dio cuenta de que no iba a entender nada, y pasó la hoja. Aquí, en cambio, esta rubia portentosa lo iba a convencer muy fácilmente de que era viable reemplazar la existencia natural por otra. ¿Por qué no? Todo podía realizarlo una mujer con ojos fluorescentes.

–Me parece que es bien poco lo que entiendo –murmuró Gustavo, acompañándola hasta la salida.

–No me extraña. Somos pocos los iniciados, pero le aseguro que el asunto tiene futuro. Puedo prestarle algunos folletos, si le interesa. Es casi como una nueva religión.

–Claro, en última instancia nadie puede escapar de la metafísica –dictaminó Gustavo para llevarle el amén.

–No crea. La tecnología del futuro bastará.

Abrió la puerta, y él la vio bajar las gradas corriendo.

Temió por su estabilidad: los tobillos y los pies diminutos se equilibraban precariamente en unos zapatos de tiritas de charol, con tacos tan altos y agudos como los de Marlene Dietrich. Pero ella trepó, con un ágil brinco, al autobús atestado, que parecía estar esperándola para partir.

Capítulo cuatro

Existían dos cosas que a él –pensó Gustavo Zuleta cuando Josefina se prendió de su brazo al abandonar el hemiciclo, confundiéndose con el público que les sonreía, con los profesores en propiedad y con los nuevos– le parecían intolerables: en primer lugar, detestaba a las morenas teñidas de rubio, especialmente a las latinoamericanas como Josefina –por cierto, no se lo mencionó–, porque eso daba una tonalidad sucia y un poquito repulsiva a su tez aceitunada, rebelde al disimulo de la cosmética, que se despinta en seguida con la abundancia de lubricantes de todo cutis oscuro.

En segundo lugar –y esto sí lo comentó con su compañera–, le parecía chocante la exagerada formalidad de los norteamericanos cuando intentan ser elegantes. Por ejemplo, en la ceremonia que acababa de llevarse a cabo en el anfiteatro de zócalos de encina y sitiales con cojines de felpa granate: al dirigirse al salón para tomar el café con bollos servido por la dama que todo el mundo en San José conocía como Mi Hermana Maud, opinó que el acto había tenido un airecillo inciertamente falso, tal vez debido a la carencia de birretes, pelucas y ujieres vestidos de gala, como en las gloriosas ceremonias académicas de las antiguas universidades europeas.

Iba explicándole a Josefina cuáles cosas, estimaba él, no les resultaban bien a los norteamericanos –¿demasiado empaquetados en sus trajes oscuros y sus corbatas de seda para la función?, ¿o sólo un poco pomposos al saludarse a la salida del anfiteatro con sus títulos de *doctor* o *professor* en lugar del Tom, Dick o Harry habituales?, ¿era a causa de estos detalles que todo adquiría un toque caricaturesco?– y no parecían sino afectaciones instituidas con el propósito de convencer al público de que la Universidad de San José era muy tradicional, borrando toda traza de fórmula no nacida en el tiempo e incorporada desde siempre a la esencia del ritual.

Los profesores habían ocupado sus asientos en las graderías reservadas para cada departamento: Economía, Estudios de la Mujer, Español, Inglés, Matemáticas, Literatura Comparada, Estudios Interdisciplinarios, etcétera. El rector agitó una campanilla de plata y, en cuanto se hizo el silencio, leyó unas palabras de bienvenida dirigidas a los nuevos miembros de la corporación, destacando la distinguida, aunque breve, trayectoria de la Universidad de San José. No dejó de mencionar, por cierto, al doctor Jeremy Butler, subrayando el privilegio que constituía servir en la misma universidad donde enseñaba una estrella de primera magnitud, cuyos méritos no habían sido celebrados universalmente debido a las vergonzosas circunstancias por todo el mundo conocidas. Enseguida, los directores de cada departamento fueron llamando por su nombre y apellido a cada nuevo profesor. Los ojos del resto de los profesores, entonces, se dirigían hacia él o ella, así como también los ojos del público invisible que llenaba la galería. El director se explayaba durante cinco minutos en la reseña del nuevo académico que ingresaba a su planta docente. Estas palabras no sólo estaban destinadas a bosquejar la relevancia de sus trabajos, sino que además echaban un vistazo sobre lo que la prensa suele llamar "el lado humano": daban cuenta de su familia y de sus aficiones fuera de las aulas, se tratara de la horticultura, los videos o el camping. En el caso de un resoplante gigantón, pelirrojo e hirsuto, que iba a dar un curso sobre psicología animal, su director lo describió –con visible incomodidad– como aficionado a la psicodanza. Y al hablar de la exquisita muchacha de Baroda que, ataviada con un sari blanco, escuchaba su propia biografía con expresión desvalida y los ojos gachos, el director arrancó un murmullo de admiración al mencionar los monumentos de chatarra soldada a soplete que la joven construía en sus momentos de ocio; daría un curso sobre la influencia de Julia Kristeva en los movimientos feministas del sureste de Asia, y ya contaba con seis alumnas inscritas.

Al oír lo que el profesor Julius Gorsk decía sobre él, Gustavo Zuleta, cuyas rodillas se iban poniendo endebles como dicen que se ponen las de los enamorados, se dio cuenta con irritación de que los datos suministrados por Rolando Viveros –¿quién si no él?– sobre su persona eran hiperbólicos, hinchados, ablandados como esas legumbres que flotan en la superficie del agua cuando la cocinera las deja remojándose. Esto no hubiera sido posible en Chile: allá eran más serias las cosas, sin tanta faramalla pretenciosa. Gustavo sabía muy bien que, al contrario de lo que Gorsk afirmaba, su incipiente carrera universitaria todavía no era más que del montón, pues sus estudios acerca del *boom* de la novela latinoamericana contemporánea apenas arañaban la superficie de tan complejo tema. Reclamar que su trabajo más conocido, *Perspectivas/Savitcepsrep,* era una obra maestra del pensamiento contemporáneo, no sólo revelaba que Gorsk no lo había leído: sus palabras llevaban el mismo cuño que Rolando Viveros le había impuesto a su personalidad en sus cartas hueras. Gustavo se sintió molesto, desvalorizado por esta necesidad de mentir sobre él, de enfatizarlo todo agregando ceros y corriendo comas. Temió haber venido a meterse en una madriguera de mediocres: el director del departamento de Español –¡y para venir a formar parte de este equipo se embarcó en un viaje tan fatigoso!– no se había dado ni el tiempo ni la molestia de estudiar su caso, y por ello le resultaba necesario mentir con el fin de justificar su nombramiento. Tal vez no fuera capaz de formarse una opinión propia, seria, sobre a quién contrataba y por qué –o quizá no estimaba necesario hacerlo–. En fin, todo el asunto le olía a improvisación.

¿Cuánto tiempo permaneció de pie, escuchando lo que, en buenas cuentas, era un irritante falseamiento de sus logros, gracias a aquella retahíla de imprecisiones? Él no pretendía ser gran cosa. No era más que un profesorcito chileno. Y, como buen chileno, no se proponía sobrevalorar ni su ciencia, ni su carrera, ni sus orígenes en una modesta familia, pasablemente ilustrada, del barrio oriente de Santiago. Sin embargo, era capaz de reconocer la mentira intelectual. Resultaba muy tentador tomar en serio lo que el profesor Gorsk estaba diciendo sobre él: bastaba acatar ese ligero cambio de perspectiva para aceptar la mentira. Pero era preferible, estimó, colocarse fuera de ese juego por medio de la ironía: no involucrarse, desdeñar todo lo dicho por Gorsk como patrañas sostenidas por la falta de información y por esa ambición de aparentar que el departamento y la Universidad de San José misma eran más de lo que realmente eran. Sus rodillas ya iban a desarticularse, volcándolo bajo una rompiente de ira al darse cuenta de que la marea de alabanzas infundadas amenazaba con ahogarlo. No naufragó, sin embargo. Lo mantuvo a flote la sensación de que, desde la penumbra de la galería, cierta mirada azul se fijaba sobre su frente —recordó que algunas personas lo consideraban un hombre hermoso, pese a su falta de estatura—, deslizándose luego hacia abajo por su manzana de Adán y anidando en el nacimiento de su clavículas.

Cuando Julius Gorsk terminó su presentación —o más bien un segundo antes—, Gustavo volvió a sentarse en su cojín carmesí, esperando que amainaran los aplausos. Buscó, entonces, la mirada celeste en la galería, para trabarla con la suya, y no la encontró. Sólo percibió cierto movimiento, allá arriba, como si alguien se dispusiera a retirarse. Creyó oír el eco del eco de una voz que susurraba a sus vecinos, pidiéndoles permiso para salir, maniobra efectuada con cierta dificultad.

¡Se había ido!

¿Quién, en esa concha acústica, tan cerca del techo, había murmurado "perdón", quizás "con permiso", palabras que, adivinadas más que escuchadas, dejaron resonando un equívoco rumor marino en la gruta del oído de Gustavo? Lo sentía en su oreja izquierda, entrenada para oír sobre su almohada la tranquila respiración de Nina adormeciéndose de ese lado. Ese oído, el izquierdo, era el oído fértil, el caracol donde nacían las medusas de sus sueños. Sí, había oído desde cerca del techo del anfiteatro una voz nueva, no la de Nina. La verdad es que en Nina hacía casi dieciocho horas que no pensaba. Se había quedado allá lejos, contemplando el oleaje desde las rocas de El Quisco, formando con otro ser, por ahora, un solo habitante de su fantasía. No era éste, sin embargo, el momento de pensar en cuántos días faltaban para que ese gajo se tornara autónomo y, llamándose Nathanael aunque no lo supiera, escuchara también el sonido del mar.

A la salida del hemiciclo, dejó atrás a Rolando, que pasaba junto a un grupo de estudiantes –"perorando sobre mí", presumió Gustavo; al fin y al cabo, él era la última adquisición de Viveros– que lo asediaban con preguntas. Fue el momento en que Josefina lo tomó del brazo y, como temiendo que la atención del bisoño fuera acaparada por poderes que ella no controlaba, le comentó:

–¡Qué lindo hubiera sido que Nina estuviera aquí para verte triunfar!

Gustavo descartó lo del triunfo; aún le faltaba mucho para tener derecho a esa palabra. Y como Nina no cabía en su presente, dio vuelta la cabeza para buscar a su colega:

–¿Con quién se quedó Rolando?

Josefina también miró hacia atrás:

–Con un chino.

–Eso se ve.

–No sé. Podría ser japonés o vietnamita o coreano...

–Da lo mismo.

–Hay dos.

–Yo veo uno, no más.

–No. Lo que te quiero decir es que hay dos chinos aquí en la Universidad de San José. Estudian con el doctor Butler. Él asegura que son los estudiantes más brillantes que jamás ha tenido.

–¿Los dos?

–Los dos. Qué raro, ¿no?

–¿Y cómo sabe cuál es cuál?

–Son muy distintos.

–Yo encuentro que todos los chinos son iguales.

–Ven, vamos a tomar un café y a comer bollos con Mi Hermana Maud. Quiero presentártela. Como no vino el doctor Butler, ella asistió a la presentación para reemplazarlo: te vio en el hemiciclo, así es que, de vista por lo menos, te conoce. Le encanta el protocolo, ven no más.

En la puerta del salón, al que no se permitía el acceso de los alumnos, un enjambre de muchachos y muchachas envolvió a Gustavo: gordas de mirada color turquesa y cuidado pelo amarillo −como la Ruby−, pelirrojas, negras, solicitándole todas que estampara su firma en un cuaderno. ¡Como si él también fuera una estrella de primera magnitud! Firmó, muy ufano, la página que le presentó un joven mulato; y otra, ofrecida por una gorda tan fantástica como las que había visto esa mañana en el *lobby*. Añoró, ahora sí, la presencia de Nina en esa instancia triunfal.

Josefina se apoderó otra vez de su brazo y abrió la puerta del salón. Se acercaron a una dama con anteojos de marco fluorescente y sombrerito de flores; sentada a uno de los extremos de la larga mesa, servía café. Gustavo le tendió su mano mientras Josefina los presentaba. Mi Hermana Maud, en vez de tomar la mano extendida, para así corresponder al saludo del chileno, puso en ella una taza del quemante líquido que dispensaba el artefacto instalado allí con ese propósito. Ella lo manejaba con tal destreza que parecía incorporada a su mecanismo.

Gustavo jamás había conocido a alguien tan baquiano como Josefina Viveros a la hora de zambullirse en la marejada de una reunión social. Saludando a diestra y siniestra, preguntando, riendo, estimulando a los recién llegados para que atendieran a Mi Hermana Maud, presentaba a su compatriota con agudas glosas y divertidos comentarios, antes de orientarlo hacia otro grupo, o hacia algún profesor solitario que masticaba su bollo en un rincón. Despachaba esta ceremonia con tal maestría, que resultaba difícil comprender cómo, tras vivir quince años en un país donde se hablaba inglés, aún mostraba serias dificultades de pronunciación, gramática y léxico.

Cuando se sentía atrapada en un atolladero lingüístico, echaba mano a barbarismos de origen chileno con los que rociaba su mediocre prosa inglesa; y si la situación se ponía grave, siempre era posible salvarse con una carcajada o abriendo desmesuradamente sus ojillos miopes, de córnea amarillenta, o agitando con un movimiento de cabeza sus aros tintineantes. Gustavo notó, al poco rato de seguirla entre el gentío, que más allá del afecto que todo el mundo le manifestaba, contaba con escasas simpatías reales. Su personalidad causaba cierto recelo, algo como una vergüenza distanciadora, que podía no ser más que una resistencia natural a dejarse anonadar por la euforia de sus chistes y sus avasallantes demostraciones de amistad. Así, generalmente después de celebrar las ocurrencias de Josefina, los grupos se quedaban comentando –y Gustavo se puso colorado la primera vez que creyó oírlo en el cenáculo que acababan de abandonar– que la empalagosa chilena era *too good to be true,* una de las frecuentes locuciones inglesas que Josefina misma usaba para apoyar su castellano, que parecía también estar desmigajándose en los bordes: al cabo de quince años se hallaba en el punto crítico en que ya no se habla ningún idioma con propiedad.

A los veinte minutos de este ameno periplo social, fatigado tras dos noches sin dormir y abrumado por la sucesión de personajes, entrevistas, documentos firmados, edificios y toda clase de lugares novedosos que era necesario conocer, Gustavo aprovechó que su compañera se alejaba con una profesora y tomó asiento en la primera silla que encontró a mano. No reparó en que estaba justo detrás de Mi Hermana Maud, junto a la mesa donde la anciana ejercía su ministerio. Una antenita pareció transmitirle a ésta que alguien de interés se había instalado a sus espaldas: girando ese cuerpo reducido a una brizna y en que lo más vivo era el traje malva, que le colgaba como a una muñeca que ha perdido gran parte de su relleno, escudriñó a Gustavo durante un segundo. Luego ajustó sus lentes sobre la nariz traslúcida, enfocó sus aguachentas pupilas y, como si algo ajeno a ambos los hubiera interrumpido en medio de un interesante coloquio, su diminuta voz de ventrílocuo retomó el supuesto diálogo:

–...tan agradables esas dos semanas que pasamos en México con mi difunto marido... en tiempos de don Lázaro Cárdenas fue. ¿Se acuerda de que era amigo del presidente Roosevelt? ¿Cómo se llamaba el profesor de Yale que llevaba a cabo las excavaciones...

Observándolo con toda la fijeza de que era capaz, esperó que Gustavo le tendiera un puente de palabras para proseguir su cháchara. Pero él, turbado, enmudeció. Un momento después, como si Mi Hermana Maud se hubiera dicho que una buena yanqui como ella no necesitaba apoyo de nadie para continuar su parlamento, porque su verbo debe ser recio y autónomo, como corresponde a una venerable socia de las Hijas de la Revolución Americana, continuó:

–...en Chichén-Itzá? Usted, claro, conocerá muy bien Chichén-Itzá...

–¿Chichén-Itzá?

–Sí. Mr Roosevelt. Tan fino dicen que era. ¡Hizo tanto por las antigüedades mexicanas! ¿No encuentra usted?

–¿Chichén-Itzá? No conozco Chichén-Itzá.

La incredulidad pareció cuadruplicarse en los anteojos de la anciana. Era como si todos sus demás rasgos carecieran de solidez, de tendones y reflejos que los animaran:

–¿No conoce Chichén-Itzá? ¿Cómo es posible una cosa así?

Gustavo, comprendiendo al fin lo que transmitían las sinapsis ya flojas de la hermana del gran doctor Butler, le explicó:

–No soy mexicano, señora. Soy chileno.

–¿Chileno? Yo creí que era mexicano, igual que Josefina. En fin, como su aspecto es de mexicano y habla inglés tan bien como un mexicano, no tiene ninguna importancia.

–Puede ser –replicó Gustavo, irritado por la confusión–. Pero soy chileno.

Mi Hermana Maud volvió a girar en su silla hacia el imponente artefacto niquelado, con el fin de servir una taza de café que le solicitaban. Al ejecutar esta maniobra murmuró, como hablando consigo misma:

–Chileno, colombiano, mexicano: da lo mismo. Todos los latinoamericanos son iguales. Josefina es mi mejor amiga. Le cuento todo. No sé qué haríamos sin nuestra querida Josefina. Y ella sí que es mexicana.

Gustavo aprovechó este desvío en la charla de Mi Hermana Maud para probar un sorbo de café. Lo encontró chirle. ¿Se había dado cuenta la anciana del venenoso efecto de sus palabras? ¿No había lanzado malignamente, con alevosía –a esta bruja no se le iba una–, su observación de que todos los latinoamericanos son tan iguales como los chinos? Y no sólo para confundirlo: quería también burlarse de él, forzarlo a la humillación de asomarse al fondo de sí mismo para, una vez allí, obligarlo a reconocer la aterradora vigencia de su provinciano chovinismo chileno, su encubierto racismo desdeñoso. Algo perverso emanaba como una putrefacción de esta vieja, contaminándolo todo. Confuso, le respondió a la momia envuelta en esa mortaja malva, tan ridículamente juvenil:

–No creo que seamos parecidos los chilenos y los mexicanos. Por lo menos –agregó, tosiendo y riendo un poquito para que Mi Hermana Maud no se diera cuenta de que era capaz de hacerlo trastabillar–, no como los chinos. Los chinos sí que son todos iguales.

Apenas lo dijo se dio cuenta de que no debió arrastrar de la coleta a los dos chinos que Josefina acababa de clasificar como "distintos" en el corredor. Terminó de hablar y se arrepintió; quiso borrarlo todo, eliminar a Josefina y a los chinos, sustituir por cualquier otra esta absurda conversación con la bruja de antiparras enjoyadas. Tuvo la certeza de que la vaporosa malignidad que Mi Hermana Maud utilizaba para destruir al par de chinos, podía destruirlo también a él. Sólo había dejado caer, como de pasada, una observación jocosa, sin darle categoría, sin siquiera pensar en los alcances de lo que estaba diciendo. Para Mi Hermana Maud –igual que para Josefina, que evidentemente formaba parte del complot–, afirmar que los dos chinos no eran iguales, sabiendo que la verdad era justamente la contraria, constituía un extraño truco burlón, una zancadilla, un ardid destinado a destruir. La bruja sabía muy bien que aunque hicieran esfuerzos sobrehumanos para cobrar identidades distintas, mostrándose uno más sobresaliente que el otro en sus estudios –como si esto importara, sentiría Mi Hermana Maud en el secreto de su corazón–, los dos chinos eran iguales, porque sólo ellos podían comprender sus –¿inútiles?, ¿incomprensibles?– axiomas y fórmulas. Esta confusión de identidades –le habría confiado el gran científico a su hermana– era exactamente lo que haría difícil preferir a un chino sobre el otro a la hora de elegir a uno para ese puesto de alta responsabilidad en el Pentágono... o a cualquier hipotético chileno, coreano, colombiano o mexicano: cualquiera podía hacer detonar la bomba final si pertenecía a una raza cuyas señas de identidad señalaban que, en realidad, daba lo mismo quién pusiera la famosa bomba.

–No estoy en absoluto de acuerdo con usted –lo contradijo Mi Hermana Maud, como si leyera las apesadumbradas consideraciones de su interlocutor–. Los chinos son la gente más diferente entre sí que puede haber en el mundo. Fuera de los blancos, como es natural. Por ejemplo, tenemos aquí a dos chinitos, unas monadas, que están estudiando con Jeremy. Tienen exactamente la misma edad, el mismo color de piel, los mismos ojitos tirantes típicamente chinos, la misma estatura, y los dos son igualmente brillantes. ¡Pero le aseguro que no puede haber dos personas más distintas en todo el mundo! Yo los quiero profundamente a los dos, pero tengo que confesarle que mi debilidad es Er. Es el más cordial, el más simpático, el más educado. Duo, en cambio, que superficialmente se le parece, es más retraído, sonríe poco. Una de las razones por las que me gustan tanto ustedes, los mexicanos, es porque son tan alegres, siempre con sus bailes y sus canciones y sus bromas. El pobrecito Duo, como le digo, no tiene amistades... ni siquiera Josefina, que es una persona de lo más atractiva. Claro que vienen de regiones muy distintas de la China. Por lo que me cuentan, ese país es casi un continente. Duo nació en las montañas del interior, me figuro que cerca de uno de esos cerros como de cuadro japonés, con la punta como un sombrero que viene volando por encima de las nubes. La gente de esos parajes debe ser muy fría, muy tímida y, sobre todo, pésima para hacer favores, como el pobre Duo. Er, en cambio, nació en una gran ciudad, Beijing creo que le pusieron ahora los comunistas. Tiene unos modales encantadores y siempre está dispuesto a ayudar. Jeremy dice que los dos son tan brillantes que no sabría por cuál decidirse. Duo, pegado día y noche a su computador y a sus libros, estudia sin descanso. Pero Er se las arregla para tener una vida social interesante, cosa natural en un muchacho de su edad. Mire, desde allá me está saludando el profesor Viveros. Él sí que no tiene modales. No le voy a contestar. Si quiere que lo salude, que se acerque. Lo encontramos bastante inferior a Josefina, le diré: estamos de acuerdo, usted y yo y Jeremy, en que ella sí que es un encanto. ¡La ha hecho sufrir tanto ese hombre!

Al otro lado del salón, entre facciones que sorbían, masticaban y hablaban, Rolando Viveros luchaba por encender su pipa, inútil actividad que, se iba a dar cuenta Gustavo muy pronto, consumía gran parte de su energía. Con la cachimba entre los dientes, se acercó a Mi Hermana Maud.

—¿Estaba hablando de sus chinos, Maud? —y como Maud no le contestara, se dirigió a Gustavo—. Los chinitos son el tema de Maud: podría dar una conferencia. ¿Ha tenido una conversación agradable con nuestro compatriota, Maud? ¿Qué le parece?

—Muy chino.

—¿Cómo, muy chino? —preguntó Gustavo francamente picado, moviendo sus ojos de Rolando, que se reía a carcajadas, a Maud, y de Maud, que mantenía su mudez desdeñosa, a Rolando. Hasta que la anciana dictaminó:

—Latinoamericanos, chinos... a mi edad, realmente, no me queda ni tiempo ni energía para fijarme en esas pequeñas diferencias... que por otra parte, me parece, carecen completamente de importancia.

Ya era hora de irse. Se despidieron de la anciana, que volvió a acoplarse con la máquina surtidora de café. Al cerrar la puerta del salón, Gustavo le preguntó a Rolando:

—¿Tú de veras crees que parezco chino?

Rolando lo abarcó de pies a cabeza con una lenta mirada:

—No sé si chino, pero algo de Fujimori sí que tienes. No eres un hombre convencionalmente bello, como los que aparecen en los avisos de cigarrillos Marlboro. Pero, como hubiera dicho nuestra inmortal Gabriela, tienes un aspecto sumamente racial...

—¿Qué diablos quiere decir *sumamente racial*? —preguntó Gustavo, sobresaltado y confuso, notando, sin embargo, que la nariz de su compatriota tenía cierta semejanza con una albóndiga de modelado azaroso y estriada de venitas rojas. Esa observación, no sabía por qué, restituyó algo de su propio desplante.

Rolando estaba a punto de embarcarse en una elucubración sobre el valor de la belleza masculina en el mundo de los *wasp,* cuando los alcanzó Josefina. Arrastrándolos en su ola de jolgorio, anunció que andaba "con fiesta", así es que lo mejor que podían hacer era ir a comer algo en un restaurante piamontés recién inaugurado —ella no había probado un *risotto* tan estupendo desde que vivió en San Francisco— y después asistir a una *jam session* que celebraba esa noche un grupo de estudiantes martiniqueses en un viejo molino acondicionado como local para reuniones. A Gustavo le iba a encantar, porque en Chile no encontraría nada ni remotamente parecido.

Capítulo cinco

Dentro de muy pocos días –luego de la última tarde sofocante, todavía viscosa de plantas carnudas, húmeda de sapos y crepitante de grillos, bullente con el tráfago de coleópteros inidentificables y el chillido de los pájaros– se apagaría el verano en el bosque que envolvía a San José. Sobrevendría el primer atardecer mudo de la temporada: era como si la misma mano que hacía girar las esferas pusiera un dedo vertical sobre sus labios para ordenar silencio, y el soplo de ese primer frescor exterminara todo murmullo, salvo algún crujido de la madera al encogerse, esperando el castigo del primer chaparrón sobre una vegetación ya senil. Ya no iba a ser tan satisfactorio como ahora –se dijo Rolando Viveros, pensando que las estaciones en San José no pasaban en vano– entrenarse en el *jogging* crepuscular con alguna de sus alumnas más mantecosas. Sobre todo las que necesitaban hacer ejercicios, como Portia, por ejemplo, la novata que había aceptado ser su pareja esa tarde: no podía tener más de diecisiete fragantes años, aunque se la veía muy dispuesta a tomar parte en las formas más descaradamente complejas de los juegos.

Como todos los años por estas fechas, un variado grupo multirracial se reunía en el cementerio del bosque con el fin de recordar a cierto patriótico polígrafo que fue la gloria local antes del advenimiento del doctor Butler. Era recordado en los textos de historia literaria como el autor de una trilogía sobre la vida en los grandes ríos de América. El grupo se congregaba junto a una sencilla tumba, a unos cuantos pasos del Bombero Caído, monumento de granito rojizo que no perdonaba ni condecoraciones ni mostachos. Sentada sobre las lápidas de tantos olvidados, la concurrencia bebía *Old Fashioneds* en vasos de cartón de coca-cola y consumía tajadas del pastel favorito del escritor, horneado por las manos memoriosas de sus amigas, que comentaban con tristeza el deceso del letrado. Conversaban en murmullos; alguien silbaba trozos de una canción trivial, ya casi olvidada, o tarareaba las barras de una melodía de moda. Rolando acompañaba improvisando ritmos con un par de palillos.

Estaba, la verdad, atosigado con tantas flores para Gustavo Zuleta. La reciente aparición de éste en el hemiciclo fue celebrada excesivamente, en desmedro de muchos; al fin y al cabo, Zuleta era un advenedizo, un recién llegado que Rolando Viveros había hecho surgir de su mágico colero. Pero, en fin, nadie mejor que él sabía quién, exactamente, era Gustavo Zuleta, de dónde había aparecido y cuál era su insignificante historia académica. Si se insolentaba, le costaría muy poco dar cuenta del recién llegado. Rolando se levantó con la intención de ir a saludar a la viuda del polígrafo, negra como un piano y con una similar abundancia de dientes, que lo llamaba bajo la confabulación de casuarinas, pero finalmente no se acercó. Titubeando de tanto en tanto para encender su pipa, o apurando el paso si deseaba evitar a algún malicioso, deambuló entre los fumadores que, sentados en las lápidas, le ofrecían achispados brindis. El reflejo del sol y las risas bajo los grandes árboles ya comenzaban a presentar su filo de estridencia: las identidades se confundían en las primeras sombras, y los grupos, al comienzo circunspectos, iban acelerando el ritmo de los *martinis* al son del amistoso recuerdo del desaparecido hombre de letras.

Sin que nadie lo notara, Rolando se fue escabullendo hasta quedar protegido por el nidal de autos estacionados entre los monumentos funerarios, bajo los cedros y castaños, mientras Portia, furtiva, tarareando, diciéndoles un par de sílabas ininteligibles a los chinos sentados sobre idénticas lápidas adyacentes, abandonaba la reunión por el lado opuesto, con el fin de acudir a la cita de su maestro, más allá de la tremenda silueta del héroe de granito que debía disimular el encuentro. Rolando, con su barbita en punta teñida de un color un poco anaranjado, igual que lo que le iba quedando de su escobillón de pelo, y vestido con un buzo escarlata que parecía un disfraz de diablo descartado de viejos carnavales, ejecutó unos cuantos *pliés* crujientes detrás de los arándanos. Como una dríada aparecida en el fondo del bosque, acudió a sumársele Portia. Emprendieron el trote entre las tumbas, por el mismo camino que tomaron los autos para internarse bajo los cedros. Corrieron, acezando, uno junto a la otra, una detrás del otro, sin que Rolando dejara de recordar gozosamente que, justo antes de comenzar el jolgorio en el camposanto, su joven amiga le había confiado que ella era de la opinión –y todas las alumnas del curso pensaban lo mismo– de que él, Rolando Viveros, con su pipa, sus chaquetas de *tweed* un poco ajadas y sus jeans desteñidos, tenía realmente muchísimo estilo. Mientras trotaban, Rolando iba tramando cómo, llegados a cierta escarpa musgosa, la ayudaría a trepar ciñéndole las caderas por detrás, y allí, al resbalarse, con un gritito, un abrazo y hasta quizás un beso, él la apoyaría... aunque tal vez fuese él mismo quien, en última instancia, podría necesitar un apoyo de otra clase, porque no dejaba de ser un riesgo que alguna resentida profesora feminista convenciera a Portia de la conveniencia de acusarlo de apremios sexuales indebidos contra una menor de edad. Uno oía tanto cuento macabro en ese sentido... La televisión no habló de otra cosa durante todo el verano. Estaba en el aire del momento, porque las muchachitas, con tal de estar a la moda, eran capaces de cualquier barbaridad. Portia lo había acompañado otras veces en limitados retozos que, en el fondo, debido a su edad, eran los que a Rolando mayor satisfacción le procuraban.

Siguió su trote camino adelante, con su disfraz de diablo pegado al cuerpo, el sudor cayendo sobre sus ojos y borroneando la intrincada clorofila del bosque. Pronto tuvo que disminuir su velocidad, porque lejos, en la maraña verde que el otoño comenzaba a deteriorar, apareció algo, otro demonio colorado que no tardó en dibujarse como un auto, un Volvo último modelo que se abalanzaba sobre ellos. Desde adentro alguien hacía señas llamando a Rolando. Lo irritaba que Josefina se mofara de sus conquistas, así es que giró bruscamente, seguido por la dócil Portia. Sí, era Josefina, que lo llamaba con señas y gritos, dispuesta, al parecer, a perseguirlo por cualquier desvío. Bocineaba, frenética, para apremiarlo con algo que a él, con toda seguridad, no le interesaba. Continuaba manoteando desde la ventanilla, sacando sus brazos, pero él se internaba en la espesura. Josefina pasó de largo y viró para atajarlos por delante, como en una topeadura, vociferando incoherencias mientras las rodillas de Rolando y Portia ejecutaban las flexiones del trote sin avanzar, puesto que el Volvo rojo les impedía el paso. Josefina chillaba:

–¡Rolo! ¡Rolito!

Venía histérica, la voz quebrada, la cara roja, el volante tembleque. Detuvo el coche junto a ellos, haciéndolo rugir tanto que parecía a punto de arrancársele de las manos. Rolando y Portia dieron media vuelta, desplazándose junto al auto, mientras Josefina continuaba chillando desde la ventanilla: "Gorsk... Ruby... Jeremy Butler... Marcelo Chiriboga..." ¡Marcelo Chiriboga! Al oír ese nombre preclaro, Rolando casi embistió el auto con su cuerpo.

–¿Marcelo Chiriboga?

–Viene.

–No seas chistosa.

–Sí, viene a San José.

–¿Para qué va a venir a meterse a una ciénaga como San José un hombre de la categoría de Marcelo Chiriboga?

–Viene a ver a su amigo Gustavo Zuleta. Ése fue el mensaje que dejó con la secretaria del departamento.

–¡No son amigos! Ni siquiera se conocen personalmente. Me lo confió Gustavo mismo.

–Sí, y por eso tenemos que ser nosotros los que lo recibamos. Quizás Gorsk...

–¡Gorsk es un ignorante! No debe tener idea de quién es Marcelo Chiriboga. La cultura de ese pobre individuo no llega más que hasta Fray Luis: eso a mí me consta.

Se quedaron mudos un minuto. Rolando miró a Portia, demasiado atenta junto a él, y le dijo:

–*You can go now, Portia...*

–*All right. Good bye, Professor Viveros...*

–*Good bye, Portia.*

–Adiós, señora Viveros.

–*Bye bye, dear. By the way, your Spanish is becoming positively brilliant...*

Y se quedaron mirándola desaparecer al trote, entre los árboles del cementerio, hasta que Josefina le preguntó a su marido, con una voz que no era más que un murmullo:

–¿A ésta le toca este semestre?

–No seas pesada.

–Por mí no te aproblemes.

–No me aproblemo absolutamente nada, te lo aseguro.

–No tienes por qué.

–Lo que es yo, ni muerto le aviso a Zuleta.

–¿Por qué? ¿Piensas que se va a creer la muerte?

Se podía decir lo que se quisiera de Josefina –y de hecho se decía de todo–, menos que no comprendiera las cosas.

–Claro, y yo voy a quedar como un idiota.

–Si viene a San José, tiene que dar una charla. ¿Quién se la va a pagar?

–Eso es lo de menos: podemos decirle que el cheque tiene que procesarlo la universidad y, con lo largo que es el papeleo, se va a olvidar del asunto. Tú comprenderás que Chiriboga no va a estar pasándonos la cuenta. No es sinvergüenzura de nuestra parte, porque la gente como el tal Chiriboga está convencida de que su tiempo vale oro y el de los demás, nada. Se creen la muerte. Son todos cortados por la misma tijera.

–Claro, pero, ¿y Gustavo?

–*Fuck Gustavo...*

–Vamos a hablar con él.

–No, no vamos. Va a creer que le pedimos un favor. Con sus pretensiones de amistad con Chiriboga, va a exigir que le paguemos una millonada al ecuatoriano éste, que por mucho que se hable de él, no es ni tan gran escritor ni tan famoso como a Zuleta se le antoja. Si no andamos con cuidado, voy a terminar yo firmando el cheque y quizás hasta me vea obligado a improvisar una charla...

–Claro.

–Claro, mejor no decirle nada.

–Mejor. Gorsk, eso sí, es un lince...

–¡Qué ingenua es usted, mijita! ¡Pretender a estas alturas pedirle algo a un funcionario de la cultura! ¿No ve que ésta es una estupenda ocasión para que Gorsk intente cubrirse de gloria con "el caso Chiriboga" que, sin duda, se suscitará? ¿Y que, a lo más, le va a hacer una entrevistita insignificante para publicarla en la revistita de mierda de un *college* sin ningún prestigio, sólo para agregarla a su currículo y dejarnos a todos como imbéciles?

–No te sulfures tanto, hombre. Acuérdate de que Gorsk es hispanista, no latinoamericanista. No está compitiendo con nosotros.

–Los hispanistas son enemigos declarados de los latinoamericanistas; están dispuestos a hacer cualquier cosa con tal de dejarnos en ridículo. Y más aun si el hispanista es el que maneja los cordones de la bolsa del departamento, como Gorsk en el caso nuestro. Los hispanistas están permanentemente al acecho contra nosotros, no hay que olvidarlo. ¿Qué sabemos de lo que puede pasar a nivel platas en este caso? Siempre hay que esperar una zancadilla de parte de ellos.

–No había pensado en eso, pero tienes toda la razón del mundo. Hay que tener cuidado.

Anonadados, se quedaron oyendo rugir el motor del Volvo, sin hacerlo partir. Estaban como en un trance. De pronto Josefina despertó:

–Se me ocurre una idea: le pido a Mi Hermana Maud que lo aloje y...

–¿Y?

–Bueno, el honor de alojarse en casa del doctor Butler sería suficiente, me parece a mí...

–¿Tú crees que un latinoamericano común y corriente como Chiriboga aprecia lo que es un Jeremy Butler?

–Chiriboga no es tan común y corriente. Todo el

mundo conoce al doctor Butler y todo el mundo conoce a Marcelo Chiriboga.

Pensativo, Rolando asintió ligeramente:

–Podría llegar a ser. Claro que uno nunca comprenderá las prioridades de gente tan subdesarrollada como los latinoamericanos.

–¿Habrá dejado su teléfono con la secretaria del departamento?

–Eso es lo primero que tenemos que averiguar.

–Gustavo puede tenerlo.

–¡Gustavo, Gustavo, Gustavo...! ¿Crees que el imbécil de Gustavo Zuleta es dueño de esta universidad porque escribió un par de artículos sobre Marcelo Chiriboga? ¿Qué puede saber Gustavo Zuleta, si acaba de llegar?

–Lo que es yo, no he leído ni una sola novela de Marcelo Chiriboga.

–Yo leí su primer libro no más, hace como veinticinco años. Bastante mediocre, te diré. ¿De dónde habrá llamado?

–La secretaria dice que de Chicago. Puede aparecer por aquí en cualquier momento.

–No creo que nadie haga un viaje especial para pasar la tarde con un tipo como Gustavo Zuleta; al fin y al cabo, no es más que un profesorcito de poca monta.

Capítulo seis

Desde que la Ruby se peleó son sus padres, andaba siempre corta de dinero. Les repugnaba –se lo gritaron en esa ocasión– verla engordar minuto a minuto. Su bulimia se les fue haciendo tan repulsiva que una mañana, a raíz de las injurias que le lanzaron –así culminó todo lo que se venía deteriorando desde su infancia–, la Ruby se marchó de la casa. No pretendía volver nunca más, ni contar con ellos para nada. No sólo porque eran unos miserables, sino sobre todo porque no toleraban su apariencia de lechón. Su gordura, además de asquerosa, era para ellos señal segura de condena, el baldón de los que carecerían para siempre de toda cultura, aquellos a quienes la ignorancia condenaba a la prisión de su propia carne. La Ruby abandonó la casa con su maletín en la mano, vociferando:

–¡Nunca perderé peso! Mi gordura no es basura ni mierda para el estercolero. Mi gordura es mía: la asumo como parte integral de mi ser y de mi vida, no como algo vergonzoso que deba disimular. Es mi opción personal. No pienso vivir entre gente a la que no le puedo exigir que reconozca esta forma mía de marginalidad. Y si alguien se propone quererme –bramó–, va a tener que quererme con todos mis kilos. ¡No quiero ser flaca! Los flacos me producen asco… el mismo asco que los gordos les producimos a ellos. Mi gordura es algo que no estoy dispuesta a sacrificar, porque mi esencia, lo que más valoro en mí, reside en ella. La considero mi bandera de lucha, mi grito de protesta, mi rebelión, mi forma de desobediencia civil. Cualquier otra condición sería, para mí, artificial, una venia obsequiosa al último pataleo del machismo en su crisis terminal.

Estas mismas convicciones las planteaba con tanta elocuencia en las animadas asambleas de la asociación Gordura es Hermosura, que terminó prestigiándose como una respetada autoridad en la materia, sabia consejera de muchachas y muchachos mofletudos que se acercaban a la asociación en busca de apoyo. Ella –peroraba la Ruby, poniéndose como ejemplo– había tenido que apoyarse sola. Creció como la mayor de dos hermanas, en una familia de obreros que carecía de toda ilustración. Originarios del lejano estado de Idaho y sin raíces, sus padres emigraron sin suerte ni propósito de un estado a otro, de ciudad en ciudad, para culminar el amargo periplo –que fue borroneando toda posible identidad de la familia– en un sofocante barrio de Miami, en una calle habitada mayoritariamente por negros. Su Idaho natal –la Ruby apenas lo recordaba– era un pueblito aun más insignificante que este San José, cuya universidad le ofreció por fin una magra beca para mantenerse como estudiante. La aceptó. Al cabo de un año estaba aburrida con tanto "Washington académico" cruzando el Delaware y con los acentos circunflejos del francés obligatorio. Un artículo, leído en una revista femenina mientras esperaba ser atendida por el pedicuro, le abrió literalmente el apetito sobre las *realidades virtuales:* de ahí le bastó un paso para aceptar la validez de la cena de bario, el café sin cafeína, el dulce sin azúcar, la grasa sin gordura. La Ruby fracasó en sus exámenes, no por insuficiencia de sus legajos universitarios, sino por el abuso de una dieta tan posmoderna que la había llevado casi a doblar su peso. No sólo a causa de su rencor se negaba a regresar a la casa familiar, sino también porque, como desquite, comía el doble que antes. Mantenía, eso sí, su caminar airoso y la gracia de sus movimientos: una genética afortunada salvó la finura de sus tobillos y muñecas, signos remotos de una Ruby que pudo haber existido.

Llegó al convencimiento absoluto de que la gordura era lo suyo y, como una forma de lo que en política suele llamarse "la línea dura", fundó el grupo radical Gordura es Hermosura. A través de esta combativa asociación, proyectó sus reivindicaciones, sustentándolas en estadísticas y porcentajes, datos históricos y arqueológicos, geográficos y meteorológicos... y luciéndose al nadar en las piscinas o bailar en las discotecas: todo esto, teoría y praxis, buscaba demostrar que el *ser humano gordo* no es un monstruo ni una extravagancia de la naturaleza, sino sencillamente la víctima de una sociedad represiva que, por temor o culpa, lo clasifica todo según cánones dictatoriales.

Tras su fracaso académico, la Ruby encontró una pasable media jornada de trabajo como conserje en el hotel Congreve/San José. No por esto se rebajó a contar calorías y hacer dieta. Su vigilancia profesional la mantenía físicamente aletargada, reposando en todas las posiciones que le permitiera su asiento y con la vista perdida en una lontananza ficticia, como si contemplara el mar. De día se ganaba el pan –cuanto menos dinero tenía, más pan consumía, y más tallarines, pizzas, chocolates y bolsas de palomitas de maíz, de dimensiones cada vez más espectaculares– haciendo corretaje de propiedades para una importante firma de San José.

Sus jefes de la oficina de corretaje le confiaban toda clase de clientes, porque la Ruby era alegre y atractiva pese a su voluminoso contorno –bajo su ropa, cuidadosamente escogida y jamás usada como disimulo, se adivinaban los picarescos hoyuelos de su carne–: todo el mundo quedaba deslumbrado con ella, desde el profesor primerizo en busca de un departamento de soltero –y que no se atrevía a invitarla a salir, por pudor de que lo vieran bailando con una señorita un poco menos gorda que una florista de Botero y bastante más abotargada que una Sabina de Rubens– hasta la pareja de refinados que se regodeaba con instalarse en una mansión al más puro gusto decimonónico.

Gustavo Zuleta se sorprendió: al bajar a entrevistarse con la persona que la oficina de propiedades comisionaba para ayudarlo a buscar casa, descubrió a la Ruby esperándolo. Blanca y sonrosada, reclinada en una *Barcelona chair* de imitación, descansaba con el abandono de una figura de Henry Moore, luciendo su inefable sonrisa de gato de globo. Al verla, incongruente en medio de su portadocumentos, su cartera, su impermeable y sus carpetas, Gustavo decidió, por pura simpatía, alquilar la primera casa que le ofreciera.

Se subieron al auto que la oficina ponía al servicio de sus clientes. Faltaban minutos para la una de la tarde. Gustavo observó, hechizado, cómo la Ruby maniobraba su trasero prensil para introducir su volumen entre el volante y el asiento. Una vez instalada, estiró las piernas: sus muslos parecían los de un *canard à la presse*. Desplegó graciosamente su brazo para accionar un botón del tablero. Era como si todas sus extremidades fueran proboscides muy hábiles para efectuar ajustes milimétricos: un pequeño elefante de finísimas terminaciones.

–¿Almorzó, profesor Zuleta? –fue lo primero que quiso saber la Ruby tras poner el motor en marcha.

–No –contestó él–. En Chile tenemos costumbre de almorzar más tarde.

Aunque se dio cuenta de que estaba a punto de aventurarse por un camino azaroso, enunció la irreprimible pregunta:

–¿Y usted...?

–Yo ya almorcé, no se preocupe por mí. No tenemos apuro, puedo acompañarlo para que no coma solo... Le propongo el restaurante La Tasca.

Se sentaron a una mesa con mantel a cuadros, colorados como los de una *trattoria,* sólo que de papel. Gustavo se dio por fin el gusto de estudiar en reposo a su compañera. ¿Cómo era posible que alguien de estatura corriente resultara tan monumental? Su desbocado escote revelaba un cuello semejante a esos pedestales sin fuste, pura base y capitel, rodeado de anillos, usados para colocar un busto de tamaño mayor que el normal en el nicho de una *loggia.* Su piel, lo primero en que se demoraba la vista, era tan fina que el menor roce podría marcarla con un hematoma o un *intaglio.* En sus axilas, dos medialunas discretamente más oscuras dibujaban el secreto de su vitalidad juvenil. De vez en cuando se enjugaba el escote con un insustancial pañuelito de encajes. Dejó caer su menú sobre los cubiertos y le preguntó cordialmente a Gustavo:

—¿Cómo lo está tratando San José?

—De lo más bien. Claro que llevo aquí apenas una semana, así es que no he tenido tiempo de acostumbrarme... Pero todo el mundo parece dispuesto a echarme una mano. Rolando y Josefina, que conocen todos los vericuetos del pueblo, han sido sumamente amables.

—¡Ah! ¿Son amigos desde hace mucho?

—Él, sobre todo. ¡Me ha ayudado tanto! Josefina es... es un poquito más, cómo diría yo... un poquito más...

—No es que Rolando no tenga sus problemas...

—Como todo el mundo. Pero le encuentro a ella una personalidad más compleja, aunque quizás sólo sea más complicada... —vaciló—. Sus problemas son en otro sentido.

—¿Cuál sentido?

—No sé. En fin, no tiene importancia.

—Claro.

—¿Quiere servirse algo? Me da no sé qué estar comiendo estos *spaghetti Alfredo* sin que usted me acompañe. ¿Le gustaría un postre?

El rostro de la Ruby cambió: como si mantuviera las comisuras de su boca inmóviles a la fuerza, y los ángulos de sus ojos, caídos hacia las sienes, tomaran un sesgo triste, a lo Pierrot. Pero esa máscara de vulnerabilidad fue suplantada de golpe por la altivez de su respuesta:

—No, gracias. Cuando quiero comer algo, lo pido personalmente. Además quiero advertirle, si vamos a ser amigos, que estoy por encima de las dietas. Me parecen un embaucamiento, una concesión a las exigencias sociales.

Parecían palabras desdeñosas, pero Gustavo percibió en ellas un quejido soterrado. Con ánimo de consolarla, le acarició la mano extendida sobre el mantel a cuadros. Algo había cambiado en su compañera. Inexplicablemente, se había puesto fea: tenía el pelo pegoteado, un bozo le sombreaba el labio, un diente trizado la desfi-

guraba, la dulce y tibia papada le caía demasiado suelta...
La Ruby bosquejó un ademán, como para retirarse de la
mesa y partir con cualquier destino.

Incapaz de moverse en un espacio tan angosto, el
peso de su trasero la hizo caer sentada otra vez sobre la
banqueta. Muy seria, murmuró:

—Oh, Dios, siempre me pasa.

—Pidamos que retiren la mesa.

—No es eso... ¿Por qué siempre quieren obligarme
a comer?

Sacó su polvera y se empolvó la nariz minuciosamente. Cuando se hubo disipado la nubecita, brillaba
otra vez su naturaleza de diosa. Gustavo tuvo la precau-
ción de evitar una escena: no volvió a hablar de comida.
Puso, en cambio, el tema de Josefina Viveros. Sabía que
nada reconforta tanto a una mujer como hablar mal de
su mejor amiga. Le preguntó, entonces, a la Ruby por
qué Mi Hermana Maud quería tanto a Josefina y tan poco a Rolando.

Mientras la Ruby se despojaba de sus iris turquesa,
Gustavo se distrajo intentando adivinar si eran estos nuevos ojos pardos los verdaderos, o bien los anteriores —los
azulinos—, los que lo habían examinado desde la oscuridad de la galería.

La táctica de la insidia dio tan buen resultado que,
al cabo de unos minutos, la atención de Gustavo se des-
plazó otra vez desde los ojos de su interlocutora hacia
aquello que estaba diciendo. La Ruby, que había recupe-
rado la fluidez de sus cabellos y lo absorbente de su boca,
se puso a desmontar el personaje de Josefina con la destreza de un *gourmet* que desmonta el espinazo de una per-
diz. Devoraba, entretanto, un plato de arroz con leche a
la española que le había traído de regalo, como quien
obsequia un ramo de flores, su amigo Félix, cocinero y
dueño del restaurante. Más joven que la Ruby —poco más
que un niño atosigado y resoplante—, doblaba en corpu-
lencia a su amiga y tenía que apoyarse en una baranda de
aluminio portátil para caminar.

Félix se despidió después de charlar unos minutos.
Antes, susurró la Ruby, el cocinero solía invitarla a salir,

pero ella ya no lo aceptaba, porque los mirones parecían contabilizar cada plato que pedían, cada cucharada que se echaban a la boca. Y a ella le gustaba tanto bailar rock, difícil proeza para un compañero que debía usar semejante prótesis. Pero eran muy buenos amigos. Mientras saboreaba su angelical postre blanco, la Ruby se puso a chismear con la misma candidez con que comentaría la vida sentimental de los serafines. No era secreto para nadie que Josefina Viveros se había portado toda la vida como una sinvergüenza. Sin embargo, ya era muy raro que alguien murmurara: Josefina, igual que Mi Hermana Maud, aunque de un modo muy distinto, era de esas personas afortunadas que llegan a "tener sus cosas", y a las que se les suele tolerar cualquier extravagancia.

Josefina había recalado muchísimo tiempo atrás en San José, legal y religiosamente soltera, aunque arrastrando consigo a un hijo, entonces de seis años y ahora a punto de cumplir unos terribles veinticuatro en Washington DC. La figura ausente del padre de este niño, censurada e incierta, autorizó a las pacatas matronas de San José para emprenderlas contra la recién llegada, pero tuvieron que callarse cuando se supo que Josefina venía a caballo de unas recomendaciones muy calurosas del insigne doctor Jeremy Butler. Sus amigotes de San José, dispuestos a hacer cualquier cosa para complacerlo, debían proporcionarle un buen trabajo a Josefina, aunque la recomendada hablara poco inglés y no tuviera entrenamiento para nada en particular.

Entonces las damas locales comenzaron a encontrarle gracias —como la de vestirse bastante bien, considerando el escaso dinero de que disponía—, hasta que estalló su historia completa: la relación con el gurú no había sido así no más, y poco les costó a las matronas convencer a Maud de que no la recibiera. Claro que en ese tiempo Maud no era aún Mi Hermana Maud, sino apenas una solterona provinciana de conducta intachable y sin recursos. No figuraba para nada. Sólo llegó a tener la autoridad de Mi Hermana Maud cuando el doctor Butler, después de enviudar, se trasladó a su pueblo natal, imponiendo enseguida a la pobre Maud, que en buenas cuentas no era más que una tonta. Josefina, muchísimo más joven, más vivaracha y de origen misterioso, intentó usurpar el lugar preeminente de Mi Hermana Maud: las confidencias afirmaban que ella y su hijo Max constituían la familia putativa del eminente científico. Se echó a correr la especie de que Max era el fruto de las relaciones de Josefina con el doctor Butler, por lo que no sólo heredaría sus bienes, sino también su talento. En realidad, dejaba entrever Josefina, el retorno a San José del matemático –para brillar como estrella máxima del Medioeste– se debía, no tanto al deseo de visitar de nuevo los pagos de su adolescencia, sino más bien al de estar cerca de ella y de su hijo, para finalmente desposarla y adoptar legalmente a Max. Pero con el tiempo todos fueron envejeciendo... y envileciendo: Max huyó a los dieciocho años con dinerillos robados al doctor Butler, estableciéndose más tarde en un barrio racialmente mixto de Washington DC, donde se instaló con un taller de artesanía –tuvo poco éxito– y con una mulata transitoria. Nadie dio paso alguno para recobrar al hijo descarriado, dejando que el *statu quo,* la postergación y el silencio lo deglutieran. El posterior matrimonio de Josefina con el profesor chileno Rolando Viveros no cambió nada. Sólo cimentó su *status* de señora en ésta, su nueva encarnación. Josefina les pagaba diezmos a los Butler, aceptando sin chistar toda clase de tareas domésticas en su casa. Por ejemplo, se amarraba un trapo en la cabeza y pasaba la aspiradora una vez por semana, o preparaba comidas para dejarlas numeradas, rotuladas y fechadas: así Maud no tenía más que sacarlas del congelador y meterlas en el microondas.

Cocinera, amanuense, chofer que los acarreaba en auto cuando oscurecía temprano o el hielo convertía en un resbaladizo espejo los pavimentos de San José; pero, sobre todo –y ya ni esto tenía por qué ser secreto, pues el doctor Butler era tan viejo que, según la opinión generalizada, nada fuera de su computador podía excitarlo–, Josefina servía de pantalla para encubrir los devaneos del matemático. Ya no eran *conquistas,* sino algo parecido a los juegos prohibidos de los niños, castigados con un bofetón del padre para que no se repitan. Era Josefina, quizás cumpliendo una secreta misión universitaria, quien salvaba al doctor Butler cuando lo veía agobiado por su propia indiscreción con una alumna demasiado joven. Entonces la chilena le procuraba a alguien más adecuado, de menor riesgo. "¡No lo voy a saber yo!", exclamaba la Ruby riéndose a carcajadas; ella misma había tenido que despegar de sus enjundiosos muslos las manos tentativas, blandas, sudorosas, adherentes, del gran hombre. Luego debió enfrentar la ira de Josefina por no haberle concedido ni un milímetro al pobrecito. Pero el doctor Butler de pobrecito no tenía nada. Era un viejo cochino que ni se dignaba a susurrar una palabra amable para que le permitieran hurguetear. Sí, lo único que quería era hurguetear. Y ella, la Ruby, no era de esas muchachas que se dejan meter mano por cualquiera con tal de triunfar en un examen... o simplemente para pasarlo bien.

–¿Quién podría pasarlo bien con un anciano como el doctor Butler, que no tiene fuerzas ni para subir al segundo piso? –preguntó Gustavo, riendo. Lo divertía la procacidad de la Ruby, un juego que Nina no le permitiría jamás.

Iban saliendo del restaurante por el pasillo que conducía a la calle. Envuelta en un impermeable de muchos bieses, chorreando bufandas y condecorada con abundantes botones y hopalandas, la Ruby se veía aun más voluminosa.

Miró una puerta a la izquierda del pasillo, antes de salir.

–¿Quiere ver? –le preguntó a Gustavo.

–¿Qué cosa?

–¿Tiene un *quarter*?

¿Estaban los tiempos para tanta cautela? ¿Por qué todo lo de la Ruby parecía suceder como a escondidas, con otro nombre? ¿Por qué todo semejaba una reedición de esos juegos de la niñez en el calor de la siesta, en los rincones más prohibidos de la casa? ¿Quería entrar en el baño con él... o lo iba a invitar a una casa de citas? No, no podía ser: pasaban familias con niños desbocados, abuelas de compuestos bucles grises, mujeres de zapatos planos, carentes de todo atributo erótico. ¿Por qué diablos sentía que todo lo relacionado con la Ruby tenía que ser un poquito vicioso? ¿Por qué una muchacha sana y limpia como ella no iba a tener otro pensamiento que atraparlo en la poderosa maquinaria de sus apetitos, para consumirlo, condenándolo a ser objeto de su venganza? ¿Venganza de qué... y por qué? ¿Qué delito había cometido él, salvo reconocerle su belleza, pese –y quizás esta palabra, *pese,* escondía el motivo que suscitaba su venganza– a su obesidad?

La Ruby insertó la moneda en una ranura, a un costado de la puerta –¿secreta?, ¿prohibida?, ¿discreta?–, que se abrió con un ¡clic! nada portentoso, revelando una habitación de tamaño normal, aunque desprovista de muebles y ventanas. La Ruby pulsó un interruptor. Se encendió una luz tenue y el ámbito se llenó de un rumor de oleaje, reanimándose con los guiños de las estrellas que rodaban por el espacio.

–Venga –susurró la Ruby.

Tomó a Gustavo de la mano para conducirlo a espacios para ella evidentemente familiares y que –recordó la frase– podían ser espacios artificiales. Como no la vio ponerse las gafas bicolores, descartó esta posibilidad.

Iba a avanzar, pero se recogió ante un monstruo que se abalanzaba sobre él desde la profundidad de un espejo. Quiso retroceder: el monstruo tenía las fauces abiertas para gritar y los ojos desorbitados, fijos, como si quisiera hipnotizarlo. Pero ni el monstruo ni él gritaron. Suspendidos en ese vértigo, oscilaban en el fondo de cada uno de los espejos, que eran como simulacros del abismo. ¡Claro que el monstruo no iba a gritarle! Ésta no era más que una de esas cámaras de espejos deformantes que suele haber en la entrada de los circos y las ferias más modestas. Espejos a cuyas profundidades los niños se asoman, hacen una pirueta y una morisqueta, no se asustan, no se ríen, no creen lo que ven, y parten sin interesarse más: están habituados a cambios de identidad más complejos. La Ruby, en ese momento, parecía estar elaborando otra imagen de sí misma. Quizás evocaba aquellas transformaciones de la niñez por medio de disfraces, esos juegos escondidos en alguna bodega, soberado, desván, guardadero, basural, rincones donde no existen límites para la fantasía. Juegos más o menos perversos, según con quién y a qué hora y dónde y a qué edad se juegan. Cambia no sólo la apariencia del niño, sino también su percepción de las cosas, según los trapos con que se envuelve, la bandolera que se tercia, las plumas con que se enjaeza o se corona. Gustavo percibió que, en ese país, cualquier imagen suya en otra persona –en Rolando, en la Ruby, en Gorsk, en el doctor Butler– era una burbuja que podía estallar dando lugar a otra burbuja, que también sería él... y en esta habitación hechicera parecía más fácil existir como *otro*, o por lo menos como un reflejo modificable, suplantable, supletorio. Todo era disfraz, todo trapo, todo efímero.

La Ruby se contemplaba, extática, en uno de los espejos de la cámara, sumida en una comunión con otro reflejo que, al comienzo, Gustavo no reconoció –¿era virtual o real eso que se vislumbraba en el mercurio de la pared?–, aunque él mismo se había pasado la vida buscándose de un espejo a otro: Gustavo rechoncho y chato; Gustavo con todo un costado como derruido por un rayo; Gustavo altísimo y flaquísimo; Gustavo con piernas de zancudo que le comenzaban en el talle, o breves como las de un ganso; Gustavo barrigón; Gustavo tentativamente enamorándose de la Ruby; o amando a Nina, que esperaba el nacimiento de Nathanael, junto a las rompientes de El Quisco, con la misma austeridad con que esperó su corona cuando fue elegida reina por sus compañeros de curso. Entonces había compartido con Gustavo ese sueño de una sola dicha, no arrastrado por este remolino de virtualidades. ¿Qué hacer con este vacío? ¿Echar mano del disfraz más próximo y menos doloroso, arrebozándose en él, y tirarlo a la basura después de usarlo? ¿O reciclarlo, o venderlo, o desmembrarlo como se desmiembra una unidad cualquiera, para armarla de otro modo? Las cosas tienen más de una vida, siempre un doble fondo más allá de su destino inicial: vivir era ir descubriendo otras formas, de acuerdo con una sintaxis distinta, con otro vocabulario y otra gramática. Todo traducible y transformable, sin contorno definitivo, porque un vocablo se puede intercalar entre otros para que signifique cosas distintas. Bufanda gastada, sombrero despreciado por la moda, chaqueta cuya hechura ya no conviene, flecos, pañuelos, plumas, todas cosas que se usan a modo de máscara. La imaginación acumula vocabularios tan tremendos que pueden anular al ojo que estuvo contemplándolas, cuando todavía eran parte de un sistema que se desintegró. La chaqueta quedó chica y no encontró manos que supieran acomodarla; quedó apretada, anticuada, irreparable, tal vez grotesca: hay que regalarla para que otro reconstruya algo con ella, y así la salve del limbo. Dársela a alguien capaz de comprometerse con un paso más de su trascendencia. Hacerla encarnar otro disfraz... Toda imagen es válida si genera un vocabulario de deformaciones.

Como la Ruby, por ejemplo: al cabo de un segundo, Gustavo identificó su escorzo tridimensional en la infinidad de existencias propuesta por los espejos. Se había calado sus gafas bicolores: el mundo era pura *realidad virtual*. La vio alta, estilizada, con brazos y piernas muy largas, un hombro ligeramente más adelantado que el otro, flaca, los pies en *tercera posición*, una mano en la cadera y la otra blandiendo una larguísima, imaginaria boquilla de extravagante elegancia: un movimiento, un cambio de luz, y se transformaba en otra persona. Parecía –¡era!– la más sofisticada maniquí de una revista de modas, contemplándose arrobada en su narcisismo, cifra de lo que todas las mujeres aspiran a ser. Pero también frágil como una hoja que palpa el aire; carente de vísceras, como a las mujeres les gusta pensarse: huecas, despojadas de sus glándulas esclavizadoras para acceder a formas más exaltadas. Este reflejo de sí misma era lo que la Ruby había venido a buscar. Una mujer que fuera pura vestimenta: disfraz, arreo, atuendo en perpetua fluctuación.

Gustavo dio un paso hacia ella sin amor ni deseo,

impulsado por la pura fascinación. Pero la Ruby lo eva-
dió con una vivacidad que la trizó en el espejo; la fantasía
se redujo a sus componentes, y ella volvió a adquirir un
volumen realista.

Capítulo siete

No se dirigieron inmediatamente a ver las casas en arriendo, como había sido su intención al salir del restaurante. Lo postergaron para después de un paseo –que duró menos de cinco minutos– por el borde interior del bosque que envolvía a San José. En su zona de mayor concentración urbana, el pueblo no era más que una vaina de tres o cuatro manzanas, con tiendas y oficinas alrededor de la Plaza del Capitolio, el cual, digno y seminal en su blancura, se alzaba en medio de patrióticas estrellas y franjas de cianotus y begonias. Más allá, el pueblo iba desgranándose en casas y jardines de mayor prestancia. Pero la urdiembre vegetal lo acaparaba todo, aislando una que otra construcción en su espesura, poniendo de manifiesto la clorofila como elemento dominante. Dondequiera que alguien se encontrara, se decía con orgullo –dictando una clase, escribiendo un memorando, haciendo cola para entrar en un cine al atardecer–, podía oír algo semejante a un rumor de hojas, y no era imposible observar reverberos verdes en las gargantas y los escotes de la juventud.

Al cerrar la puerta del restaurante, que daba sobre uno de los caminos del bosque, Gustavo supo que nada le gustaría tanto como sumirse en esa marea vegetal –tan distinta a los polvorientos campos de su país, pura tierra y piedra, puro esqueleto– con la Ruby como náyade principal de su séquito. Pero a los pocos pasos sintió en peligro a su amiga, a punto de perderse en un bosque donde acechaba el lobo, o la bruja en su deliciosa casita de chocolate... Al mascarla, la pobre Ruby se inflaría aun más; para que no sucediera algo tan grave, la tomó de la mano.

El aliento de la muchacha era tan corto que Gustavo no entendía la mayor parte de las cosas que ella iba contándole. Poco a poco, eso sí, como si temiera una intimidad mayor, la Ruby fue desprendiéndose de su mano, como por etapas, imperceptiblemente, mientras se acercaban al centro. Se quedaron parados, igual que una pareja de turistas, en la esquina de la Jeremy Butler Avenue, admirando el Capitolio. Cruzaron con luz amarilla. Gustavo iba comentando que la secretaria de Español lo había llamado por teléfono esa mañana para rogarle que pasara por la oficina del departamento, en el Capitolio, a recoger la lista de alumnos inscritos en "El *boom* de la novela latinoamericana contemporánea". Había pensado dar un curso más novedoso, más adelantado: algo sobre los latinoamericanos y el estructuralismo, por ejemplo. Pero Rolando le aconsejó un curso básico para comenzar, y él exhumó entonces sus manoseadas lecciones sobre el *boom,* fenómeno del cual por esos andurriales no estarían suficientemente informados.

Sonó una campana para terminar una clase. Al otro lado de la calle –que Gustavo cruzó escoltando a la Ruby, sonriendo al advertir que sus abultadas caderas y sus piernas demasiado juntas y cortas y terminadas en punta dibujaban una silueta semejante a la Venus de Willendorf–, ella se detuvo y alzó un poco el brazo.

–¿Qué pasa?

La Ruby no le contestó. Sus antenas parecían haber detectado algo. Los estudiantes, con libros y cuadernos bajo el brazo, se atropellaban para entrar y salir del Capitolio, bajando y subiendo su amplia escalinata central –flanqueada por dos leones *couchants*–, y atestando el atrio, las gradas, la plaza misma. Formaban pequeños grupos, muertos de risa mientras devoraban cucuruchos de helado sobre el césped y discutían –¿por la supuesta injusticia de una nota?– con algún joven profesor. Una muchedumbre envidiable, pensó Gustavo. ¡Qué feliz iba a ser Nina en este ambiente, con tiempo de sobra para releer, por fin, el *Grand Siècle,* y pasear a Nat en su primoroso cochecito –había visto ya el vehículo ideal esa mañana en que se aventuró a Sears, y se lo tendría de regalo: ¡que nadie dijera que no se preocupaba por su hijo!–, y cómo iba a disfrutar de los árboles y las flores, ella que era tan jardi-

nera! Nina, gracias a su excelente relación con los jóvenes
–lo demostró la popularidad de su seminario sobre exis-
tencialismo, el año pasado–, iba a gozar en este paraíso.

La Ruby se había amparado detrás de un abanico
de hojas amoratadas, la vista fija en la escalinata del Capitolio. Escondiéndose de un arbusto en otro, fue avanzando sigilosa hasta muy cerca de la escalinata, sin revelarse
a los que se encontraban más allá. Gustavo se agazapó
detrás de ella, involucrándose en el jueguito.

–Ahí están –exclamó la Ruby.

–¿Quiénes?

–Los chinos del doctor Butler. Los han estado
buscando por todo el campus. Se habían evaporado.

–¿Qué hacen?

–Se están fotografiando.

–Serán japoneses, entonces.

–¡No! Son chinos. Los únicos que hay en San José.
Y no hablan más que chino. ¡Quién sabe cómo se enten-
derán con el doctor Butler! El otro día uno de ellos compró una máquina fotográfica, aunque pueden haberla fi-
nanciado entre los dos. Han fotografiado el campus entero. A mí me fotografiaron por detrás. Oí el ¡clic!, me di
vuelta y traté de quitarles la máquina, pero salieron corriendo y no pude alcanzarlos. ¡Como si fuera a robarles
su preciosa máquina! ¡Una Polaroid Instamatic, de lo más
ordinaria! Desde que la compraron han dejado de estudiar, o de hacer qué sé yo lo que hacen cuando llenan el
pizarrón de fórmulas con el doctor Butler. Los han busca-
do por cielo y tierra. El doctor está sumamente alterado y
se teme que le dé un ataque con la desaparición de sus
chinos. No se han ido de San José, porque todo el mundo
afirma haberlos divisado revoloteando con su cámara en
alguna parte. Hasta metiéndose en un silo, dicen que los
alcanzaron a ver. Pero ha sido imposible cazarlos. Es como si se desvanecieran justo cuando los van a atrapar... y
cuando nadie espera verlos, aparecen. Como ahora.

–¿Vas a ir a decirles que los andan buscando?

–¡Ni muerta! Tienen un examen dentro de cuatro
semanas. Los muy tontos se están jugando un nombramiento importantísimo en el Pentágono al perder el

tiempo con esa Polaroid. Ya están grandecitos y sabrán lo que hacen. Yo no tengo nada que ver. Míralos: parece que se estuvieran riendo de algo...

Los chinos podían o no estar riéndose. Era cuestión de interpretar sus máscaras huesudas. Bastaba que éstas se tensaran en uno u otro sentido para que los signos de sus cejas y de sus bocas cambiaran de posición, alterando una clave imposible de dilucidar para un extraño. Parecían dotados de una agilidad prodigiosa: uno se encaramaba en el lomo de uno de los leones mientras el otro presionaba el obturador; bajaba luego de un brinco para esperar el retrato que salía de la Polaroid Instamatic, y ambos lo recibían haciendo venias, con una expresión que podía ser de risa o de llanto, profiriendo comentarios o explicaciones que no aclaraban nada. Enseguida el fotógrafo le entregaba la cámara al fotografiado, que se trepaba al león para repetir la hazaña: el fotografiado era ahora el fotógrafo, y el fotógrafo, el fotografiado. Saludaban con reverencias a la nueva imagen, dándose palmaditas de mutua congratulación. Reproducían luego el rito en otro lugar: sentados en las gradas, abrazando una columna del pórtico, con una margarita en la oreja, encaramándose a un ciruelo... siempre barajándose, como si tuvieran el propósito consciente de confundir sus identidades. Una muchacha les ofreció fotografiarlos juntos –seguramente, la gentileza de una afiliada al Comité de Ayuda al Visitante Extranjero–, sentados sobre el respaldo de un mismo escaño; la rechazaron con amables venias simétricas y volvieron a sus juegos. Se enrollaron al cuello, uno primero y después el otro, una larga bufanda mientras, por enésima vez –inidentificables, paralelos, obsesionantes–, se fotografiaban alternadamente. Solamente una fotografía juntos –como la que acababan de rechazar– los señalaría como personas *distintas*, anverso y reverso, avatares diferentes del mismo gesto. Esa sola imagen bastaría para escindirlos.

A Gustavo todo esto le pareció siniestro. No habían retratado el trasero de la Ruby por encontrarlo cómico, o por su parecido con la Venus de Willendorf. Lo habían hecho por motivos recónditos, arcanos: era ese misterio lo que aterraba a la Ruby, impulsándola a perseguirlos o a esconderse de ellos.

–¿Cómo van a saber después cuál es cuál en los fotos? ¡Son idénticos y llevan jeans y camisetas iguales!

–¡Ah, ellos lo saben muy bien! Como esos cálculos en el pizarrón que sólo ellos entienden. Deben contar con signos y fórmulas que los orientan, algo les dirá que uno es uno y no el otro... ¡Los detesto! Me producen escalofríos. ¿Cómo nos verán a nosotros? ¿Cómo interpretarán nuestra historia, nuestra ironía, nuestra ternura? ¿Qué pueden entender de nuestra visión de lo que es ridículo o grotesco o admirable? Me figuro que para ellos somos sólo un reflejo, una *realidad virtual*. Cada vez que uno de los dos me hace una venia en el campus, siento un escalofrío. Me parece que tal vez la inteligencia, el dolor, la añoranza, corren para ellos por caminos contrarios a los nuestros. ¡Por suerte no hay más que estos dos chinos en San José! A veces, cuando despierto en la noche con una pesadilla, sola en mi cama, se me ocurre que son miembros de una secta que los mantiene aquí encerrados... total, como el pueblo es tan chico y todo el mundo se conoce, no es difícil vigilarlos. ¿Pero quiénes, y con qué fin, querrían vigilar a dos matemáticos puros que no se pueden comunicar con nadie, y que hablan sólo de matemáticas y en chino?

La Ruby redondeó su frase reflexivamente, como era su estilo cuando se dejaba caer hasta el fondo. Oyeron la campana para volver a clases tras los diez minutos de recreo.

De repente, los chinos se esfumaron como un fogonazo. Gustavo y la Ruby fueron, al parecer, los únicos testigos. La Ruby titubeaba entre acompañar a Gustavo a la oficina del departamento de Español en el Capitolio, y huir a protegerse en su auto, estacionado a unos pasos. Pero en cuanto vio que la plazuela quedaba desierta, tomó de la mano a su amigo:

–Vamos... –le dijo.

San José –o Saint Jo, como lo llamaban los iniciados en el vernáculo local– no había sido siempre un pueblo a trasmano del poder. En las décadas que siguieron a
la Guerra de Secesión, el gobierno encargó a una firma
de ingenieros de Katowicze la tarea de terminar el ferro-
carril cuyo objetivo era extender la civilización, a través
de la pradera, hasta San José, en los confines occidentales del estado. Pero los sindicatos ferroviarios, a medida
que se fueron completando los tramos, se opusieron a la
explotación de los capitalistas, y la vía férrea, que había
costado tantos sacrificios, se desvió hacia el sur, favore-
ciendo a un grupo de empresarios que, desde Washington, mostró interés por este cambio. Con la esperanza de
acelerar los trabajos, los senadores opuestos al cambio se
habían dado prisa en edificar un Capitolio regional,
destinado a albergar a la futura magistratura, pues anhe-
laban ver a San José constituido lo antes posible en punta
de rieles y capital de la comarca. Dotaron a la nueva
construcción de una cúpula de metal dorado que relucía
al sol, un pórtico de columnas dóricas y una amplia escalinata flanqueada por dos leones *couchants* –su expresión
era más golosa que carnívora– de mampostería, simulan-
do la piedra de cantera local. A consecuencia del cambio
de rumbo de la vía férrea, esta importante obra arquitec-
tónica, con miles de metros cuadrados de superficie útil,
le quedó holgadísima al pueblo de San José. Tanto, que
fue necesario clausurarla sumariamente. Durante muchos años permaneció desierta, siendo usada nada más
que como silo de emergencia, para guardar el grano
cuando se desbordaban los ríos. Pero a comienzos de este siglo, el maíz recién hibridizado le aportó a San José
cosechas tan espectaculares que acapararon las primeras
planas de los diarios, y el Congreso, exultante con el despertar de una nueva era en el Medioeste, determinó que
urgía crear en su corazón un centro de estudios agrícolas. ¿Qué lugar más apropiado para este centro que el de-
safectado Capitolio de San José? Apresuradamente, se
creó un *college* –un *cow college* o "colegio para vacas", como
se llamaba entonces a las escuelas agrícolas–, que no tardó en transformarse en universidad al ampliar sus plane

de estudio, multiplicar sus facultades y construir nuevos dormitorios, aulas, gimnasios, teatros y clubes. El viejo Capitolio de Sàint Jo, sin embargo, fue siempre el centro administrativo. También albergaba la sala con sitiales labrados para las reuniones de aparato de los profesores y, como centro de todo, tal como debe ser en una universidad que se respeta, la biblioteca.

Esta biblioteca, con su imponente sala de lectura bajo la claraboya de la cúpula, era el orgullo de la universidad. No porque estuviera mejor surtida que otras o contara con incunables preciosos y primeras ediciones raras, sino más bien porque había llegado a ser la baza principal en el juego académico que propiciaba el auge de las vanguardias.

La historia de la famosa sala de lectura comienza con un hecho quizás trivial: durante la bonanza que precedió a la Primera Guerra, una administración oronda con sus nuevos dólares se atrevió a preciarse de esteticista y encargó a un pintor local que decorara con frescos –pintados a mano, como exigieron los provincianos locales– todas sus paredes: el artista eligió nostálgicos paisajes de ruinas y vegetación exótica, según las convenciones de Hubert Robert o de Claude Lorraine, o imitando a los paisajistas del valle del río Hudson, moda impuesta por los franceses.

Estos murales no eran en sí un rasgo distintivo de Saint Jo. Muchas bibliotecas de la misma época ostentaban frescos igualmente pomposos. Lo que sí resultaba característico de esa célebre sala de lectura era que, con el transcurso de los años, los escasos pupitres que iban quedando habían sido arrimados a los bordes de la sala –los estudiosos se veían obligados a consultar sus textos hacinándose en los rincones–, despejando el espacio central alrededor de una fuentecita sobrevolada por una copia decimonónica del *Mercurio* de Juan de Bolonia. Este espacio se veía ahora invadido por una obra de Pier-Paolo Vitello, célebre en todo el Medioeste por sus instalaciones. La que ocupaba la sala de lectura de la biblioteca de Saint Jo era especialmente curiosa, pues el artista la alteraba cuando le venía una idea, un par de veces al año, o cuando la lluvia y los truenos y el tiempo neblinoso así lo exigían. Esta obra, que era sobre todo "realista", según afirmaba su creador, pertenecía al movimiento del *concreto hechizado*, del que tanto se hablaba en el Medioeste y cuyo inventor era precisamente Vitello. Sus innumerables discípulos en la región no se avergonzaban de reconocer su influencia en el desarrollo de sus estilos individuales.

Se trataba, en la obra de Vitello, de prolongar la ilusión de lo pintado en los muros un paso más allá, concretizándolo, dentro de la sala, por medio de árboles tumbados, columnas truncas, acueductos en ruinas, arcos semiderruidos, por donde trepaba una vegetación creada con materiales manifiestamente artificiosos: plástico, polietileno, cartón-piedra, tela pintada. Una realidad más real que la real: era claro que se trataba de una transcripción sarcástica del mundo representado en los murales de la sala de lectura, según las emociones del artista. Vitello tenía un talento muy especial para hacer que los agaves florecieran todos a mediodía del mismo día, a la hora de mayor afluencia de los turistas que acudían a contemplar esas maravillas. Lograba que las viñas colgaran de los capiteles sus racimos morados por lo menos cuatro veces en la temporada –la fecha y la hora aparecían en todos los periódicos de la zona–, y que el otoño arrastrara por la sala su cola de niebla, y que en invierno nevara sobre los visitantes, sorprendidos en medio de una escenografía preparada no por técnicos y utileros entrenados en la Scala de Milán o las *botteghe* de Florencia, sino en Hollywood y Orlando. Es verdad que en algunas ocasiones, cuando subían mucho los honorarios exigidos por el artista para acudir a esos lugares donde era imprescindible conservar un perfil prestigioso, los fideicomisarios de la universidad no podían dejar de fruncir el ceño. Pero como estos señores no profesaban entender lo que estaban financiando, se callaban mansitos: les bastaba saber que sus cuentas de banco garantizaban "la avanzada de la civilización", y que nadie afirmaría que el Medioeste estaba poblado por patanes.

Capítulo ocho

La gran sala de lectura se fue poblando de turistas. Las esposas de los fideicomisarios interpelaban al artista sobre el significado de las obras adscritas a la escuela del *concreto hechizado*. Sus maridos preferían no intervenir en un asunto tan escabroso; algunos se acomodaron sobre troncos tumbados o fragmentos de capiteles. Un marido intentó endilgar una conversación con un desconocido sentado cerca de él. El forastero tenía el pelo plateado y demasiado largo, y su piel cetrina lucía –como obra de antiguos alfareros– una pátina de colorido muy diferente de esos tonos primarios, como de bandera norteamericana, de casi todo el resto de los señores: ojos celestes, pelo albo, y cutis rojizo, a medio cocer en *Jack Daniels*. El señor de tez mate no oyó lo que le decía su compañero, pues estaba demasiado absorto en las opiniones de Pier-Paolo Vitello:

–¿Por qué no entienden de una vez por todas que si sus hijos sacrifican sus vacaciones para pasarlas conmigo, trabajando en obras del *concreto hechizado,* es porque no dudan de que así salvarán al mundo?

Las Hijas de la Revolución Americana, mientras sus maridos descansaban sobre trozos de falso alabastro, habían formado grupo escuchando a Vitello. Éste gesticulaba, señalando secciones de su obra, exhortando a las compungidas damas a comprender:

–¿Que lo que hago no es original? Pero, ¿qué es original? Ya no queda nada original: lo que yo hago es una transformación, un hallazgo del metalenguaje, un reflejo, un disfraz...

Las Hijas de la Revolución Americana no esperaban menos que la gran revelación a que se sentían con pleno derecho, y naufragaban gustosamente en los meandros de la furibunda retórica del *artista en residencia*. Sus maridos, en cambio, murmuraban sobre las posibilidades del Partido Republicano en las próximas elecciones. Sólo el señor de pelo plateado y piel cetrina seguía, muy atento, las explicaciones de Pier-Paolo Vitello. Cuando el artista se acercó a una de las paredes, para dirigir la atención de los visitantes sobre cierto detalle del mural que aclararía cualquier perplejidad, el grupo entero, incluso el elegante turista de piel mate, se acercó para participar de la revelación.

Gustavo y la Ruby se acercaron también. Venían del departamento de Español, donde les dijeron que la secretaria había partido al hotel Congreve/San José llevando unos papeles que Gustavo debía revisar antes del día siguiente.

Gustavo le rogó a la Ruby que entraran un momento a la célebre biblioteca. Ya confundidos con los turistas, la Ruby le sopló al oído que tenía una curiosa sensación de frío en la nuca, como si los chinos la estuvieran observando. Gustavo, aunque no vio a los chinos en el gentío, sintió algo parecido: unos ojos borrosos que lo vigilaban. Era como si recordara sin recordar ciertas facciones de un personaje de tercera fila, insinuado en las tinieblas. Un alabardero, digamos, que lo examinara desde la oscuridad de *La ronda nocturna*; o un intenso perfil de estudiante en la penumbra de *La lección de anatomía*. No pudo comprender de dónde provenía aquella sensación espectral de ser escudriñado desde más allá del tiempo, y se aproximó a la Ruby con intención de palparla, tal vez, y comprobar que no se trataba de adiposidad de utilería o magnificencia de carnaval. Las Hijas de la Revolución Americana y sus acompañantes de patriótico colorido se aglomeraron junto al detalle del mural que el *artista en residencia,* por razones que Gustavo no alcanzó a entender, consideraba la anécdota central del viejo fresco, el pivote de la composición y su significado: se trataba de un perro overo, blanco y café, que retozaba en primer plano, a los pies de su amo. Un *King Charles Spaniel,* se dijo, experto, Gustavo. Examinó de cerca al alegre cachorro y pronunció en voz alta:

–Smarrh...

Al oír la extraña sílaba, el turista plateado dio un respingo y le preguntó en un inglés execrable:

–*Did you say Smarrh?*

–Sí –repuso Gustavo en un inglés no mucho mejor–. Smarrh... Es el nombre de un *King Charles Spaniel* que Louise Colet le regaló a Flaubert.

–Está equivocado –lo corrigió el turista con aire condescendiente–: el perro de Flaubert se llamaba Julius. Y no tengo noticias de que haya sido un *Spaniel*, ni de que Louise Colet se lo haya regalado.

–¿De dónde habré sacado esta palabreja, entonces? –se preguntó Gustavo–. Tengo un amigo escritor, muy querido y admirado, que vive en París. Él compró un *King Charles Spaniel*. Estaba tan deprimido que pasó meses sin decidir qué nombre darle. Yo le recomendé que le pusiera Smarrh, en recuerdo del perro de Flaubert.

–Le repito que se llamaba Julius. Smarrh es el nombre de un dramón filosófico lamentable que Flaubert escribió en su adolescencia.

–¡Ah, bueno! No sé si mi amigo le pondría a su *Spaniel* el nombre de alguna de las amigotas de Flaubert, pertenecientes al *demi-monde*, o el nombre que yo le sugerí. Sé, en todo caso, que era un *King Charles Spaniel*, como éste.

–Le puso Smarrh.

–¿Cómo lo sabe? –preguntó Gustavo, sorprendido.

–En recuerdo de Flaubert, inspiración y maestro de su amigo escritor. Pero también en agradecimiento a usted, mi gran amigo, que se llama Gustavo Zuleta. El escritor al que usted se refiere es Marcelo Chiriboga.

–¿Cómo diablos...?

Antes de completar la palabra, el *déjà vu* quedó completo: estaba hablando –¡increíblemente!– con el propio Marcelo Chiriboga, con tanta seguridad como que él se llamaba Gustavo Zuleta. Ante los ojos despavoridos de las Hijas de la Revolución Americana, de sus maridos tricolores y de los turistas asombrados, los dos hombres, que nunca se habían visto, cayeron uno en brazos del otro, dando voces y estrechándose y palmoteándose la espalda al decirse –frente a la compostura puritana de los que presenciaban la escena– las cosas que los grandes amigos latinos suelen decirse cuando por casualidad se encuentran después de mucho tiempo: ¡Gustavo Zuleta! ¡Don Marcelo!, ¡qué gusto tan grande! ¡Por fin te vengo a conocer, muchacho!, ¡qué sorpresa tan maravillosa! ¡Qué increíble que haya venido a caer por estos lados! ¿Y tú qué haces aquí, en estas termas, en esta casa de salud para víctimas de la mosca tsetsé? ¿Yo?; trabajo, trabajo... ¿qué otra cosa voy a hacer? ¡Claro que no me reconociste, si las fotografías que me publican en esas ediciones roñosas son del tiempo de mi primera comunión! No tanto, no tanto... Es que mi mamá me peinaba a la gomina para que no pareciera mariconcito con el pelo largo, decía. Pero si sigue jovencito, pues, don Marcelo. Tú sí que eres un chiquillo no más, Gustavo, a pesar de tu lata de la semiología, a pesar de Barthes y de Bajtín, que son capaces de envejecer a la Shirley Temple en cinco minutos, y que en Europa ya no le interesan a nadie... ¡sólo a ustedes, los académicos, los que predican *publish or perish*! ¡Quién iba a creer que iba a conocer a don Marcelo Chiriboga en San José!: ¿qué diablos anda haciendo por aquí?

–Unas conferencias en ese hoyo que es Chicago, pues, en qué iba a andar. ¿Conoces Chicago? Ése sí es el culo del mundo. Y se me ocurrió hacerle una visita a mi gran amigo Gustavo Zuleta, que ha escrito tanto sobre mí y que, según supe, está haciendo clases en una universidad de mala muerte. ¿Te acuerdas de que me mandaste una tarjeta contándome que te venías por un año a Estados Unidos, y no te contesté? Es que no me gustó nada que te vinieras: después no podrás irte de aquí nunca más...

Los ojos les brillaban como a dos muchachos, los tendones del cuello relajados, los dientes relucientes con la luz de las lámparas. La Ruby le comentaría a Gustavo, al día siguiente, que desde su adolescencia, cuando vivía en un barrio de centroamericanos en Washington DC, no veía a dos amigos expresarse tanto cariño en un encuentro fortuito. La emocionaba ver cómo dos hombres, latinos y maduros, eran capaces de manifestarse físicamente una amistad tan risueña y sin recovecos... Ella misma, le aseguró, jamás había sentido algo así al encontrarse con una amiga del alma, y menos podría demostrárselo. Era lindo verlos juntos.

–...y entonces me sentí igualito a Mme. Berthe Trépat, en *Rayuela*, de Cortázar. ¿Te acuerdas de ella? ¡Cómo olvidar a Mme. Trépat! ¡Cuando uno se da cuenta de que va a tocar el piano una y otra y otra vez, pese a que el auditorio está casi vacío! ¡Qué vergüenza ajena, qué *alepore* insoportable siente uno! Yo, esta mañana, tuve que dar una conferencia ante no más de media docena de personas, en un auditorio para quinientas. Bostezaban y tosían y metían ruido con el programa. Nadie parecía comprender nada de lo que yo estaba diciendo, y menos interesarse. Pero uno, a pesar de sí mismo, insiste en hablar con frases cada vez más pretenciosas mientras el público se va quedando dormido, o se va retirando... y las seis personas pronto son cinco, a pesar de que ensayo mis mejores frases. Creí que iba a ser capaz de conquistarlos... Y luego cuatro personas, y tres, y el lenguaje sigue rodando en banda, como un neumático en el peor barrial del siglo, con la esperanza sin esperanza de avanzar, de retenerlos. ¡Que no se vayan! Quizás regresen, porque salieron para ir al baño... o se equivocaron de horario y van a llegar atrasados. Pero no llega nadie más y el gran hemiciclo va quedando vacío. No completamente vacío; si así fuera, podrían suspender la conferencia. Era necesaria la asistencia de por lo menos un puñado de testigos de ese lenguaje inútil, y Mme. Trépat, o sea Marcelo Chiriboga, sigue dando su pavorosa conferencia-concierto. Entran ráfagas de aire por las puertas que los desertores han dejado descuidadamente abiertas. Permanece un manojo de público anonadado por el aburrimiento; un público que no escucha, pero es incapaz de marcharse. Les basta mirar a Mme. Trépat para bostezar, sin hacer caso a sus palabras incoherentes...

–¿Palabras? ¿Que no era pianista esa señora? –protestó la Ruby.

–Pianista, conferencista, cualquier cosa: da lo mismo. El hecho es que Mme. Trépat soy yo –declaró Marcelo Chiriboga con muchísimo sentimiento, acariciando la fina piel de la mano que la Ruby había apoyado sobre el tronco de plástico, entre ambos.

Los tres se habían quedado charlando sin tomar en cuenta la hora.

–Era... Mme. Trépat *era* –siguió Marcelo–. A estas alturas debe haber muerto. Sola, borracha y en la miseria, dejando el dinero justo para que una esquela de borde negro anuncie, en el periódico local, el sensible fallecimiento de la distinguida artista... Pero en el pueblo donde nació ya nadie recuerda su nombre. Sí, Mme. Trépat se debe haber muerto en un auditorio casi vacío, despedida por su único deudo, un tal Marcelo Chiriboga, novelista ecuatoriano tan poco conocido como ella. Porque por desgracia ya nadie lee a Julio Cortázar. Y muy pocos a Marcelo Chiriboga, al que dentro de cinco años absolutamente nadie leerá. Sólo de vez en cuando una preciosura como esta Ruby va a preguntar: ¿quién es Marcelo Chiriboga?

–Por favor, díganme quién era Julio Cortázar –volvió a rogar la esplendorosa Ruby, ya completamente perdida.

–Julio Cortázar, te diré –continuó Marcelo–, es el único que sigue existiendo.

Las Hijas de la Revolución Americana y sus maridos tricolores abandonaron la biblioteca en pos de Pier-Paolo Vitello. En los pupitres arrinconados por la instalación, bajo las lámparas de lectura, tan quietos que parecían una prolongación en cera de la obra de Vitello, dos o tres jóvenes estudiosos se quemaban las pestañas descifrando raras piezas hológrafas facilitadas por el archivo local –con el propósito de escribir una tesis sobre la vida ceremonial de los pastores de Kazina, en los Urales, hacia 1880, presumió Gustavo; o sobre el primer periódico publicado en la localidad de San José–, estudios para los cuales recibían desahogadas becas. Gustavo, la Ruby y Marcelo hablaban en voz baja, mientras esa penumbra terminaba de establecer el espacio tridimensional como una prolongación del amaneramiento simbólico de los frescos.

Marcelo Chiriboga explicaba que después de su conferencia en la Universidad de Chicago, esa mañana, frente al público descorazonado que salpicaba el gran ámbito del auditorio, lo había acometido el vértigo escalofriante de tener que enfrentarse, esa misma tarde, con otro auditorio semejante, sólo que tal vez más despoblado que el de la Universidad de Chicago: a las siete y media, en la Northwestern... Al verse tan solo en la tribuna de Chicago, Marcelo Chiriboga había leído demasiado rápido. Se saltó las citas cultas. Abrevió, recortó, sintetizó, entresacó. El resultado de esta incoherencia fue que lo aplaudieron apenas –su charla versó sobre *Lo privado y lo público en las novelas de Gabriel García Márquez–*, tan poco que al terminar salió corriendo del claustro, sin despedirse de las autoridades ni cobrar un centavo, porque lo aterraba enfrentarse con los vestigios de su menguado público. Tras alquilar un *Avis* y consultar un plano para comprobar que no se embarcaba en una peregrinación descabellada, lanzó el auto por la autopista hacia San José: Gustavo Zuleta, avecindado allí, a doscientos kilómetros de distancia, sí que lo conocía. Lo único que anhelaba Marcelo era ponerse bajo la protección de alguien para quien él no fuera Mme. Trépat. Alguien que conociera su vida y su obra, y respetara el lugar que se había ganado en la novela contemporánea. No quería tener que explicarle nada a nadie. Se demoró, eso sí, preparando su partida: no encontraba uno de sus calcetines azules recién comprados; y se le perdieron varias hojas de su trabajo, suspirando por un público que no abandonara la sala.

Finalmente, logró ordenar sus tristes páginas con un escalofrío que lo hizo creer que tenía fiebre: era pura urgencia por partir y ponerse al cuidado de su amigo en

San José. Él sí que lo apreciaba, o por lo menos había leído sus libros y los admiraba... lejos de auditorios imbéciles. ¡Que lo buscaran, si les interesaba tanto! ¡Que lo encontraran en esta biblioteca, junto a su amigo Gustavo y a la Ruby, que le sonreía!

–¿Qué le interesaría hacer esta noche? –le preguntó ella, con la autoridad de una dueña de casa.

–No sé. Nada. Estar tranquilo. Conversar de lo que sea... Con ustedes soy capaz de conversar de todo, hasta de literatura, si es lo que les interesa. ¿De dónde sacaste este ángel tan precioso, Gustavo? ¿Es tu *polola,* como dicen ustedes los chilenos?

Gustavo tradujo para la Ruby, que se rió –complacida, notó él– y se lamió el labio superior, como una gata que acaba de lengüetear su plato de leche.

–Bonita... muy bonita... linda la chiquilla –silabeó con cierta dificultad Marcelo, en un inglés entrecortado y pedregoso–. Bonita... muy bonita tu polola.

Y porque no podía sino disfrutar con el placer de la muchacha, Gustavo volvió a traducir:

–*Pretty... pretty...*

–No le traduzcas, Gustavo, mira que eso nacen comprendiéndolo todas las mujeres del mundo. ¿No es cierto, preciosa?

La Ruby, radiante, asintió.

–En realidad, la Ruby entiende bastante castellano, porque vivió casi un año en Hollywood –explicó Gustavo.

–¿Querías ser artista?

Todo lo que en la Ruby estuvo enfocado hacia Gustavo, se enfocó ahora sobre Marcelo Chiriboga, que se estaba despachando de un extenso rollo:

–...claro, en Hollywood les gustan los galanes engominados como era yo, antes de los Beatles, porque los norteamericanos no se interesan absolutamente nada por los latinoamericanos, y no nos creen capaces de producir nada culturalmente importante fuera de la gomina. Les interesamos cuando somos pintorescos, *típicos,* como era yo, y a condición de que nuestros escritores no se aparten de nuestro *miserabilismo* característico. Les gustamos si en nuestras páginas hay revoluciones e injusticia social y dictadores y mucha pobreza e ignorancia y sexo. Por eso es que aquí tan pocos escritores latinoamericanos alcanzan más de una edición: mira el caso de un maestro como Onetti, por ejemplo, para no decir nada de Lezama Lima o Carpentier. Son los yanquis quienes nos exigen que seamos violentos y sexuales y pobres, que acusemos y señalemos con el dedo al culpable. Y si no somos así, no nos quieren, porque entonces no podemos ser objeto de ninguna *policy* de salvataje, de ésas con que ellos se admiran a sí mismos por lo buenos que son. De Borges, claro, no pueden desentenderse: no les queda otro recurso que estudiarlo e imitarlo. A Cortázar están tratando de reciclarlo. Pobre Julio, que odiaba tanto a los yanquis. Odian que nos salgamos del Tercer Mundo por nuestros propios pies. ¿Quién fue el que dijo *"in America, crises sell well"*? Crisis y miseria y sexo y violencia y plantas exóticas. Ahora, porque estamos en los *quinientos años* no más, llegan a interesarse fugazmente por nuestras culturas autóctonas... Pero no ven el problema de fondo: las odiamos, son nuestra vergüenza, y en el curso de los siglos hemos hecho todo lo posible por exterminarlas. Y sin embargo, una chiquilla como ésta, tan inmensa, tan conmovedora, de dimensiones norteamericanamente superlativas, bueno, a pesar de que uno la ame con locura, no puede dejar de darse cuenta: ella encarna el exceso, la avidez, el *surplus* yanqui del que nosotros, hambrientos, nos apoderamos mediante el robo, los negocios turbios, la venta de los bienes nacionales. En fin, qué sé yo: nos apoderamos de todo lo que nos ofrecen aunque sepamos que no es más que la cuerda con que nos estamos colgando. Es la patética nostalgia por tener lo que no está a nuestro alcance... esa envidia... y venimos a este país a ganar dólares. Somos todos, de algún modo, inmigrantes ilegales. Incluso Julio, a pesar de lo que pensaba. Todo lo de aquí es nostálgico para nosotros, un bien inalcanzable, fruto de nuestra penosa fantasía, como esta chiquilla tan linda. ¿Cómo me dijiste que se llamaba?

–Ruby –intervino ella.

–¿Te gustaría trabajar en una película?

–No.

–¿Y para qué te fuiste a Hollywood, entonces?

Había ido por problemas de un amigo, que tuvo que emigrar nadie sabe dónde... Pero Chiriboga, que no escuchó su respuesta, siguió hablando:

–Tengo ganas de hacer una película. ¿Pero de qué podría tratar si todos mis libros transcurren en París? ¡Hace treinta años que vivo allá! ¿De pájaros tropicales y cacerías de serpientes o tortugas?

Gustavo iba a responder, para hacerlo callar durante un minuto siquiera y restañar ese flujo de palabras inoperantes, como escogidas para vaciar un auditorio. Pero pensó que Chiriboga, gran escritor como era –aunque sus últimas novelas eran de menor calidad–, tenía algo tremendamente conmovedor, efímero, sustituible. ¿Sabía tal vez que estaba a punto de tener que cederle su lugar a otro?

Marcelo se puso de pie con las manos en los bolsillos del pantalón. Comenzó a pasearse. Frágil, vacilante, iba y venía frente a sus amigos. En las claraboyas de la cúpula, los *vitreaux* eran una encumbrada secuencia de luz azul que contaba la historia de un príncipe mudo y después santo: traslucían el espacio abierto y palpitante de afuera, la noche color de pechuga de pavo real. La biblioteca estaba casi en sombras. Dos figuras humanas, además de las tres que charlaban sobre el falso tronco, seguían iluminadas, vivas aún. Cuando Marcelo comenzó a pasearse, uno de los espectros se quitó los anteojos; cerró su libro y apagó la luz de su pupitre, dispuesto a irse. El novelista percibió la resonancia de estos gestos mínimos en el ámbito de la biblioteca despoblada, y se detuvo para dejar pasar al estudioso que salía, al parecer sin verlo. Quedó, entonces, sólo un pupitre, débilmente iluminado. El haz de luz rescataba unas manos, un perfil apenas distinto de las sombras, y un texto porfiadamente abierto, lo único que mantenía su sustancia en la sala poblada por los vestigios de los comentarios del día. Marcelo recomenzó su paseo en cuanto el primer estudioso hubo salido. Su almidonada melena blanca resaltaba en la penumbra con el mismo resplandor que recogían las páginas abiertas sobre el pupitre del otro estudioso en su rincón. Pasó una vez de largo frente a sus amigos, hasta el *Mercurio*, y al volver se detuvo delante de ellos:

—No hagan aspavientos con lo que voy a decirles —rogó—, no me feliciten. Pero, ¿con quiénes puedo compartir la noticia, salvo con ustedes? Justo antes de ponerme a leer a la Barbara Tuchman, anoche, me telefonearon desde Madrid con la noticia de que me habían otorgado el Premio Cervantes. No lo anunciaron ni la radio ni la televisión: que un desconocido obtenga ese galardón no es noticia. En mi escaso público de Chicago, era evidente, nadie lo sabía. Supongo que el hecho de que nadie lo supiera, ni me felicitara por el premio literario más importante del idioma, el "Nobel español", fue lo que me descompuso antes de mi conferencia.

Gustavo tragó muy fuerte, apretando los codos contra su cuerpo para no ponerse de pie y felicitar con un abrazo a su amigo, que parecía encogido bajo el peso de su galardón. Se inclinó en cambio hacia la Ruby para explicarle al oído el alcance de lo que Marcelo Chiriboga acababa de obtener, y cuál era su ruego. La Ruby también tragó fuerte. Su gran caja torácica quedó resonando un buen rato con el eco de las efusiones censuradas.

¡Qué viejo está!, se dijo Gustavo.

—Estoy deshojándome —murmuró el escritor después de unos segundos, como si lo hubiera oído, arrastrado por una repentina ventolera de envejecimiento—. Y parece que inútilmente...

A Gustavo no le quedaba aliento aparte de las felicitaciones que no podía dirigirle, así como sería inconveniente —no lo había sido antes— ponerse de pie para abrazarlo. Le parecía inadmisible la verdad de lo que sucedía ante sus ojos: esta noche, Marcelo Chiriboga, gracias a un premio, efectuaba el misterioso tránsito de la madurez a la ancianidad. El novelista tenía —¡cómo no iba a saberlo Gustavo, si era uno de los chiriboguistas más notables del

continente!– exactamente sesenta y siete años. Pero de
pronto, como el sastre que sacude un traje sobre el cuerpo del cliente para que le caiga con elegancia, el escritor
ecuatoriano se sacudió y enderezó –Rolando Viveros,
pensó Gustavo, jamás sería capaz de un gesto noble como
éste, pese a su absorbente preocupación indumentaria–,
y riéndose un poco de ellos, un poco de los otros, un poco de sí mismo, les preguntó:

–¿No sería preferible que les contara un cuento en
vez de quejarme tanto?

–No aquí –opinó la Ruby.

–Sí, aquí, en el sitio más extravagante que he
pisado en toda mi vida. Este cuento es corto: el pelotón,
formado por cinco hombres con sus fusiles, se dirigió al
calabozo. Esposaron a Equis y lo escoltaron, marchando
dos adelante y tres atrás del preso. Le vendaron los ojos.
Lo colocaron de espaldas al paredón. Un cura acudió a
recitar unos padrenuestros junto al condenado a muerte.
El capitán Zeta le preguntó a la víctima cuál era la última
gracia que pedía. El condenado solicitó que le quitaran
la venda de los ojos y le permitieran ser él mismo quien
diera la orden de disparar. El capitán accedió; le quitó la
venda y le soltó las manos, obligándolo a mirar al pelotón. Mandó al condenado que alzara una mano, y que la
bajara para dar la señal. El condenado alzó la mano según las instrucciones del capitán. Los soldados apoyaron
las culatas de los fusiles en sus hombros, y sus caras sobre
las culatas, esperando que Equis bajara la mano. Pero
Equis no la bajó. La mantuvo en alto. Los soldados y el
capitán, desconcertados, se insultaron, dispararon al aire,
discutieron indecisos, rabiosos, perplejos. El cura terció
en la discusión. El condenado Equis, del que parecían
haberse olvidado, no bajaba la mano. Hasta que el cura
se fue, para no ser testigo de tamaño desorden. El capitán, al cabo de diez minutos, logró restaurar su autoridad. Sin cumplir la gracia que había prometido, dio la
orden de disparar: el condenado cayó con el brazo en alto. Durante su agonía, que duró siete minutos, vislumbró
el goce de esa breve prolongación de su vida a su propio
coste. Después de su muerte, las autoridades tomaron

preso al capitán, quien tuvo que cumplir una condena más dura y más larga que la muerte.

Los tres guardaron silencio.

–¿Qué hay que adivinar? –preguntó Gustavo.

–¿Quién es el condenado?

Transcurrió otro silencio breve. El último estudioso de la biblioteca cerró su libro. Apagó la luz y salió, como si no quisiera inmiscuirse en un asunto tan difícil.

–Fácil –repuso Gustavo.

–Claro. Es que tú eres chiriboguista fino –rió Marcelo.

–Yo también adiviné –terció la Ruby.

–¿Quién es Equis?

–Yo. Gustavo mismo... Mme. Trépat...

–Acertado. ¿Pero por qué?

–No sé –rió la muchacha–. Así lo siento.

–Yo sé –dijo Gustavo.

–¿Por qué?

–Porque Equis sobrevive. Porque frente al paredón inventa un modo de ganar un margen, un poco de tiempo suplementario que sólo a él le pertenece.

–¿Encuentras que yo he ganado un margen?

Gustavo se puso de pie junto a su amigo.

–Sí –respondió–: tiempo. En casi todos tus libros.

Se dieron un abrazo. La carrocería de la Ruby los cubrió con el estupendo manto de su calor. Apagaron la última luz y salieron abrazados, Marcelo en el medio, dejando que los espectros inventados por el arte siguieran vivos en las tinieblas, aunque nadie los estuviera admirando.

Libro segundo

El baile de la Sirena

Capítulo nueve

–Son como los alacranes –observó la Ruby al ver que Rolando y Josefina interceptaban la salida del profesor Gorsk del Capitolio, a los pies de la escalinata.

La Ruby, Marcelo y Gustavo se preparaban para irse, pero al ver al otro trío charlando abajo, se disimularon detrás del vidrio esmerilado, junto a la puerta de cristales. La Ruby se arregló un pañuelo sobre su melenita rubia, anudando la seda bajo los tibios pliegues de su barbilla, porque el primer aliento otoñal soplaba desde el bosque.

–¿En qué sentido, alacranes? –quiso saber Marcelo.

–Andan en pareja cuando quieren picar.

Marcelo y Gustavo rieron:

–¿Cómo sabes que quieren picar?

–Mírenlos cómo se preparan para atacar al pobre Gorsk. Josefina sola podría comérselo vivo, ¡pero los dos en yunta son invencibles! Además, Rolando se ha puesto nervioso tratando de encender su pipa: quiere que sea Josefina la que dé la batalla definitiva; o que se haga la simpática mientras él pasa por un marido plácido y comprensivo. ¿Seguro que no saben que usted anda en Saint Jo, don Marcelo?

–Hablé con una secretaria... aunque no creo que haya entendido mi apellido. Le pedí que diera mi teléfono de Chicago si me llaman. Pero ya ven, de allá tuve que arrancarme corriendo por el susto de Mme. Trépat...

–Mejor salir por la otra puerta, así no nos harán preguntas.

–Claro. Deben estar hablando de mí. ¡Menos mal que alguien habla de mí en Estados Unidos!

–Espérenme escondidos aquí –aconsejó la Ruby–.

Lo mejor es que me acerque a averiguar si saben que usted anda en Saint Jo; y si saben, qué planes le tienen.

–Bueno. Pero no vayas a decir nada que confirme que estoy aquí. Lo que menos quiero es pasarme la noche explicando mi obra. ¡Qué infierno es este ambiente de universidad yanqui! Con razón dicen que en Estados Unidos las universidades son los sitios adonde van a morir los elefantes. Seguro que este Gorsk se nos muere en Saint Jo cualquier día. Mírenle el color.

Gorsk, que era diminuto, tenía de elefante sólo la piel grisácea y los colmillos, tan prominentes que en ellos se podrían esculpir figurillas de marfil. El traje plomo que cubría su cuerpo, frisudo y colgante, parecía despedir ese ligero olor a bestia que se siente al pasar frente a una jaula de bichos esteparios en el zoológico.

–El año que viene jubila Gorsk –recordó la Ruby–. Dicen que publicó un librito de poemas cuando era joven. Ahora acaba de comprar un terreno en Colorado, para cuando se retire. Tiene la idea de hacer una plantación comercial de no me acuerdo qué fruta... ésa que necesita una red de plástico verde que la proteja de los conejos. Lo único que lee ahora son manuales agrícolas especializados.

–Ándate, Gustavo –lo conminó Marcelo en sordina–. Ándate de aquí.

–Llegué hace apenas cinco días.

–Vuélvete, antes de que sea demasiado tarde y ya no sepas prescindir de esta dieta de placebos engordadores y te conviertas tú también en cadáver de elefante. Es un destino casi peor que ser un escritor latinoamericano expatriado en París y casado con francesa, como yo. La rara vez que uno recuerda sus raíces es para llorarlas, pintoresca y pasivamente. ¡Malditas raíces! No te engañes: no son más que tentáculos de ese cliché desvanecido que los cursis llaman pérdida de identidad.

–Lo que pasa –mintió Gustavo– es que Nina y yo jamás nos planteamos una permanencia de más de un par de años. Nos interesa viajar un poco y conocer. Ser profesores constituye una vocación muy definida para nosotros... distinta de ser un escritor fracasado... muy distinta.

Mire qué lindo este bosque, jamás había visto nada parecido.

–Lindo este bosque –le hizo eco Marcelo, embelesado con la vibración de la carne de la Ruby, que trotaba escalinata abajo, intentando simular sorpresa al cruzarse con el otro trío.

Al verla, Josefina no perdió la oportunidad de atrapar a la Ruby con una pregunta, certera como un mordisco:

–¿Le encontraste casa a Gustavo?

–Vamos a salir mañana.

–¿No anduviste con él esta tarde? Me contaron que los vieron almorzando juntos en La Tasca.

–Sí, pero nada le gustó. Dice que Nina es muy regodeona. Además, tiene que ir a hablar con la secretaria del departamento de Español: hay un mensaje para él de Chicago.

–¿De Chicago? –preguntaron Josefina y Rolando al mismo tiempo.

–Sí, de Chicago. Voy a buscar a Gustavo para que se ponga en contacto con ella.

–No te preocupes tú, mi linda. Nosotros lo vamos a ver en diez minutos más. Podemos darle tu recado. Ándate a comer y a dormir, debes estar agotada de andar para arriba y para abajo con el pesado de Gustavo todo el día. *You can go now, Ruby. Good night, dear.*

–El profesor Zuleta está esperando a un amigo, un ecuatoriano, creo. Le urge encontrarse con él. *Good night, Josephine.*

–¿Chiriboga en Saint Jo? –exclamó Rolando metiendo la pipa medio encendida en el bolsillo de su chaqueta de *tweed.*

–No –se hizo la inocente la Ruby–; en Chicago. Quiere reunirse allá con Gustavo. Pero Gustavo no puede ir porque tiene una clase temprano.

–¡Ay, casi me matas de impresión! –Josefina se apoyó una mano sobre el pecho y puso los ojos en blanco, como una santa barroca en éxtasis carnal.

Gorsk se subió el cuello de su impermeable de Brooks Brothers, comprado el verano anterior durante un simposio en Nueva York, para protegerse del viento –es inadmisible pensar que lo haya hecho con la pretensión de parecerse a Camus–, y se dispuso a despedirse, refunfuñando:

–Francamente, no veo por qué tanta alharaca con Chiriboga.

–¡Cómo, por qué! –rugió Rolando, como una fiera a la que le arrebatan su cachorro–. *La caja sin secreto* está en todos los programas de doctorado de las universidades de este país. ¡Jamás en su perra vida ha tenido Saint Jo un huésped tan ilustre!

–*La caja sin secreto* es una obra maestra de nuestra literatura –enfatizó Josefina, sin agregar nada.

–Estuve averiguando. La traducción al inglés vende muy mal...

–¿Qué importa ese detalle? ¿Qué tiene que ver con la calidad literaria? Nadie ha pretendido jamás que *La caja sin secreto* sea *light*. Es como alegar que Borges o Perec son *light*. El hecho es que, aun siendo pesos pesados, todo el mundo los venera y los imita. Pero que *La caja sin secreto* es una piedra fundamental de nuestra novelística, nadie lo puede negar. La literatura hay que juzgarla con otros parámetros, Gorsk. Tú, en vez de estudiar las fuentes italianas de *La Celestina* o la pérdida de las raíces visigodas en la transición al latín vulgar, si realmente quieres tener un departamento de Español que nos prestigie, un departamento contemporáneo y vigente, deberías no sólo incluir en nuestros programas *La caja sin secreto,* sino moverte por cielo y tierra para ubicar a Chiriboga en Chicago y traerlo de una oreja a Saint Jo. ¡Que dicte una conferencia y le dé tema de conversación a todo el Medioeste! Para algo hemos traído al chiriboguista más prestigioso de Latinoamérica, Zuleta, alguien capaz de hablarnos de lo más alto y lo más comprometido de nuestra literatura.

–¡Latinoamericanos! ¡El compromiso! ¡La guerrilla! ¡Fidel! Estoy harto de compromisos. ¿Cuándo van a ser personas y no sólo encarnaciones de ideas, los latinoamericanos? Uno se pone a charlar de lo más doméstico y tiene que sellar allí mismo un pacto de compromiso a favor o en contra de Fidel. Los latinoamericanos no tienen otro tema que el compromiso.

–Ése es un discurso demasiado frívolo, Gorsk, indigno de ti.

–A pesar de mi ignominiosa indiferencia respecto a los asuntos latinoamericanos, me perdonarás, mi querida Josefina, si te confieso que he leído casi toda la obra de Marcelo Chiriboga y, salvo detalles, me gusta bastante. Pero no creo que sea el ombligo del mundo. Con o sin Fidel, con o sin guerrilla, los cubanos son demasiado inteligentes y simpáticos para huirles por latosos. Me encantaría que de vez en cuando fueran capaces de hablar de otra cosa y no de su tragedia nacional. *It's getting cold out here. Good night, Josephine. Good night, Ruby. Good night, Rolando. Sleep tight.* Existen otros temas de interés, además de la revolución cubana: por ejemplo, ahora me voy a meter a la cama con un libro apasionante: *Las declinaciones verbales en el idioma ladino de los judíos de Esmirna.* De ahí emigraron mis padres a este país, dos semanas antes del *pogrom* en que pereció el resto de mi familia. *Good night, again.*

La risita con que Gorsk acompañó su despedida era casi afónica, como el espacio borroso en una vieja fotografía, en cuyas veladuras es preciso desentrañar la identidad de las vagas siluetas color sepia. ¿Hasta cuándo le durará su gangueo, se preguntaban, antes de que se le gastara toda la voz y quedara mudo? Gorsk tenía tan poca voz –se murmuraba en el campus– porque los comunistas lo habían expuesto al hielo una semana después de nacer, debilitando para siempre sus cuerdas vocales.

La conversación sobre Marcelo Chiriboga dejó a Rolando y a Josefina secos de rabia, como la costra de caldo pegoteada en el fondo de una cacerola que ha hervido durante demasiado tiempo. Se quedaron murmurando atropelladamente, después de los borbotones del hervor: al fin y al cabo, qué se podía esperar de Gorsk, que se veía de lejos que era judío. No sólo por su giba, su pelo de bucles grasientos y su nariz de gancho, sino porque no disimulaba su desmedido odio racial, al desdeñar todo lo que fuera extraño a sus propias luchas.

Su envidia parecía comprensible en la boca de un hijo de inmigrantes sin ilustración. Y se negaba a invitar a

Chiriboga a Saint Jo a causa de esta envidia, pese a que el ecuatoriano se encontraba tan a mano… No sería necesario pagarle el viaje ni el hotel. Se podía alojar en casa de los ancianos Butler: Mi Hermana Maud se acostaba temprano y se levantaba tarde; Jeremy ni se daría cuenta de que un extraño circulaba por su casa. Y Josefina era capaz de mover con el dedo meñique al sensible muchachito que dirigía Literatura Comparada, para conseguir en ese departamento un pequeño estipendio sin solicitarle nada a Gorsk. No sería mucho, claro; la verdad era que *La caja sin secreto* había vendido poco en inglés. En todo caso, Rolando y Josefina no estaban dispuestos a permitir que se divulgara este prosaico factor, ni que se les volara de las manos un pájaro tan vistoso como Marcelo Chiriboga. Era mejor no ponerse en contacto con la secretaria, una chismosa cuya posible intervención hacía preferible que salieran ellos mismos a buscarlo. Por suerte, sería fácil encontrar a Marcelo en Saint Jo, porque en esa universidad la gente no podía desaparecer así como así, de un fogonazo. Salvo los chinos.

–No me gusta que te rías de Duo y Er –protestó Josefina.

–No me estoy riendo de ellos. Los estoy poniendo como ejemplo, no más.

–Pero es un ejemplo antipático. Como si fueran chinos de circo.

–No me negarás que un poco de circo son.

–Te lo he dicho mil veces: son ayudantes, y el doctor Butler los quiere mucho. Él, con su cabeza como la tiene a esta edad, no puede prescindir de gente talentosa que lo ayude. Cierto, a veces se equivocan en su trabajo y el viejo se enfurece y los gritonea. Pero es un trabajo como cualquier otro. No tienes por qué reírte.

–¿En qué idioma los gritonea? ¿En chino?

–En una mezcla de los dos, supongo… Inglés sí que los chinos no saben ni jota.

En este punto terció la Ruby. Sólo entonces se dieron cuenta de que había estado oyendo el diálogo. Les dijo que si no encontraban un lugar mejor para el maestro, podía alojarse en la Casa de la Sirena.

–Parece nombre de casa de putas –rió Rolando.

–Nada de casa de putas –la defendió la Ruby–. Es la casa en que yo vivo: una mansión donde me alquilan un departamento amoblado con derecho a cocina, por ser directora de Gordura es Hermosura. Tiene un salón de baile como de *show boat*, con muchos espejos; a veces la arriendan para reuniones importantes. Han programado una fiesta de disfraces, por ejemplo, para el cumpleaños de la Sirena.

–Tú no te metas en este asunto –le ordenó Josefina, al darse cuenta de que la Ruby lo había oído todo–. Mis clases de gimnasia aeróbica me las hacían ahí, así es que conozco a la dueña. Es una señora muy gorda. No entiendo por qué no me invitó a su baile.

–Es que estás en los huesos, mi linda –dijo la Ruby, y se despidió.

El trece de octubre a las diez de la mañana, en Santiago de Chile, Nina Videla dio a luz un varón de dos kilos ochocientos, hijo de Gustavo Zuleta, profesor de literatura latinoamericana en la Universidad de San José, en Estados Unidos de Norteamérica. La llegada de Gustavo Nathanael fue muy celebrada por la familia –menos por su padre, naturalmente, que se encontraba en el extranjero– y el anuncio de su nacimiento apareció en varios periódicos. Saludable y simpático, el niño fue recibido por una parentela encantada que, pese al costo, llamó a su padre por teléfono para felicitarlo.

Nat fue considerado "una monada" por las mujeres de la familia. Recibió numerosos regalos, siendo los más espectaculares un *Diccionario Enciclopédico Espasa* en catorce tomos, de su madre, y un caballo de carrera llamado Comodoro, regalo de su abuelo paterno, el doctor Nathanael Zuleta. Como estaba pasando por estrecheces económicas, al doctor sólo le quedaban dos caballos, y no de lo mejorcito. Se desprendió de un mulato de media sangre y buena parada, sin gran historial hípico, aunque sus trabajos le auguraban un futuro de calidad.

Se comprenderá que ninguno de estos regalos era como para transportarlo en avión a Estados Unidos. No hubieran tenido, por lo demás, dónde instalarlos: la Ruby, aunque corriera por cielo y tierra, no lograba encontrar una residencia que satisficiera las especificaciones de la familia Zuleta; y menos una casa con cabida para un diccionario enciclopédico en catorce tomos y un caballo de carrera. Gustavo quedó muy contento con el nacimiento del niño, de tamaño normal aunque no grande, y de buen peso aunque fuera ochomesino. En San José, en todo caso, el acontecimiento no fue celebrado: Gustavo les rogó a sus amistades –especialmente a la Ruby y a Marcelo, que eran tan bocones– que guardaran en secreto el asunto. El silencio figuraba como requisito indispensable ante Josefina y Rolando, que por quisquillosos podían creerse excluidos del motivo de felicidad y, al *sentirse,* pasar meses hablándoles con los labios fruncidos, sin ayudar en nada a la pobre Nina, que llegaría a San José dentro de pocas semanas.

Pese a los ruegos de Nina para que no lo hiciera, porque la cuenta iba subiendo, Gustavo la telefoneaba casi todos los días para enterarse de cómo seguía la salud de su vástago. La respuesta de Nina –o de su madre, o de sus hermanas– era invariable: "Regio, de lo más bien. El niño es una monada, muy Videla, te diré; de pelo crespito y todo. Es muy vivo: yo creo que va a ser inteligente, parecido a mi papá...". Gustavo le comentaba a Marcelo este peligroso parecido. Como el ecuatoriano no tenía hijos, lo envalentonaba para que no les hiciera caso a las mujeres, que eran todas tontas –todas, menos la deslumbrante Ruby– y carecían de otro propósito en la vida que el de pescar a un hombre. Todo era normal, aseguró el neonatólogo cuando Gustavo lo llamó para preguntarle por la salud de la guagua. Y se negaron a participarle el diagnóstico del pediatra cuando amaneció con sarpullidos en el popó. Gustavo le rogaba a Nina:

–Pónmelo al teléfono.

–Se puede resfriar. Sabes muy bien que en Chile la calefacción es pésima.

–Quiero que me diga algo.

–¿Cómo va a decirte algo, si no tiene más de cuatro días?

–Entonces quiero oírlo que suene.

–Las guaguas no suenan.

–Sí, sí suenan. Suenan como puerta. Quiero oír que mi hijo suene como puerta con bisagras nuevas, eso es lo que quiero.

Nina le negaba este derecho. A ella, claro, no iba a pasarle nada, aunque siempre supo que era demasiado estrecha de caderas para dar a luz con facilidad: según el médico, necesitaría por lo menos un mes de cama después de la cesárea. No podría viajar hasta entrado el mes de noviembre. Gustavo sintió la fragilidad de su mujer como una agresión contra él, lamentando, sin embargo, su propia pérdida de norte si Nina desapareciera. Porque no oía la voz de su hijo y porque Nina corría peligro, sentía –al ponerse al teléfono– el calor de sus propias lágrimas humedeciéndole los ojos. Como aquella vez, al oírla cantar con voz escuálida pero entonadita, el día en que sus compañeros la coronaron reina del curso, y él lloró. Nina había hecho su aparición como un hada, vistiendo un conjunto de encaje color crema que le prestó una compañera de la *alta sociedad*. Le sentaba maravillosamente bien, aunque un poco holgado. Entonces, aunque ya lo sabía, ella quiso que él se lo dijera todo de nuevo y repitió la pregunta:

–¿Cómo me veo?

–¡Estupenda!

Encantadora, finita, pero no estupenda. Gustavo, que lo sabía, le mintió de puro amor, aunque la falda le quedara demasiado arrepollada por las pinzas que le hizo una prima que cosía. Fue tanta la emoción de sus lágrimas, que ni siquiera pudo examinarla cubierta por los pétalos multicolores con que sus compañeras la rociaron cuando subió a la tarima para cantar:

Si le roi savait ça, Isabelle
Isabelle, si le roi savait ça
à la robe de dentelle
tu n'aurais plus jamais droit
Isabelle, si le roi savait ça.

Siempre –según el pediatra, el neonatólogo, Nina, su suegra, sus tías y sus primas– nada era nada. No por eso Gustavo dejaba de lloriquear en el teléfono: la Ruby le acariciaba el cuello y Marcelo le palmoteaba la nuca para consolarlo. Que saliera a tomarse unos buenos tragos, le aconsejó, como si fuera un criollo, el médico: eso lo haría vencer su zozobra.

Invariablemente lo seguían, en estas excursiones, Marcelo –que para acompañarlo en su trance se iba quedando en Saint Jo– y la Ruby. Formaron un terceto que estaba dando que hablar en el pueblo. Una noche, cuando quién sabe por qué había poco público en La Tasca –adonde les gustaba volver, porque Félix solía sentarse un ratito con ellos para apremiar el servicio de los mozos y mandar que les prepararan sus platos favoritos–, la Ruby proclamó encontrar el restaurante "medio muerto", un cadáver a cuyo velorio asistían. Sin su habitual humareda de tabaco y marihuana, sin la cháchara de cien conversaciones y sin la música ni la exaltación de reyertas y carcajadas. La sordina del recinto, no sabían por qué, les pareció un artificio que los separaba de la vida real, un acolchado que absorbía todo entusiasmo. Los mozos fueron prevenidos de que, por el momento, la Ruby se atenía a un enigmático sistema que exigía poco trago y escasa comida. Que no la importunaran con ofrecimientos tentadores. Félix, dejando a un lado su baranda-prótesis, se había unido a ellos para hacerlos sentirse como en su casa.

–Una *Perrier* con una tajadita de limón –pidió la Ruby.

–He visto naufragar a más de alguien en *Perrier* –observó Gustavo.

–Y yo he visto naufragar a toda la gente que toma *Negronis* –agregó Marcelo–. En París dicen que el agua *Perrier* es la que causa el *mal au foie* de que se quejan todas las francesas.

–Llevas tres –le dijo Gustavo, al ver que los *Negro-*

nis eran del tamaño de la cabeza de Nat, por lo menos como él se la imaginaba.

–Es que a mí me bautizaron con *Negronis* y estoy vacunado. El curita se equivocó: se tomó el agua con sal y a mí me ungió con trago. ¡Vieras qué cara puso el pobre!

El mozo le trajo a Marcelo su plato de riñoncitos al jerez. Cuando los revolvió con la punta de su tenedor, exhalaron su delicioso y repugnante perfume. La Ruby levantó su naricita en el aire, una antena sensitiva que acariciaba el aroma de los guisos de su mesa y de las mesas vecinas. Ese estremecimiento aromático semejaba un terremoto: los muelles que la separaban de lo que ocurría en el local se derrumbaron, reactivando sus papilas con la música y las risas.

Antes de salir a bailar con Gustavo, la Ruby miró a Félix. Éste comprendió exactamente qué cosa le ordenaban sus ojos, ahora verdes. Sin alterarse, porque estaba habituado a las transiciones de la Ruby, mandó:

–Riñoncitos al jerez para la señorita Ruby. ¿Y un *Negroni* para comenzar, mientras esperamos?

–Riñoncitos. Y un *Negroni* para empezar... –asintió ella.

El público cantaba y reía. La Ruby se desplazaba echando pullas, recibiendo piropos y dándose abrazos con sus conocidos, cambiando una y otra vez de pareja: ella era parte del jolgorio, dueña de las melodías y los aromas procesados por su cuerpo, que giraba en medio del salón con la insistencia mareadora de un carrusel. Algunas de las parejas que improvisaban bailes en la pista desplegaban tal exageración de atuendos, que semejaban fantasías de gitanas, de *pompadours* con peinados como torres de merengue, de *cowboys*... Con su piel asimilaban esas pieles distintas, de quita y pon.

Josefina y Rolando habían recorrido todas las discotecas, restaurantes y cafés de San José en busca de Marcelo Chiriboga o, en su ausencia, de Gustavo Zuleta, para extraerle al menos un nombre de hotel, un número, unas señas del célebre ecuatoriano. Si lograban dar con la huella de Chiriboga en Chicago, podrían ir con Gustavo los tres a pasar allá el fin de semana, en plan de gran intimidad con el novelista. Rolando imaginó cómo caería en el campus si él dijera, en un grupo de profesores de escaso prestigio: "Me lo aseguró Marcelo Chiriboga cuando fuimos a pasar el fin de semana con él, en Chicago".

Pero claro, siempre era posible que algún desubicado ignorara la categoría de Chiriboga, o que intentara, mezquinamente, restarle importancia.

Era bastante tarde. Josefina y Rolando perdían las esperanzas. No pudieron encontrar ni siquiera a la Ruby, a quien todo Saint Jo conocía. Entraron a un MacDonald's; después de la propaganda gratuita del presidente Clinton, se había puesto de moda. ¿Cuánto se habrían embolsado los Clinton por este *cameo* presidencial? Seguramente una buena cantidad. ¡Que no vinieran los norteamericanos con sus protestas de transparencia financiera en las esferas oficiales, alzando las manos para clamar al cielo al compararse con los venales gobiernos latinos! Recalaron luego en un sitio estridente de muchachada borracha de cerveza; después, en un piano-bar de las afueras, lleno de hombres solitarios que jugaban *pool* con un cigarrillo pegado a los labios, al son de *Stardust,* como si la estuviera tocando Hoagy Carmichael en persona; y más tarde aun, en una serie de guaridas pseudovietnamitas, o pseudomexicanas, que dotaban de un sordo rumor ciudadano a la noche del pueblo, ya desprovista de tráficos y peatones. Cuando se les estaba acabando la cuerda, Rolando y Josefina decidieron asomarse a La Tasca –el restaurante nuevo, y el más caro de San José: por eso lo habían omitido, mirándolo desde la vereda de enfrente al pasar–, y a través del humo y las lentejuelas que giraban en la pista descubrieron a los tres amigotes sentados a una mesa disimulada en el fondo.

–¡Qué pena que estén con otra persona que no conocemos! –exclamó Rolando a gritos, para que Josefina pudiera oírlo por sobre el estruendo.

–Déjamelos a mí. Yo puedo espantar a cualquiera con un par de pesadeces bien dichas –dijo Josefina.

Se fueron acercando a la mesa ocupada por Marcelo, Gustavo y la Ruby, cuya humanidad abarcaba casi todo un costado del mantel. Cuando Félix se dejó caer en una silla, llenando todo el resto, los Viveros tuvieron que descartar la posibilidad de sentarse con ellos. Bebían ruedas de *Negronis*, y ya no percibían más que un cuadro borroso de la parroquia. Félix contestó al saludo de Josefina:

–*Hi*.

–*Hi*... –insistió su marido, sin conseguir que les hicieran lugar.

El propietario, dándoles la espalda, repitió su seco monosílabo:

–*Hi*.

–Ruby –dijo Josefina–, necesito hablar contigo.

Rolando y Josefina se sentían algo desairados, pero arrimaron ellos mismos dos sillas, quedando en segunda fila.

–¿Con quién tengo el gusto? –preguntó Marcelo Chiriboga.

–Soy el profesor Rolando Viveros. Ésta es mi esposa, Josefina.

–¡Huy! ¡Qué coincidencia! Yo también me llamo Josefina Viveros –gritó la Ruby, achispada.

–¡Ruby querida! ¡No teníamos idea de que te hubieras casado por segunda vez! –le siguió la broma Josefina–. ¡Felicitaciones!

–Quería que mi nuevo nombre fuera secreto. Ustedes saben que los Viveros son muy orgullosos... es muy buen apellido en... en...

–Será muy buen apellido en Escocia, porque ni aquí ni en la quebrada del ají los Viveros son absolutamente nadie –dijo Marcelo.

–Es que quería que no se supiera que me casé con tu marido, Josefina.

–¡Qué gentil! Te encuentro toda la razón del mundo.

–¿Por qué, mi linda?

–Porque es pésimo para la cama.

–Por favor, cállate, Josefina –susurró Rolando.

–Cállate tú, mejor. Si hablas, grito. Ya verás la que armo.

–No se agite, compañero –dijo Félix–. Tómese un trago, mejor, y cálmese, que no es para tanto. ¿Qué toma?

–Un *Old Fashioned*.

–Así me gusta, que tome cócteles. El cabrerío ya no toma cócteles: *Perrier*, cerveza, vino blanco, whisky. Antes todos tomábamos cócteles, pero están pasados de moda:

Manhattan, Pink Lady, Tom Collins, Sidecar, Bloody Mary.
¿Quién va a tomar un *Sidecar* hoy, si los *sidecars* mismos desaparecieron? –decía Marcelo.

–¿Quién es este loro que habla tanto?

–Se llama Rolando Viveros él también –replicó la Ruby–. Todos aquí se llaman Rolando Viveros.

–Bueno –declaró Marcelo–, la verdad es que en el fondo yo también, si se me antoja, me puedo llamar Rolando Viveros. Los nombres uno los puede elegir, como una corbata. Uno se llama como puede o quiere llamarse. Yo, por ejemplo, me casé con una francesa que se llamaba Adèle de Lusignan. Pero cuando presentamos nuestros papeles en el registro civil, resultó que su nombre oficial no era Adèle de Lusignan. Ni siquiera era francesa. En realidad se llamaba Elena Adelaida Gómez. Su padre, uno de los miles de señores Gómez del mundo, la tuvo de una madre argentina de apellido Rivas, gente de La Rioja, creo. Por parte de su abuela materna estaba remotamente emparentada, según juraba, con los De Lusignan, esa casa medieval, principesca, dorada, mística... Usted, claro, siendo chileno, tan sencillos cuando se trata de blasones, no tiene por qué estar enterado de nuestros entronques y parentescos...

Así de sencillo había sido don Lucas, el padre de Nina: un señorón muy de tierra adentro, muy satisfecho con su fundito y sus buenos parronales de uva de mesa. Gustavo se peinó a la izquierda, a la gomina, como él. Se demoró un buen rato en pintarse bigotes retintos y unas patillas de maleante y garañón. Había extendido cuidadosamente su traje de huaso –traído por si la ocasión se lo pedía– sobre la cama: la chaquetilla con botones, la faja colorada, la manta, el sombrero cordobés negro destinado a darle un mirar torvo y los abombillados pantalones de cacineta. Pasó un buen rato bruñendo sus grandes espuelas de plata y sacándoles lustre a sus zapatos de tacón. Al vestir estos atuendos, cuadrándose de hombros, dando una zapateta, estirando con las dos manos su chaquetilla, estimó que era todo un señorón criollo chileno, del tiempo del presidente don Jorge Alessandri, cuando según su suegro todo iba a pedir de boca. Gustavo, hacía poco más de quince años, solía ver a su suegro, don Lucas Videla, ataviado de este modo: muy temprano por la mañana se iba a darles una vuelta a las vacas o un vistazo a su sandial. Gustavo tenía memorizada la fragancia de aquella higuera que centraba el último patio de la casa, y el aroma del manojo de jazmines en un florero de opalina, que Nina arreglaba con tanta gracia sobre el mármol del peinador de la habitación donde lo alojaban.

Después de calzarse las espuelas gigantes, que pernoctaban al lado de afuera de su puerta, su suegro se erguía ante el espejo, tal como ahora lo hacía Gustavo: con bigotes y patillas pintadas, era el vivo retrato del viejo agricultor de entonces, que frunció el ceño cuando al final de esas vacaciones –ese verano en que el perfume de la higuera estuvo más espeso y dulzón que nunca– Gustavo osó pedirle la mano de Nina, antes de despedirse como visitante veraniego.

Nina, igualmente, había fruncido el ceño cuando vio a Gustavo metiendo una cantidad de bártulos inútiles en su maleta para viajar a Estados Unidos. Además, enrojeció de vergüenza al verlo aparecer en el aeropuerto con su sombrero alón en una mano y el par de tintineantes espuelas en la otra, porque, claro, no cupieron en la maleta. Habían discutido toda la tarde, no sin acritud, sobre si era conveniente o no llevar esa ropa a un país como Estados Unidos.

Llegaron a acordar –algo nunca aceptado por Nina sin malhumor– que era necesario, porque estudiantes becados y profesores les habían advertido que, con frecuencia, en los departamentos de idiomas de las universidades, los metecos, en sus celebraciones, solían vestir prendas típicas e incluso ejecutar algún baile popular que indicara su proveniencia. ¿Cómo bailaría cueca el pobre Gustavo, siempre tan patoso?

La Ruby se negó a confesarle de qué iba a disfrazarse para el baile: era un secreto que lo sorprendería. Gustavo hojeaba las posibilidades en su cabeza: todo le parecía un disparate. ¿Una Caperucita Roja colosal? ¿Una María Antonieta de mazapán? ¿Una gitana, una japonesita, una Minerva, una bataclana aderezada con plumas y brillos? Lo difícil era establecer cómo, con tanta masa sobrante, podía disfrazarse de algo distinto a la gorda esplendorosa que era. Poseía un arsenal repleto de ornamentos; faltaban estrategias para lograr engalanarse con ellos. ¿Dónde conseguir y, sobre todo, cómo ponerse los pantalones de bayadera, el corselete de campesina, los faralaes de la españolada, sin parecer una caricatura de gorda cubierta con falsos aparejos? Entallarla dentro de cualquier fantasía iba a resultar una tarea ardua, si no imposible.

Se encontraba en su habitación del hotel Congreve/San José, abstraído bruñendo sus espuelas de plata, que eran parte de su disfraz, cuando detrás de ese tintineo irrumpió un sonido distinto: el teléfono. ¿La Ruby? No podía ser otra persona. Levantó el aparato, exclamando lleno de regocijo:

–¡Ruby!

Sintió una música tenue detrás del silencio. No contestó nadie: quedó resonando un hueco. Volvió a exclamar, ahora con una voz desprovista de alborozo:

–¡Ruby!

La música creció, anegando un silencio que no era el silencio de la Ruby. ¡No era ella! ¿Quién podía ser?

–¡Ruby! –gritó–. ¡Ruby, dime algo!

La música se cortó con las interferencias del fono. Después sonaron las sílabas de una voz totalmente desconocida, un poco ronca, un poco sinuosa:

–*Do you want a fuck? A real fuck?*

Gustavo creyó poder murmurar "¡Ruby!", pero fue incapaz de hacerlo sin cortar su respiración.

–*I want you to fuck me. Please fuck me. Don't you want to fuck? Don't you want to go inside me and get me all wet? I'm so soft and you're so big and hard and frightening... fuck me more... more, love... I'm coming and I want you to come with me... I'm coming... please, come with me...*

Gustavo, estupefacto, se preguntaba quién, cómo...

Pero calló: había oído demasiados cuentos sombríos sobre profesores para los que resultaron una pésima experiencia los galanteos amparados por la discreción sólo parcial del teléfono. Temeroso, se abstuvo de seguir la broma. Pero no colgó: por lo menos oír un resuello, una palpitación al otro lado de la línea, sin exponerse a un desastre... No. Tenía miedo. Podían saber su nombre, haberlo seguido hasta su habitación, identificarlo. Con su nombre en poder de otros, la desgracia era segura: saberlo profesor, aprovechar su posición distinguida, claro, el escándalo. Los ecos podían llegar a oídos de Nina. Entonces... No. Pero no se decidía a colgar. La voz quedó hablando sola encima de la colcha.

Se tendió en su cama, a media luz. Tenía el miembro erguido. La Ruby, desnuda, nacarada, resbalosa como el interior de un caracol fragante y vivo, se prestaba a ser su interlocutora: él jugueteaba con su mano derecha, convocándola con sus papilas ansiosas. Mientras tanto, el índice de su mano izquierda indagaba en el agujero caluroso del bivalvo de raso que empapaba sus vellos.

–¡Nina! –gritó, despertando.

Tenía el índice metido en el dial del teléfono. Escarbó, sin encontrar más que los ecos terribles de su pesadilla.

–¡Nina! –gritó una vez más. No pudo volver a dormirse: se sentía pavorosamente despierto.

¿Cómo iba a dormirse –y no quería hacerlo–, si el fantasma leve del cuerpo de Nina, acariciándolo, le rogaba que volviera a ella, o que por lo menos le hablara? La oía clamar en el teléfono. ¿O era la voz de la otra? ¿La voz procaz, sucia, frondosa como un matorral inflamado, que lo llamaba para que se internara en ella?

Conservaba el dedo metido en el dial. Pero en vez de acariciar a Nina, acariciaba el teléfono y hundía en él su cara, con el mismo regocijo que si el aparato estuviera constituido de palpitantes intimidades. Marcó el número de su casa en Santiago, metiendo su índice en el agujero húmedo. Pero seguían rogándole con la voz de San José:

–*More... more... fuck me more... Why don't you want more love? More, love... I'm coming now, come, love, come with me...*

Los mismos dedos que sobaban el dial sobaban los zapatos que la Ruby se había sacado ahí mismo, más temprano, para descansar los pies, cuando subió al piso de Gustavo con un recado de su trabajo de conserje. Gustavo manoseaba la huella de esos pies, frotando esa intimidad ajena, besando las diminutas, pecaminosas sandalias de taco de aguja y trencitas de charol. *Fuck me shoes,* le habían dicho que los llamaban cuando tenían una traba, como éstos, alrededor del tobillo. Su otra mano hurgaba desesperada en su pantalón, acariciándose erguido en respuesta al obsequio carnal del teléfono, introducido entre las tiritas de cuero: se inundó con el perfume de los zapatos de esos pies todavía desconocidos, su cuerpo estremeciéndose con la presencia de la Ruby, abrumadoramente vigente. No podía decir nada, porque una voz le ordenaba que continuara lo que estaba haciendo: ¿quién... de dónde? Oía incrédulo, sin decir ni una palabra. ¿Cómo hablar, si no podía saber quién lo escuchaba?

–¿Aló, mamá? ¿Quién será? Debe ser del extranjero. Capaz que sea Gustavo. Se está volviendo loco con este asunto del teléfono. No voy a llamarlo yo, nos va a salir demasiado caro. ¿Por qué no contesta, mamá? Gustavo contestaría. ¿Será una broma? Se debe haber echado a perder el teléfono.

En Santiago colgaron. Como para invocar a Nina, introdujo de nuevo el índice en su número, palpándolo, acariciándolo. Una frase norteamericana se sobreimpuso al castellano de Nina: estaban gritando. ¿Quién, cuál de las dos? ¿O era él quien gritaba? ¿En qué idioma?

Se levantó para ir al baño y cambiarse los calzoncillos. Todavía sonaba la campanilla del teléfono. Se esforzó por no contestar, pero sonaba y sonaba y sonaba. Gustavo se refrescó la cara y el pescuezo en el lavatorio:

–*Sad is beautiful...* –se oyó repetir, sin saber por qué.

En todo caso, en su melancólico soliloquio, no logró identificar a sus súcubos.

Capítulo diez

Mientras se lavaba la cara, en calzoncillos, oyó una vez más el teléfono. Sin saber si lo llamaba la Ruby o Nina, su madre o su hermana, corrió con la cara empapada y goteando: no era el fono; alguien tocaba el timbre de su puerta. Antes de alcanzar a abrirla, oyó que metían una ganzúa en la cerradura. Se ciñó la toalla. Vio tras la mampara el monumento de sombra detenido en el vano, la luz a su espalda. Adivinó. Cayeron, uno envuelto en la otra, sobre la cama inmensa. Gustavo sabía que haciendo esto vejaba a Nina. Pero jamás la sintió tan cerca.

—¡Ruby!

—Gustavo...

—¿No estabas tú, recién, llamándome por teléfono?

—Yo no te he llamado.

—¿Entraste con tu ganzúa de conserje?

Ella no respondió.

—¿Quién me llamó, entonces?

—Josefina, tal vez. O una alumna… o una amiga tuya. No soy la única mujer en el mundo.

—¿Quién puede ser? ¿Mi suegra, que se inquieta con tanta facilidad?

Estuvieron discutiéndolo un rato. Gustavo negaba la posibilidad de que fuera Nina... Nina, tan comedida en los gastos, tan prudente. A esta hora estaría durmiendo o vigilando el sueño de Nat. Y Josefina andaría con Rolando, buscándolo a él. A nadie se le ocurriría llamarlo al hotel. ¡Nina! La Ruby llegó a la conclusión de que sólo podía ser Nina. Él quiso arrebatarle el teléfono de las manos, impedirle que cometiera la locura de llamar a Chile. ¿Para qué? ¿Con qué excusa? ¿Cómo interpretarían un llamado de la Ruby? Pero ella marcó el número de la familia de Gustavo. Sentado en un taburete, en la penumbra de un rincón, él comenzó a hipar. Soltó las lágrimas y permitió por fin que la oleada de llanto lo tumbara. De ahí pasó a los gemidos, ahogados por sus propias manos, y por la punta áspera de la toalla, que cayó y lo dejó desnudo. La Ruby le pasó el auricular. No lo rechazó. Llorando aún, lo acercó a su oreja. Esperó un minuto. La Ruby pareció adivinar; le quitó el auricular y al cabo de un rin-rin se lo devolvió:

–Ya está.

–¿Es ella?

–Sí. Habla.

Con una mano en el calor de la falda de la Ruby y sosteniendo con la otra el fono, murmuró:

–¿Mi amor?

–¡Gustavo! ¿Qué te pasa?

–Nada. Quería oírte, nada más. Te echo tanto de menos.

–Yo también. Pero no por eso tienes que llamarme.

–Vente.

–No puedo hasta dos semanas más. El doctor no me deja viajar.

–Vente, por favor. Me estoy muriendo por ti...

–¿Estás llorando...?

–Sí, mi amor.

–No llores. Dos semanas pasan como un suspiro.

Gustavo no quiso hablar más. Se apartó y siguió gimiendo en su rincón. La Ruby se acercó con el teléfono en la mano y puso el fono de modo que Nina lo oyera llorar, desesperado como un niño.

Se proponía seguir llorando hasta que Nina se presentara en el vano de la puerta. No anunció viaje. Lo que quería era oírlo gemir hasta dejarlo vacío de llanto, de pasión, de nostalgia, de tristeza.

–*Sad is beautiful...* –repitió Gustavo, quién sabe por qué.

–No puedo irme, mi lindo. Compréndeme: no puedo exponer a Nat. Dos semanas es tan poco. Y yo también me expondría, lo sabes bien. ¿Eres tú? ¿Me estás oyendo?

Gustavo no contestó.

–No puedo –insistió Nina.

El silencio se hizo más pesado.

–Dime que me quieres, por lo menos –murmuró ella.

Gustavo colgó sin decir nada. Abrazó a la Ruby y se volcaron juntos en la cama, enredando el dominó que la envolvía. La voz de Nina seguía repitiendo en el fono, sobre la colcha de la cama:

–Dime que me quieres...

Gustavo se encerró en el baño para lavarse la cara y el cuerpo, y de paso cambiarse por segunda vez. Mientras, bajo su dominó y sentada frente al tocador del dormitorio, la Ruby componía su maquillaje y su disfraz. No volvieron a colgar el teléfono: todavía sonaba la voz descompuesta de Nina cuando Gustavo salió del baño. Venía disfrazado de huaso, las espuelas de plata tintineando en sus talones, los brazos alzados para inclinar el sombrero y oscurecer su mirada. Sólo entonces, desde el otro lado de la línea, cortaron la comunicación.

El día anterior a la fiesta, antes de que comenzara a oscurecer –oscurecía más temprano ahora y la ventolera vespertina colgaba dos gotitas de hielo en las orejas de los que osaban salir–, la Ruby fue a visitar a su amiga Helena Vander Valk, dueña de la ropería mejor surtida de la comarca. Era célebre tanto por sus extravagancias adornadas con pasamanerías, perendengues y martingalas, como por su *stock* de ropa, ya ajada por la experiencia de la plancha, la cocina y el hastío.

A la casa de Helena solían llegar frecuentes visitas: compradoras, vendedoras, revendedoras que viajaban desde lejos –de los hielos del norte, donde casi nunca es verano, y desde el sur, donde las matronas adormecidas por la siesta se cimbran en las hamacas de sus porches–, clientas erizadas con inusuales exigencias. Es que hasta los confines más lejanos del condado llegaba el prestigio de la casa de Helena, donde se podían conseguir los trapos más inverosímiles.

Cualquiera podía plantearle sus caprichos a Helena, si de vestimenta se trataba. Y las compradoras parecían siempre dispuestas a dejarse engatusar por cualquier bagatela, aun la más opuesta a su anhelo original. De vez en cuando merodeaban por ahí tristes personajes de estrambótica catadura, urgidos por deshacerse de los suntuosos ajuares de un pasado de actriz, o de belleza en subasta, y liquidar así, de una vez, los remanentes de sus vidas ya cumplidas.

Alguna mujer disparatada, escarbando en ese montón de trapos fétidos a desinfectante y naftalina, creía encontrar a veces una prenda significativa, quizás hasta apetecible. Nadie salía de la casa de Helena con las manos vacías. Salvo aquéllos que, dolorosamente necesitados, se desprendían de un acervo cuya venta alimentara sus hambrientas carteras.

En la retahíla de sus destartalados salones duraba muy poco la mercancía acumulada en los armarios, mesones, anaqueles, cómodas, roperos. Nadie, a la hora de clasificar, tenía tan buen ojo ni tan rápido y preciso cálculo como Helena: sentada en el suelo, en medio de un montón de trapos, rechazaba, elegía, ordenaba con sus manos regordetas, de dedos romos, tentativos como los de un niño que está aprendiendo a comer.

Éste, sin embargo, no era el único ni el más rentable comercio de Helena. Gran parte de su peculio –que los exagerados o los ignorantes calculaban en millones– provenía de la reventa mayorista de ropa usada. Terminados la desinfección y los remiendos caseros, era enfardada mecánicamente, a alta presión, y luego exportada a países miserables donde otras mujeres, en general de pigmentación más oscura, la arrebatarían de los mostradores. "¡Ropa norteamericana, importada!", corría la noticia, y las nativas desintegraban estos bultos, fruto del grosero hartazgo de los países poderosos, con voracidad de aves de rapiña. Rasgaban y rasguñaban, acaparando piezas multicolores a cambio de la harina, los pollos, las hortalizas que hubieran debido nutrir a sus hijos raquíticos; pero ellas les daban a sus productos este otro valor de cambio –suntuario, obsesivo, misterioso–, infinitamente más atractivo.

Sentada en medio de sus trapos, Helena recaudaba sus ganancias allí mismo. Extendía sin pudor su palma, que tenía la consistencia de una masa pastelera. La escondía luego, sin contar los billetes –tan entrenado tenía el ojo–, en las oquedades de su estupenda mole. Otras clientas alquilaban ropa: sobre todo estudiantes pobretonas que se pavoneaban ante los revenidos espejos, luciendo arreos que fueron de otras mujeres en combinaciones inesperadas, esbozos de un lujo inimaginable. Haciendo poses, gesticulando, asumiendo actitudes nobles, elegantes o románticas, hundían sus manos ávidas en medio de sedas, tules o algodones de fantástico estampado. Helena cosía sentada en el suelo, vigilando el versátil gusto de sus clientas. Éstas intercambiaban faldas y blusas, pantalones y rebozos, girando en torno a ella en una especie de fandango. Esa vestimenta exhausta, exprimida como un limón reseco y sin jugo ya, aguardaba su encuentro con la máquina. Ésta reducía tanto oropel a unos fardos prosaicos: a su peso, a su cantidad, a su dimensión contable, al *debe* y el *haber* de comerciantes mucho más poderosos, encargados de tramitar los últimos avatares de esos retales desteñidos.

La Ruby era muy amiga de Helena. Ambas estaban invitadas al baile de la Sirena.

–Llévate lo que quieras. Lo que es yo, iré vestida de Mignon. ¡Ya verás qué suntuosos son mis harapos! Tú, ¿de qué piensas ir?

–¿Yo? –preguntó la Ruby–. Es un secreto.

–¿Cómo un secreto? Si te llevas piezas de mi colección de otoño, voy a tener que anotarlas.

–Bueno, entonces. Voy a disfrazarme de china –le mintió.

–No hay chinas tan gordas como tú o como yo, amorosa.

–Un amigo me contó que hay.

–¿Qué amigo? ¡Ah! ¡Ya sé! Uno de los chinos del doctor Butler. Vas a ir con él y te contó. ¡No me lo niegues!

–Te lo niego. Pienso ir de pareja de *los dos chinos*.

–No entiendo.

–Los dos son iguales, ¿no?

–Idénticos.

–Bueno. Voy a jugar a que, en vez de dos, son uno solo. Pienso confundirlos, transformarlos en una sola persona, para emparejarme. Una pareja tiene que formarse con dos personas; si somos tres, ya no es pareja. ¿No te parece un jueguito interesante?

–Te reconozco que es divertido. O sería, si fuera viable. Pero no lo encuentro muy apropiado para una fiesta de disfraces. Me parece... me parece demasiado... ¿cómo te puedo explicar?

–Te entiendo: sería más divertido disfrazarse de una pareja de tres... ¿Me equivoco o encuentras demasiado filosófico todo esto? Tal vez el doctor Butler pueda proponernos una solución.

–No entiendo absolutamente nada de lo que estás hablando esta tarde, Ruby. ¿Cómo puede existir una pareja de tres? ¡Qué absurdo!

–Yo tampoco lo entiendo. Lo que sí entiendo es que el lenguaje es una convención: las palabras son sólo el uso que yo les asigno, instrumentos que empleo según me acomoden. El lenguaje, las palabras, a fin de cuentas, son un disfraz. Y todo lo que uno dice o viste es, finalmente, literatura.

Estas ideas –si así pueden llamarse las palabras de la Ruby– se revolvían como fragmentos ya demasiado usados, y buscaban un lenguaje inédito en aquellos atuendos inservibles. Ni el tiempo ni la garúa explicarían qué partes formaron ese todo, ahora desmembrado, que alguna vez fue *alguien*. ¿Cómo llegar al fondo de Josefina Viveros sin explicar, por ejemplo, que su viejísima clámide púrpura constituía su fondo mismo, y que, vistiendo ese harapo, se generaba a sí misma como se genera una fantasía? ¿Quién captaría la esencia de Mi Hermana Maud en una de las blusitas lavables, floreadas, juveniles, ahora descontextualizadas, típicas de su guardarropa?

La Ruby se había negado a despojarse del *dominó* verde-insecto en que venía enfundada. Gustavo luchaba por zafarla de él, o por lo menos abrírselo. Por mucho que pugnara por arrebatarle esa funda de seda y apoderarse del disfraz aun más sedoso de su piel natural, el opulento calado de la Ruby era perfectamente capaz de mantener a raya, con aspavientos de rechazo, a ese homúnculo que, prendido a ella como un monito a su madre, escarbaba en los pliegues de su cuerpo.

Revueltos en la cama, acezando, apretados en la sudada riña amorosa –cada cuerpo contaminando con sus olores y su humedad al otro–, la Ruby logró por fin darle un empellón a Gustavo. Lo derribó de la cama y, arrebujada en su *dominó* como en una armadura con la que pretendía amparar su castidad, se puso de pie. Pasó una mano descuidada por sus mechas a la deriva. Con el pasmo de la caída, Gustavo no pudo mantener su vigor: había sido sometido por su compañera. Ésta se despachaba de una furibunda catilinaria: no aceptaría que nadie abusara de ella; era virgen y pensaba seguir siéndolo, aunque él, Gustavo Zuleta, la atrajera incluso más que Marcelo Chiriboga y que los polluelos de académico, hermosos y atléticos, que pululaban alrededor del probable sabor de sus nalgas.

Entró al baño con un bufido de dignidad y Gustavo pudo oír la potencia de su chorro de yegua. Salió lavada, peinada, perfumada, perfecta. Sentándose en el taburete del tocador, frente al espejo, cambió cuidadosamente la mirada oscura de sus ojos de gitana, capaces de interpelar al futuro, por otra fulgurante, más verde. Gustavo, por tercera vez en poco rato, entró al baño, se lavó, se refrescó y se cambió los calzoncillos mojados. Salió haciendo cantar sus espuelas.

–Vamos –le ordenó la Ruby con un pie en el pasillo. Cerró la puerta con llave como si cuidara su propio dormitorio.

Recién en la escalinata, frente a la calle, Gustavo se animó a preguntarle:

–¿De qué te disfrazaste, por fin?

–Sabes muy bien que es un secreto.

–¿Hasta cuándo va a durar tu famoso secreto?

–Hasta que lleguemos a la fiesta en la casa de la Sirena.

Caminaron en silencio unos pasos por la ceja del bosque que encerraba al pueblo. Como no se veían transeúntes, Gustavo le ciñó la cintura con un brazo: ella retribuyó el gesto, permitiendo que su mole se apoyara en él. Se dirigieron al sector residencial, sin contar sus pasos pero sí las campanadas del carillón del Capitolio de la universidad. Dejaron atrás las campanadas y tomaron la ruta periférica que rodea San José. Al fondo, la última aguada doraba los cirrus sobre la espesura del bosque.

Apuraron el paso. La Ruby lo cauteló:

–No vayas a permitir que Marcelo pase la noche en casa de los Butler.

–¿Por qué no? Parece un arreglo bastante conveniente.

–Es una casa mortuoria. Que duerma en el atrio del Capitolio, debajo de un arbusto, donde sea... pero no ahí. Es deprimente. Cuando se levantan, en la mañana, se tienen que armar pieza por pieza, como un rompecabezas: audífonos, anteojos, placa de dientes, bastón, oreja de cera, nalga de corcho, ano artificial... ¡qué se yo! ¡Es macabro! La única que lo soporta es Josefina, porque cree que la van a dejar de heredera universal. ¡El chasco que se va a llevar cuando descubra que no le dejaron ni un centavo y que legaron su fortuna a un cementerio de canarios!

–No te cases nunca, Ruby.

–Tú tampoco, Gustavo. Pero ya estás casado, ¿no? ¿Con una semióloga, me parece que oí decir?

–Lacaniana.

La Ruby se rió.

–¿De qué te ríes?

–"Charlacanas", les dicen aquí. Una vez alguien tuvo la desfachatez de decirme "tú no eres una gorda". Yo le contesté con bastante *flair*, me parece: *"Ce n'est pas une pipe"*. El tipo no entendió nada, y cada vez que se encuentra conmigo, se pone rojo y mira para otro lado...

–No es Lacan; es Foucault.

–Bueno, el que sea. En todo caso, no me tienta disfrazarme de gorda asumida. Todos hemos visto *Café Bagdad* y *Sugar Baby*, de modo que tenemos bastantes referencias intertextuales. Hemos leído también a la Joyce Carol Oates y a la Françoise Malet-Joris. Hay que reconocer que no hay nada tan manoseado como el ícono de la gorda asumida.

Gustavo miró el cielo: en quince minutos más estaría oscuro. Le dijo a su amiga que le sentaban mucho esos nuevos ojos verdes, fluorescentes. Halagada, ella le dio las gracias. Se detuvieron al llegar a una casa de palitos, con caperuzas de madera torneada que coronaban los *bow windows*, los torreones, los porches. Era el sector antiguo de San José. A esa hora no pasaban autos, así que era agradable caminar lentamente, observando como se amortiguaba el oro sobre los árboles negros y se iluminaba una que otra mansión. El latido de sus corazones resonó en la inmensidad de la pradera. Se quedaron observando una casa aislada entre matorrales en tinieblas: dos ventanas idénticas, iluminadas, simétricas, con expresión de clandestinidad, acechaban desde el segundo piso. En medio de ambas, el torreón con *belvedere* era como una nariz. Gustavo, a punto de señalarle a la Ruby que esta casa tenía un rostro siniestro, se calló. Dos siluetas, una en cada ventana, se pararon junto a las vidrieras y se quedaron vigilando la llanura con desorbitados ojazos artificiales: nadando cada una en el cristal de su redoma, acercaron sus narices y sus jetas al vidrio para contemplar el paisaje malvado. Se quitaron las gafas, sincrónicos, guardándolas en sus jeans. Lucían poleras idénticas. Se despojaron de ellas al mismo tiempo, cautivos en los dos recuadros de sus ventanas: mostraron sus torsos brillantes, delgados, cobrizos. Pegaron otra vez sus narices a los vidrios: eran dos peces curioseando, desde adentro, a los especímenes de afuera. Gustavo se puso tenso.

—¡Son los chinos! —exclamó muy bajito.

La Ruby se quedó mirando a Gustavo. Los chinos se inclinaron sobre el tocadiscos. ¿Qué oían? ¿Una mazurca, tal vez? Se enlazaron para bailar, girando y saltando, pasando y volviendo a pasar con sus pasitos y sus piruetas tras el cristal de las ventanas.

—¡Chopin! —dijo la Ruby.

—¡Maricones! —exclamó Gustavo.

–De maricones, nada –lo contradijo la Ruby–. Están divirtiéndose. Bailan como creen que bailamos en Occidente. Son distintos.

–Yo los encuentro iguales.

–¡Tonto! Distintos de nosotros, quiero decir. Para ellos, nosotros somos los otros, los demás, los raros; y ellos los de adentro, los normales.

Como en un ballet de gran aparato, ambos chinos se hacían reverencias, se saludaban y se despedían con venias. Se ofrecían mutuamente vasos de agua con expresión de aprecio, aunque no de afecto. Se ponían y quitaban sillas, se arrodillaban, riendo –pero sin audio– al pasar frente a las ventanas. Hasta que desaparecieron los dos en el fondo de la habitación. Inmediatamente cortaron la música y apagaron la luz.

–¿Ves que son maricones? –dijo Gustavo–. ¿Por qué apagan la luz si no son maricones?

Todo parecía conspirativo. La mirada absorta de los chinos, desde las tinieblas del segundo piso, se podía sentir abajo, en la llanura. En esa planicie vacante, San José no era más que un guijarro perdido. Gustavo y la Ruby se apretujaron esperando algo siniestro: un crimen, un lamento, un asalto. Apagada la música, quedó sólo el lienzo tendido del cielo. Cinco minutos después vieron las dos siluetas de los chinos que salían de la casa y se perdían por el sendero, internándose en el bosque.

–¿Para qué compraste esta comida china? Sabes que la detesto –le reclamó Rolando a Josefina esa noche, al acostarse después de la visita a los ancianos Butler. Los habían encontrado durmiendo, perfectamente tranquilos.

Al desvestirse para ir a la cama, el estado de ánimo de Rolando era depresivo. Josefina lo notó a la hora de comida, cuando él rechazó su plato de gallina *à la Tetrazzini,* que tanto le gustaba: se parecía al pastel de tallarines que preparaba su madre. La media naranja que se comió de postre le produjo acidez. Josefina trató de distraerlo, chismeando sobre Marcelo Chiriboga desde la cocina: probablemente habrían arrendado un *Avis* para ir con la Ruby a pasar el fin de semana en Chicago. Después de la rabieta que le causó Gorsk por dejar que se le escapara un pájaro tan vistoso como Marcelo, era normal que Rolando apenas picoteara su plato. Josefina conocía estos estados depresivos de su marido. Le sobrevenían también después de una noche de juerga, cuando le temblaba la mano al tomar un vaso. Ella había bajado las luces. Eran esas luces modernas a las que basta tirarles el cordoncito para graduar su intensidad. Rolando solía murmurar, satisfecho:

–En Chile no hay luces como ésta.

Pero esa noche era otro su ánimo:

–Es como la luz de las velas que prendíamos para ahorrar electricidad durante la Segunda Guerra Mundial. Cuando mi papá perdió su trabajo con el presidente Aguirre Cerda, iban a echar a la nana de la casa porque no teníamos plata con que pagarle... Ella insistió en quedarse, sin sueldo, porque nos quería mucho a la Cecilia y a mí. Todas las noches, cuando nos íbamos a acostar, en un balde de loza colorado –me parece que la estoy viendo–, prendía unas velas que ella misma compraba con plata suya, que sacaría quién sabe de dónde. Las prendía en el balde y rezaba para que a mi papá lo volviera a contratar el gobierno. La misma luz de ahora, oye... Fíjate qué raro. ¡Ésa sí que era vida, no esta porquería!

–¿Cómo puedes decir que tu vida en Estados Unidos es una porquería?

–¡Esto no es Estados Unidos! ¡Esto es el limbo! Aquí no pasa nada. Todo es igual todo el año. Todos ven las mismas películas, leen los mismos diarios. Si hay un escándalo, todo el mundo lo comenta durante la misma semana y después ya nadie se vuelve a acordar.

–¿Y de qué te acuerdas tanto, tú? ¿Del parroncito ése, bajo el que apenas cabían ustedes cuatro, en la casa de la Gran Avenida?

–¿Qué será de mi hermana, la Cecilia? –suspiró Rolando.

–No la nombrabas desde que nos casamos.

–La Ceci siempre perdía en el luche. ¡Lo hacía adrede! Cuando el invierno se iba y empezaba a haber solcito, los chiquillos y las chiquillas de la cuadra salíamos a jugar al luche en la vereda. La Ceci siempre perdía, como te digo... ¡Nada más que para pagar prenda y tener que besar al Tito Muñoz, la tonta! ¿Qué será del Tito Muñoz? Era mayor que yo, dos años.

Para conjurar los agravios de la mala suerte de su marido, Josefina le sirvió un tazón de té hirviendo. Rolando le dijo que no quería.

–Me cargan los tés sin gusto a té. Té con gusto a menta, té con gusto a jazmín, té con gusto a azahar... Pero té con gusto a té, una buena choca de pobre, como las de antes, eso aquí no hay. ¿Tienes boldo?

–No me queda boldo. Voy a decirle a Gustavo que le escriba a Nina, para que cuando se venga nos traiga de regalo una buena ramita de boldo.

–¡Manso regalo!

Rolando afirmó la cara en las palmas de sus manos, con los ojos cerrados y los codos encima de la mesa. Apenas se oía su responso infectado por rencores y toxinas. Jadeaba muy suavemente. Josefina se dio cuenta de que su marido estaba lloriqueando.

–¿Para qué le diría que se viniera? –decía–. Es buen chiquillo, pero ambicioso. Como yo a su edad: ambicioso de cosas que nunca tuve. ¡Se va a morir, igual de muerto que yo, aquí en este hoyo! Tengo que convencerlo de que se vuelva. Puede llegar a podrirse aquí, si le dan *tenure*, como a mí, y se va a quedar amordazado, amarrado de pies y manos por el resto de su vida, publicando idioteces que a nadie le interesan. Porque los años sobrevienen cuando uno no está mirando, y cuando mira, todo ha cambiado. ¡Que se vaya, Josefina! ¡Aconséjalo tú, que sabes hacerlo! ¡Tú, que has pasado por cosas parecidas!

–¿Quieres que le aconseje que se vaya porque tienes miedo de que te haga sombra, de que haga una carrera más brillante que tú?

–Podría ser. Jamás he dicho que soy perfecto. Lo que quiero es que se vaya antes de que llegue la Nina famosa, porque ahí no va a querer moverse nunca más. Sabes lo enraizadas que son ustedes las mujeres. Uno siempre termina viviendo donde ellas eligen. Si no fuera por los Butler, quién sabe dónde estaríamos.

Josefina se arregló cama en la *chaise longue*. Para eso la tenía en el *bow window* del dormitorio: por si la pelea nocturna los dejaba demasiado estragados para volver al lecho conyugal. Rolando se deprimió, no sin razón, por el asunto de Chiriboga; y también con los desplantes de cachorro del profesor nuevo –no dejaba de tener atractivo, estimó Josefina; era cuestión de ver cómo se iban dando las cosas para que a ella le comiera de la mano–, tan simpático. Pero Rolando se deprimía cada vez que recordaba su casa y su calle, su país y sus amigos, su vulgar historia: era menester dejarlo hervir hasta que se extinguiera el fuego. Ella, en cambio, jamás se deprimía: le daban rabietas, se enfurruñaba, no era para nada reacia a dejarse arrastrar a cualquier reyerta... pero deprimirse, lo que se llama deprimirse, eso ya muy rara vez. Lo que pasaba –no se engañaba ni en éste ni en ningún otro sentido– es que ya habían transcurrido demasiados años sin contacto con un país propio: ahora su mundo entero era San José, sin otro norte que los hermanos Butler... y esas esperanzas económicas que tanto la hacían sufrir. Había descartado ya su propia culpa por haber defendido a Max. Fue un insoportable rosario de humillaciones que le dejó apenas unas vagas esperanzas en el futuro de ese hijo distante. De vez en cuando, una aventurilla removía su paz, dejándola siempre más seca que antes. Pero daba un suspiro de alivio al darse cuenta de sus ventajas... ¡En fin! ¿Qué podía hacer ahora? Le bastaba tener claro que lo que más temía eran las enloquecedoras inclemencias de Mi Hermana Maud, pero su larga práctica se las hacía más o menos manejables.

Esa mañana Josefina había prometido preparar unas viandas y dejárselas a los Butler en el congelador, para cuando tuvieran hambre. Se vistió en silencio. Rolando, con tanta píldora en el cuerpo, dormía como un bendito. Al sentarse al borde de la cama para ponerse los zapatos, se le cayó uno; no creyó haber despertado a Rolando –no se dio vuelta a mirarlo–, pero de repente oyó su voz firme y entera:

–¿Adónde vas tan temprano?

–Ya son las diez...

–Apuesto a que vas a servirle desayuno a Mi Hermana Maud.

–¿Y qué tanto? Me da más de lo que me das tú.

–¿Como qué, a estas alturas?

–Seguridad, por ejemplo.

–Te has transformado en la sirviente de los Butler. ¿Me traes el desayuno a la cama, por favor? Dormí pésimo anoche...

–Puede ser. Pero sirviente *tuya* no soy.

–Menos cuando te conviene.

–Sí. Cuando me conviene, sí –y salió.

Sus dos amigos estaban todavía en la cama. Los chinos, que ocupaban el dormitorio de visitas, dormían; Mi Hermana Maud, en cambio, brillante como la mañana, había despertado proclive a cualquier escaramuza, de ésas que ella misma fabricaba. En un espejo de mano examinaba lo que iba quedando de su cutis achurado por quién sabe qué vendavales de otros tiempos. La entrada de Josefina no interrumpió su responsorio: era como si pasara todo el tiempo removiendo esos residuos que flotaban en su memoria.

–...le dije entonces a Gorsk que todo era cuestión de ellos. Que ustedes no habían tenido nunca nada que ver con el señor Chopitea... ¡Qué apellido más ridículo! ¡Qué mal suena!, ¿no es verdad? Quiero decirte en todo caso que, en mi opinión, el escalafón está mal concebido. Hay que conseguir ayuda para Chopitea. Que a pesar de su nombre tan feo le den *tenure*. Lo que quiero es que Gorsk salga de aquí, que regrese a Letonia o adonde sea que nació. Voy a convencer a Jeremy de que hable con el presidente de la universidad para que despidan a Gorsk, que no me gusta nada. Y que en su lugar contraten a Rolando. Por lo menos, judío no es. Es algo que deseo vivamente: contratar y darle *tenure* a este chico tan simpático. Porque es simpático, ¿no? ¿O no? Ya no sé. Ya no me doy cuenta de esas cosas. Porque Chiriboga es nombre de mujer, ¿no es verdad? Como Ellen o Susan.

"Al Chiriboga Smith éste hay que ayudarlo a conseguir *tenure* aunque le falte tiempo. Yo quiero que contraten a Rolando cuando se muera Jeremy, que será pronto, me imagino, y entonces conseguirle *tenure* a Rolando y a este chiquillo. Lo que no entiendo es por qué tienes miedo de quedarte para siempre aquí, Josefina querida. Y claro que te vas a quedar. Todo el mundo está empeñado en que eso resulte. ¿Qué haríamos Jeremy y yo sin tu ayuda? No seas tan egoísta. Jeremy no quiere hacer más amigos blancos de su categoría, a su edad. No, los chinos no cuentan, no son amigos como los que yo quiero para mi hermano: caballeros de pelo blanco y anteojos a los que les guste el golf, que disfruten hablando de las mismas cosas que a Jeremy le encantan. Estos amigos son los que cuentan. Pero claro, ya están todos muertos. O viven en Florida, que es lo mismo... ¿A quién le importan los chinos? Ni saben hablar...".

A Josefina le pareció que Mi Hermana Maud se había adormecido —era frecuente— en la mitad de su parlamento. Por muy bien hilado que éste pareciera, solía abandonarlo en medio de una frase, como si todo perteneciera al mismo *continuum* de un sueño pantanoso al que se tiene acceso por cualquier costado.

Inmóvil, desde un rincón del festejo, Gustavo se fijó en una figura que al comienzo no reconoció: la disfrazada dio un pasito hacia adelante, zambulléndose en el alboroto erotizado y alcohólico, aparentemente feliz aunque se tratara sólo de la hilaridad del momento. Era la Ruby.

Se quedó contemplando el dulce mazacote ceñido en la funda color lagartija de su disfraz. Pensó que veinte minutos antes sudaban los dos, abrazándose entre los pliegues de su *dominó* verde oscuro... Ahora se las había arreglado para parecer un coleóptero a punto de escurrirse, ingrávido, por el revés de una hoja. Luego desapareció.

Pero la Ruby MacNamara volvía a aparecer, fugazmente, en otro lugar y otro momento del baile, transformada en un enigma, como detenida sobre la corteza de una rama verde. Era un reptil delicadísimo y palpitante, una musaraña veleidosa lanzándose al baile —no con alguien, sino con toda la concurrencia—, evolucionando incansable; una Venus de Willendorf fértil, obesa, ritual, a la cabeza de una caravana de máscaras pintarrajeadas: bataclanas, prostitutas y saltimbanquis de lustrosa desnudez, cargados de bárbaros trofeos. Los ombligos hundidos por la cosquilla de las carcajadas, los muslos satinados, los pechos y los glúteos reventando bajo fetiches y arreos, girando en una danza embriagada por su propio lenguaje de antifaces y máscaras trucadas. En una evolución de derviche, volaron las alas del dominó de la Ruby: cayó la capa, brillaron los vellos de sus axilas, centelleó la pelambre de oro de su bajo vientre sobre la cinta recamada que le ceñía el pubis, la faja apretada sobre las nalgas, el fastuoso trasero cimbreante. Su cartera metálica repiqueteó al caer junto a la pata del sofá donde había tirado su dominó.

—¡Estás divina! —le gritaron sus admiradores.

—Vienes disfrazada de...

—¡Baila conmigo!

—Déjame besarte, Cher...

Le hicieron ruedo para que bailara. La Ruby, contoneándose, era una Cher que repartía besos.

Sobándose contra otros cuerpos, despertaba a los amantes más ineficaces con sus malabarismos de vampiresa y arrastraba su fama como una cola internacional de oropeles. El tropel bebía para seguir bailando. Por lo menos, una pacata cerveza. Vodka, whisky y gin corrían de mano en mano, salpicando a unos y otros.

Hasta que aparecieron en el umbral los chinos del doctor Butler. Vestían idénticas casacas de seda amarillo-oro, las coletas postizas trenzadas con igual esmero: se los oyó arrastrar sus zapatos de fieltro negro —con medias blancas— sobre el parquet. Las conversaciones y la música callaron sin callar, sólo suspendidas. Los chinos, haciendo reverencias cortesanas, mostraron sus dientes en una sola sonrisa compartida. La Ruby se acercó primero a uno de los chinos —podía muy bien haber sido al otro—, pidiéndole que bailara con ella. El chino accedió, mientras el otro, junto a la pared, esperaba que la Ruby cambiara de pareja.

La música, advirtió Gustavo, se estaba transfigurando; tañían instrumentos inidentificables, de formas atrabiliarias, atonales, mientras los chinos se enredaban en la madeja de un baile donde no importaba cuál era cuál, quién era quién en esta dupla asexuada. Lo que sí contaba era que la Ruby –Su Majestad de Willendorf– había desaparecido.

Al principio nadie notó su ausencia, pero como no la encontraban, cundió la alarma y los anestesió el pavor, como si la hubieran visto engullida por un tropel de sabandijas. ¿Qué había ocurrido? ¿Cómo rearmar el rompecabezas destrozado? ¿O la Ruby lo espiaba todo, oculta bajo ese vestido de gitana con sombrero de *cowboy*, o ése de bayadera, o protegida por los almidones de una María de Médicis? Todo era confuso. Nada importaba, fuera del ritual de la danza en honor de la Venus de Willendorf.

¿Se trataba, en realidad, de esa Venus primigenia?

Un estudiante de antropología –el botones del hotel Congreve/San José– lo negó: esa danza no era en su honor, puesto que los viejos sótanos no mostraban huellas de una brutal Venus neolítica. Los demás estudiantes se acercaron al sabihondo con el fin de desentrañar la naturaleza de esa mujer catártica y obesa que, a pesar de sus muchos milenios de intimidad con el tiempo, la arenisca y una variedad de lluvias bíblicas de azufre y guijarros, pese al agua de manantiales ahora secos, seguía mostrando la efigie, sagrada o diabólica, de una mujer. El mineral mantenía firme la simulada blandura de su carne; los hoyuelos risueños de una sonrisa muelle, la morbidez del cuerpo entero articulándose para la risotada chusca de la Venus de Willendorf. En ella la piedra parecía a punto de transubstanciarse en calor. ¿Cuál de los chinos era cuál?, se preguntaba, perturbado, Gustavo Zuleta. Y la Ruby, ¿en qué corte bailaba ahora?

Ya era demasiado tarde y las primeras parejas se decidían a partir. Lo que fue quedando de la concurrencia tardó un buen rato en darse cuenta de la desaparición. La Sirena, en voz bajita al principio, con su plañidero sonsonete de bebé, planteó el asunto apenas comenzaron a circular las murmuraciones. Varios de los restantes comensales llamaron a sus amigos por teléfono, incluso a los que fueron condiscípulos de la Ruby en alguna asignatura pendiente. Unos propusieron convocar a la policía; otros, a los bomberos. ¿Un accidente? ¿O acaso una secta de forajidos, embriagados por su mítico volumen, la había raptado?

¡Pobre Ruby! Su repentina desaparición fue motivo para que la Sirena alertara a las novatas de Gordura es Hermosura: se generó una tensión de alto voltaje en ese "taller" de obesidad en vías de desarticulación, cuya energía cautiva, de pronto liberada, amenazaba con producir un desbarajuste. A nadie le interesó seguir escuchando música ni bailando: el único compromiso consistía en reunirse en grupos sobre divanes, sofás y plumones, con el fin de destazar a la ausente, analizando las huellas: el dominó desparramado; el borde de un vaso de cartón teñido de malva; un pañuelo impregnado en *Charlie;* un guante verde hasta el codo. ¿Quién podía usar prendas tan audaces? La Ruby MacNamara. No sólo eran de su propiedad; llevaban además lo que las revistas femeninas llaman *un estilo personal.* Su eclipse tenía que ser una figuración de la noche y las copas, del erotismo no resuelto, del anonimato de disfraces y caretas, del tedio por la parodia de riñas y ceremonias. Para restarle importancia a lo sucedido, se fueron atenuando poco a poco las voces, poniéndose más largas las caras, los intervalos entre las confidencias más hoscos. Hasta que alguien se atrevió a reiniciar un bailoteo. La Sirena –el apodo parecía desdichado para una muchacha obesa–, que vestía una túnica de escamas similar a la de la Ruby, inició el baile con una total libertad de figuras: se ocupó de enseñarles a los invitados unos pasos de baile, y cada cual se descuadraba con la violencia de sus propios narcisismos expresivos. Era preferible no darle categoría al retorno de la Ruby, con un solo guante verde, con los hombros y los brazos plenos, muy desnudos. Estimó oportuno descalificarla por desaparecer.

–Ésta se nos resfría –dijo.

–No hay peligro: está siempre hirviendo –acotó Rolando, acercándose junto a Josefina, que iba vestida de *flapper* (él llevaba un viejo uniforme de cadete de la Escuela Naval de Valparaíso), aunque nadie los había invitado. Alguien, por malicia, preguntó:

–¿El otoño o la Ruby?

–No estoy seguro... Pero me consta que la Ruby causa tal ebullición que debe tener calefaccionado este salón entero –se rió Rolando.

–¡Machista! –le gritaron varias muchachas, catecúmenas recalcitrantes de Gordura es Hermosura.

–¡Y ustedes, lesbianas cochinas...! –les respondió Rolando, fingiendo un semblante airado.

Las estudiantes se negaron a bailar con él, arguyendo que su lengua era demasiado filuda.

–¡Misógino...! –lo desafió Portia.

–Sí, misógino sí que eres. Tendríamos que hacerte un juicio, con la Ruby de jueza –se lo estaba murmurando al oído la Sirena.

La Sirena tenía algo de bombón de fresa, de niñita malcriada. Su plañidera vocecita respondía a los astutos embates del profesor chileno, que era, además, su mentor. La Sirena era una obesa en miniatura, un embeleco de porcelana, con su cutis suavísimo y un vistoso moño rubio: la imagen especular y contraria de la Ruby. Gustavo prefirió, en este baile, no enredarse.

Rolando había adelantado su llegada a la fiesta de disfraces, para darle tiempo a su mujer de acicalarse y dar el batatazo que la ocasión requería. Josefina llegó con un traje muy Scott-Fitzgerald, que le realzaba lo bueno y le escondía lo malo. Era un préstamo que se juró no devolver jamás a Mi Hermana Maud; procedía de los *dancing days* de la anciana. Rolando casi la desconoció, por lo espléndida. Siguió su impulso de rescatar a su cónyuge de los brazos del estudiante graduado que hacía furor ese año; Josefina era legalmente suya, pese a sus propias y conocidas vacilaciones.

La concurrencia celebró con una salva de aplausos la faena del diestro bien entaquillado que demostró ser Rolando al recobrar a Josefina del abrazo de su posible rival. Pronto se extravió su mirada buscando a la Ruby. El tono apodíctico de sus frecuentes y acalorados alegatos no dejaba de seducirlo, pues se le figuraba que ella era uno de sus escasos contrincantes válidos: fustigadora inclemente de mujeres demasiado timoratas a la hora de librarse de su obsesión por el peso, construir su propio destino y someter a sus machos.

No vio irse a los chinos; jamás partían, sino que, como ahora, desaparecían detrás de nubes de cualquier clase: un chisme, un chiste, canciones que parecían ser arrebatos dodecafónicos, a veces borrados por un fogonazo como de utilería.

Rolando los había visto entrar ataviados con sus casacas color oro, llevando al hombro idénticos bolsones de mezclilla. También los vio saludar con una elegancia envidiable a la dueña de casa. Y cuando preguntaron algo que la Sirena no podía haber entendido, porque no hablaba chino, ni ellos inglés, les señaló un pasillo que conducía al fondo de la casa, allí donde se encontraban los dormitorios principales, los más silenciosos.

Pieza por pieza, los chinos fueron entreabriendo las puertas, hasta llegar al dormitorio principal. Encontraron a la Ruby durmiendo entre capas, abrigos, caperuzas, chambergos, impermeables y rebozos aportados por otros celebrantes. Depositaron sus bolsones al pie de la cama, apoyados en el catre, oyéndola respirar con la sonoridad de un armonio. La Ruby hizo crujir el colchón al volverse. Quejándose, se abrazó a sí misma con sus brazos cremosos, un poco verdes a esta hora de la mañana, como si la clorofila se acumulara en su piel para resaltar sus redondeces.

Se apostaron, simétricos, uno a cada lado de la cama, inclinándose. Observaban el rostro de la Ruby, blanco, opaco, enharinado; al parecer, con el propósito de hundir los dientes en uno de sus hombros carnudos. Como efectuando la más delicada operación quirúrgica, palparon la carnosidad del rostro con las yemas de sus largos dedos de carteristas, y hurgaron bajo los labios. Le dieron vuelta los párpados, de un revés rosado, como de llaga, y examinaron el fino cartílago de las ventanillas de su nariz. Al trasluz, les pareció quebradizo el laberinto de sus orejas; primoroso, el nacimiento de su pelo. Lo examinaban todo con gestos pulidos, como si buscaran el punto más tierno para clavar un bisturí. ¿O estaban preparándose para drogarla con pócimas de insospechado poder?

Ambos trabajaban con igual conocimiento y destreza, con idéntica concentración. ¿Por qué una atmósfera tan funesta? Uno de los chinos hizo una señal: el otro la acató, inclinando su cabeza. Era el perverso santo y seña.

Uno de ellos sacó de su bolsillo un diminuto estuche de laca y lo destapó sobre el velador de mármol. El otro abrió los ojos dormidos de la Ruby, sin despertarla, y mantuvo abiertas las llagas de sus ojos, no videntes a causa del sueño, mientras su compañero extraía los iris verdes. Cada chino, entonces, se posesionó de una esmeralda. Sosteniéndolas entre el índice y el pulgar, las miraron al trasluz.

Contemplaron, embobados, cómo la luz recogía y proyectaba esas aguas glaucas, tan ricas en reflejos: eran dos talismanes refulgentes, poderosas joyas que hechizaban. Repitieron la ceremonia consigo mismos: uno recibió ambas esmeraldas en las ranuras de sus ojos de obsidiana. Ya no eran negros sus rasgados ojos de oriental, sino verdes ojos marineros, habituados a mirar el mar. Habían despojado a la Ruby de sus iris con la precisión de una gaviota que se abate sobre su presa... Fue tal su destreza, que la Ruby pareció no sentir esos dedos. En colocarle los centelleantes iris verdes al chino, su compañero no se demoró más de un segundo; después de un breve parpadeo, fue como si el chino de ojos claros hubiera nacido con esa característica.

Dejaron la primorosa cajita de laca abierta sobre el velador. Regresaron al salón a emprender una serie de danzas ante un auditorio listo para cualquier forma de magia. Esta vez el público reaccionó con entusiasmo, como si el poder de las esmeraldas que llevaba uno de los chinos mantuviera hechizadas a esas mismas miradas escépticas que ahora sentían, sin saberlo, el poder de las joyas. Bailaron un rato para complacer a los presentes, replicando con repetido alarde el asedio de los aplausos. Hasta que el público olvidó los rictus de sus desencajadas calaveras, y los celebrantes se dedicaron a sus propios bailes, a las carcajadas occidentales que los devolvían a un mundo distinto.

Los chinos se quedaron apoyados en una pared, uno junto al otro, escudriñando a los invitados. Cualquiera que los espiara con algo de atención, pendiente de la nerviosidad de sus dedos y del rodar de sus pupilas, comprendería que se desplazaban poco a poco alrededor del salón. Sus alargados ojos examinaban todos los rincones y los anaqueles, todos los sillones, las manos de las mujeres, la ubicación de los abrigos y las capas revueltos en los divanes, deslizándose sobre sus zapatos de fieltro. Cuando calcularon que nadie seguía fijándose en ellos, uno de los chinos se inclinó y tomó el dominó verde de la Ruby, como quien toma a un niño para auparlo; el otro se agachó para recoger, junto a la pata de un sillón curvilíneo, una pequeña red de plata tejida donde la Ruby acarreaba sus cosméticos: préstamo de Mi Hermana Maud –muy recomendado, como suelen ser los recelosos préstamos de los viejos–.

Nadie advirtió en qué momento los chinos abandonaron el salón. Se escabulleron otra vez hacia el interior de la casa, al dormitorio donde todavía descansaba la Ruby: se había dado una vuelta entera en su cama y su cuerpo resonaba con los ruidos fisiológicos de una mujer joven, fuerte y sana. Bajo el catre de bronce divisaron, no sin horror, una impúdica palangana rebosante de olorosas excrecencias corporales, una lavativa de fierro enlozado, un polvoriento paraguas enrollado. La Ruby cubría sus ojos con un pañuelo de seda negra, como de hechicera insomne. Circulaba un aire denso, agriado por los líquidos que emitía ese cuerpo, mezclado con olor a Vicks, a eucaliptus. No le quedaba ni una gota de pintura; el maquillaje se había desleído sobre su almohada. Esta mujer no se parecía en nada a la Ruby/Cher; era apenas una de las tantas gringas obesas que la Sirena solía invitar a sus fiestas.

Los chinos no se detuvieron a contemplar sus facciones. Se metieron, como lauchas a su agujero, debajo del catre. Cada uno sacó su bolsón de mezclilla. Los abrieron: extrajeron dos camisas planchadas y plegadas, dos corbatas, dos pantalones, dos chaquetas, cinturones, medias, corbatas, tirantes, zapatos, todo lo necesario para la indumentaria de un caballero. También sacaron de sus bolsones una red gris de polietileno, llena de una sustancia viscosa que se escurría entre los dedos.

Abriendo el bolso de plata encontrado en el salón por el otro chino, el que no tenía aún ojos claros sacó de adentro, como si supiera que allí estaba, una bolsita de seda azul que contenía dos turquesas soberbias, las turquesas con que la Ruby había mirado por primera vez a Gustavo desde la galería del hemiciclo. El chino sin iris –fuera del negro habitual– se las colocó con la misma destreza de cirujano que el otro empleó para sus lentes de contacto verdes: su mirada, ahora, era celeste.

Ambos chinos de ojos claros, dándose la espalda para proteger sus verijas, comenzaron a disfrazarse. En unos minutos estaban vestidos de nuevo, con trajes occidentales comunes y corrientes, sólo que muy viejos y terriblemente ajados. Sus atuendos pertenecían a otro ciclo de la moda: esos atavíos habían permanecido embalados demasiado tiempo. Pero los chinos no tenían claros detalles como éste; en su mundo el tiempo parecía tener poca importancia, y lo dejaban escurrir hasta el fin. Reflejados en el espejo, se hicieron los respectivos nudos de corbata, por cierto bastante inventivos. Luego, abriendo la bolsa de polietileno, sacaron dos pelucas rubias, de pelo como escandinavo, lacio, juvenil, dorado; se las pusieron ante el espejo, arreglándoselas de modo que a los dos les calzaran justo y tuvieran un aspecto favorecedor. Nadie hubiera adivinado que se trataba de dos chinos disfrazados de occidentales. Hasta el corte de los párpados y el torneado de los pómulos parecían haber cambiado: eran dos *bon vivants* nórdicos –¿escandinavos?, ¿escoceses?, ¿polacos?–, de cuando el profesor Butler era un muchacho que abrigaba sus primeras pretensiones galantes. Claro que era preferible no examinar sus trajes de cerca; pero los chinos se veían suficientemente ufanos con esas chaquetas que les colgaban hasta las rodillas, y las lucían felices, pese a estar manchadas por la carcoma y favorecidas por las polillas. Eran dos caballeros occidentales, rubios y de ojos claros −como tenía que ser−, que lucían brillantes cabelleras bajo el foco de luz artificial. Tomados del brazo y entonando recónditas melodías, se dirigieron al salón. Iban contemplando, maravillados, las imágenes que los espejos les devolvían: dos elegantes mamarrachos, las corbatas atadas con nudos estrafalarios como alas de mariposa.

¿Eran Duo y Er? Ellos mismos parecían dudarlo, a juzgar por las muecas que hacían. Era lo que, evidentemente, deseaban: ser otros, sin dejar de ser ellos mismos. Lo primero que hizo el chino de ojos verdes fue sacar a bailar a Portia. Al terminar la salsa, que bailaba con tanta gracia, la muchacha le comentó a una amiga:

−¡Qué manera más rara de hablar tiene ese señor! No le entendí ni una sola palabra.

−¿No es extranjero? −preguntó Marcelo Chiriboga, todavía rastreando el salón con la mirada en busca de la Ruby.

−¡Qué va a ser!

−Entonces será... −insinuó una Colombina.

−¿Será *gay*?

−Por su manera tan afectada de hablar, decía yo...

−No, no es *gay*. Los agricultores no son *gay*. Pero éste tiene mucho olor a boca, que es un inconveniente muchísimo mayor. ¿Quieres que te lo presente?

−Mejor espero hasta que me saque a bailar. Lo hace con muchísima gracia, ¿no les parece?

El chino de ojos azules bailó con una compañera de Portia; cambiaba continuamente de pareja con su amigo. Luego ambos se marcharon otra vez al fondo de la casa. La Ruby seguía sin despertar. El chino que había encontrado el dominó desparramado cubrió con él la cama, cuidando de que la Ruby quedara bien envuelta y no pasara frío. Le murmuró a su amigo algo que, traducido, podía tal vez significar "hace frío esta noche", o quizás "es peligroso que atrape una pulmonía". Después, cuidadosamente, le abrieron los párpados. Le colocaron los lentes azulinos, y acomodaron los otros −los verdes− en el precioso estuche de laca. Lo habían traído para dejárselo de regalo. No volvieron a ponerse sus maravillosas casacas de seda color oro. Convertidos en dos perfectos caballeros occidentales, guardaron las casacas doradas en sus bolsones de mezclilla. Salieron del brazo, por el costado trasero de la casa, hablando como loros excitados y cantando canciones plañideras; seguramente comentaban el baile, que debió impresionarlos por la variedad y el lujo de las máscaras.

Una vez fuera, y tal como tenían por costumbre, se hicieron humo y desaparecieron en el horizonte impasible de la pradera.

Libro tercero

Una noche en el río

Capítulo once

Gustavo Zuleta recién vino a despertar cuando, al cruzar el salón que creía desierto, tropezó con una poltrona volcada. Paralizado por la sorpresa, se preguntó:

¿Qué diablos estoy haciendo en este desorden?

Se agachó para recoger las astillas del tenedor de plástico que crujía bajo su pisada, pero se volvió a incorporar en cuanto comprendió lo fútil de su gesto. Una Colombina obesa abrazaba a un húsar: alcohólicamente complacidos, roncaban tirados en un sofá. Un *cowboy* solitario se chupaba el dedo en un rincón, en posición fetal, arrullándose con una vieja canción de cuna. Y desparramados encima de muebles, aparadores, armarios, mesas, baúles, se abollaban los platos de cartón y los cubiertos de plástico usados, y se confundían los envoltorios de chicle con los de condones y cigarrillos. En los vasos, borroneados por el púrpura de los besos, palidecían los restos de whisky y se entibiaban las sobras de las cervezas de la amanecida.

¿Dónde cresta estoy?

La pregunta era clásica al despertar después de una borrachera. Interceptado por el bargueño que un grupo de chistosos había arrastrado, quién sabe para qué juego, hasta el centro del salón, Gustavo no supo cómo sortearlo. Quería salir de la Casa de la Sirena, pero, ¿cómo encontrar un atajo que lo sacara de tamaño trastorno? Pensó en Nina, que llegaría en tres semanas. ¿Cómo reaccionaría ella ante una peripecia semejante en su casa? Indignación, sin duda, y desdén. Ácidos reproches que lo incluirían. Intolerancia ante lo que iba a diagnosticar como *payasadas,* dejándolo a él fuera del juego, condenado a presenciarlo desde la orilla de la cancha.

La lozana luz mañanera entraba por los ventanales, desprovistos de celosías o cortinas, y lo encandilaba. Los objetos y, afuera, las calles y los bosques neblinosos tenían un aire crudo, inconcluso. Se pasó la mano por los ojos: llegar hasta el bargueño había sido una maniobra que agotaba su cuota de iniciativa.

¿Dónde estaba cuando los invitados silenciaron, por fin, el zumbido de su avispero, ese secreteo de oreja en oreja? ¿Qué vino después de los últimos besos, cuando a nadie le quedaba energía para despilfarrar, ni siquiera poniendo otra cinta en el equipo? Acreditar esas horas era como reivindicar la memoria entera, otorgarle su justa categoría frente al ascetismo de las cifras. ¿Verdadero o imaginario, el par de chinos bailando invertidos, con las manos en el suelo y los pies agitándose en el aire? ¿O Marcelo Chiriboga escondido en un rellano, besándole una teta sudada a la Ruby? El novelista había escogido la más madura, la más fragante. ¿O eran Jeremy y Mi Hermana Maud? Quién sabe en qué momento, y cómo, huyeron de sus sepulcros y se ajustaron la famosa nalga de corcho, la oreja de cera, la dentadura postiza y hasta el imprescindible ano artificial, para correr a la fiesta? Podía tratarse, por otro lado, de un par de desconocidos, disfrazados del doctor Butler y Mi Hermana Maud, divirtiéndose escandalosamente, enseñándole a la rueda de concurrentes atónitos los pasos de un chárleston al estilo de los negros del sur... Todo era posible, si se practicaba la proeza de las sustituciones: había que aceptar las jugarretas del tiempo y el espacio trucados, si uno se proponía enseñarlos. Era evidente que en Estados Unidos no existía otro breviario para el conocimiento de América latina que la lectura del manoseado *boom*. Nadie conocía su repertorio secreto, la clave que hiciera comprensible la espiral de su cultura –la reducían a una sigla, a un manifiesto– y permitiera manejar su imaginario.

Tras vencer los portentos del salón en ruinas, Gustavo se encontró sentado en las gradas que conducían a la calle. El aire matinal, que la clorofila había dejado impecable, detallaba su mentón y sus pómulos, y la sangre renovada lo ratificaba con su hormigueo en el torneado de sus párpados y sus labios. Ése era él. Ésos eran sus límites. Hasta ahí llegaba, no más allá ni de otra manera... aunque, borracho, su más nítido anhelo, para poder concretarse, fuera otro whisky, largo, fresco, en un vaso de cristal contra el que sonaran sus dientes. Pero no pensaba en eso. Le parecía que llevaba horas sentado en la grada. Lo único estable en su mente era Nina: su recato, la precisión de sus palabras, su risa terapéutica. Hasta Nat se le había evaporado de la mente, igual que los chinos.

Vio, asomada en la bocacalle, la sombra púbica de la vegetación del bosque –sombra ajena, enigmática, fragante como la Ruby, que pertenecía tan completamente a todo esto–, bajo la brisa matinal. Era un follaje diferente de aquellos remotos túneles de plátanos adonde arrastró una tarde a Nina, empapada y vestida de rojo –"¿por qué se te ocurrió justo hoy vestirte de colorado, si vas a una manifestación política?, ¿no ves que eso te marca?"–, después de que los *guanacos* de Pinochet disolvieran una manifestación de mujeres contra el dictador. Gustavo, con un temor orgulloso, vigilaba sus pasos desde la acera de enfrente. De pronto, vino la embestida de los energúmenos que enarbolaban las lumas y se cubrían con los escudos, la carga impune de la policía atropelladora, las carreras de las mujeres, gritando despavoridas aunque levantaban aún sus pancartas incendiarias. Zarandeadas por los musculosos chorros de agua podrida, muchas fueron arrastradas y tumbadas sobre el pavimento. Nadie parecía capaz de reaccionar... salvo huyendo a esconderse de la empapada en el parque cercano, bajo esos túneles de árboles que en San José no existían.

Claro, San José era distinto. Ningún hito tenía impresa la mirada personal de Gustavo, la huella del uso frecuente, eso que se lleva pegado en las costillas y forma una costra que preserva la emoción. Nada en San José estaba signado con su nombre. El recuerdo sobre el recuerdo, la memoria generada en el cónclave de Santiago, todo un lenguaje que lo involucraba y le impedía entrar en este bonito pueblo... Para él, San José era un vacío, sin la marca de hierro al rojo ni esos misterios que las palabras van acumulando, brizna a brizna, como un zorzal de garras amarillas que construye su nido. Los cafés, allá en Santiago, eran íntimos y dicharacheros; al menos, así los recordaba. Sus parroquianos –como los del café Astoria, adonde su madre lo llevaba a tomar helados como premio de buena conducta cuando era un mocoso– habían muerto casi todos, o estaban tan viejos y derrengados que daba lo mismo. Los imaginaba, en carruajes enlutados, avanzando entre las dos filas de palmeras de la Avenida de la Paz. En Santiago, nadie necesita morir para ingresar en la memoria: ya están todos inscritos en ella, como una forma del pasado. Parientes, amigos, edificios demolidos, calles anuladas, cafés, tiendas ahora inexistentes, compañeros de colegio fallecidos o convalecientes, relaciones efímeras o laboriosas, entrecortadas como el resuello en la lucha de dos rivales altivos. Ciudad chismosa y parlanchina, de secreteos, envidias y sarcasmos, ciudad que no olvida nombres, hechos, alianzas, cosas que no importan nada... Pero el muchacho no participaba de ellas; a la intemperie, apostado frente al bar del hotel Crillón, seguía admirando a esas mujeres de lujo envueltas en pieles a la hora del aperitivo, oyendo el sabor de algunos nombres que los testigos memoriosos no se cansan de repetir: así abastecen los recuerdos del túnel del parque. También de otro túnel, no arbolado aunque igualmente oscuro, que Gustavo remontaba hasta la galería del Teatro Municipal para escuchar a Arrau ejecutando el *Carnaval*, a Barrault recitando a Claudel; y en el Lucerna, los incomparables sándwiches de ave con pimentón en medialunas frescas, en la mañana; y también sándwiches vespertinos, acompañados por Pedro Vargas, que cantaba los boleros de una Cuba anterior a Fidel. Con la lluvia, la muchachada corría a refugiarse en la entrada de algún cine, Gustavo siempre acompañado de Nina en sus andanzas, desde que ambos estudiaban literatura en la Universidad de Chile y una tarde de chaparrón se cobijaron en el Aula Magna, donde escucharon a Neruda hablando de su niñez sureña bajo una lluvia que, desde entonces, fue la lluvia más lluvia de todas las lluvias.

Si amainaba, Gustavo conducía a Nina al Parque Forestal, midiendo sus trancos al ritmo de los versos del vate: el corazón, joven en aquel tiempo, expresaba sus emociones en las metáforas de Neruda. Nina le señalaba a Enrique Lihn o a Nicanor Parra, que discutían entre los árboles a Rimbaud o a Nietzsche, con un grupo de amigos, y luego partían en tropel a rescatar la memoria de la pensión más pensión de todas las pensiones, en la calle Maruri, la de los crepúsculos morados. Ya no existen esos crepúsculos, si es que alguna vez existieron fuera de la imaginación de Neruda. Gustavo tuvo que buscar otras referencias, otros textos: Hemingway y Scott Fitzgerald, y la Sanseverina en Stendhal, y Odette en Proust. Como todos los grandes textos leídos en la juventud, dejaron resonancias, pistas, liturgias, reverberos... Nuestro pobre país ruinoso, donde las pesquisas de la picota van estrenando perspicacias y cavilaciones... Todo artificial, si bien carente de ese artificio que él y Nina buscaban con sigilo de delincuentes. Releyendo hoy aquellos textos entrañables, que dibujaron a Nina con un perfil novedoso, ¿sería capaz de sentir la misma dentellada, él y ella compinches como entonces, en busca del mismo analgésico? Nuevamente miró el trozo de ese bosque al que la Ruby tenía un acceso natural, pero que a él lo rechazaba como si estuviera compuesto por palabras desconocidas.

El eco de aquellos textos, capaces de otorgarle una identidad cambiante y de abrirle espacios ignorados, era la nostalgia del futuro. Resonaron en la memoria de Gustavo los espacios construidos con referencias literarias: la lluvia, Schumann, Swann, Pedro Vargas, proponiendo cada uno su propio orden, creando una nueva coherencia. Él era vulnerable a todo: la Nueva York de Dos Passos, el París de Proust, la Lisboa de Eça de Queiroz, la Viena de Musil... Todo un repertorio de esperpentos vitales que el bosque del presente ofuscaba. Pensó en la Avenida de la Paz, en esas ruinas descascaradas que dejaba la picota en los amaneceres neblinosos de un Santiago sin literatura, ruinas que un día serían definitivas. Otros textos le parecían ahora más afines a él, más evocadores que los múltiples estratos sugeridos por la poesía de Neruda. No soportó confesárselo a sí mismo. Con un arrebato, entró de nuevo a la Casa de la Sirena. Por los salones circulaban tránsfugas desencajados, llevando tazones de café humeante para el desayuno.

¿Cómo diablos había llegado a meterse bajo la cama de la Ruby?

Quién sabe después de cuánto rato, semidespierto al final de la *mona,* identificó –pese a no haberlas visto jamás– las patas de bronce de su catre, adornadas con perillas y volutas, avistadas entre los pliegues de la sábana y la colcha de borlón. Reconoció el olor a desinfectante y naftalina, y a ropa guardada y sudada que el *Charlie* no disimulaba... y oyó los mugidos de dos personas forcejeando encima de la cama. El primer impulso de Gustavo fue proferir un amistoso *¡hola!,* pero al reconocer en esos susurros a la Ruby y a Marcelo, medio ahogados por la frazada, lo recorrió un sudor helado y tuvo vergüenza de causar vergüenza. Se quedó callado, odiándolos. Se repitió a sí mismo que la Ruby no era apetecible y que Marcelo no pasaba de ser un escritor del montón.

–Pero no seas tonta, mi linda... –decía la voz del novelista.

–No.

–Gocemos juntos, Ruby.

–No quiero, te digo.

–No sabes lo que te pierdes... Mira que soy capaz de hacerte gozar hasta que me pidas perdón de rodillas.

–No veo por qué te voy a suplicar por nada, oye.

–Tontita, es un decir no más. Déjame, mi amor...

–No, te digo... ¡quita tu mano de ahí!

–¿Por qué, mi linda? ¿No te gusto?

–Me encantas... Pero no.

–Dime al menos por qué no.

Gustavo, aún obnubilado bajo la cama, despertó definitivamente con el desconsolado sollozo de la Ruby cuando su carne, despegándose de esa otra carne, emitió un suspiro de ventosa. Se los imaginó desnudos, abrazados entre las sábanas, la Ruby esgrimiendo los hoyuelos de sus rodillas para defender la ciudadela en peligro, y escudándose en su trasero compungido y magnífico, la melena despavorida, la avalancha de tetas humeantes de sudor y los rollos que inhumaban a Marcelo. Pulcro y meticuloso, el escritor intentaba, desplegando la retórica de sus dedos predatorios, convocar el sonrojo del deseo en la alba piel de la muchacha. Pero ella, acurrucada, se resistía.

–¿Por qué, Ruby? ¿Porque soy viejo?

–No te tires al suelo: de viejo, tú nada...

–¿No te gusta como escribo?

–Eso no tiene nada que ver.

–¿Entonces?

El resuello de la Ruby fue como un trueno final:

–¡Imbécil! ¿No te das cuenta de que soy virgen?

Gustavo, debajo del catre, junto a la bacinica y a una palangana, oyó el gruñido de desesperanza e irritación del novelista, cuyo cuerpo se desplomó, vencido por semejante argumento.

–Eres mala –dijo por fin.

–No es verdad, no soy mala. Sencillamente, no quiero entregarme. Es mi prerrogativa elegir cuándo y cómo y con quién. ¿O no? No acepto que nadie me obligue a nada.

–Eres una *allumeuse*.

–No te entiendo.

–No importa.

Gustavo dio un afónico suspiro de alivio: Marcelo no iba a poseer a la Ruby. Quizás otro día: *loin de vue, loin du coeur*. Su ídolo, su maestro, había caído bochornosamente derrotado. No pudo evitar una sonrisa: él, en su lugar, con todo el tiempo del mundo por delante, habiendo entrado en ese universo privado y femenino de la Ruby, y en presencia de su gato negro de bruja y sus cojines color crema, la habría acariciado con paciencia y entusiasmo, larga y lentamente, escurriendo los dedos por sus vericuetos y coyunturas, hasta obligarla a exigirle amor a gritos. Pero, claro –se dijo, vengativo–, Marcelo ya no era joven. El entusiasmo podía flaquearle. Y sufría la impaciencia típica de la vejez, como si su calendario deshojado casi por completo lo apremiara a ir al grano, en lugar de explorar sabiamente recodos y humedades. Servirse de cualquier estratagema no importaba, con tal de disipar lo que en buenas cuentas no era más que una revancha desdeñosa, tan frecuente en muchachas como la Ruby. Para él, en cambio, el envión definitivo era una rúbrica gloriosa. Un hombre que ha pasado la madurez, como Marcelo, forzosamente tenía que ver el envión como un señuelo o parche, en vez de servirse de él como una de las tantas incitaciones. Mientras Gustavo hacía estas reflexiones, la pareja parlamentaba:

–¿Te preparo un poco de té? –preguntó la Ruby.

–Bueno... Peor es nada.

–Un té rico, fragante de azahar.

Cuando la Ruby liberó a la cama de su peso, el colchón volvió a hincharse, aliviado. Calculando que nadie lo miraba, Gustavo descorrió un poco la colcha caída para tener una visión más completa: la Ruby, desnuda, se dirigía a la *kitchenette*. Sólo halló una de sus chanclas, de modo que se lució de frente y de costado y de atrás al buscar la otra. Se calzó, por fin, los zapatos de taco alto. Sus pies eran delicados como caracolas de dulce, suaves para acariciar, los dedos como pétalos, resistentes pese a su ligereza de capullo. Como si adivinara que Gustavo estaba admirándola desde su observatorio entre los pliegues de la colcha, prolongó innecesariamente el proceso de calzarse, contoneándose como si quisiera que también otros disfrutaran de este tributo a la divulgación. Se acercó luego al espejo y, alzando sus brazos sonrosados, se recogió en un gesto único de estupendo erotismo, de espontánea elegancia, el pelo que entorpecía su vista. Lo sujetó en su nuca con una peineta de carey. Gustavo percibió un hematoma en su clavícula: él mismo se lo había causado ayer, con un cariñoso chupón. La Ruby se pintó los labios mientras el agua hervía. Luego, con un ademán característico, los despintó un poco con las yemas de sus dedos y se frotó las mejillas, y también los pezones, cuyos extremos parecían haber estado sumidos en chocolate tibio. Gustavo se relamió instintivamente al recordar su sabor, degustado efímeramente en los escarceos de la tarde anterior.

Como si la fantasía del espejo en la pared no fuera suficiente, y ella quisiera explorar otra dimensión de sí misma, la Ruby alzó sus brazos y descubrió los pequeños bosques de sus axilas. Tomó el espejito de mano y en su imagen, devuelta por el espejo grande, palpó unos rulos en su nuca. Cuando la tetera silbó, ella suspiró hondo y, bamboleando sus ancas de yegua, se dirigió a la *kitchenette*. Mientras servía dos tazas, le preguntó a Marcelo:

–¿Me quieres?

–Si te contestara que sí –gruñó él–, ¿harías el amor conmigo?

La tetera era de fierro enlozado blanco, con un delgado borde azul.

–No.

–¿Para qué, entonces, me preguntas si te quiero? ¿Por afán de coleccionista? ¿Para agregarme a la lista de tus trofeos? Oye, ¿no estarás enamorada del papanatas ése de Gustavo Zuleta?

Gustavo dio un respingo y sintió la dureza de un resorte en su nuca: ¿su ídolo, el gran Marcelo Chiriboga, lo insultaba? ¡Seguro que lo había estado traicionando toda la tarde con calificativos como *papanatas, mortecino* o *aburrido*! Y ahora lo arrojaba olímpicamente al desconcierto, y lo inducía a verse a sí mismo como un pobre simulacro de intelectual. ¡Pero su apreciación no contenía ni un gramo de verdad! Era él, Chiriboga, el narcisista, el coleccionista de halagos imprescindibles para anestesiar los melindres de su autoestima. Chiriboga era el papanatas insípido. Lo que Marcelo sentía o simulaba sentir por la pobre Ruby no pasaba de ser un sobrecogimiento, comparado con la magnitud de sus propios sentimientos: él no era un superficial, cosa que Marcelo sí era. Lo que Marcelo sentía era ese asombro sin compromiso, sin pasión, que se experimenta frente a un fenómeno natural: una catarata, digamos, o una tormenta. Un *¡oh!* o un *¡ah!*

de asombro... como lo que siente un latinoamericano frente a Estados Unidos, por ejemplo, tan enorme, rico y envidiado. Pero ese sentimiento era tan endeble que podía transformarse, a la vuelta de una esquina, en desvalorización por tanto *surplus* consumible y adquirible... y también descartable y reciclable, para que personas menos pudientes tuvieran acceso a él. Ella, con su apacible definición de estatua, pensó Gustavo, carecía de una elegante línea de figurín, como la que él había visto reflejada en el espejo deformante; era, en cambio, aglutinada, primitiva como la Venus de Willendorf.

La Ruby se acercó a la cama con la taza de té. Al ver a Marcelo soplando el líquido, le preguntó con voz dulce:

—¿Está muy caliente?

—No, son mañas mías no más.

—Parece que tienes bastantes...

—Vieras tú... —la amenazó él.

Los tobillos delicadamente torneados de la Ruby, sus pies primorosos, se hallaban a escasos centímetros de los ojos y la boca —¡los habría devorado a besos!— de Gustavo. La Ruby le dio más fuerza a la luz del velador y, tras sentarse en el borde de la cama, depositó en el suelo, a todavía menos centímetros de Gustavo, la tetera con que acababa de servir: él veía unos talones de piel gruesa, arrugada, como de anciana, y sin embargo apetecible. ¿Cómo sería pasar la lengua por esa aspereza, y saborear la transición a sus sonrosados tobillos de porcelana?

Ahora los escondía la ropa tirada en el suelo. Perdido de vista casi todo el volumen de la Ruby, Gustavo se entretuvo con los detalles de la tetera. Era la tetera esencial, sin voluntad estética. La tetera de toda la vida y tal vez de todas las vidas, convencional y eterna, blanca, con un débil orillado azul, con saltaduras en la base y también en el borde de la tapa y el pico, amarilleando de cansancio y vejez. Se sorprendió haciendo conjeturas sobre su origen: ¿norteamericana, alemana, española? No, seguramente japonesa. Idéntica a la que ellos tenían en El Quisco, igual a la tetera que su abuela ponía al rescoldo cuando tomaba mate, y a la vieja tetera de los campamentos de su adolescencia; la tetera en que le servían el té cuando lo dejaban en cama con paperas; la tetera de sus habitaciones de estudiante, cuando se independizó... ¿De dónde provenía esta tetera metafórica? Imaginó que ella la había acarreado desde su remoto Idaho natal, desde aquella cabaña de madera en el bosque donde, en aquel tiempo, vivía con su familia. ¿O era el regalo de una tía pobretona pero compasiva, cuando se peleó con sus padres para trasladarse al este? Antes de pasar a poder de la Ruby, seguramente, pasó años en una cocina con olor a humo y a cuero mal curtido, a manta de lana mojada cerca de la lumbre, a bototos embarrados secándose. ¿Era concebible que esta Ruby de zapatitos de taco de aguja hubiera usado alguna vez zapatones embarrados, para volver a casa después de un día en la escuela rural?

La emoción trepó con un górgoro por la garganta de Gustavo: lo conmovía considerar las posibles aventuras de la Ruby y su tetera. Esa historia *deconstruía* su monumentalidad, devolviéndole su porte y su presencia reales. Se trizaba el busto de mármol sobre el plinto, desvirtuando su solidez con la maravillosa intimidad de su vellón púbico sudado, del ombligo secreto, de las axilas mojadas. Las innumerables teorías con que adornaba su compromiso y su encantamiento no eran más que una fachada para resguardar su persona... Sí, quizás todo esto no fuera más que una manera de defenderse: tenía miedo de que un abrazo bien dado prolongara la ternura para siempre. No era la tetera de la debilidad, ni una tetera simplona. Tampoco una tetera agresiva. Era una tetera humana, donde la Ruby calentaba agua para el té y las infusiones, y para la bolsa a los pies de su cama, entre los pliegues de la sábana, acariciando esos tobillos sonrosados que abrían el acceso al resto de su piel. Acarició la tetera. Dejó su mano ahí un buen rato, hasta que sintió que perdía calor y volvía a ser un viejo artefacto estropeado por la falta de consideración con que se lo trataba.

¿Quién se preocupa de comprar una tetera bonita? ¿Quién tiene paciencia para buscarla y reponer la vieja, tan necesitada de jubilación? Entretanto, Nina y Nat se fueron borrando de la memoria de Gustavo, porque acariciando esa tetera acariciaba también la piel de la Ruby, que anestesiaba su angustia y otorgaba permiso, concordia, perdón. Había olvidado a Nina: le parecía ahora tan remota como si hubiera cedido sin protestar el sitio que le pertenecía en su corazón. No pudo dejar de regocijarse con el reflejo de los brazos desnudos de la Ruby en la tetera, acariciados por los reverberos del follaje distante. Fue como recuperarla. Con toda la emoción de su breve historia, ¿se atrevía a hacerse cargo de ese peso, en vista de la llegada de Nina dentro de pocas semanas?

¿Qué podía hacer con Nina y Nat? O a la inversa: ¿qué hacer con la Ruby para que el volumen que ocupaba en sus preocupaciones no lo ahogara?

Hacía dos años que Duo y Er trabajaban con el profesor Jeremy Butler en la facultad de Matemáticas de la Universidad de San José.

Habían llegado al Pentágono, en Washington DC, becados por cuatro años. Muy pronto se perfilaron como científicos extraordinariamente bien dotados. Tanto, que al cabo de seis meses el Pentágono los mandó a estudiar directamente con el profesor Butler, autoridad máxima en su campo, para más tarde rendir un examen competitivo sobre temas relacionados con los números primos: uno solo debía ganar el premio final, que lo llevaría de regreso a Washington para ocupar un altísimo cargo, de gran compromiso con el gobierno. Era el camino para llegar a ser el segundo en el escalafón del Pentágono. No el primero, porque ese cargo era siempre responsabilidad de un nativo: el país no podía arriesgarse ni remotamente a que un extranjero, con sus compromisos y su corazón en otra parte, quedara a cargo de los intereses norteamericanos en el área militar.

El trabajo de Duo y Er se desarrollaría en el campo de las matemáticas puras, y estaría relacionado con el misterio de los números primos. Ambos eran los herederos de la sabiduría de Jeremy Butler, el único capaz de entender hasta qué punto es posible saber algo sobre entidades tan arcanas. Algo tan excesivamente abstracto como los números primos tenía, en apariencia, poco aire de articularse con cuestiones espaciales o de ingeniería. Muy pocos estudiosos se interesaban por un capítulo tan árido de las matemáticas, por algo tan incontrolable, tan rebelde a todo aparente orden científico: era como si a estos entes los desdeñaran por su inutilidad caprichosa, por su rebeldía a ser incluidos en cualquier diseño o forma manejable.

¿En qué sentido, y cómo, el hecho, en apariencia simple, de la existencia de los números primos –números completos que sólo son divisibles por la unidad y por sí mismos– puede utilizarse como fundamento de alguna hipótesis relacionada con la investigación armamentista? La Guerra de las Galaxias era una cuestión ya superada y la Guerra Fría había finalizado con la caída del Muro de Berlín, pero quedaba en pie la amenaza lúcidamente señalada por *Vietnamérica '95*: las nuevas potencias mostrarían sus garras, y resultarían de esto impredecibles alianzas y rivalidades inéditas. Somalia, Yugoslavia, Chiapas y un sinfín de otros puntos rabiosos estaban a punto de estallar, o de hacer estallar cualquier aparato aún no puesto a prueba. Un horror que podría merecer las primeras planas de todos los periódicos del mundo.

Se hablaba de los números primos desde el tiempo de los faraones, unos mil quinientos años antes de Cristo. Pero nadie llegó jamás a conocerlos bien, ni se interesó por sus proyecciones. Hasta que, en el siglo XVIII, apareció el alemán Euler, que se atragantó con los números primos: le parecieron grandes fallas en la urdiembre racional de las matemáticas, una extraña rebeldía de la lógica... si bien, hasta entonces, no conflictiva. Son escasos los números primos que el cálculo puede justificar o predecir. Establecida su frecuencia entre los números simples, y al elevar los números cardinales a enormes potencias, los primos comienzan –mágicamente y sin obedecer a ninguna ley conocida– a presentarse en agrupaciones, en curiosos racimos o montones o piñas que aparecen de tarde en tarde, sin reglas que gobiernen ni su frecuencia, ni su estructura, ni su densidad. Misteriosos e indómitos, nunca han sido, ni remotamente, base para una hipótesis tecnológica que pueda conducir a una conflagración.

Ningún científico occidental sabía tanto sobre los números primos, en esta generación, como Duo y Er. Se habían graduado en la Universidad de Pekín mucho después de la Revolución Cultural; Mao habría considerado su estudio como un lujo burgués, una peligrosa elucubración suntuaria que nada tenía que ver con las necesidades del pueblo campesino y proletario. En todo caso, ni Duo ni Er habían encontrado jamás una clave –para qué decir una aplicación– de su casual y obstinada existencia. Son muy pocos los países que proyectan su política, y ni qué decir su economía, a tan remotos problemas, aunque el secreto de la bomba que pondrá punto final a todo no deja de ser un siniestro vellocino de oro. Fuente de múltiples litigios, obliga a la ciencia a abrirse y darles cabida a todas las conjeturas imaginables. Si su gobierno supiera aprovecharlas, los norteamericanos podrían vencer, o incluso eliminar, a las potencias enemigas; pero siendo tan escasos los científicos dedicados a este juego, no dejaba de ser un lujo –para cualquier facultad de matemáticas– tener una yunta de especialistas de ese nivel en el campo de los números primos.

Duo y Er padecían, eso sí, de un problema común: una especie de afasia parcial, o local, centrada en facetas tan especiales como el lenguaje articulado. Era inútil intentar hacerlos comprender, y para qué decir pronunciar con relativa propiedad, un idioma que no fuera el chino. Tan endiablada era esta lengua, aun para los sinólogos especializados, que producía una singular obstrucción del paladar a aquellos que no crecían en su ámbito. Era como si los paladares chinos estuvieran construidos de una manera distinta a los paladares occidentales y la cripta de la boca fuera más alta y más honda; la posición de la lengua, diferente, más torpe en su relación con los dientes o encías que sus equivalentes occidentales. En todo caso, Duo y Er no parecían desdeñosos: a su manera, eran cordiales, corteses. Pero con el lenguaje, no sólo como forma de convivir sino también como vehículo de la historia y la poesía, tenían una relación, por decir lo menos, difícil.

Duo y Er no sufrían con su incomunicación ni llevaban una existencia especialmente enclaustrada. El lenguaje no les afectaba, ya que tenían otros medios de comunicación con sus semejantes. La comunicación, para ellos, consistía en cúmulos de cifras en el pizarrón –signos misteriosos, incomprensibles para los demás– cuya posición relativa a una hipótesis, a un número, a una letra podía alterar el rumbo de su bella investigación, aparentemente tan inútil. Además, usaban un sencillo sistema de señas y visajes que para sus amigos resultaba relativamente fácil de entender.

Se conocieron en las oficinas del Pentágono, donde ambos recalaron procedentes de distintas provincias de la China. Duo venía de las montañas del interior, parecidas a las de las pinturas, según Mi Hermana Maud; Er, de Pekín, o Beijing, como la llamaba la anciana con extraña propiedad contemporánea. Tras un período de convivencia en un minúsculo departamento de Washington DC, fueron enviados a completar su preparación en San José, donde se les proporcionó un alojamiento similar al de la capital, aunque un poco más amplio.

Si un occidental se instala en un departamento en el extranjero, su primer impulso será colgar un par de afiches decorativos o de remembranza, poner fotografías familiares en las mesitas o sobre la chimenea, libros en los anaqueles... y unas cuantas flores, robadas en algún jardín vecino. Pero Duo y Er jamás lo hicieron: les parecía invasivo, algo que podría inducir a los propietarios a suponer que su intención era instalarse a perpetuidad. Prefirieron no tocar ni mover nada. Así, después de meses de vivir ahí, nadie podría encontrar rastros suyos.

No guardaron en los armarios ni una sola hebra, ni un botón. Su ropa la metieron en idénticos bolsones de mezclilla azul, que acarreaban colgados del hombro dondequiera que fueran. Incluso envolvían en papel de plata sus jabones y cepillos, después de usarlos, y los acomodaban en sus bolsones al salir. Todo lo que los rodeaba, desde la materia misma de sus estudios hasta el ambiente que construyeron, era frío, distante, como abovedado y con ecos. Muy pocas personas advertían en este juego chino, complejísimo y de reglas muy estrictas, las sugerencias de lo absoluto.

Como Er y Duo eran iguales, y no podían dar una opinión ni siquiera sobre su propio trabajo, a la gente que los rodeaba no le parecía que fueran *dos* personas casi idénticas, sino el anverso y el reverso del *mismo* objeto. La gente de la universidad, al verlos, se ponía tensa y quisquillosa, con una añoranza soterrada por entender algo de lo cual sólo alcanzaba a arañar la superficie. Pero, en fin, si los chinos no hablaban más que en chino, ¿para qué preocuparse de ellos?

Los dos preparaban el famoso examen estudiando de cabeza cuando Jeremy o Maud Butler no los requerían. Se sabía que el doctor Butler se mostraba implacablemente estricto, y hasta duro, en estos exámenes, por lo que no era raro que, tras rendirlo, algún estudioso saliera llorando de la sala. Los dos chinos aprendieron escasísimas palabras en inglés durante su preparación, ya que el examen consistía más bien en un ensamblaje de garabatos escritos en el pizarrón. Lo que se llama lenguaje, entender y entenderse, analizar, sintetizar, explicar, bueno, podían prescindir de eso.

A causa de la distante veneración que todos les prodigaban, porque casi no hablaban entre ellos ni con nadie, corría un funesto rumor: el que venciera iba a tener el curioso honor –desde su sitial en el Pentágono– de detonar, llegado el caso, nada menos que la gran bomba final. En la calle, algunas madres se los señalaban a sus hijos –había sólo dos chinos en San José–, describiéndolos como "personas muy valiosas, un ejemplo para la juventud".

Habían llegado al pueblo haciéndole reverencias a Mi Hermana Maud, como si adivinaran la importancia de la anciana. A pesar de no saber nada de matemáticas y menos aun de chino, Maud adoraba a "los chinitos de Jeremy". Su favorito era Er, aseguraba ella, pero los confundía, prefiriendo siempre al que se mostrara más dócil para hacerle algún favor, o al que se diera el trabajo de balbucear un par de fonemas exóticos en su inglés rudimentario. Esta diferencia no existía más que en la imaginación de la anciana, puesto que se trataba de un burlón pacto de sobrevivencia de los dos chinos: aquél que estuviera más a mano debía ponerse sin chistar a las órdenes de Mi Hermana Maud, en el momento en que ella lo necesitara. Actuaban bajo la máscara de un Er intercambiable, abstracto, que era pura ayuda, oficio, prestación. Casi no se los veía en público con Mi Hermana Maud, pues ésta había envejecido mucho en los últimos años, y pocas ganas de salir le quedaban, ni con Josefina, ni con Duo, ni con Er, y rarísima vez con el doctor Butler.

Se dijo alguna vez que uno de los dos chinos fue amante de Josefina Viveros. Como a la pobre siempre le colgaban galanes de los más diversos colores y pelajes, un chino figuraría cómodamente en su panteón de olvidados. En este caso nadie estaba seguro de si era verdad o no –el asunto tenía un aire infantilmente verosímil–, ni de si se trataba de Duo o de Er.

Si alguien sostenía haber visto a Josefina paseándose del brazo de Er, se podía demostrar que Er no andaba con ella sino, más bien, canturreando solo por otros parajes; o bien el informante cegatón había divisado a los dos chinos junto a Josefina, perdiéndose en una excursión de reconocimiento por apartados vecindarios. Un chino le servía de pantalla al otro. La gente murmuraba ahora que Josefina Viveros nunca fue amante de ninguno; su relación con uno o con otro –esto parecía ser el nudo de la intriga– dependía de la amistad con el doctor Butler.

En fin, hasta en sus preferencias eróticas ambos compartieron –tal vez todavía compartían– los favores de Josefina, que con frecuencia los acompañaba en sus paseos por el río, o a la cafetería universitaria. A las personas que la saludaban y después la acosaban con preguntas, les contestaba: "No era Duo con quien me

viste: era Er". O al contrario: "No era Er, era Duo". Hasta
que su fantasía pareció formar uno solo de los dos. A
veces alguien la sorprendía haciendo el amor con uno,
escondida entre los juncos de un paraje agreste, en las
riberas más retiradas. Entonces las cosas se ponían
difíciles de manejar en relación con Rolando, a quien
estos asuntos parecían no dejar totalmente indiferente.
O frente a Maud, que pese a su pasado de corista entre
las afamadas Rockettes del Radio City Music Hall, en
Nueva York, seguía siendo infranqueablemente puritana.
Pero Rolando no tenía un pelo de tonto y poseía tanta
experiencia amatoria como su mujer. Sabía a qué
atenerse respecto de su controvertida fidelidad. Puesto
que no dudaba de los amores de Josefina con los chinos,
prefería –sabiamente– que la aventura fuera con los dos.
No le gustaba pensar en un compromiso de su mujer con
uno solo, porque podía trascender de un devaneo
rutinario; con dos era fácil absolverla mediante celos
nominales, ya que las tandas de su mujer se habían
hecho, con los años, tan fluctuantes como las suyas.

Todas las tardes, sola o acompañada de Rolando,
ella pasaba a visitar a los Butler, por si necesitaban alguna
cosa o tenían ganas de ir al cine, hacer una visita o dar
un paseo en auto. A veces Josefina aprovechaba el
tiempo preparándoles comida para la noche, si es que
tenían hambre, y alimentaba las jaulas de canarios que la
anciana guardaba en la buhardilla. "Si entran ladrones",
decía Mi Hermana Maud, "ellos me lo advertirán".

Josefina entró en el estudio adyacente a la cocina,
equipado con un pizarrón, una compleja calculadora y
un computador de pantalla triple. Sintió la fragancia del
tradicional *hash* sureño que ella misma había preparado
cuando fue a pasar la aspiradora esa mañana. ¿Necesitaba algo el doctor Butler? Ella quería retirarse temprano.

–Por favor, dile a Er que pase a verme mañana en
la mañana, como a las diez. Traté de hablar con él, pero
el teléfono de mi oficina está descompuesto.

–¿Algo sobre los exámenes del martes?

–Tú no te metas en mis cosas.

–¡Qué pesado estás esta noche, pobre Jeremy! Lo

siento, no puedo venir a levantarlos a ti y a Maud tan temprano. Tus piernas ya están sanas, me parece, y las de Maud perfectas, como deben ser las de una corista jubilada. A esa hora tengo que firmar y entregar los papeles de una casa... un buen negocio, te diré.

–¿Una de las casas de la Ruby? Pobre chiquilla... Trata de hacer algo por ella. ¡Es tan... irracional! Nada tan irracional como una gorda: no tienen tasa ni medida para comer, y si se sueltan un poco, ruedan pendiente abajo y terminan entrando y saliendo de las clínicas, como quiere hacer la Ruby ahora: si pasas cerca cuando están comiendo, se ponen ansiosas, te gruñen como los quiltros, y te pueden morder. Yo seguí los consejos de mis editores en Nueva York, Alfred y Blanche Knopf: *"Don't have children, have dogs"*. Hijos no tuve, pero perros sí, muchísimos, y todos traicioneros. Y me casé con una mujer que detestaba a los animales... Pasé cincuenta y tantos años gritándole a mi mujer, que era una idiota. Avísale a Er, entonces.

–Ese cuento te lo he oído mil veces. Le llevo tu recado a Duo, entonces...

–No, a Er...

–No importa: ni tú sabes cuál es cuál.

–¿No habías ofrecido una gran casa en arriendo?

–Estupenda casa. Parece que me va a resultar ese negocio.

–¿Y la Ruby va a quedarse con las manos vacías? ¿No necesitaba esa plata para internarse?

–¿Es de padre o de amante tu interés por la fortuna de la Ruby?

–Tú no te preocupes. Preocúpate más bien de que me vea elegante pasado mañana para ir a La Tasca. Mi Hermana Maud nos servirá de comparsa para cenar con ese escritor Chiriboga, que nos invitó. ¡Tan formales en sus invitaciones y su vestimenta que son los latinoamericanos! Anda a plancharme mis pantalones de franela gris pizarra, los clásicos. Tú lo que tienes es ganas de que Er gane el premio, para irte a vivir con él a Washington. Se comprende: éste es el culo del mundo. Si quieres que me vea bien, entonces anda a plancharme los pantalones nuevos y una camisa celeste. Tendré calcetines que hagan juego, supongo. Es lo que se usa este año; si no, vas a tener que ir a comprármelos... Anda, párate, mujer, que supongo que querrás lucirme.

Jeremy Butler, que tenía alrededor de ochenta años, se realizaba en parte con su retahíla de fórmulas e hipótesis; pero más, ahora último, con su espejito de mano y su vida social, no importaba a costa de qué. Su rostro, fuera de sus desorbitados ojos celestes, tenía algo como de muñeca muerta, con la lluvia de su escaso pelo amarillo, que Josefina le teñía en su cuarto de baño, y sus grandes dientes artificiales, que habían llegado a ocupar demasiado espacio en su rostro disminuido, de cutis tan frágil como el ala de una polilla, a punto de desintegrarse en una polvareda dorada.

Viéndolo descompuesto frente al espejo de la cocina, Josefina le dijo:

–Hablábamos de Er...

–¿Qué quieres con Er?

Josefina lanzó una risita breve, sarcástica, antipática:

–Es mi amiguito –dijo.

–Te felicito. Es el menos imbécil de los dos.

–No he tenido noticias de ellos en todo el día. Deberían estar preparándose para el examen del martes de la próxima semana. ¿Cómo pueden perder el tiempo correteando por el campus, jugando como niños con una Polaroid Instamatic? ¿Todos los genios son tan imbéciles?

–Le contaré lo de los chinos a Mi Hermana Maud, a ver si le hace gracia. En todo caso, no es imposible forzarla a que haga cosas que jamás quiso hacer, amenazándola con los chinos.

–Eso se llama novela negra: me siento un poco Hitchcock.

–Tiene un nombre más feo: chantaje –aclaró Jeremy.

–Duo... Er... ¿No dan lo mismo en lo que se refiere al premio?

–Si tú lo dices... por eso vine a recluirme en San José, para no tener que hablar.

–¿Por qué insistes en lo mismo? Te estás convirtiendo en un viejo repetitivo, Jeremy. Estás chocheando.

–Y tú te estás poniendo más insistente. En todo caso, es bien poco lo que puedo hacer una vez rendido el examen, porque las respuestas, con sus desarrollos, van a la comisión correspondiente, en el Pentágono. Ellos tienen la última palabra: escudriñan hasta por debajo de la cama del vencedor antes de contratarlo.

Josefina se sintió trastabillar; ahora ella era la más perdida de los dos. Dijo que iba a subir a plancharle los pantalones antes de que Mi Hermana Maud comenzara el largo proceso de vestirse para cenar.

–No entiendes nada, Josefina, después de tantos años. Y Duo no entiende, y Er no entiende, y para qué decir Mi Hermana Maud, que jamás ha entendido nada fuera del piar de sus canarios. El Pentágono es una institución muy seria, muy importante, totalmente irreprochable: no se puede jugar con ella. ¿Para qué pelea Maud por Duo, o tú por Er, si no sacan nada? Todo el asunto, el día mismo del examen, quedará legalmente fuera de mi jurisdicción. Ya estudiaron las preguntas en Washington y las aprobaron. Ahora falta que aprueben el resultado y elijan.

–¿Quieres que invitemos a comer a los chinos? Le echaré crema agria al *hash* de esta mañana, ya verás. Queda de rechuparse los dedos. Aprovecha, mira que hoy ando hecha una santa.

–Te interesa convidar a Er.

–Da lo mismo.

–Claro, tienes miedo de que Mi Hermana Maud descubra tu intriga con Er y se enfade y se vaya de la casa.

–¿Adónde?

–No sé. Ha dicho mil veces que sueña con volver a

trabajar en el Radio City Music Hall; en el guardarropa, por ejemplo. Vista aún le queda para pegar botones y alamares, aunque le falte gusto.

—¿Convidamos a Er, entonces?

—Me da lo mismo. No puedo distinguir a uno del otro con mucha claridad, ni su trabajo tampoco. Pero te podría hacer chantaje a ti.

—Convidemos a los dos... a ver cómo termina la cosa.

—Esto no es un *thriller*, amiga mía.

—Bueno, Jeremy, ándate a dormir, mira que son las nueve. Buenas noches. Espera... ¿crees que algo mío podría importarle a Rolando?

—Francamente, Josefina, estoy seguro de que, a estas alturas de tu jueguito, nada de lo que hagas le importa a nadie. No creo que debas temer un chantaje por ese lado.

—¿Por qué lado, entonces? A veces me siento horriblemente vulnerable, como si estuviera a tiro de pichón de cualquier interesado en hacerme daño...

Jeremy le había vuelto la espalda. Ahora comenzaba a subir a su dormitorio, compartido con Mi Hermana Maud, que sufría de terrores nocturnos.

—Reúnete con nosotros pasado mañana, para cenar con Chiriboga. No tengo fuerzas para salir esta noche. Con suerte, vendrá Er. Pero te advierto que tus problemas son una obsesión, como los de Mi Hermana Maud. Te ha contagiado sus manías.

La voz se fue desvaneciendo hasta que llegó al segundo piso, donde se apagó. Josefina quedó peinándose abajo: tenía el pelo aclarado, la piel morena, las córneas color sepia, como en una vieja fotografía. Pero sus iris negros eran vivarachos e inteligentes y no perdonaban detalle. Con la mitad izquierda de la vista solía mirar la mitad de la teleserie sin voz, mientras hablaba con Jeremy. Él tecleaba en su computador sin levantar los ojos, porque las voces lo molestaban, aunque los dos hermanos eran sordos como tapia y Maud utilizaba las más vistosas prótesis auditivas. "Muy de corista", opinaba Josefina, sin compartir su parecer con Jeremy, que no toleraba ninguna crítica a su hermana.

Sólo él podía decir lo que se le antojara de ella. Josefina se estiró las medias y se arregló el corpiño, calafateando con un poco de estopa de algodón su pecho empobrecido. Por fin terminó anudándose al cuello un pañuelo de seda de Hermès: su indumentaria era convencional. Esta noche la encontró particularmente satisfactoria; era provinciana, claro, pero culta y cara, aunque llevaba el sello de los descuentos de las mejores liquidaciones de Chicago. En todo caso, había visto descomponerse el rostro de Jeremy y se quedó para vigilar el proceso desde su propia discreción: cuántas veces durante esa tarde le había pedido que le pasara el espejo, guardado especialmente en cierto cajón de la cocina. Espejo, espejito... y, sin pudor, el sabio se contemplaba en la luna oval, para obtener siempre la respuesta de que, en efecto, él era el más bello.

Decididamente, pensó Josefina, el viejo se estaba deteriorando... ¡Era tan ridícula su vanidad! Había sido un hombre notablemente hermoso: sus redes atraparon una magnífica variedad de peces célebres en los salones más cercanos al poder, en Washington, donde el prestigio de su genialidad deslumbraba a todo el mundo. Así fue –estimó Josefina– hasta hacía unos quince años, cuando Jeremy Butler aún descollaba como un ser de pura luz. Después, poco a poco, por la grieta que se abría en su vanidad, se le fueron escurriendo el brillo y la belleza, hasta sumirlo en un marasmo de autocomplacencia. Afortunadamente, tuvo la mínima lucidez para advertir lo que le pasaba: a los primeros atisbos de este enturbiamiento, se retiró a su pueblo natal. En San José nadie repararía en el paulatino empobrecimiento de sus facultades, ni osaría criticar la disminución de su potencia viril. Rasgado para Josefina el velo de la ilusión por las fallas de Jeremy –después de que ella había depositado todas sus esperanzas en una unión con él, no importaba cuán morganática–, rompieron sus relaciones. Sin embargo, permaneció cerca de Jeremy, como su *factotum*, y luego como compañera de Mi Hermana Maud, incluso en los menesteres más ruines. Jeremy siguió repitiendo, para estudiantes de segunda categoría, las lecciones de su época de oro. Por todo esto le urgía a Josefina encontrar una pareja brillante y, a la vez, con acceso al poder. Lo conseguiría, seguramente, si Er obtenía el codiciado galardón y si su atractivo –se sabía carente de belleza– y sus designios funcionaban con un hombre tanto más joven que ella.

Con Er le resultaba imposible comunicarse, no sólo porque ella no hablaba chino, ni él inglés o castellano, sino también porque sus hábitos orientales exigían distancia... pero claro, esta misma distancia y la falta de un idioma común hacían posible la relación. Lástima haber nacido latinoamericana, en una cultura donde la pareja necesita tanta comunión, tanta intimidad pegajosa, esa posibilidad de acurrucarse en los brazos del otro para dar y recibir calor. ¡Qué fortuna la suya, al no haber sido jamás una belleza! Lo venía a comprender ahora. ¡Qué autonomía le daba, qué independencia para su egoísmo, frente al acoso de Er, como pareja! ¡Qué fin para el sufrimiento que la persiguió desde la juventud, cuando añoraba la belleza con tanta rabia y tanto dolor! Y qué descarnados eran ahora sus juicios, aprendidos de Jeremy cuando era poco más que una chiquilla... Porque la verdad era que Jeremy desconocía el significado de la palabra amor. La encontraba insulsa, salvo en cuanto al amor por sí mismo y al que le prodigaba, defensivo, a Mi Hermana Maud. Y en lo que a Rolando se refería, ella podía descartarlo. Sus preferencias eran vulgares, cosa que percibía en su rechazo al galanteo marital.

Requería cierta fortaleza, eso sí, ir a encontrarse con Marcelo, Gustavo, Rolando y la Ruby; y con lo que vendría a ser un ejército de latinoamericanos y estudiantes de variadas *etnias,* como se usaba decir ahora. A ella, en el fondo, no le gustaban nada los exóticos –ni latinoamericanos, ni asiáticos–, pero, ¡qué se le iba a hacer! Eran parte de su destino. ¡Si hasta los latinos la encontraban cálida y exótica, muy *nuestra!*

–*A book is a writer's secret life, the dark twin of a man...*
–Gustavo disertaba sobre las ideas estéticas de Faulkner.
Repitió la frase, *sotto voce,* en el oído de la Ruby, que se
paralogizó con las enigmáticas palabras del maestro.

–*The dark twin of a man!* No me vengan a mí con ge-
melitos oscuros, que me los conozco de memoria. Me basta con la especulación literaria en vez de la literatura misma: para estimularme, prefiero leer al viejo Coleridge.

–¿Qué significa lo que Gustavo está diciendo? A
Coleridge no lo he leído jamás... creí que eran cosas del
siglo pasado que ahora no le interesan a nadie... A ver,
recítame a Coleridge.

Rolando se estaba riendo a carcajadas de la Ruby,
cuya mano sobre la mesa acarició Josefina, como para
aplacarla.

–¡Ay, Josefina! ¿Por qué Gustavo nunca puede
terminar con claridad una idea? Detesto no entender lo que
está diciendo. Debe ser pésimo profesor –estimó la Ruby.

–Influencia de Barthes, Derrida y toda esa *troupe*
de teóricos literarios de París, mijita... absolutamente
imposible entenderlos, y para qué te digo nada de sus
imitadores... ¡*Seguidores,* dicen ellos! He visto al pobre
Gorsk llorando en la biblioteca con un volumen de
Lyotard abierto... y Lyotard no es de los más difíciles
–explicó Josefina, todavía acariciando la mano de la Ruby
sobre el mantel.

–Yo a Barthes lo he leído un poco y me encanta.
En todo caso, no me figuro que los críticos sean una
dieta muy saludable para la literatura. Leí las primeras
diez páginas del *Dostoievski* de Bajtín y me quedé dormida... y lo que es peor, no me dieron ganas de abrir nunca más ni una página de Dostoievski –dijo la Ruby.

Rolando se rió de la Ruby desde el otro lado de la
mesa. Gustavo, con una mirada incendiaria, le preguntó
a Rolando, que seguía riéndose a carcajadas:

–¿De qué te reís, huevón?

Josefina le dio un codazo a su marido para que se
callara. Gustavo continuaba vociferando, por encima de
la carcajada, mientras le hacían lugar a Félix para que se
instalara con ellos.

–Mira que si te estái riendo de esta elefanta preciosa, te saco la mierda a patadas. Ando medio loco por ella,
aunque Marcelo me aguó un panorama de tetas y poto y
nalgas fantásticas. Sí pues, compañera, como decíamos en
tiempos de Allende. No lo niegues, mira que la visión desde el suelo es la mejor en algunos casos, sobre todo si la
amada está en pelotas, con tu mejor amigo, encima del catre... Marcelino, mi ángel, ¿eres o no eres mi mejor amigo?

Rolando, por fin, había logrado prender su
cachimba. Todos opinaron que era demasiado hedionda
para una mesa de restaurante. ¿No veía acaso el rótulo
que decía *no smoking, please?*

–¿Qué me importa a mí la Ruby? Nina va a llegar en
cuatro semanas más... y ella es fina, de cartílagos delicados,
y tiene hartas pestañas. Nina, Nat... me da risa estar casado
y con un hijito. Y Marcelo, que podría ser mi padre, y el
doctor Butler, mi abuelo... mientras yo espero calen-
tándome las manos en la estufa del pobre. Tan finita, mi
Nina, no como esta fragata sin *pathos,* pura efervescencia...
El otro día leí en un *National Geographic* que los elefantes,
cuando sienten que se van a morir, se van a refugiar no me
acuerdo a qué reservación, en Kenia.

La antena parabólica de la Ruby le avisó que la
charla sobre este asuntito seguiría... Era ridículo que una
mujer de su calado participara en una conversación
sobre los elefantes.

–No te deprimas a estas alturas –le sopló al oído
Félix, desplazando un considerable volumen de aire a pesar de su voz de pito–. En San José somos demasiado provincianos para que se vengan a morir aquí esas bestias.

–¿Los has visto?

–Hice un safari fotográfico hace dos años y los vi
de cerca: son magníficos. Yo no me ofendo cuando dicen
que soy un elefante con acento español.

Esa mañana, en Sears, Gustavo había comprado
una tetera igual a la de la Ruby; bastante fea la tetera
blanca. En el hotel pidió que se la llenaran de agua
hirviendo. Se sirvió una taza de té en su dormitorio,
demorándose mucho en tomarlo, de manera que la
tetera misma llegó a entibiarse. Rumiaba los acon-

tecimientos de dos noches atrás, en casa de la Sirena.
Dejó que sus dedos exploraran la superficie perfecta y
blanca de la tetera, en la cual se fueron estirando, a
medida que la tarde la alcanzaba, los reflejos verdosos
del bosque.

Pensó, más que nada, en Marcelo Chiriboga. Qué
hacer sino olvidar lo de la noche pasada. Sus quejidos,
sus palabras, las ventosas de la carne de la Ruby sobre la
suya. Que se refiriera a él como un "papanatas" era un
pecado venial: se lo podía perdonar. No lo había
traicionado, porque, en primer lugar estaba borracho.
Era menester tomar en cuenta que Marcelo, que no era
joven, acababa de sufrir el rechazo de esa encarnación de
la juventud que era la Ruby desnuda; ¿por qué negarle el
derecho a reaccionar, aunque no lo hubiera hecho con
toda la nobleza deseable?

Él mismo, ¿se portaba siempre con altura? No, y
Marcelo era un ser humano como todos. Acreedor, en
tantos sentidos, a su admiración y su respeto, a pesar de
ciertos detalles de su personalidad que bien podían
calificarse de frívolos: su fascinación por los oropeles
parisinos; su vanidad ante el deslumbramiento de sus
pares literarios al verlo llegar a ciertas cenas –muy
escogidas– en La Coupole; su satisfacción por contar con
la amistad de Cortázar, de Fuentes, de Vargas Llosa... y
de Nùria Monclùs, la Ninfa Egeria del *boom;* sus maneras
señoriales, sus apariciones en *Apostrophes,* su elegancia de
ex embajador que viene de vuelta de casi todo... ¿Por qué
no había de admirarlo con estos caprichos, si él –Gustavo
Zuleta– sentía un orgullo equiparable por haber llegado
a ser, en pocos días, el depositario de su intimidad?
Tenía en sus manos un material único para escribir la
biografía de Chiriboga y coronar su propia carrera. No
sería pecado usarlo para el engrandecimiento propio: los
académicos, al fin y al cabo, se referían a Gustavo como
"el gran chiriboguista de su promoción".

Tan completa era la devoción de Gustavo, que
admiraba hasta las corbatas angostas –largas y pasadas de
moda– que el ecuatoriano se daba maña para encontrar
en viejas tiendas sombrías de Londres y París. Decían que

todo esto era mundano, indigno de un escritor de la talla de Chiriboga. Quizás fuera menos frívolo de lo que parecía. Gustavo ya estaba pensando en un extenso estudio barthesiano que señalara cuáles de estas cosas llamadas "frívolas" en la obra de Marcelo, no lo eran, porque iban dejando rastros en su dicción literaria y determinaban su voz, integrando con sus percepciones, ritmos y vocablos todo el *imaginario*, como se usaba decir ahora, del estilo característico –e inimitable– de Marcelo Chiriboga.

Los repetidos paraguas blancos, fingidos embelecos para la decoración a esta hora de la noche, alzaban su orgullosa inutilidad en la despoblada vereda de La Tasca, y crujían con la brisa, en protesta por estar aquí y no al calor, como los afortunados sillones de *rattan* de los ingleses en el Raj: es que el verano acababa de irse a otra parte.

El grupito decidió quedarse afuera a pesar de la brisa, y el paraguas –allá, en el Raj, *parasol*– de lona blanca se extendió sobre los que se apilaban en la mesita, para protegerlos. A la Ruby, el parasol, más el *rattan*, le sugirió el baldaquín de verano de un maharajá –lo asoció a películas vistas y novelas leídas– bamboleándose en el lomo de un elefante. En este caso, el bamboleo era el resultado de los primeros tragos de la noche. Y la Ruby siguió hablando: Gustavo era un elefante en pleno vigor... ¿cuándo conocerían al elefantito bebé, su hijito Nat? Los jóvenes mozos estaban en vías de llegar a ser elefantes de servicio.

Marcelo era el elefante guía de toda la manada... Y Rolando... ¿qué clase de elefante era Rolando? Estaba segura de que eso ni él lo sabía, pero Josefina sí. El doctor Butler, que estaría durmiendo en su cama a esta hora, era sin duda un bello ejemplar: viejo y celebrado, con gualdrapas de colores y coronas de flores para las festividades de Ganesh, ¡el elefante de la suerte! ¿Cuántos años vive un elefante? Marcelo Chiriboga, soñoliento, poseído por el desgano que circunda las áreas del sueño, se dejaba acariciar el pelo por la mano de la Ruby, gordezuela –aunque "de casta", según decretó Josefina una de esas noches–, mientras el novelista trazaba el dibujo de la mano de su amiga con un dedo mojado en su vaso de *Jack Daniels-en-las-rocas.*

–Es como estar en el hospital, este olor a alcohol... –decía Jaramillo, un estudiante colombiano que, aseguraban, sería el próximo García Márquez– cuando las enfermeras te despiertan a las seis y media de la mañana para ponerte el termómetro, lavarte y manosearte ciertas presas...

–De García Márquez, ahora hay muchos –opinó un catalán.

–Me encantaría pasar una temporadita hospitalizada –aseguró la Ruby–. Por una enfermedad larga, quizás un poquito peligrosa aunque no mortal. Y poder dormir durante meses, aletargada, en un país donde nadie me conozca.

–Detesto estar en otro país –declaró Marcelo.

–Me suena a que estás pensando volverte a París. ¿Será cierto? –preguntó Rolando.

Marcelo vaciló al responder.

–No tengo planes...

–Éste no se nos va más –susurró la Ruby.

–Sentiría mucho que te fueras –declaró Rolando–. No sabes cuánto te he admirado siempre. *La caja sin secreto* me parece una obra fundamental, la novela más memorable del *boom.* Has animado este pueblo, que estaba medio muerto.

–No, no se nos va más... –murmuró Josefina, hechicera y clarividente, como si revolviera la olla del futuro y todos dependieran de lo que ella descubría.

–Yo tampoco me voy. Detesto La Mancha, donde nací –opinó Félix–. ¿Conocéis La Mancha?

–No... de nombre. El Toboso y basta.

–Yo tampoco me voy –dijo Gustavo.

–¿Por qué? –preguntó la Ruby, efervescente. Al inclinarse sobre la mesa, lució su escote adornado con la banderita norteamericana.

–Porque me gustan las gordas –replicó Gustavo.

La Ruby se puso de pie tumultuosamente, volcando vasos y sillas, desparramando servilletas de papel. Se resistió a las manos que intentaban retenerla. Gustavo quiso inmovilizarla, pero ella se desprendió dándole un par de golpes bajos. Volaron más servilletas y cayó un cartapacio, con una cascada de apuntes estudiantiles, lápices de pasta, memos... Mientras se sacudía para zafarse, agarró un *bock* lleno y, en el segundo que duró la zafacoca, le tiró la cerveza en la cara a Gustavo:

—¡Te lo debía, por andar espiándome!

—¡Gorda degenerada! –gritó Gustavo, sin poder reaccionar.

—¿Qué te debía? –preguntaron los estudiantes.

—Te apuesto a que le pagaste un *scotch* –opinó un leguleyo mexicano–. Estas gringas detestan que uno haga el papel de hombre: se ríen y te califican de "macho bruto". Y además se ofenden...

—Gorda degenerada –refunfuñó Gustavo, secándose.

—¡Es el colmo! –la censuró Josefina.

—Que alguien vaya a buscarla –dijo Marcelo.

—Ni muerto. ¡Que se vaya a la mierda! –exclamó Gustavo.

—A hacer puñetas, se dice –lo corrigió el catalán.

—Esta mujer está enferma de histérica –aclaró Rolando–. Claro que cualquiera, con su perímetro...

A través de las vidrieras que habían colocado en La Tasca para excluir el frío y definir el espacio de afuera, los comensales de la única mesa ocupada vieron entrar a la Ruby en dirección al fondo del restaurante. Félix interceptó su paso. Ella, furiosa, se zafó también de su manaza, y entró al baño.

Apareció Er, cargado de papeles, para reunirse con Duo: y fue como si cada chino hubiera encontrado su mitad perdida.

—Las gordas son muy vengativas –advirtió Marcelo.

—No te permito que te expreses así de ella –dijo Gustavo, dispuesto a irse a los puños. Pero se sentó junto a sus amigos, mientras los chinos pedían con gestos dos vasos de agua y, echándose para atrás en sus sillones crujientes, intercambiaban palabras ininteligibles. Sonreían como siempre, bebiendo el agua con sorbos unánimes, enfrascados en una amistosa discusión.

A través de las vidrieras, los de la mesa vieron a la Ruby saliendo del *toilette*. Bajo el escrutinio de los mozos, armados de bandejas de latón como si fueran escudos, fue interceptada otra vez por Félix; evidentemente, intentaba convencerla de algo.

La verdad era, le dijo ella, instalándose en una mesa cercana, para que los de afuera la vieran como encerrada en una vitrina, que tenía el hambre de una loba con la jeta babosa. Pidió una pizza del diámetro de un sombrero de mariachi y un cerro de papas fritas, que roció con ketchup. Félix, de pie junto a ella como un caballero feudal dispuesto a defender los colores de su doncella, observaba el espectáculo de la voracidad aterradora de la Ruby.

–Si me caso contigo, quiebro en un mes –le dijo.

Desde afuera, al otro lado de la vitrina que cerraba el restaurante y excluía al puñado de comensales de la terraza, Gustavo observó a la repugnante pareja de obesos engullendo. La Ruby, su atención fija en el veloz exterminio de la redondela amarilla y de su montaña de oro sangriento, creía que iba a encontrar bajo toda esa comida, y después de toda su avidez, la plenitud que hasta ese momento le había sido esquiva; esa quimera la condenaba a comer más y más, sola y cabizbaja y llena de ira.

Tenía veintitrés años. No lograba trascender el solitario plato de comida, desprovisto de recuerdos y asociaciones, en cualquier restaurante de *fast food:* tal consuelo se reducía a un desolado menjunje servido en platos de cartón con cubiertos de plástico.

El *pathos* de la figura de la gorda devorando su comida, sola en un restaurante, con el dolor de su rabia por quién sabe qué carencias, le representó a Gustavo lo respetable de su cólera. Era un nuevo panorama de la injusticia, un pabellón izado en honor de sus soberbias ancas de potranca. Qué difícil encontrar una muchacha de semejante circunferencia en Chile, país signado por su historial de generaciones desnutridas. Aquí, en cambio, él había presenciado todo el esplendor del exceso. El superávit que florecía en estos ejemplares le causaba estremecimientos de repugnancia y envidia. ¿Sería una gorda como ésta la que lo requirió de amores, anónimamente, por teléfono? La Ruby, en todo caso, constituía un espectáculo sórdido, una visión melancólica: la gorda solitaria, anonadada en su tristeza, tragando esa maloliente comida de tercera clase.

El grupo de amigos se fue quedando en silencio bajo el parasol veraniego: contemplaban a la Ruby. Ella devoraba con sus habituales y delicadísimos gestos. Solamente los chinos del doctor Butler se reían de algo dicho en su jocosa jerigonza. Todos se fueron parando de sus sillas; dejaron propinas extraordinarias y se dispersaron, cada uno hacia su casa. Era pasada la una de la mañana. Al poco rato no quedaba nadie en la terraza, pero adentro, como un insecto prisionero en una probeta de laboratorio –la divisaron por última vez al partir–, resistía aún la patética obesa, engañándose, terminando su segunda pizza y una nueva montaña de papas fritas bañada en ketchup.

Capítulo doce

El "río" no era, propiamente, un río. No era más que los brazos de un inmenso embalse que se extendía por innumerables kilómetros, fingiéndose río en la forma de una equis gesticulante. Una de sus puntas llegaba casi hasta las gradas del hotel Congreve/San José; otra peregrinaba por la pradera hasta ir a dar a unas compuertas que regaban toda la comarca. De lejos semejaba un río: un esqueleto, con meandros y tributarios, engarzando alturas insignificantes, coronadas por copetes de árboles negruzcos y extensiones de arbustos ralos, setos inclasificables aunque siempre verdes.

Vistas de cerca, en cambio, ciertas bahías parecían pequeños mares con acantilados propios y rocas menores. Yates particulares y botes carcomidos surcaban ese terso mar artificial; sobre las pautas que iban dibujando sus estelas, se inscribían las notas blancas de las velas domésticas, gentilmente hinchadas por la mansedumbre de la brisa.

Con cierta frecuencia, grupos de universitarios se dirigían a los rincones más pintorescos del río y se perseguían entre los cañaverales que ahogaban las orillas. Los enamorados buscaban hendiduras en esa escenografía, para cobijar el implacable apetito de la juventud al abrigo de las cavernas y la vegetación.

Las clases habían comenzado sin mayor ímpetu. Era necesario, como preámbulo, que la novatada se familiarizara con los rostros e idiosincrasias –vestimenta, pelo, nombres, historia– de sus compañeros y de los académicos: barbas y estilos desharrapados en aquellos que estudiaban asignaturas afines a la especialidad de Gustavo Zuleta, y por supuesto gafas, jeans y libracos bajo el brazo.

Durante esta especie de asueto informal, las orillas del tranque –al que todo el mundo se refería como "el río"– se encontraban prácticamente desiertas. Los muchachos y muchachas pasaban ese tiempo consiguiendo bibliografías o participando en las torturas infligidas a los primerizos, celebrando crueles ritos con los aspirantes a agrupaciones y clubes. De noche, una música estridente salía de estas asociaciones secretas y no tan secretas. Sonaban el rock y la salsa, además de los chillidos de las ninfas perseguidas. Gustavo, a quien durante este período inicial se le pedía poco desde el punto de vista de la enseñanza, reflexionaba extrañado: al parecer, el trabajo en Saint Jo no sería muy exigente, y él podría tomarse todo el tiempo que quisiera para engranar con su tema y escribir lo suyo.

Fue cerca de estas orillas donde Josefina primero llevó a Gustavo para mostrarle casas en arriendo. Eran las más agraciadas del pueblo, las mejores en varias millas a la redonda: estupendas mansiones estilo *Georgian,* de estuco rosado o amarillo, con discretos tímpanos quebrados de estuco blanco encima de puertas y ventanas, la yesería aún tierna. Tenían jardines diseñados y plantados por la empresa más prestigiosa de Chicago, especialista en residencias particulares. Una parte de Gustavo quedó resentida con el *show* de la Ruby en el catre, situación empeorada por la cerveza que ella le tiró en la cara la noche después, de modo que no sentía culpa por serle infiel, por lo menos arquitectónicamente. Por el momento, su atención la acaparaba Josefina, que en su papel de corredora iba mostrándole y analizándolo todo. Abrió la reja de un pequeño parque y lo invitó a entrar:

–Estas casas se están vendiendo como pan caliente.

–¿El pan caliente se vende mucho?

–Por ésta, por ejemplo, hay cuatro familias haciendo cola. Si no te decides ahora, vas a tener que conformarte con algo de mucho menor calidad.

El precio era una locura. Pero al recorrer la casa, el corazón llegó a enconársele con el ansia de hacerla suya: las lujosas molduras del techo, la amplitud de perspectivas y ventanales sobre el río, esas dependencias, esos baños... Se avergonzó por la modestia de su casa paterna en Santiago: su oscuridad, su estrechez, el olor a comida y a desagües... ¿Cómo era posible que la gente creyera que el famoso milagro económico chileno era real y estaba sacando adelante a la clase media? Él y sus padres, sus hermanos y hermanas casados, no tenían posibilidades de vivir de otra manera con sus flacos estipendios. Parecía preferible emigrar a Estados Unidos. Deseaba tener a alguien para confiarle sus perplejidades; alguien que conociera el ambiente, para mostrarle la casa amarilla y pedirle consejo antes de dar ese paso. No tenía amigos con quienes abrirse en San José. Su biblioteca mediocre pero pomposa, su librería, su *drugstore* y su banco de pacotilla configuraban un lugar intelectualmente remoto. Sus "amigos" de acá ya se habían manifestado como traidores. Josefina no era confiable: no quería a su mejor amiga –la Ruby–, y la Ruby no la quería a ella, a pesar de que no podían dejar de toparse a diario. Josefina no quería a nadie –eso le pareció claro a Gustavo–, salvo, quizás, al bueno para nada de su hijo Max, que se fue a vivir lo más lejos que pudo de su madre. A Rolando no lo quería para nada, era evidente. Y si sentía algún afecto por los hermanos Butler, era porque pensaba, finalmente, devengar lucro de ellos. La casa amarilla estilo *Georgian,* construida sobre su propia y mínima altura, era sencillamente "de película". De sus cinco espaciosos dormitorios les bastarían dos, como familia; para él, un estupendo escritorio con ventanales abiertos al río. Prefirió no pensar en el precio y le dijo a Josefina:

–Me gusta. La tomo.

–¿No tenías un compromiso con la Ruby?

–Sólo de palabra. Y después del *show* de la cerveza, la otra noche...

–Se va a enfurecer.

–Con la Ruby, me da lo mismo.

–¿Quieres ver casas más chicas antes de comprometerte?

–No. Quiero esta casa amarilla.

¿Por qué trataba de disuadirlo? ¿Acaso lo creía incapaz de cumplir? ¿Era tan poca cosa que no iba a poder sufragar los costos?

–Vamos a mi oficina. Tienes que firmar un montón de papeles.

–¿No trajiste el contrato?

–No sabía que fueras un hombre tan decidido.

–¿No irán a *pelarme* en el departamento, a decir que soy un arribista?

–¿Y qué...? Son un montón de rotos. Demos un paseíto antes de que firmes.

–De acuerdo. Pero tenemos que ir al banco donde abrí mi cuenta, para arreglar la parte platas.

El paseo fue lento, relajado. Gustavo pudo figurarse los atardeceres violetas, de tarjeta postal, que lo esperaban en los ventanales de su escritorio. Jamás le habían gustado verdaderamente ni el desierto florido de Atacama, ni los salares del norte, ni los secanos costeros, ni las peladas montañas de los indios aimaras: a él le gustaba la clorofila. Pensó, desde luego, en lo feliz que sería Nina en esta casa, con su minúsculo parque y un generoso trecho de jardín: se regocijaría trabajándolo y paseando con Nat cuando no tuvieran ganas de ir al pueblo ni de hacer una excursión por la orilla del agua. ¿Cuántos años hacia el futuro podía proyectar esta tranquila aventura de una domesticidad probablemente creativa? Muchos, pese a las advertencias de Marcelo. Sí, tomaría la casa amarilla, dijeran lo que dijeran: era la casa de sus sueños. No quería seguir quejándose hasta el Juicio Final, ni rezándole a Fray Andresito para que intercediera por la obtención de una porquería cualquiera. Su padre siempre le advertía:

Quien por su culpa padece
que vaya al Diablo y se queje.

Evocó a Nina, breve, escueta a la hora del agasajo del amor, que para ella –a estas alturas de la vida– era poco más que una metonimia. Sintió una gran tentación de evocar a la Ruby: sería la última vez que haría esta comparación. Pese a ser una *allumeuse,* según Marcelo, era proclive al ocio y al amor, una mujer de risa suelta y amplia tolerancia. Su adorable locuacidad, como la espuma que rebasa el vaso de cerveza, formaba parte del placer.

–¿Vamos a tu oficina?

–Vamos. En diez minutos llegamos.

Los trámites para alquilar la elegante casa amarilla fueron catalogados de "pura ostentación" por los demás profesores, y rápidamente lo tacharon de papanatas.

¿Aquí también, entonces, y no sólo en Chile, se daba lo que allá se llama *chaqueteo*, ese afán envidioso de destruir al otro y su obra?

Su incomodidad por todo esto podía transformarse en un doloroso esguince que trabara su movilidad. Podía anular su entusiasmo por elegir *quién* ser en este país donde sus señas de identidad se borraban. Hacer de sí mismo un ser nuevo y libre, en un ambiente propicio para delinear el croquis de sus nuevas facciones: crear un *lifestyle*, esa palabra que ya había oído cien veces en Saint Jo. Sí, un *lifestyle* auténticamente propio, ni heredado ni aprendido –ni menos impuesto por tradiciones, o por las marcas de su clase social–, era lo que se proponía buscar a costa de no importaba qué. ¿Por qué no comenzar con la Ruby y la casa amarilla?

Al llegar a la Plaza del Capitolio –el auto tardó media hora, no los diez minutos que le prometió Josefina– lo acosó el pánico: quiso convencerse de que la casa amarilla no le convenía, por cara y distante. Anheló arrepentirse, huir hasta perderse y perder a todos estos personajes. Anular a San José mismo. Pero no dijo nada.

–¿Subimos a mi oficina? –lo invitó Josefina.

–Subamos.

–Es en el segundo piso, no más. Hasta el doctor Butler sube a pie...

–Me hace bien estirar las piernas. Es una de las razones principales de por qué me gusta la casa amarilla.

–¿Y las casas que te ha estado mostrando la Ruby? Te apuesto a que ninguna es tan estupenda.

–No, pero son muy simpáticas. Más chicas, más apropiadas para una familia pequeña como la mía. Pero lo único que me llena, de todo lo que he visto, es tu casa... la casa estilo *Georgian*.

Pagó. Josefina firmó el recibo por el primer pago y Gustavo se dio cuenta de que ahora era *su* casa. Quedaba un poco –bastante– endeudado, claro, pero daría conferencias en las universidades de los alrededores: se murmuraba que pagaban muy bien.

Un cuarto de hora más tarde, en un remoto pasillo del sótano del viejo Capitolio, propicio para las conferencias y el galanteo, Gustavo se encontró con la Ruby a boca de jarro. Había estado planeando una cuidadosa estrategia para enfrentarla y comunicarle de a poco su determinación respecto a la casa, pero no fue capaz de retenerse y le contó su reciente trámite. Arguyó, para justificar su traición, un falso resentimiento con ella, por la cerveza que la noche anterior le había tirado a la cara.

La Ruby enrojeció. Esquivó el abrazo de Gustavo. Su labio superior se había humedecido de sudor: se lo secó con la punta rosada de su lengua, como un gato relamiéndose. Acusó a Gustavo de traidor, ladrón y salteador. De manejar "negocios turbios". Al darse cuenta de que él no estaba dispuesto a echar pie atrás en su contrato –¿podía?, ¿no protegían al arrendatario las leyes de este estado?, ¿qué lío iba a armar la Ruby?–, lo amenazó con demandarlo. Su furiosa voz de víctima rebotó por la galería. ¡Le echaría encima un abogado! ¡Haría que lo secaran en la cárcel! En cuanto llegara Nina, iba a sentarse con ella para contarle sus fechorías.

–¿Todas...? –Gustavo tembló.

–Sí, todas. Y cuando digo todas, significa verdaderamente todas. No soy como otros...

–¿También las... bueno, las que te involucran?

–No me siento culpable en ese sentido: soy libre, blanca, y tengo veintitrés años. No me costará nada contarle todo.

–Te felicito por tu buen propósito.

No debía olvidar –le advirtió ella– que le había quitado de las manos un negocio: la casa por la cual él se había comprometido. Ese dinero ella lo tenía destinado a un tratamiento, para atender sus problemas de salud. ¡Y ahora llegaba tan ufano con este negocio suculento que iba a favorecer a otra persona! Cuando Gustavo intentó iniciar una explicación, ella reaccionó con una pataleta de pleito y gritadera, terminando con la amenaza de apachurrarlo contra el muro, cosa que a Gustavo le pareció de lo más posible. La Ruby se fue llorando por el pasillo –a llamar al famoso abogado–, sin permitirle que la tocara.

–Espera que llegue Nina –exclamó–. Vas a ver qué cara te pone con lo de tu mansión... Este mes va a pasar volando.

–Y a mí qué... –murmuró él.

–Volando... –repitió ella, alejándose.

Gustavo la siguió.

–¿Estás enferma? –le preguntó para congraciarse; era preferible buscar una tregua después de la escenita–. No lo sabía.

–A ti, ¿qué te importa lo que me pasa a mí? –aulló la Ruby. El eco de su voz era lo único audible desde el otro extremo del pasadizo.

Lo primero que vio Gustavo cuando entró en La Tasca, al día siguiente, fue a la Ruby terminando su cena con el grupo de catecúmenas de la asociación Gordura es Hermosura. Félix le explicó que se trataba del almuerzo final de la asociación, porque la Ruby acababa de avisar a sus amigas que se retiraba, y el grupo, sin ella, era como si no existiera. Las gordas se levantaron y salieron cantando, abrazándose y besándose. Para que no lo descubrieran –sobre todo la Ruby, muy capaz de armar un escándalo en público–, Gustavo se instaló detrás de una columna, cuya superficie era un mosaico de espejos fragmentados, multicolores: la vio reflejada en ellos, concentrada sobre la mesa donde había cenado con sus socias. Sacaba cuentas, revisaba porcentajes y calculaba propinas –a la espera de la devolución de su tarjeta Visa–, al tiempo que estiraba el brazo para recoger y engullir las sobras: maní, papas fritas, trozos de pizza. Era, sin duda, una gorda solitaria y amarga, aunque ella misma juraba lo contrario.

Pronto llegaron sus amigotes, con Marcelo a la cabeza. El escritor lo llamó, como también a la Ruby.

Alguien anunció que vendrían Jeremy y Maud; muy pronto aparecieron. Marcelo, que parecía estar oficiando de anfitrión, ofreció tragos: jerez para Maud y Jeremy; sendos vasos de agua para los dos chinos, *Negronis* para él, Gustavo y Josefina. Y a Rolando le trajeron una botella de vino tinto chileno, con la que se sintió "haciendo patria". Alrededor de ellos se agruparon varios estudiantes latinoamericanos o peninsulares; sobre todo en el otro extremo de la mesa, alrededor de la Ruby, puesto que todos la conocían. Ella también pidió un vaso de agua, como los chinos, porque el médico le había prohibido el alcohol. Marcelo se puso de pie, haciendo callar a la concurrencia: convocaba a sus amigos para comunicarles que había comprado un pasaje de vuelta a París. Se iría el domingo próximo. Hoy era jueves. En París lo reclamaban conferencias, simposios, artículos por escribir –incluso uno muy difícil, muy comprometido, sobre la guerrilla en Chiapas–, que completaría en su piso de la Rue de Brèa, donde Adèle lo esperaba. Confesó que después de diez días estaba un poco harto de San José: honradamente, el Medioeste ya no daba para más. Por eso los había llamado: quería despedirse. Ese jueves todos se emborracharon, y se comprometieron a reencontrarse dentro de poco tiempo en algún sitio aún no designado. ¿Positano? ¿Marbella? ¿Provenza? ¿Un carnaval en Rio de Janeiro o en Oruro? Pero nadie pensaba seriamente que volvieran a verse; pronto se estableció una corriente de melancolía que arrasó con esas mismas promesas en que nadie lograba creer. Sólo los hermanos Butler quedaron fuera de este círculo de afecto. Incluso la Ruby, recuperada, cubría de alcohólicos besos a Marcelo –se había dado por vencida: después de consumir de un trago su vaso de agua, pidió un *Negroni* que borró de una plumada la demarcación entre lo que se había propuesto y lo que tenía ganas de hacer–, abrazándolo con toda su caliente abundancia. Los chinos parecieron abrir un resquicio irónico en la cortina que los cobijaba, atisbando apenas ese otro mundo, a la vez melancólico y festivo: la jerigonza occidental les hacía difícil comprender aquella extraña emocionalidad, tan ajena a la discreción de su raza.

Gustavo se dio cuenta de que la llegada de Nina con Nat, dentro de un mes, iba a alterar completamente el equilibrio de su vida en San José. No estaba seguro, pero probablemente no sería para bien. No pudo quitarse de la cabeza lo solitaria que iba a ser su existencia ahora, encerrado en su palaciega mansión del río. Y sin la Ruby, a quien, en el mejor de los casos –si reconstruía su entendimiento con ella–, sería necesario imponerle circunspección. Ella no se iría de San José: no tenía adónde. Así lo previno en secreto Josefina, cerca de la punta de la mesa. Se había instalado junto a Gustavo con el desparpajo de la propietaria de un predio acotado con su nombre. Claro que no; la Ruby no se iría. Lo peor era que Marcelo ya no iba a estar presente; no sólo como objeto de la admiración literaria incondicional del chileno, sino como objeto principal de su afecto. Con un impulso anhelante, estremecido, adolescente, Gustavo había estado tomando notas durante la permanencia de Chiriboga en San José. ¡Cómo le gustaría poseer el evocador talismán de una de sus angostas y largas corbatas pasadas de moda! Ahora le parecían las únicas corbatas del mundo con auténtico *chic*. Pero algo interesante podía resultar de su acopio de notas y emociones... quién sabe qué.

Sentaron a Mi Hermana Maud al frente de la Ruby y Gustavo: él tenía junto a su codo a Josefina Viveros, que le susurraba chismes al oído. Pero Gustavo, demasiado perezoso para escucharla, prefirió divertirse con la jerigonza de los chinos, que se reían a carcajadas. Pudo detectar en sus atropellados fonemas los ecos de sus nombres –el de Marcelo, el de la Ruby, el suyo–, sugeridos brumosamente en medio de la ininteligible cháchara.

Josefina cortó su atención:

–¿Estás oyendo lo que te cuento...?

–La verdad es que no. Estoy muy preocupado; la Ruby me dijo que se iba a internar en una clínica. Perdóname, Josefina, pero estos chinos obsesionantes me distrajeron...

–No veo qué les encuentras de obsesionante. Mira a Mi Hermana Maud, fíjate cómo le da a probar de su jerez a Er, cómo premia sus gestos aprobatorios sirviéndole

casi todo su plato de tallarines... Se deja apenas un bocado. ¡Si Maud ya no come casi nada! Confunde a Er con
Duo: una figura bicéfala de la que se cree enamorada,
con un amor senil. El único amor de su vida, diría yo, si
excluimos a Jeremy.

–¿Son amantes ella y uno de los chinos? ¡Es demasiado vieja! Bastante tétrica la idea, ¿no te parece?

–¿Amantes? ¿Estás loco? Maud es virgen desde hace
más de medio siglo, y con su marido no estuvo casada más
que dos semanas. Jeremy, con su influencia, le arregló un
divorcio sumario. ¡Vieras qué belleza, la de estos dos hermanos! ¡Un par de animales de lujo! ¡Soberbios! Cuando
entraban en un restaurante, en Washington, al público se
le cortaba el aliento.

–Y entre ellos... ¿nada?

–No, no, no. ¡Si Maud ha sido algo en su vida, es
puritana! De adentro, oye. Cuentan que la primera noche de su luna de miel, en un grandioso hotel de Pine-
hurst, en Carolina del Sur –parece que su marido la
abandonaba por la tentación del golf–, la encontraron en
négligé, muy borracha, tirada en la suntuosa escalera, con
el pelo revuelto, llorando y quejándose y aullándoles a las
señoras que pasaban: "Los hombres son unos inmundos,
unos asquerosos...".

–No puede ser... No te creo, Josefina.

–¡Te juro que es cierto! Sucedió mucho antes de
que el Radio City Music Hall la contratara como bailarina
de las Rockettes. Mi Hermana Maud vivía sola, ya mujer,
en uno de esos hoteles de entonces: establecimientos discretos y protegidos para señoritas de buena familia, de
preferencia con alguna relación con el teatro, lo que no
excluía a los hombres, aunque sólo como visitantes y hasta cierta hora. Con mucha frecuencia llamaban por teléfono a Maud opulentos caballeros de edad madura, generalmente empresarios ricos del Medioeste que
andaban de paso por Nueva York en viaje de negocios. Sí,
su nombre llegó a ser muy conocido entre estos ricacho-
nes necesitados de una compañera de *tout repos,* una mujer de gran lucimiento para ir al teatro o a comer, pero
sin exigencias eróticas. Estos caciques, en general, se des-

pedían con un "hasta la vista", sobreentendiendo que a Maud le presentarían, sin lágrimas de nadie, un buen regalo "de recuerdo": una bufanda de seda de gran casa, una pequeña alhaja, uno de esos ridículos sombreritos que se usaban entonces, con una rosa y un velito... ridículos, claro, aunque costaban un dineral. Maud los guardó todos. Como manejo las llaves de su buhardilla, me he probado algunos. Maud nunca fue una vulgar *call-girl*, como murmuraban en este pueblo cuando era joven.

–¿Por qué se fue a Washington, si lo pasaba tan bien con sus amigos en Nueva York? Por lo que me han contado, Washington es una ciudad formal, poco divertida.

–Para vivir protegida por la gran situación de Jeremy. Lo adoraba por sobre todo en el mundo; tanto que ella, puritana como es, hacía la vista gorda respecto a cualquier galanteo de su hermano. Sobre todo si se daba cuenta de que no tenía visos de pasar a más.

–No entiendo qué le pasó en Nueva York, que se fue a Washington... Tiene aire de ser una historia extraña.

–Más bien cómica y siniestra. No es fácil contarla. Parece que la pobre Maud se cayó en Nueva York... y parece que todavía no ha sido capaz de incorporarse completamente.

–No entiendo absolutamente nada. ¿Cómo, *parece que se cayó?* Nadie cambia su residencia a otra ciudad porque se cae. Además, la gente no se cae así no más. Tiene que pasar algo, como que la empujen, o estar borracha, ¡qué se yo! Pero me has dicho que Mi Hermana Maud no bebe, ni ha bebido una sola gota jamás. Aunque, por lo que me cuentas de su matrimonio, no debe haber sido siempre tan inocente de... de ese pasatiempo.

–Puede ser. A lo mejor no es más que una de las tantas leyendas que surgieron en Washington alrededor de los hermanos Butler. La pobre mujer es pura memoria de un pasado muy remoto, totalmente fracturado, en parte invención de ella o de los que la recuerdan... y sólo le queda una obsesionante afición al mangoneo. Maud tiene los sesos totalmente reblandecidos. Nunca, eso sí, ha sido parlanchina: le faltaba ese ingenio cruel que es *indígena* de Nueva York, algo esencial para triunfar en la gran ciudad. Pero belleza le sobraba. Demasiado florida para algunos gustos, pero sumamente vistosa. Obsérvala ahora: tiene la cara achurada por las arrugas, reseca, como chupada. Un poco peluda y oscura también, como los muertos, jibarizada bajo el peso de sus obsesiones. Tan encogida por sus terrores y manías, que uno tiene que adivinar que el porte de esta mujer fue notable, aunque haya disminuido por lo menos dos cuartas. En Nueva York, en la época de que te hablo, era una hembra magnífica, sobre todo de noche: se ponía esos vestidos largos, con los hombros desnudos, que la moda de esos años impuso para ir al teatro o a un restaurante de lujo. Lo terrible sucedió una de esas noches neoyorquinas de mucho hielo, bajo una paliza de viento frígido: al salir de su hotel para encontrarse con su escudero de turno, enredó su taco de *lucite* en el ruedo de su vestido largo. Como el viento soplaba en su pollera, se enredó en los tules. Dio un resbalón en la cuneta y cayó de espaldas sobre la vereda: el vestido, abullonado en la cintura, dejó al descubierto sus piernas frenéticas, pataleando en el aire. Chillaba de dolor por el esguince de un brazo, luchando infructuosamente por dominar su pollera y rechazando la ayuda de su escudero, a quien le asestó una patada en la ingle... el desventurado tomó las de Villadiego y se perdió, brincando de dolor, en la multitud que salía de los teatros, alrededor de Times Square. Lo grave, para Maud, no fue ni el viento ni el esguince, sino un detalle mínimo que, sin embargo, torció su existencia. Como hacía tanto frío, había tomado su capita de zorros blancos; al sentir el aire de hielo subiéndole por las piernas, volvió para ponerse un par de calzoncillos de franela color fuego. La protegían desde la cintura hasta los tobillos. Eran unos clásicos calzoncillos largos, esos matapasiones de franela colorada que usaban los obreros y campesinos de este país...

"La mujer de piernas coloradas, chillando y dando patadas en el aire, lloraba a gritos, tirada en la vereda. Curiosa y frívola, la multitud de Times Square se arremolinó a su alrededor pese al viento huracanado. Se reían y la señalaban con el dedo, como si todo fuera un *show*. Nadie la llevaba a un hospital. Maud tenía los ojos desorbitados, como si estuviera viendo el rostro del mal, iluminado por las luces de colores de las marquesinas y los restaurantes, y por los focos de los autos que pasaban. Por fin alguien la embarcó en un taxi y se la llevó a una clínica. Le curaron las contusiones y le enyesaron el esguince.

"Al mediodía siguiente se fue en otro taxi a su departamento, sin dar una sola mirada a las calles nevadas. Se encerró en su dormitorio para no correr el riesgo de que alguien la reconociera –¡en Nueva York, con su población de varios millones!– como 'la mujer de las piernas coloradas', nombre con que al poco tiempo se estrenó un *musical* que, obviamente, no tenía nada que ver con Maud ni con su accidente. Temblaba cuando debía salir a la calle por alguna necesidad urgente; por ejemplo, a comprar cútex en la farmacia de la esquina. Se sentía perseguida por la risa de los paseantes que, se figuraba ella, se daban vuelta para mirarla como si fuera una artista de biógrafo, una estrella... Sólo que, en vez de admirarla, era como si se rieran. Un día corrió a encerrarse en su habitación, temblando. Llamó a su querido Jeremy, en Washington: no pudo dar con él, porque se hallaba en un laboratorio de Virginia. Esperándolo, se dedicó a ordenar sus cajones: los calzoncillos largos afloraron pese a que ella no recordaba haberlos guardado; creía habérselos regalado al portero del teatro, que se lo pasaba tiritando de frío. Hasta que encontró a Jeremy: el joven matemático se ofreció para viajar inmediatamente y rescatarla de las implacables garras de esos neoyorquinos feroces.

"En el tren, sollozando, Maud refirió a su adorado hermano el escándalo que había protagonizado en Times Square. Había sido motivo de escarnio, había hecho el ridículo en el corazón mismo de Manhattan, donde nadie dejaba de reconocerla como la famosa y risible 'mujer de las piernas coloradas'. Tanto, que le era imprescindible huir. Jeremy instaló a Maud en su propia *suite* del hotel Willard; era el más suntuoso de Washington, muy frecuentado por diplomáticos europeos, algún *sheij* árabe o presumidos millonarios latinoamericanos, además de miembros del Senado y del Poder Judicial. Más animada, Maud daba de vez en cuando un paseo, con el *Baedaker* en mano: recorría los parques, los museos y los edificios oficiales de la capital. No era peligroso: estacionados en el pasillo, afuera de la *suite,* o merodeando, la vigilaba una pareja de guardaespaldas verdaderamente temibles, vestidos de punta en blanco, peinados a la gomina y con un reloj de cadena metálica en sus brutales muñecas.

"Los guardaespaldas habían sido comisionados por alguna agencia del gobierno, deseosa de agradar a Jeremy Butler, cuyo prestigio internacional crecía día a día. Fue la época en que se habló de alterar las bases del Premio Nobel, no otorgado en la clase Matemáticas Puras debido, como todo el mundo sabe, a la escandalosa conducta de Mme. Nobel con el matemático Mittag-Lever. La venganza del marido no sólo operaba contra la esposa y su amante, sino contra generaciones de científicos dedicados a esa disciplina. Era el momento de cambiar todo eso: se barajaron los efectos políticos en la Casa Blanca y se propuso, como primer candidato al galardón, a Jeremy Butler. Su prestigio lo bañaba a él y, de rebote, a su hermana, con la más pura luz de la inteligencia; así, se lucían tanto en los ambientes cortesanos de la capital como en los famosos seminarios de Jeremy. Él era el indiscutido maestro de toda una generación de matemáticos promisorios.

"El tiempo se escurría amablemente para Maud, entre cócteles diplomáticos y recepciones oficiales, donde se divertía con los amigotes de Jeremy, funcionarios más o menos ilustres e intrigantes de la Nasa, el FBI y el Pentágono, o bien senadores y miembros del gabinete. En Washington, los hermanos Butler constituían un estupendo espectáculo, cosechando infaltables aplausos en las pistas de los *night-clubs* como avezados bailarines. Dondequiera que fueran, su entrada era sensacional: dos galgos de elásticas piernas largas y caras elegantemente estrechas. Maud, quizás un poco estática, pero con la tez y los ojos de un dulce tono castaño claro; Jeremy, en cambio, era un carámbano de pelo rubio, muy lacio, y ojos celestes, casi blancos. Parecían los ojos de un busto clásico, desprovistos de iris y, sin embargo, repletos de espectros. Se intuía en ellos esa agitación de ciertas zonas sombrías, lo que dotaba a su semblante de una particular fascinación. La belleza de Jeremy era un poco irregular, es cierto, para quien lo examinara con atención: el rostro, con un lado ligeramente distinto del otro, ofrecía, visto de perfil, a *uno* de dos seres disímiles. El lado izquierdo era viril, violento, genético; el lado derecho, por su parte, poseía cierto reposo y sensualidad femeninos en el torneado de sus labios y en el mechón de pelo de paja que le caía sobre la frente. Al detenerse a la entrada de un teatro para entregar sus abrigos y bufandas, eran invariablemente barridos por las miradas admirativas y envidiosas de hombres y mujeres.

"¿Por qué no, si visto de frente Jeremy sugería un animal mitológico, bicéfalo y bisexuado? Lo que más gustaba a los hermanos era salir a cenar y bailar juntos, sin más compañía. Bailaban *cheek-to-cheek* mientras sus guardaespaldas bostezaban en una mesa distante. Sin embargo, Jeremy se fue dando cuenta de que Maud le escondía algo: su paz de los primeros meses había ido cediendo a una irritabilidad vulnerable, no manifiesta; a fatigas llorosas y a cierta torpeza de movimientos. Se fue poniendo reacia a salir con Jeremy, o con cualquier otro. El matemático consultó a un psicoanalista amigo suyo. El doctor Askenazy diagnosticó a Maud una depresión profunda, pero se negó a tratarla porque –señaló– ella mentía: su mente no era sino una colección de veladuras espectrales. Detrás se agazapaba su conciencia defensiva, para dar vueltas y vueltas en banda: así, Maud iba hundiéndose más y más en la arena, hasta ahogarse, negándose a tomar decisiones sensatas respecto a su salud ni a nada. ¡Adiós a los *vernissages* de moda! ¡A los salones de los estudiosos más distinguidos de la Nasa y del gobierno, a las noches de ballet, de cine, de teatro, de música! Se quedaba encerrada en su dormitorio, vigilando el cajón donde guardaba su talismán, los calzoncillos colorados. Los había conservado como un detente. Jeremy le rogó una noche que salieran a comer y bailar solos en cierto restaurante vecino: no volvería a molestarla después, y ella podría reposar su fatiga mental sin perturbaciones.

"De mala gana, Maud le prometió que se juntaría con él en el restaurante a cierta hora. Pero al salir de la *suite* y cerrarla con su llave, divisó a los dos guardaespaldas: cuchicheaban. Suspendieron bruscamente su coloquio y se esfumaron. Maud volvió corriendo a la *suite*, llamó al encargado y le imploró que ubicara a Jeremy y le dijera que le iba a ser imposible encontrarse con él, debido a un dolor de cabeza muy fuerte, y que se iba a acostar. Sin despojarse de su bolero de zorros blancos, corrió a su cómoda y buscó, jadeando, su talismán; lo guardaba junto a sus blusas de seda, en el último cajón. No lo encontró: alguien se había robado los calzoncillos colorados... Revolvió el piso entero: closets, cómodas, roperos, el bargueño de la entrada, debajo de su cama y de la de Jeremy. No aparecían. Estaba tirada en la cama, lloriqueando, cuando su hermano regresó. Tenía tanto miedo, le dijo, describiéndole la prenda; estaba dispuesta a describirla, pero no quería que él la viera, porque era un talismán que abría su abismo sólo para ella. Jeremy se puso a buscar; despanzurró todos los cajones y los closets, tiró todo por el suelo, pero sin éxito. Hasta que Jeremy los encontró: un paquete hecho con un delicado papel de seda japonés, amarrado con una cinta, en el primer cajón de su cómoda, entre sus medias... en circunstancias de que Maud los escondía en el último.

"¡Que dejara el paquete, que no lo abriera, que no mirara su contenido! ¡Él tenía la culpa de la pérdida, pues quería que se volviera loca!¡Ella tenía derecho a su vida privada! Harto terrible era comprobar que en la calle la señalaban con un dedo acusador, pero no estaba dispuesta a soportar bromas de Jeremy. ¿Con qué derecho había cambiado los calzoncillos de lugar? ¿No había notado que el público del hotel –donde habían ido a bailar la última vez– murmuraba al verlos? ¡La reconocían! ¿No le había contado acaso que ya ni por los parques se atrevía a pasear, porque un día, al pasar junto a un grupo de niños que jugaban con palas y baldes, éstos se insolentaron con ella, persiguiéndola por varios kilómetros de bosque?

"El analista llegó un poco más tarde, con olor a ajo y cebolla en la boca. Ella le manifestó un odio frenético. Sí, Maud comenzaba a deteriorarse, convino más tarde Jeremy con Askenazy. El matemático le pidió al doctor que se la llevara a su clínica particular. Llegaron a buscarla dos formidables enfermeros de urgencia que la tomaron del brazo como a un delincuente, ayudados por los guardaespaldas. La llevaron al *lobby* del Willard... Maud los golpeó en la cara, de una manera tan violenta y sorpresiva, que no tuvieron tiempo de impedir su huida, escaleras arriba. Abrió la puerta de la *suite:* la primera imagen que vio fue la de Askenazy, fumando su fétida pipa y comentando algo muy secreto con Jeremy, en voz baja. Sobre la cama, entre ambos, Maud pudo ver a un hombre cuyas piernas coloradas colgaban lacias, como las de un ahorcado. Lanzó un grito al atacar a Jeremy, enarbolando un contundente cenicero de cobre. Quería matarlo. Entraron los enfermeros. Los guardaespaldas vigilaron mientras le ponían a Maud una camisa de fuerza y la amordazaban para que no se oyeran sus chillidos en la *suite* vecina. La tendieron boca abajo en la cama, junto a sus calzoncillos colorados, y mientras ella se revolvía acostada de vientre –los dos guardaespaldas sujetándola–, Askenazy extrajo de su maletín una jeringa y una ampolla. Le subió la falda y, bajándole sus breves calzoncitos de raso, la pinchó con pulso seguro, vaciando el contenido de la jeringa en el primoroso trasero de Maud, que no tardó en inmovilizarse. Los dos enfermeros, secundados por los guardaespaldas, la cargaron; Askenazy y Jeremy escoltaron la ambulancia hasta la clínica. El médico recetó cinco días de sueño ininterrumpido en la clínica. Al despertar, a la sexta mañana, el sol de primavera estaba alto en un cielo lavado. Maud, liberada de su camisa de fuerza, pero con los ojos demorándose en reconocer cada cosa, le confesó a Askenazy que no estaba bien. Necesitaba un prolongado reposo, sin duda en esta misma clínica: contemplar la primavera desde la ventana que daba al jardín la llenaba de un flamante entusiasmo. Era como asomarse de nuevo a la vida, participar de su flujo sanguíneo. Unas cuantas lágrimas rodaron por sus mejillas, marchitadas por las drogas: con su voz más pequeña le rogó a su hermano que la dejara pasar un tiempo largo en esta "casa de salud" que tanto le gustaba. Maud Butler pasó los siete meses más felices de su vida en el Sanatorio de San Luis Rey de Francia. Cuando por fin salió más rellenita, más sonrosada, llevaba en su maleta los calzoncillos colorados. Una de las muchachas de servicio, mulata de largos dedos ágiles que Maud temía, porque le provocaban una especie de asco, lavó, planchó y perfumó los calzoncillos y, doblándolos con el mayor esmero, restituyó el lazo. Los metió en su maleta. En vez de tomar el tren a Washington, Maud tomó un tren a Nueva York".

–Nunca he visto a las Rockettes, pero claro, sé lo que son y he visto docenas de imitadoras. En fin, tal vez Maud expresaba su yo con esa obsesión por los calzoncillos colorados... estaba tan dominada por ellos porque eran el trozo que le faltaba a su vida. ¿No es así?

Josefina replicó a la conjetura de Gustavo con otra pregunta:

–¿No has visto nunca a las Rockettes? No te puedo creer. Es un espectáculo fantástico... tiene, más que un toque monstruoso, un no sé qué de cruel. Como te dije, después de su exitoso tratamiento en el San Luis Rey de Francia, Maud no se fue a Washington sino a Nueva York. Allí la contrataron para bailar con las célebres Rockettes durante cinco años, que para ella fueron gloriosos, y no sufrió ni un atisbo de paranoia. No volvió a examinar sus calzoncillos colorados más de tres o cuatro veces durante ese período. Vivía en un departamento más bien modesto, en el *Upper West Side,* a una cuadra del Grand Central Park. El sector no era entonces tan exclusivo como ahora. Se hizo íntima amiga de las dos Rockettes vejanconas y totalmente respetables con las cuales vivía. Mr. Meyer, el director del Radio City Music Hall, consideraba que Maud poseía dotes extraordinarias como bataclana. Su estatura elevada era la prescrita para las Rockettes; también su brillante sonrisa roja, que descubría una hilera de grandes y saludables dientes, deslumbradoramente blancos. Desde la platea era imposible distinguirla entre las demás bailarinas, porque le cortaron el pelo, y se lo tiñeron y rizaron, de modo que remedara exactamente el peinado y la sonrisa –que requería cierto entrenamiento– de las otras veinticuatro Rockettes, a las que se sumó después de cuatro o cinco sesiones de preparación. Mr. Meyer la había visto bailar con su hermano en la pista de un *night-club,* en Washington, y le comentó esa vez a su acompañante que aquella chica –Maud Butler– mostraba un increíble talento de bataclana: le dejó su tarjeta de visita, por si ella se aventuraba a Nueva York. Y Maud, al desembarcar del vagón, se fue directamente al Music Hall, donde había una vacante. Fue muy feliz durante esos años con las Rockettes, en Nueva York. Era una profesional eximia. Integraba la primera hilera de muñecas, todas idénticas, como cuando se recorta una hoja de papel que, al desplegarla, muestra una fila de siluetas tomadas de la mano. Eran como siamesas, ninguna reconocible, ni con un nombre que recordar. Se trataba justamente de borrar identidades particulares: todas vestidas y sonriendo igual, con el propósito de establecer una identidad genérica y seriada, como en los productos de fábrica. Esto constituía la mejor salvaguarda para mantener su anonimato.

"Sucedió que en una función nocturna, al final de su cuarto año de bailar con las vampiresas del Radio City Music Hall, cinco parejas de jóvenes muy elegantes, que ostentaban un aire de privilegio, ocuparon las diez mejores localidades de la platea. Cuchicheaban y se reían cada vez que Maud y las demás Rockettes levantaban al unísono una pierna, agitando sus traseros y enaguas en un fre-

nético cancán. En el momento mismo en que Maud había
salido a escena encabezando a la vampiresas, esas cinco
parejas, por la pavorosa seguridad que irradiaban, captu-
raron su atención: percibió en ellas una sensibilidad tan
peligrosa, tan afinada en el sádico arte de escoger una víctima precisa, un objeto de su sarcástica agresión, que se
aterrorizó. Sí, esos jóvenes escogerían para el sacrificio justo a alguien que poseyera una fragilidad tormentosa, una
vergüenza que esconder. Durante el número siguiente, el
de la giga escocesa, Maud no dejó de vigilar a las cinco parejas, que seguían ahogadas de la risa. Después de la función, segura de que la habían marcado, intuyendo que era
la más frágil de esa fila de muñecas idénticas, le rogó al ro-
busto portero de la entrada de artistas que le llamara una
limousine, sin importarle su alto costo.

    Las cinco parejas charlaban bajo la nieve, ilumi-
nadas por la marquesina. Se iban acercando a Maud, sin
duda con un propósito siniestro, y ella tuvo la sensación
de que iban a abordarla para inducirla a cosas peligrosas:
emborracharse, inyectarse drogas... y tras excitarla así,
abusarían de ella. De modo que corrió a través del grupo, resbalando en la nieve, y abordó la *limousine* sin darles tiempo de hablarle. Se figuró que oía el acento de
Minneapolis o Des Moines en esas voces, que sonaban
persuasivas, insinuantes. ¿Eran gente del Medioeste, como aquel escudero que huyó, dejándola tirada con sus
calzoncillos colorados, aquella otra noche infausta de
viento y nieve? Tal vez. No importaba, porque ya estaba a
salvo en su cuarto de hotel; buscó su detente y preparó
su maleta para viajar. No podía –no quería, en realidad–
arriesgarse a ir donde Jeremy, ni a ninguna otra parte; sólo aspiraba a volver a San José".

    "A los pocos días se vio a una mujerona, muy ma-
quillada y vistosamente ataviada, esperando un taxi a las
puertas del hotel. Sentada en un baúl de cuero de coco-

drilo teñido de color *acqua*, parte del juego de doce maletas que la rodeaba, terminaba de fumar un *Tiparillo*. Antes de abandonar Nueva York, se despidió de Mr. Meyer; el empresario quedó desconsolado, pues se le iba una de sus mejores bataclanas. Ella argumentó que estaba enferma y quería convalecer en su pueblo.

"Su casa permanecía cerrada desde hacía muchos años, pero no costaría demasiado trabajo abrirla. Maud calzaba zapatos con taco de *lucite*, muy altos, y los aldeanos se daban vuelta para admirarlos. Muy de corista , opinaron las matronas del pueblo una vez que la identificaron. ¡La pobre Mrs. Butler se hubiera muerto al ver a su hija pertrechada de esa manera! La buhardilla alojó los doce baúles y maletas de cocodrilo: una de ellas contenía su talismán. Compró plantas de hoja para el porche trasero, un *chintz* nuevo para tapizar los muebles del salón, y un computador con fax para no sentirse totalmente aislada en la casa donde ella y Jeremy habían nacido.

"A medida que hacía los arreglos, iba desenvolviendo, con la coherente continuidad de un carretel, imágenes benignas de su padre, el farmacéutico; de los gatos, perros y pajaritos de su adolescencia, y de la gentil silueta de su madre, horneando sus famosos pastelillos que perfumaban la manzana entera.

"Un día oyó ruidos en la buhardilla. Sobresaltada, se dio cuenta de que no era un ratero, sino el rasquetear de una rama moribunda contra su techo, o quizás carreras de ratones que huían del fantasma de un gato de otros tiempos. Fuera lo que fuera, Maud podía interpretarlo como una advertencia. Decidió tomar las medidas del caso, y partió a la pajarería, donde encargó cincuenta canarios, repartidos en cinco jaulas de diez canarios cada una. Las hizo subir a la buhardilla. Ante cualquier presencia extraña, el concierto la despertaría. Sin la ayuda de nadie, y después de mandar a cortar la rama molesta, se abocó a ordenar el contenido de sus doce maletas de piel de cocodrilo.

"Encontró por fin sus famosos calzoncillos colorados. *Famosos,* se dijo con un estremecimiento: por una causa u otra, en Washington ya se murmuraba acerca de los hermanos Butler, sin dejar de lado ciertos detalles del desvarío de Maud. Por ese tiempo yo vivía en Washington, donde era una simple mecanógrafa en el Consulado de Chile, sin ningún tipo de *status* diplomático, y sin embargo ya había escuchado pormenores de la leyenda de Maud. Por esa época, como ninguno de mis proyectos más ambiciosos se cumplía, me casé con Rolando Viveros, que ya enseñaba en la Universidad de San José. Así, no es imposible que yo misma haya echado a correr por aquí el tema de los calzoncillos colorados y la locura de Maud. Me hice amiga de ella: me gustaban la lentitud de sus movimientos y los temores y las sombras que percibía en su mente. La pobre mujer me fue tomando cariño. A los seis meses de su llegada, comencé a ayudarla en las tareas más simples de la casa. Maud era muy perezosa. Poco después me hice cargo de la casa entera: la limpieza, la comida, regar las plantas del porche y revisar a diario la buhardilla, cerrándola con las llaves de las cuales me había incautado, sin olvidar el alimento para los canarios…".

–¿Estás segura de que eran canarios? ¡Qué extraño! No existen pajaritos más inocuos, Josefina. Si no eran su *hobby* y no los veías jamás, ¿para qué los tenía? ¿Para encerrarlos en la oscuridad? ¿No dices que había comenzado a ponerse patuleca, que no subía a la buhardilla más de dos o tres veces al año? Se le deben haber muerto por docenas los canarios, sin ver a nadie... ¡Y son pajaritos tan sociables! Todos iguales, como las Rockettes de las que me has hablado... En la buhardilla se deben haber sentido como los escandinavos que se suicidan por la falta de sol. ¡Qué mujer tan cruel! Tendrá la obsesión de dejar un legado para que cuiden a sus pajaritos después de su muerte, ¿no?

–¡No me hables de la muerte de Maud ni de un cementerio para pajaritos, mira que es una cosa muy posible y me horroriza! Sí, es cierto, muchos canarios morían por falta de luz. O porque se quedaban tullidos, incapaces de mover las patas para acudir al comedero, con las alas plegadas debido a su atrofiamiento, sin poder saltar de un palito a otro.

"Maud debe haber elegido jaulas demasiado pequeñas para hacinarlos como en una cárcel. Parte de su instinto de destrucción. Algunos enloquecían y se transformaban en aves feroces. Imagínate una bandada de canarios agresivos, dispuestos a arrancarse los ojos unos a otros con las diminutas puntas de sus picos. Yo los he visto pelear; sus peleas no son de miniatura, como ellos... son feroces. Es como una regresión, un salto atrás por sobre los miles de generaciones de canarios criados en jaulas que los fueron despojando de sus instintos... Al entrar en la buhardilla oscura, después de tres o cuatro días sin subir, yo veía cien ojitos bruñidos como puntas de aguja, mirándome acusadores desde la oscuridad. Y sentía miedo. Pensaba que, si les abría las puertas, se iban a lanzar sobre mí para destruirme. Y al acercarme encontraba el fondo de las jaulas cubierto de cadáveres, putrefactos muchos de ellos, como con olor a muertos humanos. Tenía que subir bolsas negras de polietileno, como las que usan los norteamericanos en Somalia para envasar los cadáveres del campo de batalla, y las llenaba de canarios podridos. Después, aguantándome las arcadas, corría al río,· ahí donde la compuerta gigante suelta en una catarata tremenda el agua del embalse...".

–¿Y qué pasó con los calzoncillos colorados?

–Se me había ocurrido hacer algo muy curioso con ellos. Escarbando en las maletas de Maud, sin decírselo, los encontré por fin: estaban azumagados, húmedos, desteñidos, como si los hubieran lavado y, sin esperar a que se secaran completamente, los hubieran envuelto, preservando la humedad. Tenían esa fetidez de la ropa de lana húmeda. Me encaramé a un piso, con un martillo, y los clavé en la viga del fondo de la buhardilla, donde la oscuridad es más tétrica. Me había propuesto airearlos para que perdieran ese olor a moho, y devolverlos a su paquete cuando estuvieran listos... En el fondo de la oscuridad, colgando como un ahorcado, esas largas piernas huecas, manchadas, lacias, se agitaban con mi ir y venir.

–Me gustaría saber qué papel les toca a Duo y a Er en todo esto. ¿Qué hace que Mi Hermana Maud los quiera tanto, si no habla chino? ¿O lo habla? Uno puede esperar cualquier cosa de la gente que ha vivido en

Washington. Dicen que ahora se niega a salir a la calle, a no ser que la acompañe uno de los chinos.

—Maud ya no sale sola porque, muy poco después de su deslumbrante llegada a San José, comenzó a envejecer. Se le estropearon ambos pies con dolorosos juanetes que ella se ha negado a operar; ahí anda, con las patas a la rastra. Se fue dejando sus canas: primero, el pelo color acero, después paloma, luego color humo y, por último, blanco total, como la ves ahora. Y se fue gibando y encogiendo... se encogió como dos cuartas, creo yo, igual que la ropa blanca ordinaria, que se encoge y se encoge hasta ser inservible, y entonces hay que mandarla al Cottolengo o donde Helena, la ropavejera, con otras pilchas familiares que es necesario dar de baja porque el tiempo las inutilizó, o de puro pasadas de moda. Yo subía a diario a cuidar a los pajaritos, hasta que llegué a odiarlos, o en busca de cualquier embeleco... ella me dirigía desde abajo, porque sabía exactamente dónde encontrar las cosas dentro de sus maletas. Hablar chino... la idea es cómica. ¡Me gustaría oír a Maud hablando chino! ¡Si apenas habla inglés, con Jeremy y conmigo! Por ese tiempo tuve la sensación de que, para Maud, envejecer era una treta, el fruto de una voluntad comprometida en esa artimaña perversa. A veces, su fluctuante piedad la empujaba a misa. Yo la acompañaba.

"Una vez, después de la confesión, la dejé en la puerta de su casa; yo tenía que ir a mi clase de gimnasia aeróbica. Sola, porque Duo y Er estaban estudiando, subió como pudo a la buhardilla, no se si para hurgar en sus maletas o para contar los canarios y ver cuántos muertos había. Tal vez porque esa tarde la luz era favorable, divisó, colgadas allá al fondo, esas piernas coloradas de criminal. No abrió las maletas más que a medias —en todos estos años había escarbado sólo en cuatro—, petrificada ante la macabra silueta del desafortunado que se balanceaba en la penumbra. Tomó su bastón y arrastró sus pies hasta la puerta que se abría a la escalera. Miró lo que le pareció un precipicio. Se apoyó en una de las jambas.

"No había nadie en la casa, salvo Jeremy —había llegado hacía poco, viudo por fin de una antigua esposa abandonada—; Maud se puso a llamarlo: '¡Jeremy, Jeremy!' Pero con los años él se había vuelto sordo, sobre todo a lo que llamaba 'las estupideces de Mi Hermana Maud'. En ocasiones como ésta, cuando le parecía inútil acudir, se quitaba el audífono y se volcaba hacia adentro, absorto con el computador y sus números. Los gemidos de Maud se hicieron gritos de terror, en el borde de ese precipicio... Cayó al suelo hecha un montón de huesitos aterrados, sin fuerzas para obedecer las órdenes de lo que le quedaba de materia gris. Yo, agotada después de mi gimnasia aeróbica, me había ido a acostar. Er estaba en la biblioteca, trabajando, y Duo se había quedado en el despacho de Jeremy, en el Capitolio, ordenándole unos papeles. Después vino a dejarle una carpeta con documentos. Al entrar, oyó unos gemidos como de perra enferma. Maud apenas veía. No reconoció a Duo: ni siquiera cuando el chino, después de subir, se la echó al hombro, como un chaquetón. Justo antes de bajar, Duo divisó las piernas coloradas: comenzó a gemir como un cachorro que anuncia un terremoto. La cabeza de Maud se levantó un poco para identificar a su salvador, y dijo: 'Er, querido, no llores por mí, ya llegará Josefina... Gracias, Er... Eres un niño bueno...' Duo la depositó en su cama, le quitó los zapatos con adornos dorados y la diadema de flores. Puso un vaso de agua en el velador y le cubrió las piernas con su *plaid* de la guardia nocturna: según su padre, de pura cepa inglesa, era el *tartan* que le correspondía al clan de su esposa, una mujer llena de pecas y de orgullosa raíz escocesa.

"La llevaron a la clínica. Cuando estuvo mejor, permití a Duo que la visitara: 'Er, querido, eres mi salvador', y Duo gimió de nuevo. Parece increíble que dos matemáticos puros sean víctimas de supersticiones y maleficios. Pero estaban convencidos de que los calzoncillos encerraban un hechizo. ¿No es la falta de orden lógico de los números primos una negación de lo racional, o la brecha que lo racional abre hacia el aparente caos de la magia? ¿No es ésa la fisura por la cual ambos mundos podrían comunicarse? ¿No parece extraño, entonces, que un par de racionalistas como Duo y Er se perturbara con lo que decodificaron como un presagio, una terrible maldición, seguramente china, capaz de destruir a diez generaciones de descendientes de quien mantenga alguna relación con el culpable? Los chinos no huyeron: yo les expliqué como pude que las piernas coloradas no pertenecían a un antepasado castigado en la buhardilla, sino que eran un simple trozo de franela colorada, vieja y desteñida. Palparon los calzoncillos y entonces se rieron a carcajadas, moviendo curiosamente la cabeza. A Maud se le diagnosticó una nueva depresión, y necesitó cuidados constantes en una clínica. Un día, desde sus sábanas, me preguntó: '¿No es tu cumpleaños la semana que viene?' A la mañana siguiente continuó elaborando: 'Sí, claro que es tu cumpleaños pasado mañana. Pienso hacerte un regalo fabuloso'. '¿Se puede saber qué es, Maud querida? Su respuesta fue escalofriante: 'Encontré los calzoncillos colorados en una viga de la buhardilla. Te los quiero mandar de regalo para que te traigan buena suerte'. Temblé. Vi una amenaza. ¡Deseaba aniquilarme! ¿Por qué? ¿No demostraba Maud agradecimiento, a veces innecesario, o burlonamente excesivo, ante cualquier cosa que yo hiciera por ella? Tal vez se había enterado de los galanteos universitarios de Jeremy... Tal vez conociera nuestra vieja amistad y, como una esposa celosa, me odiaba en secreto. Quizás todo esto la dispuso a destruirme con la única arma que tenía a su alcance. Mi Hermana Maud vivía en un mundo brumoso, en el cual se movía como una comparsa, un número, una cifra. Una Rockette cuya identidad se pierde.

"Que Jeremy odiaba todo aquello en lo que Maud se había ido transformando con los años, era verdad. Odiaba la versión actual de su hermana. La despreciaba y trataba de verla lo menos posible, soñando acaso, también, con su aniquilamiento. Aunque, ¿para qué aniquilarla? ¿En qué entorpecía ella sus escarceos? ¿No era acaso un dócil animal doméstico, enroscado en un cojín peludo frente a la chimenea, mirando a su dueño, de vez en cuando, con esa mirada impotente del que entiende que no posee instrumentos para intervenir en la vida del amo? Maud había perdido, o jamás la tuvo, la instrucción necesaria para tomar parte en sus diálogos de cifras, signos, números. Al esfumarse su esplendoroso aspecto, que tanto había llamado la atención en Washington, se convirtió en este descartado objeto de utilería. No es raro, entonces, que Jeremy, su atención fija en la pantalla doble y en el teclado, siempre reacio a abandonarlos, continuara copiando cifras en una pantalla suplementaria recién instalada, sin oír los remotos chillidos de terror que profería Mi Hermana Maud allá lejos, en la lontananza de su conciencia. No acudió a ayudarla cuando ella gemía desde la escalera. ¿Para qué? Que Maud estaba loca, era un hecho; un dato más en la lista de las cosas que la hacían repelente. Fue a visitarla dos o tres veces en la clínica. Me rogó que me hiciera responsable de 'esa parte de este negocio'. Lo hice cuidando la casa... pero, sobre todo, a Maud, y hablando con los doctores y pagando enfermeras, médicos, remedios, exámenes. Incluso flores que, en cuanto yo me iba, Maud hacía tirar. Los calzoncillos colorados enviados por ella el día de mi cumpleaños venían en una caja para orquídeas. ¿Una florería me mandaba unos viejos calzoncillos de franela roja? Después, cuando no estaba haciendo algo para Mi Hermana Maud o para Jeremy mismo –me había fijado un generoso estipendio por hacerme cargo de todo; incluso firmé con él un documento que declaraba en interdicción a su hermana y me otorgaba poderes completos sobre ella–, tuve tiempo de reflexionar y me di cuenta de que los calzoncillos colorados habían estropeado su mente. Lo peligroso era que ahora podían estropear la mía. Sentí la angustiosa necesidad de deshacerme de ellos.

”Me pareció fácil: los abandoné una noche en un banco del parque del pueblo vecino a San José. Aparecieron cuidadosamente empaquetados en la puerta de la casa de los Butler a la mañana siguiente. Los llevé un atardecer de frío y nubes a la hoguera del basural, pero sólo se chamuscaron, no ardieron. Los tiré al río para que la corriente los arrastrara hasta la compuerta del tranque que irriga toda la comarca, esperando que cayeran catarata abajo y desaparecieran para siempre. Pero dos días más tarde, Duo, a quien le encanta bañarse o salir a remar, y que conoce perfectamente la orilla de nuestro río, con sus juncos y sus patos, los encontró tendidos como si fueran *la mitad de un hombre* que asoleaba sus piernas coloradas sobre una roca. Los rescató y le hizo una visita a Maud en la clínica, llevándoselos como un trofeo, como si adivinara –¿o supiera?– que le pertenecían. Pero ahora no le pertenecían a ella, sino a mí. Eran míos. El regalo de la anciana me comprometía a hacer algo con ellos. Adiviné que yo no era más que un instrumento en manos de Maud. Quería hacerlos desaparecer sin involucrarse personalmente; si no, ambas debíamos correr igual riesgo, dominadas por la risa de las calles, por el dedo señalándonos, por nuestra propia imaginación ya pervertida por el poder del talismán".

–No veo reaparecer a Duo y Er, que me interesan muchísimo –dijo Gustavo.

–¿No prefieres que siga con mi propio ritmo narrativo? Mira, todos en la mesa están hablándole a Marcelo Chiriboga, porque se va. Hasta Maud... parece que estuviera mandándole cariñosos saludos a su mujer, seguro que terminará con la sorpresiva amenaza de escribirle contándole que el novelista "se ha portado mal con la Ruby". Quiero confesarte, Gustavo, que si Jeremy y Maud mueren pronto, voy a poder cumplir mi anhelo: dejar a Viveros, al que no le debo nada, y con mis bolsillos repletos de la herencia de los Butler, casarme con Er. El verdadero Er, pues; no el chino que Maud cree que es Er. Y me voy con él a Washington, donde podríamos vivir cerca de mi pobre hijo... que no me quiere nada si no llego con la bolsa repleta. ¡Ah, llevaremos una vida brillante con el talento de Er!

Tras una pausa en que por sus ojos pareció cruzar un destello, una luz de otro tiempo, Josefina, continuó:

–Por todas estas cosas, una noche de luna –tú sabes que los chinos, matemáticos o no, sienten veneración por la luna y su luz plateada–, cuando me acababan de devolver los calzoncillos colorados, decidí deshacerme definitivamente de ellos.

"Fui a buscar a Maud a la clínica. Salió vistiendo un largo y pálido sayal; tenía un aspecto tan asombroso, con su diadema de flores de trapo, que la recepcionista se quedó muda. También, creo yo, nos permitió salir sin permiso médico porque el aspecto de Maud, con ese camisón sacerdotal y su pelo blanco de mística, le conferían una autoridad de espectro, una transparencia, una ligereza, una vaguedad difíciles de capturar... Nos subimos al Volvo, donde nos esperaban los chinos, y en media hora llegamos a ese lugar tan agreste que hay a orillas del río, ahí donde crecen los juncos y empollan los ánades. Escondido en el cañaveral encontramos el bote que usaban los chinos para remar. Nos embarcamos, subiendo como pudimos a Mi Hermana Maud después de vadear un charco de barro, los chinos a cargo de los remos. Entramos finalmente en la corriente. Maud, sentada muy derecha en la proa, cortaba el viento con su cuerpo, canturreando *Pobre mariposa,* una balada muy popular en su juventud, allá por los años treinta. Los chinos, pese a sus cuerpos escuetos, eran vigorosos y remaban muy rápido a favor de la corriente. Maud, siempre en la proa, oteaba el movimiento del agua ante nosotros, apretando los calzoncillos contra su pecho, como consciente de que estaba diciéndoles adiós. Si los tiraba a la corriente, cerca de la compuerta, no podían sino desaparecer para siempre. El bote, en un momento en que Maud se había distraído contando las estrellas, dio un barquinazo tan violento que tuve que sujetarla; al agarrase de mi cuello, soltó los calzoncillos colorados, que cayeron al agua. A veces pienso que los dejó caer voluntariamente... Desplegándose, abiertos de piernas como un compás rojo, flotando en la superficie bruñida del río, fueron arrastrados por la corriente y las tinieblas los devoraron. Maud se puso a llorar. Le sequé las lágrimas, repitiéndole en todos los tonos: 'Pero si para esto hemos venido esta noche...'. Mis palabras parecieron consolarla un poco. Se puso a examinar la superficie desde su lugar en la proa de nuestro esquife...".

–Debe haber sido una noche maravillosa, llena de intimaciones de toda especie... –acotó Gustavo.

–Así fue: la luna llena lo dominaba todo. En la orilla vislumbrábamos la palidez de las mansiones blancas, ocres, rosadas, amarillas, veladas por una pátina plateada, asomándose en los claros de los bosques negros, en las gentiles laderas de las colinas. De pronto, en el camino costero, se encendieron los focos de un auto, pero se extinguieron, como si los árboles los hubieran apagado, para luego reaparecer más allá. ¿Estaría tripulado por malhechores que buscaban a alguien? Maud se puso de pie en la proa del bote. La brisa alborotaba su túnica pálida, su pálido pelo. El reflejo de la luna en el agua era rechoncho, no redondo como debía ser: deformado por nuestra estela, como jironeado por las garras de un pájaro desmesurado. Sin explicarnos nada, Maud alzó, horizontal, su brazo, indicando con su índice estirado, en el que relampagueaba su uña escarlata de corista, un punto que avanzaba flotando en la corriente: parecían los calzoncillos largos, que volvieran a nosotros como un desfalleciente muñeco. Los chinos bogaron más rápido para alcanzar aquel mágico vejestorio y comprobar si eran, en efecto, los calzoncillos malditos. Al cruzar el reflejo de la luna, Maud señaló otra vez un punto con su dedo extendido; los chinos, sudados, sin camisa, remaron todavía más rápido. Cuando lograron acercar el bote, vimos que no eran los calzoncillos, sino el cuerpo de un hombre que flotaba río abajo, en el medio de la corriente. "¡No son...! ¡Es un hombre!" El bote persiguió al cadáver hacia el creciente trueno que anunciaba la gran compuerta. Seguíamos el rastro luminoso del ahogado, que avanzaba, y llegamos casi junto a él; intentamos sacarlo del agua, pero no podíamos detenernos por el peligro de volcar el bote. Además, con el estruendo no oíamos nuestras propias voces... Bogamos aun más cerca, para ver las facciones del rostro verdoso, abotargado, alterado ya por el maquillaje de la putrefacción. Los chinos dejaron sus remos para izar a bordo, con mi ayuda, ese cuerpo descompuesto. Pude tocar su piel. La tela de la camisa deportiva se rasgó con un jirón de piel verdosa, podrida. Conservo en la punta de mis dedos el recuerdo de esa piel, helada, lisa, como un globo que se está deshinchando o como un flotador. Aún llevaba en sus facciones borrosas el fantasma de un ser vivo, aún no era completamente una cosa. Parecía un muchacho, un estudiante de San José, tal vez. Al verlo, Maud gritó "¡Jeremy!", y trató de abrazarlo, inclinándose; la corriente brutal, ya muy cerca de la compuerta, se lo arrancó de las manos, arrastrándolo muy rápido en dirección a la catarata. Allí lo vimos desplomarse por la caída de esas aguas pesadas como el mercurio y que, despaturrándolo, se lo tragaron. ¿Sería ese cuerpo lo que el auto que circulaba por la carretera, probablemente un vehículo de la policía, buscaba con tanta insistencia? Si es que era policial ese auto, y si era un cuerpo lo que buscaban. ¿Era un cuerpo lo que vimos? Podía ser otra cosa... Lo más probable era que se tratara del cadáver de un estudiante suicida, aunque jamás oí hablar de un suicidio, ni en la universidad ni en el pueblo... tampoco de un asesinato

"Los chinos, frenéticos ante la cercanía de la compuerta, bogaron enloquecidos hacia la orilla, ahí donde habíamos visto el auto: era imposible esperar más, porque, aunque los chinos se aferraron de las ramas de la orilla, la corriente era tan potente que las arrancaba de raíz y nos arrastraba hacia el estruendo y el peligro de una muerte segura. En esa zona el agua comenzaba ya a arremolinarse, y nuestro miedo se hacía mayor a cada segundo. Duo y Er alzaban espasmódicamente los remos, que goteaban mil monedas de plata acuñadas por el reflejo de una luna a punto ya de desaparecer, como si navegáramos en el mar y no en ese lago artificial y utilitario, concebido para devolver su fertilidad a las tierras circundantes. Logramos desembarcar, jadeantes, en una pequeña playa arenosa, bajo un acantilado poblado por aves que cada año lo horadaban para desovar en los agujeros de esa cortina de piedra: con nuestra invasión emprendieron el vuelo, graznando, seguidas por sus polluelos en formación. Alzamos a Mi Hermana Maud casi en peso, hasta depositarla sobre la arena, donde se quebró uno de sus tacos de plástico transparente; rengueó a nuestra espalda al subir la ladera, quejándose y rogándonos no seguir... no podía más. Agotados, turnándonos para acarrear a Maud, alcanzamos una especie de *belvedere* natural en la roca, a medio camino entre el río y la carretera.

"Teníamos la esperanza de llegar antes de que la

luna se escondiera, para ponernos en contacto con aquel automóvil ocioso: podía ser nuestra salvación. Nos sentamos, acezando por el cansancio, en el suelo. Todos menos Maud, que permaneció de pie en el borde, apostada allí para observar el río, demacrada por la fatiga y embarrada por el charco que más atrás habíamos vadeado. Nadie hablaba. De pronto, lentamente, con un gesto de sacerdotisa, Maud levantó de nuevo el brazo, horizontal, señalando un punto tan preciso que no tuvimos más que seguir la dirección de su sangrienta uña de Rockette. Nos pusimos de pie a su alrededor para mirar y le pregunté: '¿Qué ves, Maud querida?' Allá abajo vimos flotar al hombre colorado en la ancha cinta de mercurio de nuestro 'río', sobre el cual iba a tumbarse la luna, madura como una naranja, atravesada por un pato silvestre y sus crías en falange. Caían, pesadas, las hebras de mercurio por el despeñadero donde bullía la cólera del agua, allá en el fondo, exhalando una neblina que alcanzaba a humedecer nuestros rostros. Volvimos a sentarnos alrededor de la figura mágica, inaudita, de la anciana. La vi tan erguida entonces, que desconocí su estatura sobrecogedora. Seguía con el brazo estirado, y su uña pintada de un escarlata criminal indicaba siempre aquella mancha semihumana que ya iba a alcanzar las fauces de la catarata. Se ahogaron nuestras gargantas. Quedamos sin habla. ¿Oímos un grito, o no, como de alguien que se desploma desde gran altura hasta el fondo de la sima? Maud volvió a exclamar '¡Jeremy!' ¿Era una vidente, una profetisa, esta mujer inmensa, inclinada sobre el abismo? Fue apenas un segundo en que Maud creyó ver a Jeremy flotando hacia la catarata: *deseando,* tal vez, ese fin para su hermano... en un futuro no muy lejano, cuando Jeremy se cansara de contemplar su propia figura en el espejo, imagen de la cual los números primos parecían ser una extraña proyección... ¿O era el accidente con que yo misma soñé, venganza que ahora se volvía alucinación, excrecencia fantástica de la pobre realidad de la historia? Maud guardó silencio mientras la catarata devoraba las piernas coloradas. Juraría que oí una voz gritando '¡socorro!', pero no se lo comuniqué a mis compañeros. Vimos asomarse las siluetas negras de dos hombres que llevaban linternas, allá en la cresta de la colina. En ese momento, al verlos, la poderosa sacerdotisa se derrumbó, encogida, gibada, flaca, agrietada como un macaco, convertida en una maraña de pelo, arrugas, venas azulosas y dientes artificiales: ah, Gustavo, si hubieras visto ese pequeño montoncito de desdichados huesos. Los hombres de las linternas bajaron a buscarnos: ¿qué hacíamos en el río, tan tarde en la noche y con esta anciana? ¿Habíamos visto algo, o a alguien? ¿Quiénes eran esos orientales? Mi Hermana Maud se veía muy cansada. Su mente funcionaba tan lenta que sólo distinguió la segunda pregunta; como si se la hubieran dirigido específicamente a ella, respondió con otra pregunta: '¿Tenía las piernas coloradas?'. '¿Quién tenía las piernas coloradas?', dijo a su vez el policía.

"Ni Maud ni ninguno de nosotros tuvo ánimo para explicar nada. El otro uniformado me hizo una seña para indicarme que a la anciana parecía faltarle un tornillo. Nos ayudaron a subirla en la furgoneta. Maud iba hecha una piltrafa, liviana como un vilano. La acomodaron junto a mí. En el cuartel nos interrogaron a fondo, después de preguntar quién era yo, quiénes eran los chinos. ¿Tenían sus papeles en regla? Luego de contestarles todo, respetuosamente, como se debe hacer con los policías para que no se sulfuren, expliqué quién era Mi Hermana Maud, que se había ido a sentar en un escaño un poco alejado, con una mano como visera sobre sus ojos. La vieron tan desvalida y con tanto frío, que le trajeron un gran bol lleno de una humeante sopa de pollo, evidentemente hecha en casa. Se puso a cucharearla, sorbeteando sin pudor. Intenté otra vez explicarles que Maud era hermana del gran doctor Jeremy Butler. Ella, lejana, levantó la cabeza, diciendo con el trocito de voz que le quedaba: 'Eso no es verdad, Jeremy se ahogó hace exactamente cuarenta minutos en el río... Ya no soy hermana de nadie. Pero Jeremy bailaba muy bien', aclaró. El policía me pidió que le explicara qué significaban las palabras inconexas de la señora.

"Ahora le tocó a él cubrirse los ojos con una mano, clamando con voz desesperada: '¡Hasta cuándo, esta tortura...! Cada vez que va a suceder algo espantoso en San

José, la gente nos cuenta que ve el cadáver de un muchacho flotando río abajo, hacia la compuerta, que se lo traga... ¡Hace años que viene sucediendo lo mismo! No ha habido ni suicidios ni asesinatos en esta región, desde hace mucho tiempo. ¡Culpa de los malditos extranjeros! Nadie ha podido dar con la clave. Yo mismo he ido, por si acaso, en la noche, para ver si sucede algo. Pero basta que vaya yo, o mis hombres, para que no aparezca nada. Usted, señora, ¿de dónde es? No tiene aspecto de norteamericana...' Yo, picada porque había percibido mi origen exótico, le dije: 'Soy chilena, y Chile es un país muy progresista, con mucho futuro. Tiene políticos muy honrados. Mire no más a Aylwin. Las cosas en mi país se están yendo para arriba, como la espuma. No como aquí, éste es un país decadente'. La reacción del policía –se llamaba Rick Ryder y era joven y soltero, y tenía la cara muy colorada– fue fulminante. No se había puesto malhumorado ni histérico con las palabras de Maud sobre el cadáver que había visto en el río, pero sí con lo que dije sobre la decadencia de Estados Unidos. No podía tolerar que la opinión de una vieja como yo lo descolocara.

"Su padre, declaró solemnemente, fue también policía; no un intelectual trashumante como nosotros, por muy distinguido que fuera el hermano de la señora Butler. Uno no podía fiarse de los intelectuales, aseguraba su padre, nacido y criado en San José. Le había contado que antes –no existía el lago artificial, entonces; la gigantesca represa de concreto, con sus colosales compuertas, era obra del más puro tesón y esfuerzo de los habitantes de la comarca– las cosas eran muy distintas. Me dijo que podía quedarme con mi Chile, con mi Pinochet, mi Allende y todo lo demás. ¿Por qué, si despreciaba tanto a los Estados Unidos, no regresaba y los dejaba en paz?

"Nos encerró en celdas separadas: se me partió el corazón al oír los lamentos de Maud, aferrada a los barrotes de la celda de enfrente, antes de dormirse en su camastro. Se hicieron las pesquisas de rutina para establecer nuestras identidades, trámite que duró hasta las once y media. Sólo entonces nos permitieron irnos.

"Al salir, Maud le preguntó a Rick Ryder, sin darle

la cara: '¿No encontraron el cuerpo de un estudiante ahogado?'. El policía se echó la gorra hacia atrás, poniendo los pies encima de la otra silla, sin mirarla tampoco. Sorbió su café hirviente. 'No hubo ningún ahogado en todo este mes'. Le pregunté: '¿Y el que vimos?'. Respondió, todavía sin mirarnos: 'Es un cuento de viejas. En esta sociedad avanzada, sin supersticiones, nadie lo cree'. Insistí: 'Pero si lo vimos...'. A lo cual Rick Ryder respondió: 'Usted es una extranjera, así es que no me extraña que vea visiones'. Yo no quedé satisfecha. Estaba nerviosa y buscaba pelea: 'Dígame, oficial: ¿por quién piensa votar usted en las próximas elecciones?'. Me miró fijo: 'Por el senador Jesse Helms, naturalmente'. Le hice eco: 'Naturalmente'. Rick Ryder se levantó para abrir la puerta batiente –yo hubiera podido hacerlo sola– y nos despidió: 'Adiós, señora. El furgón los está esperando'.

"Llevé a Maud a su casa. La apoyé para que subiera al segundo piso, al dormitorio que compartía con su hermano. Le quité la diadema de flores y los zapatos: el taco transparente de uno de ellos había desaparecido. Jeremy roncaba como un bendito en su cama, sin aspecto de haberse preocupado por la ausencia de Mi Hermana Maud, que solía repetir, como una especie de meditación, en las ocasiones más trascendentes: 'Voy a durar no más de un par de semanas si Jeremy muere antes que yo... Pero si yo muero antes, seguro que él se casa de nuevo'.

"Al cabo de una semana ocurrió algo curioso. Jeremy estaba trabajando en el estudio adyacente a la cocina. Maud había salido. Alguien golpeó a la puerta. Sin apartar la vista de la pantalla, Jeremy siguió tecleando y dijo 'entre'. Oyó pasos arrastrados sobre la alfombra y una voz femenina: 'Traigo este paquete para Mi Hermana Maud'. Jeremy detuvo su tecleo y se cambió los lentes de cerca por los de lejos; como toda persona de edad que efectúa esta operación, quedó por un minuto en una especie de bruma que le impedía enfocar. Antes de recuperar la nitidez, dándose vuelta en la silla giratoria que había sido de su padre, dijo: 'Déjelo encima de esa silla'. La persona salió de la cocina, mientras Jeremy hacía la maniobra inversa con las gafas, concentrándose otra vez en su computador. Sin volver la cabeza le preguntó a su visitante si quería servirse un trago para esperar a Mi Hermana Maud; nadie respondió. Él dejó de lado su tic de persona bien educada y no volvió a pensar en el paquete. Al poco rato llegó Maud y lo abrió: eran los calzoncillos colorados. Los examinó para verificar los remiendos hechos por sus propias manos: sí, eran sus calzoncillos. Se sentó bajo la lámpara, cerca de su hermano, para coser los rasgones que habían sufrido en su reciente periplo fluvial. '¿Quién los trajo? ¿Un muchacho o una muchacha?'. Jeremy respondió con un 'mmm' que podía significar cualquier cosa. Maud metió los calzoncillos en la lavadora de la cocina.

"Cuando los extrajo de la secadora incorporada, habían encogido. Ni a ella, con su menguada estatura de ahora, le quedarían bien. Se puso su diadema de diario. Tomó un taxi, llevando a casa de Helena Vander Valk una bolsa plástica con los calzoncillos colorados y otros vejestorios. Helena le pagó un relativo buen precio. Maud, atenta, contó y metió el dinero en su cartera. En el jardín de atrás, una máquina gigante y ruidosa estaba enfardando cerros de ropa. Tragaba vorazmente, sujetando los cubos multicolores –los iba expulsando como en arcadas– con zunchos que mantenían la presión interior e impedían que los fardos se desarmaran. Maud lanzó los calzoncillos largos a un montón hediondo a naftalina y jabón: la máquina los engulló junto al resto de la ropa amontonada, hizo una tremenda sonajera de palancas y dispositivos eléctricos que encendían diminutas luces digitales, y comenzó a funcionar: desaparecieron las identidades, la línea de cada prenda y su utilidad específica; un rato después, la máquina excretó por enésima vez un perfecto bulto cúbico, sólido, durísimo. Maud lo palpó, preguntándole a Helena qué destino iba a darle. 'Exportación, es mercancía de primera'. '¿Adónde los mandas?', insistió Maud. 'No sé', murmuró Helena mientras anotaba algo en una libreta. El aparato había dejado por fin de emitir chillidos viscerales, y las dos mujeres ya no tenían que charlar a gritos. 'Como te digo, no tengo idea. Estos mayoristas, que son gente muy importante, y probablemente pertenecen a alguna mafia, trafican sobre todo con los países en guerra: Ruanda, Yugoslavia, Israel. Son excelentes plazas cuando amainan las hostilidades. He oído que a veces también envían bultos a América del Sur, a esos países que están resurgiendo después de años de guerrilla o dictadura... Perú, Bolivia, Chile. Los mandan adonde les avisen que el mercado está bueno, donde no hay una manufactura masiva de calidad comparable a la norteamericana. Lo que sé es que, vayan donde vayan, embarcan todo lo que me compran. Mañana, muy temprano, parte todo esto desde Chicago. A mediodía estará navegando rumbo a un lejano destino'. Ante estas mismas explicaciones la Ruby arriscaba su naricita: 'Me huele a drogas... en todo caso, algo ligeramente clandestino'. Helena contestaba siempre con una risita nerviosa. Pero Mi Hermana Maud se despidió tranquilamente. Helena nos mandó cariños a la Ruby y a mí: que pasáramos a visitarla. Nadie supo decirle a Maud hacia dónde embarcaban los bultos que contenían los desechos de San José, esa ropa reducida a su peso, a su valor al día, a tantos dólares la libra.

"Maud volvió a su casa. Se puso a coser bajo la lámpara de Jeremy, cerca de él, pero el sabio no levantó su vista de las cifras desplegadas en la pantalla. Maud cosía una delicada prenda interior. Habiéndose deshecho de su talismán perverso, quería probársela, a ver si podía volver a usarla después de tantos años. ¿Qué iba a sentir, sino paz? Finalmente, sus calzoncillos colorados –viejos, remendados, oliscos, desteñidos–, mezclados con miles de otras prendas, olvidables y confundibles, iniciarían en pocas horas más una larga travesía sobre los mares, rumbo a Mostar o Valparaíso, Ruanda o Malasia...

"Nunca más sufriría una condena como la que padeció durante tantos años. Subió a su dormitorio a probarse el juego de calzoncito y enagua que no veía desde hacía quién sabe cuántos años. Su aspecto, devuelto por la luna ovalada del ropero de su dormitorio, era lastimoso: esa ropa interior que había sido tan lujosa, tan sexual, tan breve, de raso adherente y encajes color crema, no armaba más que una vieja digna de compasión y, reconoció, bastante ridícula.

"Pero, ¿a quién podía importarle? Ni a ella misma,

puesto que ya nadie la reconocería nunca más para seña-
larla con el dedo en la calle, haciéndola huir despavorida
ante la burla y los chiflidos de los niños que jugaban con
su balde y su pala en un montón de arena, en el parque… ¿Quién iba a poder identificarla como la mujer de
las piernas coloradas?".

Capítulo trece

–Estoy con las sinapsis a la miseria esta noche. Debe ser por la expectativa del viaje tan largo a París, mañana –declaró Marcelo Chiriboga en el oído de la Ruby–. Me da miedo volver a la Rue de Brèa...

–¿Miedo de regresar a los brazos de tu legítima? Por lo que me han contado, es una mujer encantadora.

–Lo más agotador en el mundo es tener una legítima casi profesionalmente *encantadora*. ¿Quién te puede haber convencido de que Adèle es encantadora, Dios mío? Es muchas cosas, y tiene muchas cualidades: divertida, inteligente, talentosa, independiente, todo eso es Adèle; pero encantadora, lo que se llama encantadora, no es para nada. Al contrario, es la vagina dentada en persona: muerde, y llego a temblar con las obligaciones que me impone, con esas insignificantes pero tremendas exigencias suyas. Es lo opuesto de encantadora: no da tregua y desconoce el rinconcito para el misterio. Está siempre al acecho para devorar diversas partes de mi anatomía.

Marcelo hablaba en voz alta, como para compartir los secretos de su intimidad con quien quisiera oírlos; se iba al día siguiente, al fin y al cabo, el corazón pesado por dejar a estos amigos con los que ya no iba a tener otra ocasión de franquearse. Y añoraba hacerlo; salvo con los Butler, que ya no oían y casi ni veían, pese a su parafernalia de gafas y audífonos, aparatos que parecían diferir más que acercar las imágenes y la charla, dejándolos como vacíos, con la mirada fija en un incierto punto del espacio.

–Adèle –prosiguió– es demasiado afirmativa y discutidora. Vive cargada de exigencias consigo misma y con los demás...

–Eso de las exigencias femeninas es una de las fantasías más recurrentes de los hombres. Fantasía que les impide entregarse —opinó Josefina—. Y muestra uno de los flancos más vulnerables del macho, el lado por donde se está iniciando su desmoronamiento. ¿Qué pasa, me gustaría saber, cuando a tu pareja ya no le queda nada nutricio que ofrecerte? En ese caso, la vagina dentada resulta un adminículo indispensable para las mujeres, porque, te lo aseguro, una a veces se muere de hambre...

Rolando se había puesto colorado con la parrafada de su mujer. Se dedicó a charlar con unas alumnas suyas de "Literatura latinoamericana del siglo XX: una introducción", para no oír las desagradables argumentaciones de Josefina, tan aficionada a meterse entre las patas de los caballos, de donde ella —y él, porque lo arrastraba— inevitablemente salía contusa.

—Les repito —afirmó Marcelo— que ustedes alegan porque no conocen a Adèle. Todo se le podría soportar, es tan inteligente e ingeniosa... ¡y tiene tanto *pathos*! Son características de las que no puedo prescindir en la gente cercana a mí. Pero si la pobre fuera un poco menos ruidosa... sería casi perfecta.

—¿Por qué no te gustan las mujeres ruidosas? —le preguntó Rolando, ahora interesado, con una fea sonrisa de triunfo—. Hay mujeres que hacen ruidos sumamente agradables en ciertas circunstancias...

—No entiendes —continuó Marcelo—. Me refiero a otra clase de ruido. Adèle es el tipo de mujer que en el medio de un concierto de clavecín, pongamos, o cuando vamos a oír a Jean Pierre Rampal, bueno... se pone a toser, o se le ocurre, porque sí, pintarse los labios durante una *partita* de Bach, y entonces saca el *rouge* de su carterita de Chanel, haciendo sonar la cadenita con tal estrépito que la fila entera de franceses de adelante se da vuelta con un ¡shshsh! O abre ruidosamente el programa, que no va a poder leer porque la sala está oscura... o se le cae el monedero y se agacha ella, o yo, o los vecinos de asiento, para recobrar su chiche. A veces los vecinos nos ponemos en cuatro patas y le buscamos el monedero debajo de las butacas; el ejecutante no despega un ojo de la confusión en la platea, desafina, olvida la partitura, mientras ella, feliz, se abanica con el programa. Los vecinos y yo, después de gatear bajo los asientos, afloramos por fin, sudados, rabiosos con ella y su maldito monedero, listos para mandarla al diablo. Pero no lo hacemos: quiero escuchar el resto de la *partita* y ella sigue abanicándose como si nada hubiera pasado. Muy de película de los hermanos Marx, ¿no les parece?

El público de Chiriboga reía hasta llorar, sacando pañuelos para secarse las lágrimas. Algunas mujeres tuvieron que correr al *toilette,* pero volvían en un par de minutos para no perderse ni un párrafo de la improvisación. Varios estudiantes latinoamericanos se habían agregado al grupo, casi todos racialmente disímiles, provenientes de etnias dispares –una rubia de tez tostada y cuidada melena con visos claros, adornada con aros, pulseras y collar de chafalonía dorada, y luciendo un sencillo vestido color arena: evidentemente, ciudadana de Buenos Aires; un muchacho bajo, de hombros poderosos y piernas cortas, con una *importante* nariz de tucán que le salía de la frente misma: un maya feo pero "muy racial", como decía la divina Gabriela, añorando los aires húmedos del Golfo; una venezolana de gran melena despavorida, con innegable vocación de candidata a Miss Universo y acompañada por su novio local, el capitán del equipo de *lacrosse,* alto, fornido, rubio, estallando de testosterona: parado detrás de la venezolana, celándola como una fiera que custodia un suculento trozo de carne, apoyaba su bajo vientre en su espalda, luciendo dentro del vaquero muy ajustado algo a lo que Josefina ya le había echado el ojo; un chileno estudiante de *marketing,* trajeadísimo y encorbatadísimo, que defendía sus puntos de vista sobre el tipo de profesión moderna que su país necesitaba para ser un tigre: el *yuppie* en ciernes ni siquiera sonreía, mientras los demás se desencuadernaban de la risa con el cuento de Adèle. Nadie se alteró cuando Mimí, la venezolana, interpeló al doctor Butler desde el otro lado de la mesa, pidiéndole que les explicara a los estudiantes allí reunidos la "teoría del caos". El científico replicó, bostezando, que cualquier explicación requería más espacio y más tiempo, si la idea era que la comprendiera una selvática como ella. Mark, el novio, se mecía levemente con los ojos semicerrados, envuelto por una algarabía de latinoamericanos que usaban giros de reciente cuño: eran léxicos incompatibles que formaban, sin embargo, una sola trenza multiforme del idioma. La voz de Gustavo, más aguda que las otras y con mayor entrenamiento pedagógico, dominaba la reunión. Mark no le quitaba los ojos de encima, poniéndose más y más colorado minuto a minuto, víctima de un verdadero tapón de testosterona; agarrando a Mimí brutalmente del brazo, le gritó a Gustavo:

–*Learn to speak English, Fujimori, you shit!*

Gustavo, Rolando y Marcelo se pusieron de pie, amenazantes, rodeados de varios estudiantes ofendidos, que comenzaron a empujar a Mark sin lograr desarraigarlo de su sitio. Le decían:

–*Go home, you bastard... we're going to kill you...*

–*Disgusting* –lo acusó Rolando: amenazaba a Mark con los puños cerrados, listo, para atacar, Josefina azuzándolo. Esta impertinencia era intolerable, un deshonor para la Universidad de San José. ¿Qué se creían estos malditos yanquis? ¿Dueños del mundo, haciendo alarde de sus prerrogativas de millonarios? Delataría a las autoridades el estallido de Mark, como prueba del prejuicio racial que bullía bajo la superficie mansa de Saint Jo. Lo expulsarían. ¡Muy merecido! Un problema muy de moda, por otra parte; seguro que las autoridades le prestarían atención.

–*I'm going to tell the University about this. I hope they boot you out. This makes for terribly bad press for Saint Jo, Mark. I can't stand it* –dijo Josefina, sulfurada.

Mimí, llorosa, intentaba llevarse a Mark tironeándolo de un ala pero sin lograr moverlo. Hasta que le rasgó la manga; clamó entonces: "Perdón, perdón, discúlpenlo, que está borrachito". Mark se despachó hasta el concho un *bock* doble de cerveza que le dejó un pompón de espuma en la punta de la nariz. Con la mirada fija en Gustavo, que aún no se sentaba –ni Rolando, ni Marcelo, listos para dar una batalla, además de algunos estudiantes iracundos, dispuestos a arriesgarlo todo–, Mark seguía

meciéndose, sus ojos aun más cerrados que al principio.
El público alegaba que era el colmo dar ese espectáculo
delante del doctor Butler; con este incidente, el sabio
bien podía abandonar Saint Jo en un ataque de furia.
Mark, sin control del diapasón de su voz, gritó:

–*Why does this guy talk so much, anyway?*

Mimí le susurró:

–*He's the most prominent "chiriboguista" in the world.*

–*What the hell do you mean, "chiriboguista"?*

–*He's an expert on the work of Equatorian novelist Marcelo Chiriboga... Who happens to be sitting...*

Marcelo le hizo una afectuosa señal a Mimí para
que no continuara. Ella leyó correctamente esa señal.
Marcelo, al ver que su deseo era comprendido, volvió a
sentarse. Él y Mimí inclinaron al unísono sus cabezas en
señal de entendimiento a la distancia. Estaban de acuerdo: era preferible no seguir con un asunto tan feo. Pero
Mark continuaba exaltado:

–*Who is this Chiriboga guy, anyway, you all seem to be so
icky about'im? I've heard about García Márquez, and Isabel
Allende, and that Fuentes fellow. Okay, they're fun people. But
Chiriboga is not in my book, or in anyone's, no sir, never heard
of the guy. Chiriboguista! Big deal.*

–*You wouldn't have, he's not light. You only read
chewing-gum fiction, when you get around to reading at all*
–dijo Mimí, dirigiéndose a los demás comensales y al público agolpado alrededor de la mesa–. Mark es uno de
esos yanquis bestias que se creen con derecho a todo; un
bruto ignorante que sólo tolera las novelas chicle: esos libros en rústica que se compran en el aeropuerto junto
con el periódico del día, y se tiran a la basura a la llegada,
junto al envoltorio del chicle.

–No había oído jamás esa definición. Debe ser cosa
de Saint Jo –comentó Marcelo–. Pero me gusta y la voy a
adoptar. ¿Qué más podrías decir de una novela chicle? Algunos de los que nombraste no entran en esa categoría, me
parece, por mucho que vendan. Isabel Allende se está des-
prestigiando por la bandada de imitadoras que tiene, lo ruidoso de sus detractores y lo estridente de sus defensores...

–*She's cute. Now, I wouldn't mind a roll in the hay with*

that lady, even if she's supposed to be a communist. She's as old as the hills, isn't that true?

Sin hacer caso al estilo de apreciación literaria de su novio, Mimí le respondió a Marcelo:

—Bueno, novelas como las de Danielle Steele... no recuerdo el nombre de ninguna... O como *El Informe Pelícano*, no recuerdo el nombre del autor... creo que es Grisham. Son novelas que no nutren: tienen escaso contenido proteico; no se integran. El sabor dura quince minutos en la boca y el organismo queda incólume. Entonces, el trozo de goma inerte se bota a la basura y, ¡adiós! Como Grisham. *Let's go home, now, pretty boy...*

El gigantón comenzó a desplazarse detrás de Mimí. Antes de abandonar el círculo, dijo:

—*Wait a minute. I want to know more about this Latino. Because if he is one, he must be lazy and crooked as hell. Why does he need a scholar to explain his novel? I'm sure he's damned lazy, must have his novels written for him by his students or something, and he forgets to revise them in order to make his meaning clear, like this damned Rulfo guy, a Mexican, I don't know if you've heard about him. Nobody can make heads or tail with his stuff. Anyway. Does this Chiriboga guy really exist? Is he alive or dead?*

—*Practically dead* —le respondió Marcelo, con un toque de melancolía en la voz—. Y mañana estará más muerto todavía, si eso es posible. Canibalizado por Adèle. Quedarán mis huesitos, como los de un tordo, que ella escupirá elegantemente al finalizar el almuerzo después de la cacería. Ser su pareja debe ser toda una aventura. Pero no estoy convencido de que a su edad le quede a Chiriboga suficiente energía para arriesgar su vida a diario... desgasta mucho, y envejece. ¡Pobre Chiriboga!

Un muchacho que se abrió camino en el grupo congregado alrededor de Marcelo y de Jeremy y del par de chinos —estaban inquietos porque faltaban sólo cuatro días para su examen y querían irse, si encontraban una manera cortés de retirarse— traía abierta *La caja sin secreto*, recién adquirida en la sección *Español* de la librería local. Puso el libro sobre la mesa, delante de Marcelo.

—¿Tendría la gentileza de firmarme un autógrafo?

Gracias. Es para mi padre, Juan Manuel Rebolledo; quiero mandárselo a Cuba de regalo. Es muy lector suyo, y lo admira mucho. En Cuba es casi imposible encontrar sus libros. Pero claro, ahora que lo conozco a usted en persona y me gusta todo lo que dijo esta noche, voy a leerlo en veinticuatro horas sin estropear el ejemplar, antes de mandárselo. ¿Se quedará mucho tiempo con nosotros, señor Chiriboga? Me gustaría que tomáramos un café.

–Me voy mañana –contestó Marcelo al inscribir una afectuosa dedicatoria. Este muchacho representaba su segunda generación de lectores espontáneos, y a ella confiaba su sobrevivencia. Al estampar en el libro su barroca rúbrica, el entusiasmo lo puso nervioso, de modo que echó un feo borrón de tinta–. Perdón, lo estropeé...

–No le hace... Buenas noches, señor Chiriboga. Mucho gusto. Gracias por la dedicatoria, mi padre va a quedar encantado.

–Buenas noches, amigo.

Mark, sentado otra vez, seguía con atención los movimientos y las palabras de Marcelo. Mimí, de pie junto a él, apegó el cuerpo contra su nuca sudada y le colocó una mano en cada hombro. Él susurró:

–*What's going on here?*

–*He's Chiriboga, the novelist...* –cuchicheó Mimí en su oído, muy suavemente para no estropear el silencio–. *Don't make a fool of yourself, now...*

–*Do you mean, the author...?*

–*Yes, Marcelo Chiriboga.*

–*My God. I've gone and put my foot in it...*

–*You certainly have.*

–*He's the first real live author I've ever seen. Jesus, what a guy! We'd better scramble out of this jam, quick, let's go home.*

–*No fear. You have to go up to him and to professor Zuleta and excuse yourself. Behave like a man, now.*

–*No dice.*

–*You'd better do as I say and act grown up or I'll never come home with you again. You can't be that much of an ass...*

Mark tomó un largo trago de cerveza espumeante del *bock* que acababan de colocar frente a él. Le ofreció un trago à Mimí.

—*No. You drink it. I hate you making an ass of yourself like this, Mark...*

—*I'm sorry* —dijo él, contrito.

—*It's okay* —respondió ella al ver que se levantaba para dirigirse a la cabecera de la mesa. Le sonrió; él le dijo "*I love you*". La muchacha le limpió la mota de espuma de cerveza que le había quedado pegada a la nariz.

Con su cuerpo inmenso, Mark se abrió paso entre los comensales y espectadores, acercándose a Marcelo y a Gustavo. Antes de abordarlos, dejó que el novelista terminara su perorata.

—Cuando yo pasaba delante de su puerta cerrada, jamás abierta para mí, oía su voz diciendo: "Eres Adèle de Lusignan... Esa señora tan distinguida, sentada allí, ¿no es Adèle de Lusignan?"; y varias veces, durante el complejo proceso de su maquillaje, repetía "Adèle de Lusignan", y se callaba un minuto como aguardando el asentimiento de su espejo. Entonces repetía: "Eres Adèle de Lusignan, Adèle de Lusignan, Adèle de Lusignan", como si necesitara convencerse de que era la que veía en el espejo: Adèle de Lusignan era su verdadero yo. Lo que estaba haciendo, supongo, era repetir su nombre heráldico, medieval, con el anhelo de que algo de los Reyes de Jerusalén, que habían iniciado el linaje después de las Cruzadas, se le quedara prendido a los hombros desnudos que yo, en otra época, había deseado besar como un bien último. Adèle fue actriz hasta los treinta años, con un modesto renombre que ella, con su vocación por la ausencia de matices, inflaba hasta quedar exhausta, convertida en una verdadera Eleonora Duse. Se echaba a la cama por varios días, para reponerse antes de volver a preguntarle a su espejo: "Dime, espejito, ¿eres Adèle de Lusignan, Adèle de Lusignan, Adèle de Lusignan...?". Una vez su hermano mayor, un opulento estanciero de La Rioja, fue a París con un grupo de amigos para hacer un *wine tour* de Francia. Aprovechó el viaje para ver a su hermana en *La mujerzuela respetuosa*. En el intermedio, bajó a los camarines y le dio un gran beso a Adèle, puesto que no la veía desde hacía años. Al verla, eso sí, le hizo esta cariñosa reflexión: "Estás bárbara, Adelita. Pero, ¿sabés?, mejor no te sientes con las piernas abiertas en ese sillón tan bajo, que hasta desde la última fila de la platea se te ve la morocha". ¡Fin de la actriz! Con un suspiro de alivio, porque en realidad no le gustaba mucho su profesión, dejó de añorar la vuelta a las tablas, porque le pesaba esa bestia oscura, voraz, incontrolable.

"Finalmente, se dedicó a la pintura informalista, como tantísimas *niñas bien* de Buenos Aires en aquel tiempo; cuando fracasó, abrió una galería de arte, y luego una *boutique,* con la que no le fue mal. Pero era impaciente y perezosa y desconocía los simples mecanismos del perdón... todavía no sabe perdonar, y yo, francamente, soy un hombre que necesita mucho perdón. Nos casamos y se hizo clara su incapacidad para hacer nada por su propia cuenta, con su propio esfuerzo, ni para estar sola... y si no tiene almuerzo, té, cóctel y comida a diario, se deprime. Ahora ya tiene cincuenta y cinco años. Hoy por hoy, ni como espectadora le gusta pisar el teatro...".

La muchachada, alrededor de la mesa, celebraba los cuentos de Marcelo. Cuando terminó la historia de Adèle de Lusignan, los hermanos Butler se pusieron de pie: era tarde, dijeron, y necesitaban descansar después de este desarreglo. La Ruby comentaría esa noche que le pareció ver una nube de polillas alrededor de la cabeza de Mi Hermana Maud, como una corona sobre la cabeza de una Virgen.

Josefina, a una señal de Maud, se paró para integrarse al séquito del gran matemático. Dándole la mano a Marcelo para despedirse, Maud le dijo muy amablemente:

—*It was wonderful meeting with you, doctor Chopitea. You must give Mrs. Chopitea our regards. Tell her how very much we enjoyed hearing you tell us about the Crusades. I must also write her a note to inform her how naughty you've been. Bye, bye, doctor Chopitea, and thanks again for a most enlightening*

*dinner party with your friends! You, Dr. Zuleta, I'm sure to see
again around here. Good night to all.*

Le dio la espalda. Se disponía a salir, del brazo de
Josefina y seguida por su hermano –Jeremy se despedía
de Marcelo con un sobrio apretón de manos–, cuando
varios estudiantes de matemáticas reconocieron al gran
hombre y lo despidieron coreando: *"Good night, doctor
Butler, nice seeing you looking so good"*, o bien *"it was great
watching you have a good time at your party, Sir"*. No contestaba. A estas alturas de la noche era sólo capaz de pensar
en su cama, con Maud roncando en la cama del lado.
Con su diadema de flores marchitas, como una especie
de ancianísima Ofelia, tenía tal aspecto de "mayoría si-
lenciosa", que ni el último de sus rulos blancos cuadraba
con aquella poética figura de sayal pálido y brazo alzado,
señalando letárgicamente la muerte, enhiesta en la proa
de un esquife que surcaba las aguas negras, buscando cadáveres.

Mark, por fin, logró acercarse a Marcelo Chiriboga. Con toda sencillez le dio excusas por su impertinencia –Marcelo le sonrió complacido– y le dijo a Gustavo
que pensaba inscribirse en su curso el próximo semestre.
Josefina les pidió que la esperaran veinte minutos, mientras ayudaba a acostarse a la anciana: ya regresaría. El enjambre de latinoamericanos comenzó a dispersarse. La
mesa quedó casi vacía, sucia, con platos usados, trozos de
comestibles, cervezas a medio beber, servilletas arrugadas
con tiznes de *rouge*. La Ruby propuso:

–¿Vamos a terminar la noche en otra parte?

–Vamos –asintió Rolando–. Pero siempre que no
lo hagamos en una especie de sala-cuna, como ha sido La
Tasca esta noche: los hijos de uno son unos bestias. Dios
lo sabe, y los perdona. Pero los hijos de los demás son como para asesinarlos: ¡tontos y mal educados!

La Ruby hizo una proposición definida:

–Vamos a la librería River Lights: tienen buen café,
acaban de ampliar el local con un barcito, y a esta hora
hay poca gente. Estudiantes con insomnio, la mayoría; o
alguien que llega a comprar un texto que se le había olvidado para dar una prueba... o una pareja de *gays,* de ésos

que se leen mutuamente poemas en susurros y después los disecan inteligentísimamente... Un ambiente relajado, humano, después de este simposio imposible que acabamos de sufrir en La Tasca. ¿Vamos, Duo, Er?

–¡Ya! ¡Más alegría ustedes dos, y córtenla con su cara de eternidad! –declamó Rolando–. ¿Es cierto eso de que en China, cuando alguien se muere, no lo entierran sino que dejan su cadáver en la ladera de una montaña para que los cuervos se ceben con la carroña? Ya, vamos, chiquillos, huyamos antes de que nos coman los cuervos.

–No, eso es en el Tíbet... Puro realismo mágico –comentó Marcelo.

Duo y Er, encogiéndose defensivamente, retrocedieron un paso, y otro, con sonrisas crecientes a medida que se alejaban. La Ruby sintió que su imaginación, aunque carente de ciencia lingüística, la capacitaba para interpretar la gestualidad de los orientales y sus fonemas apenas aproximativos:

–Son tímidos –les explicó a sus amigos–. Dicen que el examen final con el doctor Butler es en cuatro días más, y tienen que prepararse porque es muy difícil. Que los perdonemos por no acompañarnos, otro día será.

–Anímense, chiquillos, que la vida es corta y la digestión de los cuervos, larga –exclamó Rolando y, metiéndose la cachimba encendida en el bolsillo de su chaqueta, le pasó un brazo por la cintura a cada chino: los arrastró hacia Félix para despedirse. Ellos intentaban zafarse. Estaban cohibidos: aunque sabían que los del grupo formado en estas últimas semanas, alrededor de Marcelo y Gustavo, los apreciaban, nunca merecieron tanta atención de nadie, ni tanta insistencia. Le dieron la mano a Félix, y media venia. El obeso propietario preguntó:

–¿Puedo seguir con vosotros? ¿No estaré de más?

Félix sabía que no estaba de más. Entró en las dependencias de La Tasca y salió al poco rato, ya sin gorro de cocinero, con el pelo retinto empapado y el rostro mofletudo, rojo, sonriente. Tenía los ojos azules; y el pelo, muy negro y largo, formaba un impecable marco para su cara rosada. Había explicado varias veces que su padre nació en un lugar de La Mancha, y que la familia vivía repartida en diversos pueblos de por allí, de cuyos nombres prefería no acordarse.

Rolando mantenía a los chinos abrazados por la cintura, para forzarlos a salir con él de La Tasca e ir al River Lights a tomarse el último trago de la noche. Dando vuelta la cabeza, le gritó a Félix:

—Deja un mensaje para Josefina: la esperamos en el River Lights. Va a llegar por aquí en unos quince minutos. Y ustedes, Duo y Er, se irán otra noche a jugar con sus estúpidos numeritos, miren que ésta es la noche de despedida de un señor muy importante. ¿No se estarán haciendo rogar porque tienen un panorama mejor? ¿Una *date* de medianoche con Mi Hermana Maud?

Camino al River Lights, Rolando y los demás perdieron interés en los chinos, que se escabulleron por un callejón y se perdieron. Nadie se dio cuenta ni los echó de menos. ¡Cómo echar de menos a un par de signos incapaces de relacionarse con nadie, ni de participar en nada! "Gente rara", "distinta", "poco entretenida", "densa", opinaba Rolando, descalificándolos con esas palabras que para los chilenos constituyen un imperdonable baldón.

—Entremos —invitó la Ruby a Gustavo. Él recordó que ésta era la segunda vez que lo invitaba a un viaje... ¿Sería un viaje como el primero, cuando ingresó con ella al mundo virtual de la cámara de los espejos? Esta vez la puerta se abría a una escalera alfombrada que, haciendo un codo a los quince peldaños, se empinaba y desembocaba en el River Lights. Arriba se oía música: Beethoven, se dijo, uno de los *Cuartetos Razumovsky*... ¿cuál? La Ruby se detuvo en la puerta abierta, escuchando, y comentó:

—¡Bonito! ¿Subamos?

Gustavo la siguió escalera arriba. Lo regocijó que las circunstancias le brindaran esta oportunidad de admirar una vez más, y desde un ángulo estratégico, las corvas desfachatadas de su amiga, la magnificencia de su popa, firme pero vibrátil. Tuvo que reconocer, eso sí, que justo hoy el soberbio adminículo lo defraudaba un poco porque, le pareció, la Ruby estaba perdiendo peso... –pérdida escasísima, claro; no obstante, pérdida–, una sutileza que sólo podían tasar sus ojos de experto, y no esos aficionados callejeros que le silbaban desde un edificio en construcción al verla pasar taconeando, airosa, por la vereda.

La Ruby, aunque mucho la complacían los piropos, se prohibía a sí misma mirar o sonreír a los obreros: detestaba la sonrisa estereotipada con que sus compatriotas pretenden mostrarse *nice*, falsamente amistosos. Así neutralizan toda posibilidad de relación, todo fluir de atracción espontánea. Es puro formulismo defensivo, destinado a mantener a raya la audacia de cualquier forma de enlace: la Ruby alegaba que la frialdad era preferible a la emoción, la falta de emoción preferible a una emoción simulada. Lo que echaba de menos ahora –meditaba Gustavo, siguiéndola escaleras arriba– era aquella pincelada de más que disolvía el dibujo de sus caderas: las convertía en una especie de modelo para el informalismo liberador, distinto a la firmeza del trazo que ese día contenía su opulencia. Al llegar al codo de la escala, la Ruby dio vuelta la cabeza hacia Gustavo y le dijo, con su sonrisa húmeda y feral de cachorra:

–¿Te gustaría que allá arriba pusiéramos una música más animada, más apropiada para la despedida del maestro?

–Siempre que te lo permitan.

–En el River Lights me permiten hacer lo que yo quiera.

Entrando a la librería, la Ruby le hizo una chirigota a Danny, el propietario, y le dio sendos besos en sus mejillas de alfarería fresca, separadas por su gran narizota de águila. Su frente, su mentón y sus labios parecían desbastados a machetazos. Danny –mezcla de piel roja y alemana– era larguirucho y flacuchento; con sus pesadas manos cadavéricas, pendulares, y su cuello entretejido de serpenteantes tendones, se desplazaba acompasadamente por su librería, un muñeco de trapo con extremidades flojas, cimbrando los flecos de gamuza que colgaban de los codos de su casaca de vaquero. Como la Ruby dijo que tenía ganas de bailar, Danny, con ayuda de Gustavo, despejó las cuatro mesas del bar, rodeándolas con sus cuatro sillas que esperaban, patas arriba, sobre las cubiertas.

En un rincón, la Ruby elegía una *cassette* apropiada para el adiós a Marcelo. A Danny lo seguía a todas partes la Lupita, su perra chihuahueña, diminuta, nerviosa, liviana como un pollo, del mismo color café grisáceo de la alfombra muro-a-muro, tan perspicaz que parecía siempre a un tris de la histeria. Correteaba por la librería, camuflada en el color de la alfombra. Era sabido que la Lupita los dominaba a todos en el River Ligths. Se comportaba como dueña. Era encantadora con un puñado de favoritos, pero a otros los obligaba a huir, persiguiéndolos con sus atiplados ladridos de censura, rematados a veces por un mordisco.

Rolando, Marcelo y Félix subieron poco después.

La perrita les ladró desde lo alto de la escalera, pero los tres hombres supieron conquistarla jugueteando con ella. Dos o tres veces chilló cuando inadvertidamente alguno le pisaba una patita, confundiéndola con el color de la alfombra. Robinson, el hijo de Danny, que ordenaba las revistas de la semana en la tarima correspondiente, les advirtió:

–Cuidado con pisarla... la Lupita generalmente se aparta cuando ve zapatos peligrosos. Y yo tengo que cuidar a mi madrastra, que duerme con mi padre: al fin y al cabo, es la única relación femenina que le ha durado...

Los tres hombres saludaron de lejos a Danny, que se había encaramado en la cima de su escala portátil para ordenar, en un corredor tapizado de libros, los volúmenes que su clientela manoseaba sin decidirse a comprar.

–Lupita... Lupita... –llamó desde lo alto–. Ven acá, tenemos que trabajar...

La sombra clandestina de la perrita, moviéndose casi como una parte de la alfombra, corrió hasta el pie de la escala y se puso a gemir. Parada sobre sus patitas traseras, afirmándose con sus manos ornitológicas en el peldaño inferior, imploraba la atención de Danny. Él llamó a Robinson para que se la alcanzara, y doblándose en dos la acunó en el gancho de su codo izquierdo. La Lupita anidó allí mientras él le rascaba el tungo, adormeciéndola. Danny siguió ordenando el anaquel más alto con su mano libre, para no perturbar a su perrita. Félix, Marcelo y Rolando iban a dirigirse al barcito donde la Ruby y Gustavo, con sus cabezas muy juntas, se veían ensimismados en un intenso coloquio; de pronto entró un chiflón por la puerta de abajo. La Lupita alzó su cabeza. Crujió la escalera y se oyó la voz de Josefina:

  –*Is there anyone home?*

  La Lupita dio un brinco soberbio –su apodo era *Nijinsky*, o, para los menos enterados, *Lupita, la mujer voladora*– y corrió a ahuyentar a Josefina con ladridos histéricos, desnudando sus dientecitos de aguja.

  –¡Déjame, perra huevona! –le susurró Josefina al diminuto embeleco, que gruñía erizado de nervios, y le lanzó una patada que no acertó. La Lupita volvió a toda carrera a la escala y de nuevo requirió a su amo con sus lamentos, sus garras arañando el primer peldaño.

  Alborozada, Josefina lucía un brillo rejuvenecedor en su tez amarillenta. Agitó su mano en dirección a Danny, que respondió diciéndoles a los recién llegados:

  –Perdonen que no baje a darles la bienvenida como merecen, pero estamos trabajando. ¿No es cierto, Lupita? Están en su casa.

  Félix, Marcelo y Rolando se habían puesto a hojear libros en los mesones, antes de ir a reunirse con la pareja en el bar. La Ruby acababa de cambiar la cinta por una de música más divertida. Ella y Gustavo murmuraban muy bajito, como intercambiando sus últimas palabras de intimidad antes de ser interrumpidos. Josefina se quedó escuchando la música un minuto y le preguntó a Rolando, jubilosa:

  –¿Reconoces lo que están tocando?

  Con un grueso volumen abierto en sus manos, Rolando cerró los ojos e inclinó un poquito la cabeza, como el perro de la RCA Victor. Por decir alguna cosa, sugirió:

  –¿Algo de nuestro tiempo...?

  –¿No te acuerdas? La pérgola del Club de Viña, cuando eras cadete y te morías por la *Botella de Pisco*... pobre, nadie te la quiso presentar.

–Parece que me estoy acordando: ¿no será...?

–Claro pues, Rolo, mi amor. Acuérdate. Y la *Botella de Pisco* baila que te baila con el menor de los *chorreados* Achával, y a nosotros se nos caía la baba.

Rolando escuchó un segundo más y exclamó:

–*Cheek to cheek!*

–¿Cómo no ibas a acordarte?

–*I'm in heaven, I'm in heaven...!*

–Claro, tonto...

Josefina dio una rítmica vuelta sobre sus talones, su amplia pollera volando, y fue a aterrizar en los brazos de su marido. Él dejó caer el libro, tomó a su mujer por la cintura y salieron a bailar en ese pequeño espacio tapizado de textos. Sentado en el peldaño superior de su escala, Danny contemplaba a la pareja. La Lupita les ladraba, excitadísima. Robinson seguía ordenando y les lanzaba miradas de recelo. Marcelo se sentó en el borde de un cajón de embalar, junto a Félix, con una magnífica edición ilustrada de *The Blue Nile*, de Alan Moorhead, sobre las rodillas. Apoyando los brazos cruzados en su prótesis-baranda, el español dejaba que su mirada se fijara, por momentos, en los bailarines. Mientras bailaban, Josefina y Rolando cantaron a dúo, entonaditos pero con voz cascarrienta:

> *I'm in heaven, I'm in heaven*
> *and my heart is so*
> *that I can hardly speak*
> *and I seem to find*
> *the happiness I seek*
> *when we're out together*
> *dancing cheek to cheek.*

Marcelo coreó la estrofa siguiente:

> *Oh, I love to climb a mountain*
> *and reach the highest peak*
> *but it doesn't thrill me half as much*
> *as dancing cheek to cheek...*

Embrujados por los trompetazos finales de Eddie Fischer, los bailarines se separaron, agradeciendo los aplausos con venias exageradas. La Lupita corrió a refugiarse en la tibia falda hospitalaria de la Ruby, que no abandonaba su secreto parlamento con Gustavo. Ambos aplaudieron, en todo caso, igual que Marcelo y Félix desde el cajón de embalaje, y Danny en lo alto de su escala, y Robinson detrás del mostrador de las revistas. El propietario bajó:

—¿Quieren beber algo?

—¡Síííí...! —corearon todos, como niños ante un ofrecimiento de coca-cola.

—¿Otra música? —preguntó la Ruby.

—Ni por nada —la detuvo Josefina, sin hacer caso de los gruñidos de la Lupita, que le olfateaba los talones—. Mi fantasía siempre ha sido bailar *cheek to cheek all the way down* con una celebridad, de ésas que salen en las revistas del corazón. Las circunstancias no me llevaron nunca a los brazos de un artista del biógrafo, pero estaría feliz de bailar con un escritor tan célebre, que también aparece en *Hola* de vez en cuando. ¿Bailemos, Marcelo?

—¡Encantado!

La apretó por cortesía. El cuerpo pesado de madurez de la chilena se le adhería, y su rostro, un poco grasoso, se pegaba a su mejilla color cera. Rolando, por su parte, no despegaba los ojos de su mujer: cada vez que Josefina acariciaba el plateado pelo de la nuca del escritor, haciendo sonar *clickety-clack* sus joyas de chafalonía, él se acariciaba la barba y bebía un sorbito más de su *Jack Daniels-on-the-rocks...* hasta que tuvo que pedir otro. Danny le quitó la perrita de la falda a la Ruby, pero la Lupita volvió a establecerse de un brinco entre los pliegues de su amiga.

—Me parece que estás perdiendo peso —le dijo Gustavo.

—¿Y cómo no? El médico me advirtió que, si no como un poco menos, voy a morir joven. No sé si comer menos hará más larga mi vida; en todo caso, me *parecerá* más larga...

Gustavo le pasó cariñosamente un brazo por los hombros, acercándola: ella, por suerte, no se iría. Tendría que combinar algún plan para verla a escondidas cuando llegara Nina, sin poner en peligro la estabilidad que había alcanzado su matrimonio y que él no estaba dispuesto a arriesgar. Prescindir del embrujo de la Ruby le parecía la soledad pura, la intemperie más desoladora.

–¿Por qué andas siempre con latinoamericanos? –le preguntó de pronto Marcelo, aproximándose–. ¿Qué tenemos?

–Es que... los latinoamericanos tienen un olor especial, como a lápiz.

Todos se olieron mutuamente para comprobar si tenían o no olor a lápiz. Aunque nadie pudo detectarlo, Félix apoyó la tesis de la Ruby:

–Vosotros tal vez no lo sentís, pero yo sí, porque soy de otra raza. No soy latinoamericano. Hay que ser de afuera para percibir ese olorcito, vamos. Como los negros, que aseguran que los blancos tenemos olor a muerto... y yo no les siento olor a muerto ni a Mi Hermana Maud ni a Jeremy, que son prácticamente cadáveres. En cambio, os siento olor a lápiz a vosotros.

La cachimba de Rolando tiraba mal. Josefina encendió su *Tiparillo*, poniendo cara de pocos amigos. Su marido interpelaba severamente a la Ruby por sonreírle a Félix:

–¿No te parece una peligrosa frivolidad apoyar lo que Félix está diciendo? Debería ser más cauteloso con lo que dice. Su tesis es bastante racista.

–Nada de tesis –lo defendió Marcelo–. Es sólo una sensación de este chiquillo. Y me parece muy honesto de su parte manifestárnosla antes de que se transforme en teoría, en ideología, y sea condenada por la gente *politically correct*. Por otra parte, yo mismo me ahogo con la fetidez de las francesas en la apretazón del metro en París. Añoro volver a Ecuador para sentir eso que la Ruby y Félix llaman "olor a lápiz". Sí... llegando a París voy a hacer mis maletas para Ecuador, y me quedaré un buen tiempo. Quizás sin Adèle esta vez, para ahorrarme sus monsergas contra Quito, que según ella es una ciudad aburrida, incivilizada. Es que lo mide todo con referencia a París. "Si existieran ruinas como en Perú o en México, Quito sería un poco más tolerable", me dice siempre.

–¿Me equivoco o tienes ganas de meterte en política? –le preguntó Rolando.

–¿Después de la lastimosa experiencia de Mario Vargas Llosa? ¡Jamás! Mis piruetas políticas ya las hice, años atrás. En nuestros países necesitas el convencimiento suficiente como para postular una sola visión de la vida, que excluya y condene todas las demás. Hay que ser fundamentalista, en suma, como Vargas Llosa. Pero a mí ya no me conmueven las grandes ideas generales... por lo menos como brechas en las cuales pelear por el bien público. Se puede hacer mucho más de una manera indirecta, sin apuntar a nadie con el dedo ni con el rifle, sin llegar a conclusiones rígidas que impliquen la negación de lo otro. Sin el fundamentalismo de los libros revelados, sin guerras causadas por lecturas distintas del mismo texto. Ya estoy cansado para eso... Prefiero la experiencia poética, que siempre incluirá la crítica, la memoria, la imagen, la historia... el lenguaje mismo, que descompone, como si fuera un prisma, las luces de la "realidad". Soy mal político. No me seduce el compromiso que empieza por negar todos los demás compromisos.

"Por otro lado, una posición centrista puede ser peligrosa: le abre las puertas a la reacción. No me gusta prestarme para destruir la democracia e imponer la materialidad totalizante del nuevo liberalismo, por ejemplo, que me parece funesta. ¿Quién sabe si el centrismo no haga justamente eso? Prefiero, porque me parece algo cuya fuerza, a la larga, permanece, escribir *la gran novela*. Idealmente, no se la puede resumir: su poder es la *forma* en que está narrada, y actúa sobre nosotros por conductos más sutiles que las ideas. Las ideas demasiado claras siempre derivan en alguna clase de tinieblas. Cuando se trató de reeditar *La caja sin secreto* en las Éditions du Seuil, en París, Severo Sarduy, que era editor de esa casa, me dijo algo así: Por desgracia, no se puede mantener que *La caja sin secreto* sea un *best-seller;* lo que sí está demostrado es que es un *long-seller* . ¡Pobre Severo! Pocas palabras, en mi vida, me han dejado tan contento como las suyas: significaban que, en algún nivel, lo que yo había escrito tenía por lo menos un grado de permanencia, y si la gente todavía leía la novela, treinta y cinco años después de escrita, quería decir que, también a cierto nivel, era un arma, daba una pelea. Porque si uno gira el prisma en la mano, la luz refractada se mueve, ilumina otras cosas, y todas son válidas, todas verdaderas. Sumadas, te dan ese objeto unitario, enfático, que es precisamente el prisma que yo giro en mi mano: las cartas de Keats, los escritos de Baudelaire... Una situación, una persona, un poema o una novela me interesan cuando son *más* que la suma de sus componentes".

–¿No es preferible, entonces, que no te vayas a América latina, donde todo se resuelve, o no se resuelve, mediante conflictos? ¿Por qué no te quedas tranquilo en París? –preguntó Gustavo–. ¿No estás de acuerdo con la idea de que todos los novelistas latinoamericanos que permanecen en el exilio, voluntario o no, buscan alejarse para tener una mejor perspectiva sobre sus verdades? Casa, río, héroe, leyenda, conflicto; la cercanía entorpece la visión de conjunto, la posibilidad de transformar esa misma experiencia en metáfora, porque tu país de origen, las ramas de la tan mentada patria, te impide ver el bosque.

–Claro –repuso escuetamente Marcelo.

Todos callaron. Hasta que el novelista interrumpió el silencio con voz tranquila:

–¿Y la nostalgia... la terrible, irracional nostalgia? No sé cómo puede uno quedarse tan conforme después de sentir su embate...

Se oyó que la *cassette* concluía. Un estudiante recién llegado al River Lights daba vuelta las páginas de un libro, con la intención de comprarlo. Marcelo Chiriboga se distrajo tratando de adivinar qué libro era; apenas pudo refrenar el impulso de levantarse y convencer al muchacho de que se llevara un libro *suyo:* que lo leyera, sí, que por favor lo leyera, que no lo dejara inutilizado y solo...

–¿París te parece la mejor solución, entonces? –insistió Rolando.

–He escrito mucho en París, pero siento que me ha llegado el momento de regresar. Es cierto que la vida intelectual en Quito es insuficiente, hostil, devoradora...

–Igual que en todas partes del mundo –comentó

Rolando–. Para qué decir nada de Latinoamérica. Basta recordar la pelea Neruda/de Rokha en Chile, la pelea Paz/Fuentes en México, la pelea Florida/Boedo en Buenos Aires... Sería un estupendo libro, el de las peleas literarias latinoamericanas, Marcelo.

–Gracias por la idea. La tomaré en cuenta.

–Te la regalo. Supongo que me dedicarás el libro.

Celebraron el buen humor de Rolando. Marcelo continuó, como dándoles voz a sus sueños:

–Quiero regresar para sentirme latinoamericano de nuevo. Es una sensación que a veces uno alcanza en París, aunque sea nada más que porque han pasado por allí tantos latinoamericanos más o menos de mi especie. Aquí, en cambio, uno se siente un vulgar vasallo... lo que jamás te sucede en Europa. Un imitador económicamente dependiente. Venimos aquí para corroborar que formamos parte del Imperio y obtener los réditos de su bonanza. En Europa, en cambio, yo he sido embajador de mi país durante varios gobiernos, en París y en Roma... Claro que todos terminaron destituyéndome por mis ideas –o por mi *falta* de ideas–: por no comprometerme, en suma, por mi falta de ideología y de vocación para la acción política. Pero, ¿cómo comprometerme, si he llegado a la convicción de que todo compromiso implica ver sólo un trozo de la verdad? Yo no puedo vivir sin la posibilidad de mirar las cosas desde más atrás, o en redondo, por el anverso y el reverso a la vez, con una perspectiva crítica hacia todos los bandos... Sólo así uno puede entender las opciones polifacéticas que enriquecen cualquier idea. ¿No creen?

–¡Pero Marcelo! –exclamó la Ruby–. Si uno no es revolucionario, entonces uno es reaccionario... No hay dos formas de mirar eso.

Rolando se puso furioso:

–¿Qué hablas tú, que nunca has leído nada? Ni a Marx, ni a Engels, ni a Trotski, ni a Bakunin...

Y aprovechando el silencio estupefacto que se produjo en la mesa, abundó:

–Te apuesto a que ni la *Crítica de la razón pura* de Kant has leído...

La Ruby lo miró a los ojos sin pestañear:

—No. Pero vi la película.

Estalló una carcajada general. Se levantaron para besar a la Ruby. Candorosa y burbujeante, ella había pedido finalmente un *Jack Daniels* y se lo despachaba de un trago.

—No me importa vivir menos —agregó luego, pasándose la lengua por los labios—. Lo estoy pasando estupendo.

Alguien había vuelto a poner *Cheek-to-cheek*. Félix se paró sin la ayuda de su prótesis-balcón.

—Esto es lento: ¿bailemos, Ruby?

El público miraba fascinado el entrelazamiento de esos dos volúmenes excesivos, macho y hembra, pero sobre todo gordos, girando en la pista. Iban llegando más estudiantes que se quedaban atrás, absortos en la evoluciones y piruetas, mágicamente graciosas, de dos bailarines de semejante tamaño. La Lupita los seguía, ladrándoles, haciendo ella también piruetas, como si quisiera compartir el baile. Celosa, le aplicó un certero mordisco en las canillas a Félix. El obeso manchego le asestó de vuelta una patada tan feroz que la Lupita no alcanzó ni a gemir; rodó inconsciente hasta un rincón y allí quedó, inerte. Danny acudió a la carrera, con el rostro desencajado, seguido por Robinson; se arrodilló junto a la perrita y la palpó. Le puso la oreja sobre el corazón. Robinson lloraba. Danny se incorporó, moviendo la cabeza de lado a lado mientras su hijo lloriqueaba aún, consolado por una compañera que acababa de llegar.

—¿Quién fue? —preguntó Danny con voz ronca.

—Yo —respondió Félix poniéndose de pie.

Un peruano jovencísimo, que hablaba con unos amigos yanquis sobre las virtudes de Sendero Luminoso, mientras miraba con odio a Marcelo Chiriboga, le dijo a Félix:

—Espero que te agarren los senderistas, gordo de mierda. Y tú, Chiriboga, traidor, rastrero...

Nadie le hizo caso, salvo Rolando, incapaz de dejar pasar la ocasión:

—¡Conflictivo el cholito!

—A mucha honra.

—¿Honra de qué?

–De ser cholo, pues, y de ser conflictivo. Espera no más, ya vas a ver cuando en el año dos mil, según la predicción de Abimael, tres cuartas partes de nuestro continente estén dominadas por el Sendero. Para entonces tú ya vas a estar muerto, claro.

La Ruby y Josefina también lloraban a lágrima viva la muerte de la Lupita. Marcelo, Gustavo y Rolando adoptaron diversas actitudes de congoja.

–Tú tienes la culpa –le dijo Rolando a la Ruby.

–¿Yo? ¿Por qué?

–Déjala tranquila si no quieres que te mate a ti de un tortazo –lo amenazó Félix–. La culpa ha sido mía, no de la Ruby. No te atrevas a acusarla de nada, ¿me has oído?

Félix parecía listo para cualquier cosa, de modo que Rolando fingió una altiva indiferencia.

El cocinero se hincó junto a la perrita. Se quedó mirando ese cuerpo exiguo, tan delicado junto a su mole. Robinson, iracundo, se lanzó sobre Félix como para azotarlo: tenía los ojos colorados por el llanto y las manos temblorosas.

–Nada de violencia, Robinson –le dijo su padre, y el muchacho volvió, arrodillándose otra vez junto a él. Félix, sin saber qué hacer para expiar su falta, le preguntó a Danny:

–¿Servirá de algo que le rece un padrenuestro?

–Es una perrita no más, no un ser humano –gruñó Danny–. Ustedes salgan, por favor, y no vuelvan a presentarse por aquí. Si vienen, llamo a la policía y le meto una querella a Félix. Voy a cerrar ahora mismo.

Al ver que nadie se movía, insistió:

–Ya, vamos, vamos.

Fueron saliendo en silencio. Al pasar junto a Danny, la Ruby le preguntó:

–¿Y yo puedo volver?

–No. Tampoco. Ni tú ni nadie. No quiero verlos más.

Libro cuarto

Realidad virtual

Capítulo catorce

La Ruby MacNamara y Gustavo Zuleta despidieron a Marcelo Chiriboga en el O'Hare International Airport de Chicago. Se quedaron mirándolo mientras se embarcaba; antes de desaparecer por la última puerta, el escritor se dio vuelta para agitar su pañuelo hacia ellos. A las 17:05 el avión partió rumbo a París; el adiós había incluido las lágrimas de rigor, los besos y los abrazos, y también las vanas promesas de reencuentro.

En cuanto Marcelo despegó, la Ruby y Gustavo volvieron al auto. Con el corazón a punto de salírsele del pecho y los iris de un color inidentificable –¿sería ése su color natural?–, lagrimeando, la Ruby se instaló al volante. Le rogó a su copiloto que al examinar el mapa se fijara sobre todo en los complicados tréboles de varios niveles, esos nudos de autopistas que se enredaban para cambiar de dirección: siempre temía confundirse y terminar camino a la Cochinchina.

Oscurecía más temprano que cuando Gustavo había llegado a San José. El anochecer parecía más denso aun en esa autopista de ocho carriles, bruñida por la llovizna. La Ruby manejaba con toda clase de precauciones para no resbalar en el pavimento brilloso, que se proyectaba directo hasta las entrañas mismas del Medioeste. En los horizontes de la llanura brillaban, solitarias o en racimos, chispas de luz, y los autos circulaban por la red de autopistas como un desfile de luciérnagas frenéticas. Los más rápidos pasaban jironeando el pavimento empapado, como un lienzo que se rasga, más y más autos, más y más rápidos, cientos de bólidos insistiendo con sus breves chillidos sobre el asfalto. En la orilla de la autopista se dibujaban las siluetas iluminadas de misteriosas torres es-

tructurales, donde se vendía gasolina; torres que cobija-
ban trozos de vida humana –sándwich, coca-cola, *toilette*–:
seres sin nombre desgajados del anochecer urbano, regre-
sando al misterio trivial de sus vidas privadas. El silencio,
adivinado más allá de los autos que pasaban, era inexpug-
nable. A Gustavo, que tenía los nervios deshechos por la
despedida, le parecía un monstruo atroz que los
acechaba. Se inclinó para encender la radio y suplantar el
silencio con la música. Pero la Ruby la cortó.

–¿Por qué? –preguntó Gustavo, molesto.

Sin apartar la vista de los focos de luz que cada tanto la enfrentaban, ella respondió:

–Es largo el camino, pero tenemos mucho que hablar, tú y yo. Enciéndeme un cigarrillo.

Lo hizo; puso el cigarrillo entre los labios de la
muchacha, que aspiró profundo.

–¡Qué delicia! ¡Nada como un cigarrillo para descansar!

–¿Estás muy cansada? Si quieres, manejo yo.

–No, no; me siento cansada emocionalmente... estoy hecha un trapo.

–¿Tanto te importa Marcelo?

–Sí, pero no es sólo por él. Es por la vida.

–¿Cómo no va a ser por él? Yo estaba debajo de tu
catre cuando tú retozabas desnuda con Marcelo... ¡Y lo
paraste en seco comunicándole que eras virgen! Una experiencia que no cuenta cualquiera, te advierto… Capaz
que la incluya en su próxima novela.

–¿Cuál experiencia? ¿La tuya como espectador o la
mía como protagonista? –preguntó la Ruby, evadiendo
referirse al escritor.

–¡Qué ira me dio! ¡La herida todavía me sangra!
¡Qué hazaña la tuya, prescindir de los hombres, despreciarlos porque no los necesitas!

–Despreciarlos, toda la vida; prescindir, jamás.

–Pensar que mi intención era invitarte ahora a un
motel, pero si voy a pasarme la noche con una virgen re-
calcitrante en la cama... ¡ni loco!

–¿Por qué no? Quizás yo no sea la *allumeuse* que
parezco. Hay tantas ambivalencias en cada vida, son tan-

tos los recovecos que ni la persona misma se atreve a explorar... Nada tiene existencia mientras uno no lo cuenta, y cuando lo haces, ya es una existencia habitada por la imaginación del que la narra.

—Es bueno que señales esas ambivalencias; me parece sano, aunque sea descarnado. No sé, tal vez eres demasiado joven, todavía para tener real conciencia de ellas. El hecho histórico, sin embargo, es uno: por tu indigestión de feminismo, o porque no te atrajo un hombre de esa edad, te diste el lujo de rechazar en la cama nada menos que al gran Marcelo Chiriboga, célebre como escritor pero también como *dandy*, como *homme à femmes*, y eso que el asunto iba bastante avanzado. ¿Podrá dormir en el avión o se irá a desvelar recordando cómo lo frustraste? Tú cautivas la ternura de todos, con la facilidad con que el papel engomado caza a las moscas, y se te perdona fácilmente... Pero no es imposible que eso mismo produzca resentimientos.

—Lo que sucede, te voy a decir, es que Marcelo no pasó la prueba.

—¡Por favor, dime qué hay que hacer para tener derecho a hacer el amor contigo! Me suena a cuento de hadas: la castellana oteando desde su torre, a ver si el príncipe mata al dragón. Ya no estamos en el Medioevo, pues Ruby, y es muy desagradable para un hombre contemporáneo tener que pasar una prueba o triunfar en un torneo para poder besarle la mano, por así decirlo, a la castellana...

—Hay pruebas que no son una pura frivolidad, Gustavo, ni piruetas en la cuerda. Ni siquiera una carrera de cien metros planos. No seas simple.

—No te tolero más, Ruby. Me bajo aquí mismo. ¡Para!

La Ruby no disminuyó la velocidad.

—¿Para que te devoren los cucos de la pradera y la policía me eche la culpa? Ni por nada. No te lo aconsejo. Oye, ¿en qué quedó ese cariño que jurabas profesarme?

La Ruby pasó lentamente frente a un MacDonald's atiborrado de gente y música. Los arcos gemelos del restaurante, estancados en el charco del cielo anochecido, hacían más patente la siniestra densidad de los bosques más allá. Las puertas y ventanas, iluminadas de todos los colores, atraían a los viajeros que se bajaban a hacer un aro; luego regresaban a sus caparazones, que los esperaban agazapados para rodar en fila por la autopista. La Ruby dijo como para sí misma:

–Tengo un hambre feroz. No puedo resistir la seducción del *fast food*.

–¿Quieres entrar?

–No, gracias. Después.

–¿Después de qué?

–Quiero contarte algo.

Llegaron a un trecho en que las luminarias de los carapachos que corrían por la carretera eran menos frecuentes, más entrecortado el desfile, como si se hallaran en un estado previo a la metamorfosis que, deshinchando sus tórax y abdómenes, los iba a transformar en lepidópteros.

La Ruby disminuyó la marcha.

–¿Qué pasa? –preguntó Gustavo.

–Es que... –titubeó ella.

–¿Qué?

Después de un breve silencio extático, la Ruby confesó:

–No soy virgen. Quería decírtelo hace tiempo, porque me tenía ahogada. ¡Uf, ya está dicho!

–¿A mí también me estás sometiendo a una prueba? –a Gustavo le tembló la mandíbula y se le cayó el cigarrillo al suelo.

La Ruby se rió bonachonamente.

–Recógelo, tonto, ¿no ves que se me puede incendiar el auto? ¡Es mi único bien! Podemos pasar la noche en un motel, si tú quieres. Siempre quise conocer el lujoso Tomahawk. Queda seis kilómetros antes del desvío a Saint Jo.

Gustavo abrió la ventanilla, furioso, y tiró su cigarrillo, que dibujó un arco de chispas al caer en el pavimento:

–¡Así es que te ganó Marcelo en la pelea! ¡Con lo viejo y patuleco que está! ¡Hizo el amor contigo! ¡El maldito ecuatoriano se llevó tu virginidad!

–No fue Marcelo, tontito.

–No me vengas a decir que fue ese viejo cochino de Jeremy Butler.

–¡Cómo se te ocurre! Lo que te quiero contar es

una historia antigua, de mucho antes. Además, no es cuestión de que gane uno o gane el otro: en el amor las ganancias y las pérdidas se distribuyen por igual.

–Eso es lo que te conviene: las mujeres tienen peor conciencia que los hombres y son más mentirosas. Si no eres virgen, Marcelo fue víctima de un engaño mucho peor. ¿A qué prueba te propones someterme para que yo pase a optar por... bueno, tu blanca mano?

–¿Ves? Típico comentario irónico machista. Los detesto: los hombres inventaron la ironía, de eso estoy convencida. ¿Por qué no eres capaz de respetar mi historia como te la cuento? Yo respeto la tuya.

–En fin, no importa... Lo que importa es que no eres virgen. Me cuesta creerlo: tu virginidad era uno de los dogmas de San José.

–Te lo juro.

Gustavo vio goterones entre sus párpados; rodaron por sus mejillas cuando repitió:

–Te lo juro, Gustavo. Por Dios, te juro que *no* soy virgen. ¡Créeme!

Gustavo le acarició el cuello, tibio bajo su melenita. Las gotas perfectamente redondas que colgaban de sus cachetes sonrosados, antes de caer, reflejaban las luminarias que se dispersaban por la carretera. Comenzó a hipar. Se le cayeron las lágrimas, desapareció ese mundo en miniatura. Ella, él, los autos, los boliches de cristal y neón, todo era gigantesco una vez más. Gustavo le dio un beso en la mejilla mojada, repitiendo muy suavemente:

–No importa, mi amor. No importa.

–Lo del catre fue sólo... sólo porque lo vi tan abandonado, tan solito el pobre, nadie lo festejaba. Cuando le dije que le regalaría cualquier cosa para celebrar su maravilloso Premio Cervantes, me dijo, bueno, ya te figurarás cuál fue el regalo que me pidió.

–Adivino –dijo Gustavo, deshaciendo la intimidad que por un instante había logrado unirlos, afirmándose en la puerta de su lado, lo más lejos posible de la Ruby–. Me das asco, asco, asco... Si querías demostrarle tu alegría por su premio, ¿por qué no le regalaste una corbata comprada donde Helena Vander Valk, de ésas que le gustan porque son como corbatas de su tiempo? ¿Te parece decente manipular a la gente ofreciendo tu cuerpo y, llegado el momento de la culminación, o conseguido ya lo que deseabas obtener, escamotearlo?

—No te enojes conmigo. Lo de la virginidad no es más que mi arma defensiva: espanta a los hombres, que le tienen terror al compromiso, y yo soy soltera, divertida, con demasiadas opiniones propias, un peligro para los estudiantes. ¿Te imaginas lo que les dirían estos agricultores cerriles a sus hijos si llegaran a la casa, de vacaciones, con una gorda como yo?

—Ruby, mi amor, yo te quiero. Estoy orgulloso de ti. Virgen o no virgen, encarnas una especie de ideal antiquísimo, y por eso te respeto. Serías una estupenda madre... como la diosa.

—Déjame contarte, entonces. Tenemos unos cuarenta minutos antes de llegar.

—¿A San José?

—No, al motel Tomahawk. Hasta San José son quince minutos más. En cincuenta y cinco minutos te lo puedo contar todo. No es una historia tan larga ni tan complicada.

Para Navidad, ese mismo año, Marcelo les mandó desde París unas bonitas tarjetas a Gustavo, a Josefina y Rolando Viveros, a los Butler, a los dos chinos, a Mimí —con saludos para Mark (con quien ella ya no se veía)–, a Félix y a Danny; a la Ruby MacNamara le envió una enorme tarjeta de *bonne année,* muy cara y lujosa. Todas las tarjetas, incluso la de la Ruby, venían firmadas, además, por Adèle de Lusignan Gómez-Rivas. En ninguna hablaba Marcelo de una posibilidad de reencuentro.

"¿Por qué la firmará ella también?", le escribió más tarde la Ruby a Gustavo, extrañada: "Yo no la conozco. ¿No te parece un poco ridículo?"

"De puro intrusa", le respondió Gustavo, y con eso despachó el asunto.

Tres meses después de esa primera Navidad, cuatro meses y medio después de que la Ruby y Gustavo llevaron a Marcelo al O'Hare International Airport, supieron por los periódicos –Adèle de Lusignan no contestaba ni el teléfono, ni el fax, ni las cartas– la noticia de la muerte del novelista en una clínica de las afueras de París: un galopante cáncer de hígado. El obituario del *ABC* de Madrid decía que "Marcelo Chiriboga, ex embajador de su país en Roma y en París, Premio Cervantes, Chevalier des Arts et des Lettres, Gran Cruz de la Orden del Rey don Alfonso el Sabio, célebre novelista traducido a todos los idiomas cultos del mundo, ejemplar emblemático del renacimiento de la novela latinoamericana contemporánea –fenómeno editorial y literario iniciado en la década de los '60 y conocido como el *boom*–, falleció en una clínica privada en las afueras de París, hace dos días. Vivió en exilio obligado, y después voluntario, durante treinta años, añorando siempre su tierra natal", aseguraba ingenuamente el periódico, "adonde nunca pudo volver, ya que sus compatriotas no le perdonaban su filiación política de centro, luego de haber pertenecido al Partido Comunista en su juventud y haberse declarado partidario, posteriormente, de la economía de libre mercado; nadie comprendía esa ambivalencia. Rechazado por los partidos políticos de izquierda y de derecha, se encontró a la intemperie, pues jamás transó con los extremos, que en los alborotados países de Latinoamérica albergan a los únicos partidos políticos que por esas tierras merecen consideración. La izquierda lo acusaba de un centrismo que le abriría el camino a la reacción. La derecha lo tildaba de traidor a su clase, recordando su paso por el PC; también, de escollo para el progreso, entendido como la privatización de las empresas. Hacía frecuentes giras como conferenciante, sobre todo a Estados Unidos, donde las multitudes atestaban las salas para oírlo hablar, la mayor parte de las veces en su perfectísimo inglés, aprendido en los colegios británicos quiteños donde se educa la oligarquía de su país. Era, asimismo, muy aficionado a los perros de raza, siendo un notable criador –sobre todo de *King Charles Spaniels*, de los que poseía una pareja, Smarrh y Yuk, campeones internacionales–. Lo sobrevive su acongojada viuda, señora Adèle de Lusignan, conocida actriz y miembro del patriciado europeo, descendiente de la familia de ese nombre que reinó en Jerusalén y en Chipre, y que tras perder sus coronas se estableció en el norte de Italia, en Asolo y en Venecia. Marcelo Chiriboga no deja descendencia".

La desaparición de Chiriboga ocurrió casi cinco meses después de que la Ruby y Gustavo emprendieran el regreso a San José desde el aeropuerto de Chicago. En el auto, él encendió dos cigarrillos, uno para él y otro para ella, y se lo puso en la boca. La Ruby lo aspiró a todo pulmón, acaso preparándose para lo que iba a relatar.

–¿Te hará bien fumar tanto? –dijo Gustavo.

–Prohibiciones, prohibiciones, todo es prohibición. ¿No dicen por ahí que todo lo bueno en la vida es inmoral, ilegal o engorda? Tendrían que agregar el terror a la nicotina, que este año está de moda aquí en Estados Unidos. Seguro que el año que viene traerán la noticia de que la nicotina es buena para la epilepsia, e inventarán otro cuco.

–Pero eso no es lo que tenías que contarme.

–No. Es algo a propósito de mi virginidad y de mi no virginidad.

–Estoy aburriéndome con el temita. No voy a sacar nada en limpio.

–¿Quién sabe?

–Todo el mundo lo dice.

–Tú no eres todo el mundo. Te quiero decir, una cosa: si bien no soy virgen anatómicamente, soy virgen por elección. Como te quiero más que a cualquier otro hombre que haya querido desde que fui mujer –es verdad que Marcelo me fascinó, pero tú mismo lo dices: como fascina un fenómeno natural–, creo que hay algunas cosas de mí que tienes que saber. En todo caso, ¿no te parece ridícula mi situación, tener que dar explicaciones sobre mi derecho a *no* ser virgen?

–Nada en ti me sorprende. Cuéntame... y no lo transformes todo en argumentación.

–Mi padre no era leñador, y no me crié en una cabaña perdida en un bosque, como parece ser tu fantasía. Éramos una de las cien familias de obreros que habitaban un campamento asolado por las lluvias y cocido por el sol, en el sur de Idaho; lo poblaban trabajadores que construían un embalse importante en el Snake River, entre Rupert y Jerome, destinado a regar toda esa región de secanos que ahora está convertida en un vergel...

—¡Ruby, querida! Me estás dando tu ficha de vida. Me interesa, claro, pero no tanto como saber por qué mientes... y por cierto, ya que dices que me quieres, me muero por conocer la historia de tu... de tu falta de virginidad.

—Y tú, ¿me quieres?

—¿Cómo no te voy a querer?

La Ruby subió el auto a la berma. Lo detuvo bruscamente y enfrentó a Gustavo con cara de pocos amigos:

—Estás mintiendo. No me quieres ni me respetas. ¿Ves como tú también mientes?

Estaba llorando, sonándose la nariz con su habitual pañuelito de encaje. Sorprendido, Gustavo le preguntó:

—¿Mentirte yo? No entiendo. ¿En qué sentido?

—Quiero que me lo confieses francamente: ¿qué piensas hacer conmigo cuando dentro de un mes llegue Nina? ¿Pretendes que me rebaje a ser tu concubina oriental, mientras Nina es la señora de la casa grande? No acepto ser *back street*. Supongo que no me exigirás que me humille *atendiéndote* en secreto.

—Pero, ¿atendiéndome para qué? Tú sabes que me fascina conversar contigo; te encuentro inteligente, divertida, encantadora, sensible...

—Sigue no más dorándome la píldora...

—...pero la idea de que nos veamos sólo para charlar... bueno, me parece que lo nuestro va a quedar incompleto.

—Si lo único que vale la pena es darte un revolcón conmigo, dejemos las cosas hasta aquí... y adiós: *it was just one of those things,* supongo, y se acabó.

—¿Qué dices?

—Nada. Cole Porter.

Echó a andar el auto. Entró en la autopista y aceleró a fondo. El cascado motor rugía tomando velocidad, los neumáticos chirriaban en el pavimento mojado... hasta que Gustavo no resistió:

—¡Cuidado, está muy resbaloso...!

La Ruby aceleró más, haciéndoles el quite a los autos que iban más adelante, bocineando sin pensar en el peligro ni en la policía caminera, girando bruscamente para entrar en un trébol, transfiriéndose a otra autopista, a otro nivel, tomando otra dirección...

—¡Ruby! ¡Nos podemos matar!

—No me importa.

—¡Ah, bueno! Pero antes de pasar a mejor vida quisiera saber...

—Mis padres eran un par de brutos, unos ignorantes. Tanto él como ella. Bebían como marineros. Nos dejaban solas a mi hermana y a mí en esa cabaña con olor a ropa sucia, a humo que picaba en los ojos, y se iban a la cantina con otros trabajadores. Llegaban tarde en la noche, borrachos, sin habernos dado nada de comer. Mientras mi padre continuaba bebiendo, mi madre nos preparaba algo de mala gana. Generalmente, calentaba el contenido de una lata, que la mayor parte de las veces se le quemaba, o la servía fría, o comíamos de la lata misma...

—¿Por eso te fuiste de tu casa?

La Ruby conducía ahora más lento, como dándose el tiempo de rumiar bien lo que contaba, cuidándose de no entregar una pista falsa, o exagerar, o aparecer haciéndose la víctima. Fue una niña desprotegida, a la intemperie, hija de gente desesperada. Sus padres eran campesinos irlandeses sin raíz ni ley, arrojados por el destino en medio de una multitud de trabajadores mexicanos —mano de obra no calificada— que apenas hablaban inglés. Contraviniendo las órdenes de sus padres, ella jugaba en la calle con esos niños morenos y zaparrastrosos, durante los atardeceres sofocantes del verano, o bajo el viento filudo del invierno, que formaba escarcha y anunciaba nieve y huracanes. Fue creciendo: una adolescente alta y bien desarrollada, pero no gorda. Tenía el pelo largo hasta la cintura, liso, de color castaño oscuro, casi negro.

Un día, borrachos, sus padres le dijeron que no querían una hija de pelo negro y adornado con mariposas, como una mexicana. La agarraron del brazo y la arrastraron donde Malvina, una mujer que oficiaba de peluquera en sus ratos libres –era, probablemente, amante de su padre–, para que le cortara el pelo. Después se lo tiñó rubio y se lo rizó. Al día siguiente, en la escuela, sus compañeros se rieron de ella; un cambio tan radical era inaceptable en su medio. Al otro día no asistió a clases; y tampoco al siguiente: se pasó la mañana y la tarde a orillas del Snake River, recorriéndolo cauce arriba. Fue una semana más tarde, en uno de estos paseos clandestinos –sus padres no debían saberlo, por lo menos por ahora; cuando llegaran las calificaciones vería cómo justificar sus vagabundeos–, que conoció a Toño. Era un fugitivo. La Ruby nunca llegó a enterarse de dónde ni de qué huía. Tenía unos pocos años más que ella y se hicieron amigos. Toño era un escuálido adolescente mexicano, en viaje de un lugar desconocido a otro lugar aun más desconocido. De ojazos negros, húmedos y pestañudos, su frágil esqueleto dibujaba minucias en esa piel aceitunada, con olor a lápiz. Ella se lo dijo y él se rió. La esperó al otro día, en el mismo escondrijo de matorrales bajo el puente ferroviario; desde allí, una hora antes del ocaso, veían pasar cada tarde un tren, largo y lento como un gusano mitológico. Toño le pidió que le trajera algo para comer, y la Ruby apareció con dos latas grandes de *spaghetti* con carne y salsa italiana. Toño leyó en la etiqueta: "San Fernando Valley, California". Dijo que se le ocurría que allá podría ir. Jamás la incluyó en sus proyectos, ni le contó nada de sí mismo, salvo que era hincha del club de béisbol Los Angeles Dodgers. Imaginaba que San Fernando Valley quedaba cerca de la ciudad de Los Angeles, y tal vez, si llegaba por allá, podría llegar a conocer personalmente a alguno de los jugadores. Se bañaron desnudos en una poza, a la sombra de un grupo de viejos álamos desharrapados. Cerca de un tronco rodeado de mugrones, ella escondió sus cuadernos y él sus dos tarros de *spaghetti*, agregando una lata de duraznos al jugo que la Ruby le llevó, como sorpresa, al tercer día. Esa mañana, después del baño y de tomar el sol que caía a pique sobre sus cuerpos, Toño la condujo bajo los álamos y allí, sobre las ramas secas que había preparado, le enseñó a hacer el amor. La Ruby, que sangró un poco, creyó por un instante que se encontraba en el Paraíso, más arriba del cielo que relucía, azul, entre las ramas de los álamos. Se quedó todo el crepúsculo con él. Llegó a su casa tarde para la cena. La castigaron encerrándola con llave al otro día; su padre se fue al trabajo, y su madre a recolectar papas en una granja vecina –le pagaban por canasta–, llevándose a su hermana menor como ayudante. Pero la Ruby rompió la ventana. Sintió que estaba llegando al fin de una etapa en su vida. Corrió al río, acarreando en una bolsa todas las latas que pudo robar de la despensa de su madre, para regalárselas a Toño en agradecimiento por lo que le había enseñado. Se bañaron, tomaron sol, comieron, y luego, bajo los álamos, hicieron nuevamente el amor. Cuando la Ruby despertó, Toño estaba sentado junto a ella, abrazándose las rodillas enfundadas en sus jeans rotos, examinando una de las latas de *spaghetti:* la hacía girar en sus manos, como un prisma de cristal. Se dejó caer junto a la Ruby, apoyando su cabeza sobre la mano abierta de su brazo acodado en el suelo.

La Ruby calló un momento y miró la carretera. Gustavo no pestañeaba. Ella le dijo:

–Toño me dijo que se iba.

–¿Adónde? –inquirió Gustavo.

"Adonde me lleve el tren", contestó él. "¿Quieres que te acompañe?", le propuso ella. Toño la miró: "Las grandes ciudades no son un buen sitio para las chicas".

La Ruby acarició la mejilla de Toño, junto a la oreja, donde su pelo negro, excesivamente largo, se transformaba en una pelusa suave y oscura. Hundió su nariz en el cuello del muchacho, diciéndole:

"Tienes olor a lápiz".

"Siempre me lo dices."

"Me gusta."

"En media hora más pasa el tren", dijo él, mirando la sombra de los álamos.

Ella, desnuda, recostada, respondió como si fuera lo más normal del mundo:

"Adiós, entonces".

"Adiós", dijo él, "fue muy bonito conocerte."

Se alejó caminando hacia el puente. Ella se quedó mirando su espalda, que se alejaba. Lo vio trepar, agarrado de los matorrales, hacia la vía férrea que, elevada sobre mil patas de insecto, cruzaba el Snake River: si pasaba el tren hacia la derecha, quería decir que iba a Wyoming y hacia el este; si pasaba hacia la izquierda, iba a Boise –la capital de Idaho–, y de ahí a Oregon, desde donde no le costaría nada a Toño dar el salto a California, buscar el San Fernando Valley y la ciudad de Los Angeles, donde seguramente podría llegar a conocer a algún beisbolista de Los Angeles Dodgers. Toño se lo había explicado todo examinando el mapa que la Ruby había robado para él en la escuela. Ahora lo veía parado a la entrada del puente de la vía férrea. El tren se anunció con un pito y asomó tras un recodo. Avanzó lentamente, como si temiera cruzar el río; de un salto –la Ruby lo vio clarito–, Toño se montó en el último vagón de carga, sentándose sobre unos sacos, probablemente de papas. Promediando el río, Toño, sin dirigirse a ella pero agitando su mano, le dijo adiós al Snake River, a Minidoka, a Rupert, a Jerome y a las Twin Falls, la catarata que el padre de la Ruby estaba convirtiendo –se lo había contado ella– en un importante embalse. Y la Ruby vio escabullirse el tren que se llevaría a Toño a un mundo distinto, a su deconocido destino en California… porque ése era el rumbo.

–Me había quedado observándolo. Su silueta lacia pero expectante corrió un trecho detrás del tren y de un brinco se encaramó en el vagón de los sacos. Por suerte no era el tren que iba al este: eso quedaba demasiado lejos, más allá del límite de su pensamiento y del mío.

–¿Qué más te daba a ti que se fuera lejos? ¿Pensabas ir a reunirte con él?

–No. Te juro que no lo pensé. Nuestra despedida

fue totalmente limpia. Sin sentimentalismo, sin promesas. Sin esperanzas. Después, sí...

–¿Después de qué?

La marcha del auto era muy lenta, bordeando la
berma, a la que la Ruby se subió de nuevo; detuvo el motor en un sitio oscuro, a la entrada de un camino de tierra, con bostas de caballo secas desintegrándose en el
polvo. Se cubrió la cara con las manos y reclinó su frente
sobre el volante.

–Después –se le ahogaba la voz entre las manos–,
cuando me di cuenta de que estaba esperando un niño.

El corazón de Gustavo dio un golpe de sangre. Se
cubrió los ojos para que no lo encegueciéran los focos de
los autos, y así poder mirar libremente a la Ruby. Ella siguió sollozando en sus manos. Gustavo se le acercó, de-
sarmado por la ternura que la Ruby le inspiraba, y le levantó la dócil cabeza. La besó en los labios. Colocó su cabeza sobre su hombro, susurrándole:

–Tienes un hijo, mi amor. ¿Por eso no te entregas?
Quiero conocerlo. Ya debe ser todo un hombre. ¿Cómo
se llama? ¿Qué edad tiene?

–Se llama Rodrigo MacNamara. Tiene ocho años.

Su voz era una débil hebra que podía romperse en
cualquier momento. De pronto, levantando su cabeza del
hombro de Gustavo y mirándolo de hito en hito, exclamó, con voz firme otra vez pero desordenada por el rencor y el odio:

–¡Te he mentido!

Gustavo la miraba boquiabierto.

–Mi madre se dio cuenta de que yo no estaba mens-
truando. Me azotó con la hebilla del cinturón de cuero de
mi padre. Mira, todavía tengo las marcas... ¡Mira!

Y descubrió su hombro para mostrarle una serie
de estrías coloradas.

–¿Te duelen?

–Sólo el día antes de mi menstruación. Son mi estigma.

–Ésa fue tu mamá...

–Los azotes de mi madre, sí; también los de mi padre, que llegó cuando yo más gritaba. Mi madre le contó
todo a voz en cuello, mientras me golpeaba el vientre

con sus puños. Mi padre también me azotó con el cinturón, gritándome: "¡Puta, puta hedionda, hija de puta...! ¡Qué me has hecho! Cochina asquerosa, ¿qué mierda has hecho?". La rancia fetidez a alcohol de su boca, sus lamentables dientes podridos, la inmundicia de su pelo y su camisa, todo eso me sofocaba con una repugnancia peor que los correazos.

"Mi hermana Louise, de ocho años, medio dormida, con una polera vieja como camisón, tuvo la infeliz ocurrencia de asomarse a la puerta de nuestro cuarto, y mi padre la recibió aullándole: '¡Puta tú también! ¡Todas las mujeres son unas putas! ¡Aprende lo que le pasa a una hija mía si le da por putear!'.

Su padre arrancó a la Ruby de los brazos de su madre, que ahora le imploraba que no hiciera lo que se proponía. Pero él arrastró a su hija por el laberinto de calles barrosas que separaban las construcciones, si así se podía llamar a esos cuchitriles. Se detuvo ante una puerta pintada de azul. Abrió Malvina, la peluquera: en el umbral, a contraluz, ante una llama de aceite que parpadeaba, se destacó su silueta enorme, con gafas, su mata de pelo convulsionado y un grano de marcasita como un guijarro de escarcha, cuyo lujo incoherente alumbraba su anular. No saludó a la Ruby, pero se dirigió al padre: "A ésta la estaba esperando. Te advertí hace meses ya que no faltaba mucho para que tuvieras que traérmela". Y mostró sus encías despobladas: "A su edad son como perras de la calle, andan buscando que se las monten". El padre, empujando a su hija, que se resistía, la hizo entrar en la casucha de Malvina, tan frágil que el primer ventarrón se la podría llevar. Con cada paso por el interior se estremecían las paredes cubiertas con el fétido papel alquitranado. Malvina remolcó a la Ruby hasta la cama: "Tiéndete", le ordenó. Puso a hervir una mixtura de hojas y raíces en una escudilla. Mientras hervía, palpó el vientre de la Ruby. En su dedo, el mineral multiplicaba como otra lámpara la fragilidad de la llamita de aceite, proyectándola como una gota movible por las paredes. Llevó a la cama la escudilla humeante y se la brindó: "Tómatelo todo. Te va a hacer bien". La Ruby, que sospechaba una maniobra maligna, apartó su cara. "Tómatelo, mierda; obedece, mira que si no...", y le puso la escudilla con la poción quemante junto a los labios apretados. "Si no te lo tomas, va a dolerte mucho más lo que te voy a hacer." Su padre la amenazó desde más allá de su bruma alcohólica, mucho más allá del vértigo de la Ruby: "Voy a contar hasta tres, y si no te la tomas...". La Ruby, ante la amenaza, agotó de un sorbo, y de otro, esta vez más largo, el brebaje. Sobre todo porque temía el dolor, fuera lo que fuera lo que Malvina se proponía hacerle. No pudo reunir el vigor necesario para descifrar las voces que desde la imaginaria distancia le llegaban, y sin razón respondía a preguntas presuntas, a fragmentos de eco que la alcanzaban: "Toño me enseñó... hace dos meses Toño me enseñó...". El padre le preguntó: "¿Dónde está ese Toño? ¡Un mexicano! ¡Qué asco! ¡Una hija mía preñada por un mexicano!". Y la Ruby, con los ojos cerrados, cerca ya del sueño, repetía "no sé... no sé... no sé... no sé", como un dolorido estribillo que negaba el mundo exterior. Malvina, con su cabeza enterrada entre las rodillas en alto de la muchacha, comenzó a hurgar en su sexo, tan delicadamente al principio que la Ruby se rió un poco, creyendo que se trataba de un juego perverso. Le introdujo un instrumento frío, duro, un aparato sorpresivo que su carne sintió invasor, buscando, hurgando adentro, hasta que le tocó un nódulo palpitante, sitio tan vital que la hizo gritar cuando sintió la punta terrible, el filo que cortaba, la cucharilla que volvía a cortar, que recogía. Con otro alarido, más prolongado, despertó a su padre, que roncaba ebrio... despaturrado en el escaño del rincón. "Ya está", dijo Malvina, enjugando la sangre del sexo de la Ruby con algodones. Al incorporarse, se limpió los anteojos salpicados de sangre. La Ruby no supo cuánto tiempo durmió. No estaba segura de hallarse completamente despierta, libre de pesadillas, de cucos trágicos. Vio a Malvina examinando el cuchillo ensangrentado que su mano, adornada con el falso brillante, alzó hasta la altura de sus ojos. Lo hizo girar entre sus dedos, de modo que reflejara la única llamita de la habitación. Llevó la hoja a sus labios, la lengüeteó para limpiarla y dijo: "Para que no pierdas tu virtud, ni yo la mía". Luego taponeó el sexo de la Ruby con algodones. Su padre se incorporó en su rincón, llamando a su hija: "Ya, ven... vamos andando...". Malvina intentó detenerlo y retener a la muchacha un poco todavía, para que descansara y tomara algo caliente, y llorara a sus anchas para despejar la bruma del brebaje. Estaba encogida, adormecida de dolor, sus piernas y sus manos pegajosas de sangre coagulada. Se fue incorporando porque temía desobedecer a su padre.

"Déjala descansar un rato, no seas bruto", le rogó Malvina.

"¿No hay peligro?", preguntó él. "¿Peligro de qué?, ¿de que le nazca un mexicanito, un chiquillo color café?", respondió Malvina, echándose un trago al cuerpo y convidándole otro a la Ruby. "Tranquilo, hombre... Ningún peligro. Aunque, si te la llevas ahora, sin dejarla descansar, puede desangrarse." A lo que él repuso: "A la mala hierba no le pasa nunca nada". Mientras trastabillaba poniéndose los calzones, la Ruby osciló y cayó desmayada de dolor al suelo. Se le aflojaron los esfínteres, se calaron las sábanas, y se embarraron sus piernas y manos, la ropa y el suelo. El padre, sin saber qué hacer, le dijo a Malvina: "Ábreme, voy a buscar a mi mujer...". Al salir, una ráfaga de viento barrió la pieza. Titubeó la llamita antes de apagarse; se despejó la fetidez de las heces, la orina y la sangre. Sentada a los pies de la cama, Malvina dijo: "¡Qué hombre! ¡Tan arrebatado!". La Ruby murmuró como entre sueños, tan liviana era su respiración: "Límpiame, estoy sucia, me cagué...". "¡Ah, no! Eso sí que no", contestó Malvina, furiosa, yendo hacia el anafe a preparar otra pócima. "Eso, que lo haga tu mamá. Y que me cambie las sábanas... no sé si tengo más. Tu papá me paga por mi trabajo, pero no para que limpie tus porquerías." Le entregó la escudilla a la Ruby, que después de sorber un poco se adormeció a medias de nuevo, columbrando apenas las figuras que se movían en el mismo espacio donde ella estaba tendida: Malvina y su padre, despaturrados en unos sillones agónicos, de entrañas asomándose por todos lados; su madre calentando agua, llenando un balde con jaboncillo, acercándose a la cama con el balde, una palangana y trapos húmedos, dando de vez en cuando una ojeada rabiosa a la mano que su marido tenía metida entre los muslos de la abortera, que roncaba.

–No supe lo que me hizo, porque me desvanecí –murmuró la Ruby, inmovilizando a Gustavo con la intensidad de su mirada–. Cuando desperté, ya estaba limpia. Mi madre fregaba el suelo. A mi padre habían venido a llevárselo unos amigotes. Por primera vez logré sentir algo preciso: odio. Odio por mi padre, odio por Toño, odio por los compañeros de trabajo de mi padre, que lo buscaban porque era rubio y tenía ojos azules y un apellido que no era Vásquez, Rojas, León, Rodríguez, Lara, Soto, Guzmán... Respiré hondo, para llenar mi pecho con un odio abrasivo, que no me daba miedo. Más que odio: un rencor sobrehumano, porque mis padres se habían apoderado de mi destino sin consultarme, torciéndolo a su antojo.

"Quedé condenada a vivir, desde entonces, no mi propia vida, sino una vida determinada por otros, ajena a mi voluntad. No volvería a ser nunca más *mi propia vida...*".

–Comprendo... –dijo Gustavo, apabullado.

–No, no puedes comprender el rencor que siente una mujer contra los hombres que manipulan su destino. Toño... y luego mi padre, que pagó por mi raspaje con el fin de neutralizar su vergüenza si su nieto resultaba ser un mexicanito más. El rencor que sentí... y que a veces todavía siento contra todos los hombres, por el solo hecho de que son hombres, es feroz. Corre subterráneamente, pero de repente aflora y hiere, a mí y a los otros... Una siempre se siente abusada, y en el momento menos pensado salta de una caja un muñeco de resorte y te pega en medio de la cara. Por eso es tan difícil un compromiso total, por eso no puedo acceder a darle placer a un hombre. Agazapado dentro de mí arde siempre el odio por la mirada masculina que te desnuda, o por la vejación de un piropo... el asco por el hombre que se acerca a mí con pretensiones carnales... todo eso enciende en mí un deseo infantil de venganza. Asco, sí, aunque no por un hombre al que yo me acerco, frente a quien doy yo el primer paso.

—¿Como yo?

—No comprendes nada, pobre macho.

—¿Vamos a entrar o no al motel Tomahawk?

—¿Qué crees tú?

—Me desespera pensar que la respuesta vaya a ser no.

—¿Quién sabe? Nos quedan muchas millas para llegar ahí. Podemos ir discutiéndolo.

—No conozco a nadie mejor que tú para defender una causa indefendible —dijo Gustavo, entre amoscado y risueño—. Debiste ser juez o abogado. Te verías una monada de birrete y corbatín blanco almidonado, y con una peluca llena de rulos hasta los hombros, con un martillo en la mano, sentada detrás de un pupitre de caoba negra.

A la Ruby la divirtió esta versión de sí misma. Le dio un beso a su amigo por alivianar la atmósfera. Después se puso seria, al corregirlo:

—Te equivocas, eso de las pelucas es en Inglaterra. Y odio que me caricaturicen o se rían de mi cuerpo.

—No me estoy riendo de tu cuerpo, que me fascina. Me estoy riendo de tus posibles arreos judiciales.

—Ropa, cuerpo, disfraz, máscara, lenguaje: ¿no es todo lo mismo para las mujeres? —preguntó la Ruby.

—¿De dónde diablos sacas esas ideas? Yo estaba muy feliz admirando tu cuerpo. Ahora me obligas a admirar tu inteligencia, también —dijo Gustavo, astutamente.

—¿Y eso no te acomoda?

—Tengo que aprender.

—Como yo, que tengo que convencerme de que no todos los hombres son unos monstruos.

—¿Lo sabes ahora?

La Ruby se rió:

—Casi... casi... En todo caso, quiero advertirte una vez más que, a diferencia de los hombres, las mujeres no tenemos ningún sentido del humor respecto a nuestro cuerpo. Creo que una de las grandes diferencias entre un hombre y una mujer es que el hombre puede, y la mujer no, reírse de su propio cuerpo. Incluso olvidarlo, abandonarlo. Las mujeres, en cambio, sueñan sus cuerpos: les sirven para existir. Son su imaginación, su identidad, y por eso los cuidan tanto y los toman tan terriblemente en serio: pelo teñido, dietas, ejercicios, masajes, cuidado del cutis, arrugas, maquillaje, la vergüenza de la celulitis, la humillación de no ser deseada, la dependencia... Todo un diccionario de horrores que ninguna mujer es capaz de enfrentar sin volverse loca. Para no ver todos esos posibles horrores, cambiamos tantas cosas en nosotras, como el color del pelo, o nos afeitamos el vello de las piernas, o nos compramos un vestido nuevo, o tenemos un amante, o un hijo. Son intentos desesperados de renovarnos...

Capítulo quince

Llevaban tres horas largas de viaje por la autopista. Claro que se detuvieron varias veces, cada vez que la penumbra y la quietud parecían propicias para conversar y poner algunos puntos sobre las íes. Según la Ruby, debían haber visto por lo menos media hora antes la flecha indicadora de la salida a la ruta menor hacia la "Atenas del Medioeste", como algunos pueblerinos llamaban a Saint Jo. Pero de repente pasaron, por fin, frente al motel Tomahawk: Gustavo miró a la Ruby. ¿Se dignaría, después de tantas confidencias, a visitarlo con él? Sin disminuir la marcha, ella contestó a la pregunta no verbalizada –¿cómo había detectado su expresión, si no apartó los ojos de la carretera?–, moviendo su cabeza lentamente de lado a lado. Más allá, un cuarto de milla antes de que arrancara el camino a San José, llegaron a un establecimiento semejante a una feria. Se ingresaba bajo un arco de luces de colores donde se leía, en guarismos de neón azul y verde, *Realidad Virtual*.

–¿Entremos? –propuso ella.

–¿Qué es esto?

–¿No te acuerdas de cuando nos conocimos? Yo estaba mirando en la tele un programa sobre *realidad virtual,* y tenía puestas unas gafas bicolores y unos audífonos interespaciales gigantescos...

–¡Ah, claro! Parece que hiciera un siglo y son apenas veintiún días. Bueno, asomémonos: si lo que me dijiste entonces resulta verdad, va a valer la pena. Me aseguraste que la *realidad virtual* iba a solucionar todos los problemas del mundo, incluso el de la bomba que dicen que uno de los chinos hará detonar…

–Es lo que me dijeron cuando comencé a interesarme. Pero tú ves... nada de bomba, y me aburrí, porque todo sigue igual que antes... aunque, en realidad, todo se ha complicado.

En un predio vacío, que miraba a la autopista bajo el cielo estrellado, se alzaban ocho cubículos metálicos con aspecto de módulos espaciales, formando una avenida de cuatro por lado. El lugar era bastante ruidoso, por las risas de los niños, los disparos de juguete y la música de plástico. Estas cápsulas, montadas sobre chúcaros resortes, eran ocupadas por extraños seres con la cabeza y el rostro cubiertos por cascos y gafas de astronauta. Empuñaban unas pistolas que eran linternas. Giratorios y bamboleantes, estos módulos contenían la *realidad virtual,* un sustrato invisible y abstracto que los niños animaban disparando contra él con sus pistolas-linternas. En esta *experiencia* sólo podía participarse premunido de guantes acolchados y alambrados, con sensores de variada especie que, enchufados a cables de misteriosa trama, se conectaban a una fuente de energía: era la parafernalia indispensable para conocer el *mundo virtual.* Atendían las cápsulas una serie de muchachos: algunos, peinados con cola de caballo, o luciendo barba, o melena... o por lo menos un aro, o un sombrero de *cowboy* o de trapero.

–Mira –dijo Gustavo–: *hippies...* Ya casi no se ven en ninguna parte.

–No, tonto, son *grunges.*

–¿Qué son los *grunges?*

–La llamada *Generación X,* post *yuppie.* Muy retro: un poco Ginsberg, o Ferlinghetti, en la onda del Kerouac de *On the road.* Carecen de ideología. Nada les importa nada, fuera de hacer lo posible por irse a vivir a Seattle o Katmandú, sus ciudades sagradas. Nadie sabe qué bicho los ha picado... Consumen droga blanda y viven preocupados de la ropa, que es su gran fetiche, sobre todo, la ropa reglamentaria: se sobreentiende que es la única posible de usar. Lastimosos, me parecen. Muchos creen en los ovnis o en esta *realidad virtual.* Mira, aquí termina la sección para niños...

Gustavo se aproximó al cerco de cipreses recortados. Miró entre las ramas para ver lo que había detrás.

Vio dos módulos más, menos iluminados, casi escondidos entre los matorrales. El encargado, un tipo mayor que los del lado de afuera del cerco, lucía una cola de caballo canosa. Atendía sin ceremonia a un personaje marcado por la palidez del clandestinaje, despojándolo de los guantes y del casco mientras recibía la correspondiente remuneración.

–Vamos a ver qué hay –propuso Gustavo.

–No –dijo ella de pronto, dándole la espalda al cerco y retrocediendo.

–¿Por qué no?

–Se está haciendo tarde.

–Si me invitaste a entrar, veámoslo todo.

–No estoy para ver cochinadas.

–Yo voy a entrar.

Gustavo se coló por el hueco entre un par de cipreses secos. La Ruby lo siguió de mala gana por el boquete. Al otro lado, en la penumbra, tan distinta a la iluminación de feria del sector delantero, percibió un aire malsano, una quietud perturbadora, poblada por las escasas y crapulosas figuras de hombres mayores que paseaban con las manos en los bolsillos, encendiendo de vez en cuando un cigarrillo en la copa de sus manos.

Se detuvieron junto al cubículo de la derecha. El encargado se acercó. Había estado sentado en un cajón, contando las monedas recaudadas durante la tarde. Al ver a la Ruby y Gustavo, se puso de pie, con el cigarrillo colgando de la comisura de sus labios. Los sobrecogió su aspecto gastado, como la colilla de un porro ya fumado, listo para la basura.

–¿Por qué todo esto se ve tan clandestino? –le preguntó Gustavo a la Ruby.

–No sé de dónde sacan tanta porquería. Ya, Gustavo, vamos...

–¿Y por qué el encargado me ofrece a mí no más esta "experiencia" de *realidad virtual,* sin incluirte?

–Es sólo para hombres.

–¡Ah, claro!

–No hay espectáculos para mujeres solas. Es mejor que no te metas aquí... se te va a dar vuelta el estómago.

–¡Tantos remilgos! ¿Para qué me invitaste, si ahora

no quieres que entre? Parece que eres aficionada a las experiencias vividas a medias. Como conmigo: todo incompleto, sin culminación...

–No seas pesado. No peleemos ahora, mira que en veinte minutos más vamos a estar de regreso en San José.

–Pero no me puedes negar que tu actitud conmigo es bastante rara, si no insultante: me tratas como a un niño.

–Te ofendes con demasiada facilidad, Gustavo. Y es que no quiero que te metas en una de esas cápsulas. Respeta mis razones.

–Muy sospechosas, claro. Permíteme que piense lo peor. Eres francamente insoportable.

–¿Sí?

–Sí.

–Entonces me voy.

–Haz lo que quieras.

–No te puedo dejar tirado aquí, tan lejos. Te espero en el auto, aunque sin ganas. No tengo nada más que hablar contigo.

–No creo que a ti te vaya a faltar labia; como tantas otras cosas, eso también te sobra.

–¡Pesado! Por pura cortesía con un extranjero te voy a esperar en el auto. Pero no me dirijas la palabra.

Le dio la espalda y, bamboleándose como una cápsula espacial más, se marchó. Gustavo la perdió de vista. El tipo de la cola de caballo canosa acudió a pertrechar a Gustavo, al pie de la escalerita del cubículo número nueve: guantes acolchados, escafandra dotada de visores bicolores y audífonos. Lo ayudó a subir la escalerita, torpemente, y lo encerró en la cápsula. Gustavo, con un poco de miedo, quedó mirando, por el visor de plástico transparente, al encargado que se retiraba. Empuñó su pistola-linterna. Que apretara el gatillo, lo habían instruido, para dirigirse adonde quisiera, siguiendo a quien quisiera o lo que quisiera, para examinarlo –para *experimentarlo,* le habían explicado– desde el ángulo que quisiera, y dando vueltas alrededor de lo que fuera. ¿Esto, entonces, era lo que la Ruby le había descrito como "expandir la percepción humana", ese santo y seña con el que los profesionales de la RV engatusaban a sus clientes? ¿Qué era lo que ofrecían: LSD electrónico, anfetaminas computarizadas, alcaloides digitales? ¿O maquinarias para *producir* –no reproducir, según la Ruby– la realidad? De pie, dentro de la cápsula que lo envolvía, Gustavo se dio cuenta de que él era el punto de vista, el ojo que se deslizaba por pasadizos y desembocaba en la columnata de un recinto desmedido y retumbante. Una portezuela abierta a medias lo invitaba a entrar a un baño de vapor romano, lleno de cortesanas semidesnudas, tendidas en divanes junto a la piscina, y de efebos de piel nacarada y sin ropa que escanciaban vino en las copas de senadores y poetas coronados de laurel: sus músculos ya fláccidos, sus panzas hinchadas y gorgoreantes, eran cuerpos entregados al relajamiento bajo la sabia manipulación de masajistas ciegos. Contemplaban con expresión lasciva a unas doncellas vestidas de blanco que se despojaban de sus túnicas para bailar, meneando sus pubis, junto a muchachos que tocaban la lira, el pífano y la zampoña.

En el fondo de la sala, en medio del vapor, el *punto de vista* de Gustavo se fue tras los movimientos de una muchacha corpulenta, dorada, desnuda; alzando la cortina de una puerta, al fondo, ella se detuvo bajo la comba de tela recamada sujeta por su mano y, volviéndose, miró hacia atrás, sonriéndole al *punto de vista* con sus inconfundibles iris azules. Era joven, apenas más que una niña. Los ojos de Gustavo se inyectaron de sangre. Tuvo que sujetarse de unos cables para dominar una arcada que ensuciaría a las cortesanas a medio vestir: con un espejo en la mano, se dejaban maquillar y peinar por ancianas esclavas negras, ataviadas con los amplios ropajes del desierto, preparándose para la bacanal que ya comenzaba. Un bello hombre en su plenitud –¿Augusto?, ¿acaso Julio César, cuando ya no era la mujer de todos los maridos sino el marido de todas las mujeres?– se acercó a la Ruby y, tomándola de la cintura, la incitó a entrar junto a él en la estancia contigua, dejando caer la cortina detrás de ellos.

Gustavo quiso salir. Abrió la portezuela del módulo espacial, pero tropezó al saltar al suelo desde la cápsula, todavía en movimiento. Tuvo que afirmarse en el encargado. Se arrancó, furioso, los guantes y las gafas que le habían permitido disfrutar, por un momento, de tanta espalda graciosa, de tanta cabellera soberbia, del vapor perfumado, y tiró todo al suelo. Corrió a refugiarse en el auto, donde, aunque no le dirigiera la palabra, se encontraba la Ruby al volante, lista para llevarlo a su refugio en el hotel Congreve/San José. Odiaba a Julio César, que se había ido a encerrar con ella; odiaba el son de la lira y del caramillo, y esa lujuria exterior, festiva; el amor –el amor válido, se dijo mientras corría al auto– debía involucrar un compromiso emocional a algún nivel... y lo sentía así, con sus ribetes trágicos y sus celos y su exigencia de exclusividad. ¿Qué le iba a hacer? Así tenía que vivirlo. Abrió la puerta del auto y se instaló en el asiento de atrás. Ella puso el motor en marcha. Gustavo veía sólo el medioperfil de la Ruby, iluminado –durante un segundo, y luego otro, por los autos que pasaban en contra–, haciendo rutilar el oro simulado de unas mechas que se escapaban del pelo reunido sobre la nuca. ¿Era o no la misma que acababa de ver, desnuda, táctil –según ella, el aparato visor y sensor de la RV podía transportarlo a su cama, y él allí penetrarla sin penetración, compartir su orgasmo, caer dentro de su torrente sanguíneo–, esa adolescente opulenta, de piel tan tersa, tan blanca como ahora?

–¿Me viste?

No contestó. La Ruby detuvo el auto y le dijo:

–¿Por qué no te dejas de niñerías y te vienes adelante?

–No quiero –y se arrinconó en su asiento.

Ella apagó los focos, dejando encendidas las luces de estacionamiento, y explicó:

–Supongo que es mejor que haya pasado. ¿Cómo iba a evitarlo, en todo caso? Sabía que ese *diskette* de *software* andaba por esta zona, pero jamás se me ocurrió que estuviera a las puertas mismas de San José. Voy a demandar por perjuicios a la compañía si no lo retiran. ¿Qué sucedería si lo viera Gorsk, por ejemplo, tan aficionado a la pornografía desde que enviudó? Una tiene derecho al anonimato, a la discreción en torno a su vida privada.

La Ruby no había mirado para atrás. Gustavo permanecía arrinconado, dispuesto a huir: no sabía de qué, ni por qué, ni adónde. No abrió ni sus ojos, que relucían como dos ranuras que suspendían sus lágrimas. Dijo, como para sí mismo.

–¿Cómo pudiste...?

Entonces la Ruby se dio vuelta hacia atrás, doblando su codo rollizo sobre el respaldo del asiento del copiloto.

–La hice en Hollywood. Cuando recién me echaron de mi casa por engordar en la forma en que engordé, después de toda esa violencia que mi padre ejerció sobre mí.

Como recriminándola, él le dijo:

–¡Es el colmo! Eras una niña, se aprovecharon de ti...

–No sé. No creo. Me pagaban muy bien y me respetaban mucho mis amigos, los muchachos productores... supongo que porque eran maricas. Hicimos varios *softwares* artesanales, porque tenían poco dinero. Casi todo lo que viste lo grabamos en los garajes de las familias de ambos chicos, y hasta en mi casa, que no era más que otro garaje reconvertido. Lo que tuvo más éxito fue *La esclava nubia,* donde aparezco desnuda pero enteramente cubierta por un maquillaje negro, mis ojos azules como dos faros en la cara. Circuló bastante, mi *Esclava,* con pirámides sacadas de un *National Geographic,* ampliadas y procesadas: todo muy *kitsch.* No me importaría si fuera solamente *La esclava,* porque en esa película nadie me reconoce. Pero mi *Bacanal romana* deja muy clara mi identidad. A veces siento los silbidos y los aplausos de los espectadores, riéndose de mi cuerpo, de mi gordura: me reconocen. Oye, estoy cansada de hablarte allá atrás. ¿Por qué no te vienes al asiento del copiloto?

Gustavo se apeó. Aprovechó para orinar copiosamente en unos matorrales: desde la época en que visitaba a Nina en el campo, le encantaba orinar bajo el cielo despejado de la noche. Salían a pasear a caballo con sus cuñadas y sus maridos después de la comida. Oír la fuerza de un chorro dorado contra las ramas... ese vigor, ese placer con que expulsaba de su cuerpo los residuos nocivos. Les decía "¡esperen!" al apearse, y les gritaba "¡ya voy!" con el último goteo y el imprescindible sacudón, antes de reunirse con la cabalgata, un poco más allá. Ahora, mientras se subía el cierre, le gritó también a la Ruby "¡ya voy!", y el recuerdo de otro tiempo, menos pródigo, más inocente, coronó su corazón con aguijones de nostalgia por la voz cristalina de aquel estero escondido bajo los sauces, y por la fragancia del maíz aún verde y del peromoto que crecía en los bordes de la acequia. Emocionado, ansioso de saber, se sentó al lado de la Ruby, que le acarició la mejilla:

–¿Te estás dejando la barba?

–¡Cómo se te ocurre!

Ella se rió, besándolo. Dijo:

–¡Qué bendición tener mala memoria y que no me importe nada!

–¡Y tener aguante!

–¿Ya se te pasó el enojo conmigo?

–Sí. Pero no entiendo por qué me sedujiste para que entrara a ver algo que no me interesaba ver, como tu *Bacanal,* y luego, antes de llegar al meollo tácitamente prometido, te arrepientes y huyes. No lo entiendo.

–Las ambivalencias, Gustavo, las malditas ambivalencias. ¿Sabes lo que son? ¿No las has sentido jamás?

–No seas estúpida, Ruby. No soy tan simple. Claro que las he sentido. Me molestan mucho. Nina se irrita con mis ambivalencias; no las soporta. Me acusa de ser un débil.

–¿A ti? ¡Increíble! Una a veces está convencida de que debería dar a conocer ciertos aspectos personales, porque eso es lo honesto; y a veces siente, al mismo tiempo, una dolorosa, una diabólica resistencia a exponerse, una voluntad explícita de engañar para salvarse. Porque decirlo todo te llena de una vergüenza irracional, injustificable. Y se llega a una especie de decisión: *no ser honesta,* a pesar de saber –racionalmente, incluso– que engañar es empobrecedor. ¿No has sentido esa oscilación? ¿No has sido víctima de aterradores impulsos contradictorios? Eso es lo que me pasó a mí cuando caminaba por esa avenida de cápsulas espaciales fingidas. Lo que me hizo sufrir al trasponer el cerco, y todavía ahora… Mi impulso, al invitarte a conocer precisamente *esa* RV –yo sabía que usaban mi terrible *diskette*–, era ser totalmente honesta contigo. Pero poco a poco ese impulso luminoso se fue extinguiendo, y me fui llenando de vergüenza. Te había traído a la *Realidad Virtual* como una forma de entregarme a ti completamente. Ahora, que no me vieras *completa* era lo que más deseaba en el mundo, porque temí que me dejaras de querer.

Gustavo la estrechó cuanto pudo. Juntaron sus labios de nuevo y cada uno exploró la piel del otro por los orificios de sus ropas revueltas. La Ruby dejó caer su cabeza con el moño deshecho sobre el hombro de Gustavo, mientras él lograba por fin abrazar su ruedo, repitiéndole que lo hacía muy feliz, a pesar de lo de Marcelo.

Después de un momento suspendidos en la *cápsula espacial* de sus caricias, la Ruby quiso seguir hablando.

–Quiero que sepas que cuando mis padres me echaron de la casa por ser una obesa irredenta, me lancé a Los Angeles en busca de Toño, pese a que lo nuestro había sucedido tres años antes. En todo ese tiempo nunca se comunicó conmigo. Jamás esperé que lo hiciera. Toño, me había dado cuenta, no sabía ni dónde quedaba Idaho, ni hacia dónde quedaban el este o el oeste, de modo que podía haber tomado un tren en cualquier dirección.

"¿Qué hubiera sucedido si el tren lo hubiera llevado al norte, a Saskatchewan, en Canadá, o a algún lugar de Texas, en el sur? Claro que Toño tenía la imaginación marcada con una muesca, un destino ya definido; seguramente, su brújula interior le señaló el camino a San Fernando Valley, en California, donde habrá encontrado, con buena suerte, al equipo de Los Angeles Dodgers. Mis padres, al echarme de la casa, alegaron que lo hacían porque mi asunto con Toño los avergonzaba: Malvina había hablado.

"El campamento entero, y los campamentos y pueblos vecinos, Jerome y Buhl y Filler y Rupert, resonaban, creí yo, con ese chisme. Ésa, sin embargo, no era la razón ιdera: situaciones semejantes a la mía eran pan de todos los días en los campamentos. Lo que realmente pasó fue que, a raíz de la intervención de Malvina, yo comencé a engordar y engordar incontrolablemente. Comía papas a medio cocer, que era lo más barato en Idaho, o asaltaba la despensa de nuestra casa, y robaba tarros y más tarros de pastas o sopas, o de carne, que ellos reservaban para sus celebraciones. Rompí una y otra vez la chapa de la alacena, con los consecuentes azotes de mi padre y de mi madre; yo recibía el castigo, indiferente, y luego reincidía apenas se me presentaba la ocasión. O destrozaba la puerta de la alacena con un frenesí demencial, sirviéndome del canto de una pala. O robaba comida de la pulpería, o sobras de otras casuchas como la nuestra, o le arrebataba a mi hermana menor su bolsa de palomitas de maíz, o en la penumbra del alba interceptaba a un compañero más pequeño que marchaba a la escuela, para robarle su merienda sin fijarme si era buena o mala, si la comida estaba fría o caliente, o ya semipodrida. Engullía, engullía, engullía, para consolarme, para acariciarme, para hartarme. Porque estar harta era mi única fuente de placer y seguridad, y el placer sólo podía procurármelo, yo a mí misma, con la comida. Engordaba casi voluntariamente. Era la perfecta venganza contra mis padres. Sobre todo contra mi padre. Mi madre podía ser tan bruta como él, pero de cuando en cuando se daba tiempo para comprarme una enagua o un suéter, o se sentaba en un rincón a coserme un parche multicolor en los jeans, porque las demás niñas los usaban así y era un placer que costaba poco dinero. De tarde en tarde, ella me preparaba un plato de comida caliente que, en un silencio que señalaba la extraña solidaridad de las mujeres, compartíamos. Estas modestas satisfacciones reforzaban el misterioso vínculo que la unía a mí en sus escasos momentos de lucidez. Fue un buen tiempo después que llegué a tener las dimensiones fantásticas que me caracterizan. Esta obesidad que los ofendía (las mujeres obesas tienen vedado el acceso a una clase socioeconómica superior, alegaban; y ellos, irlandeses de pura cepa, debían conservar su dignidad y su voluntad de progreso, pese a la borrachera, pese a la miseria, como hacía mi hermana Louise con sus calificaciones ejemplares y su conducta modelo en la escuela) fue la verdadera causa de mi exilio; sin saber de mis planes de fuga, mi madre me imploraba, llorando de rodillas, que no comiera en forma tan compulsiva, que por el amor de Dios no me atosigara de papas hervidas a medias. Pero al comprobar mi porfía, me azotaba, ya borracha, secundada por mi padre; no recuerdo que él haya tenido por mí, jamás, ni esa mínima compasión que a veces me demostraba mi madre".

–¿Y qué le pasó a Toño? ¿Conoció a alguno de sus venerados astros del béisbol? Me produce una gran simpatía ese demonio vagabundo, por no decir envidia. ¿Dónde está? Me gustaría saber algo más de él... no sé para qué. Siento una enorme atracción por los vagabundos, mayor mientras más harapientos y más dejados de la mano de Dios, lo que puede no ser más que una fijación sentimental mía; una especie de veneración, un temor sagrado, al estilo ruso, como si pertenecieran a una categoría superior de sacerdotes o santones, los únicos ante los cuales no sentiría humillación al arrodillarme para confesar mis pecados.

El auto avanzó otra vez, lentamente; si bien la Ruby deseaba hablar tranquila con Gustavo, necesitaba llegar a tiempo al Congreve/San José para hacerse cargo de su turno de medianoche, el llamado "turno de la Cenicienta".

–No tengo idea de qué fue de la vida de Toño –dijo–. Es muy natural que no lo haya encontrado jamás. La última visión que conservo de él son sus espaldas encaramándose al vagón de cola de un tren que ni él ni yo sabíamos adónde lo llevaría. Un año después de que me echaron llegué a Los Angeles, buscándolo. Pregunté por él en todas las casas de mi vecindario habitadas por mexicanos. Obtuve un trabajo de ayudante en el guardarropa de un buen bar, cerca del Rodeo Drive. Ataviada con un taparrabos de lentejuelas y un colero, lucí mis pechos y mis ancas, que la clientela admiraba y a veces palpaba. Al cabo de un tiempo, no pude seguir tolerando los chistes sobre mis kilos de más. Al dejar el trabajo me despedí del muchacho que hacía de *barman*, y que en aquellos tiempos prehistóricos de hace siete años iniciaba una empresa productora de *software* tridimensional. Me contrató como figurante desnuda para un cuadro histórico sobre una bacanal en la Roma del Imperio. Mi papel, bastante insignificante por lo demás, gustó muchísimo. Tanto, que otros productores de *software* me contrataron enseguida –mi cuerpo era muy simplemente *tridimensional,* comentaban: era natural para este medio– para hacer otros papeles nudistas. Luego vinieron más y más contratos, hasta que junté un poco de dinero; me había olvidado de Toño. Mis padres nunca contestaron mis cartas. Parece que se habían mudado a Florida. Los muchachos que me contrataron inicialmente me apreciaban, y nos reíamos mucho juntos. Desde entonces me encantan los maricas. Incluso he desfilado, sin serlo, en manifestaciones por los derechos de los homosexuales.

”Decidí tomar un par de semanas de vacaciones e ir a instalarme en un lujoso hotel de Palm Springs, un balneario de moda entre los artistas de Hollywood, construido pocos decenios atrás en medio del desierto. Tenía dieciocho años entonces. Alojada en el hotel Las Frondas, me tocó conocer a mis vecinos de mesa, una pareja que me pareció muy extraña por lo refinada y encantadora; pertenecían a una especie totalmente desconocida para mí. Esta pareja me tomó cariño, como asimismo sus dos hijitas de nueve y once años, con las que a menudo yo pasaba la tarde jugando... Me contrataron como *au pair* para irme a París con ellos y encargarme de sacar a pasear a las niñitas (se habían cambiado su apellido original, Wilstein, por el anglosajón Wilcox, más adecuado a sus flamantes millones hollywoodenses), que resultaron ser tan fáciles y encantadoras como sus padres. Junto a ellos encontré estabilidad y estímulo. Los Wilcox jamás aludieron siquiera a mi obesidad; la tomaban, parece, como una de tantas opciones en la vida. No me exigían moderación en la mesa, ni me proponían clínicas, ni regímenes... Tuve alguna vez, incluso, la impresión de que esos dos seres altos, flacos y elegantes, que se mataban haciendo dietas y gimnasia, me miraban con disimulada atención mientras comíamos, junto a las niñas, en aquel comedor con manteles de hilo y palmeras en macetero cerca del biombo, y sentían nostalgia, algo parecido a la envidia, al verme entregada a un placer prohibido para ellos. Aumentar un kilo podía poner en peligro su posición, su *chic,* su prestigio, adquirido a costa de tantas privaciones. Eran inteligentes, cultos, *snob,* sofisticados y comprensivos. Por medio de ellos, cuando me llevaban con Giselle y Amanda a su palco en la ópera, o cuando recibían en su piso del hotel Plaza Athenée a artistas, nobles, ministros y actrices (era menester que las niñas aparecieran durante un rato, para saludar a las visitas), tuve ocasión de alternar... o más bien de *observar,* siempre desde el otro lado de la barrera, el mundo del dinero, del talento y del poder. Aprendí algunos de sus trucos esenciales. Cuando por fin encontraron para las niñitas una plaza como internas en el Couvent l'Assomption, tuvieron que licenciarme. El señor Wilcox, sentado en un sillón de su biblioteca, me entregó un sobre que contenía las más calurosas recomendaciones, dirigidas a quienquiera que me ofreciera trabajo, además de un cheque muchísimo más generoso de lo esperado. Me despedí, con lagrimosos besos, de los Wilcox, de las niñas y del servicio. Mr. Wilcox me dijo: 'Eres inteligente. Estudia. Sin estudios es imposible llegar a ser alguien. Si necesitas mi apoyo, escríbeme; estaré encantado de ayudarte'. Nos besamos por última vez y me fui".

–¿Fin de la historia? ¿Después has sido siempre feliz? Me encantaron los Wilcox, su generosidad es tan judía, ¿no? ¿Los viste más tarde? ¿Tuviste ocasión de usar el apoyo que te ofreció Mr. Wilcox? ¿Y las niñas? ¿Qué fue de ellas?

–Las vi una vez más, ya adolescentes. Me llamaron para almorzar conmigo una vez que estaban de paso por Los Angeles. Me reuní con ellas y con su institutriz francesa en el Four Seasons. Fue muy claro, desde que llegué, que ya mi gordura les causaba incomodidad. Es cierto que yo había aumentado bastante de peso desde la última vez que me vieron, pero me di cuenta de que no estaban a sus anchas, y a los diez minutos, pretextando un problema no previsto, las dejé almorzando solas.

–¡Qué pena! ¿Supiste más de Mr. Wilcox?

–Él, que tiene muchas influencias, me consiguió la beca para San José. Pero no creas que mi vida ha sido un cuento de hadas, porque escollos he tenido que salvar muchos. Es cierto que logré evitar enfrentarme con gran parte de los problemas... al fin y al cabo, la vida es tolerable sólo cuando se la evita. Sí, me becaron en esta universidad, que se precia de estar emplazada en un pueblo que los provincianos de por aquí, sin asomo de ironía, llaman la Atenas del Medioeste. No hay ninguna carrera que valga la pena. El único orgullo de Saint Jo, fuera del doctor Butler, es ser una universidad muy moderna: carece de cátedras de latín y griego, pero financia, en cambio, cursos de swahili y papiamento.

La Ruby se rió cuando Gustavo le dijo que no sabía qué eran el swahili y el papiamento. Le explicó:

–Idiomas, en buenas cuentas, de la *realidad virtual*.

–Swahili y papiamento –repitió él, saboreando las palabras–. Papiamento y swahili... ¿Sabes hablar swahili o papiamento? ¿Cómo se dice "te amo" en swahili?

La Ruby contestó con una secuencia de sonidos insólitos; por supuesto, no pertenecían a idioma alguno, sino que eran un capricho del momento.

–¡Trampa! ¿Cómo voy a saber que no me engañas? Eso suena más a papiamento. Eres tan mentirosa... A ver, ¿cómo se dice "te amo" en papiamento?

–A veces digo mentiras. Pero nunca engaño.

–Esas sutilezas son tu especialidad.

La Ruby dijo que quería descansar un rato del volante y subió otra vez el auto a la berma:

–Nos falta demasiado poco para llegar.

–*Carpe diem*, eso es lo que quieres. ¿Sabes reconocerlo?

–Y prolongarlo.

Diez minutos antes habían dejado la autopista con un barquinazo y un lento descenso al camino vecinal que conducía a San José. Si bien era una ruta modesta, estaba estupendamente pavimentada y señalizada, aunque, en comparación con las ocho pistas, los tréboles y los pasos bajo o sobre nivel de la autopista que acababan de aban-

donar, le pareció a Gustavo poco más que un caminito
rural, los perales y manzanos de las granjas extendiendo
sus brazos cargados de fruta por encima del asfalto. Las
casas, distantes unas de otras, tenían jardines modestos;
parecían custodiadas por unos viejos olmos, erguidos como guardaespaldas, orgullosos de haber sobrevivido a
una peste. En los jardincitos oscuros o iluminados apenas, algunos enanos de yeso pintado jugueteaban entre
las estrellas y losanges de etcheverris; en las ventanas con
visillos bordados, muy *gemütlich*, se iban apagando las pocas luces que quedaban. La Ruby había estacionado al
amparo del cerco de thuyas recortadas. Los perros, al
otro lado, enloquecieron, corriendo y ladrando. Gustavo
admiró las flores de ese jardín.

–Son de plástico –le aclaró su amiga–. Las venden
en el supermercado, en cajas de ocho, por colores. Tienen dos espadas cada una.

–Ya me parecía raro ver tulipanes en este tiempo.
¡Hasta las flores son de plástico en este país!

La Ruby miraba fijo delante de ella, a un punto
donde no había nada que mirar; Gustavo, que la vio desa-
zonada, le acarició el pelo, palpándole las mejillas con la
punta de sus dedos, tan sensibilizados que creyó sentir en
sus yemas cómo le iba subiendo el rubor por la cara, lle-
nándosela como el vino llena una copa. Se disponía a im-
plorarle que pasaran la noche juntos, cuando la Ruby se
le adelantó:

–Quiero dormir contigo esta noche.

–¡Mi amor! Volvamos al motel Tomahawk.

–No. Es demasiado sórdido hacerlo por primera
vez en un motel.

–¿A campo traviesa, entonces, aquí en el auto?

–Ni por nada. Volvamos al Congreve/San José. Yo
entro primero, para hacerme cargo del mesón. Tú entras
diez minutos después, te quedas distraído en el *lobby* un
rato y, cuando veas que nuestro arqueólogo-conserje está
por irse, subes a pie por la escalera de servicio y me espe-
ras en el rellano, frente al 607; no es conveniente que él
note en qué piso se detiene el ascensor. La puerta de la
lavandería de tu piso está donde remata la escalera, en

esa puerta de vidrio esmerilado; por el pasillo, justo al frente, está el 607. Pero no vayas a salir al pasillo, por ningún motivo. Yo me reúno contigo diez minutos después...

–¡Qué genial estratega eres! Has cambiado mucho, mi amor...

–Ha habido tantas Rubys, todas descartadas... fueron quedando en el camino. La Ruby yoga, de las cartas astrales y de las sandalias de cuero; la Ruby revolucionaria, partidaria de los irlandeses católicos... escribí una carta al IRA ofreciéndome, pero no me contestaron; la Ruby de Gordura es Hermosura, que vino después de mi desilusión con la dieta de Olestra y bario, cuando engordé diez kilos más; la Ruby del *I Ching*, o la del feminismo radical: en ese período estuve a punto de enamorarme de otra mujer... fue por principio, claro, y no me interesó realmente. En eso, llegaron ustedes y todo cambió. ¡Tú y Marcelo me han cambiado tanto, apenas me reconozco! ¿Volveremos a ver alguna vez a Marcelo? Se me rompe el alma al pensar que es tan poco probable. En fin, quedas tú y me haces feliz.

Tenía su cabeza dulcemente depositada junto al cuello de Gustavo. Se incorporó y echó a andar el auto. Avanzaron cinco minutos sin hablar, prolongando el vasto silencio de la medianoche y del campo, hasta que, pasando un recodo arbolado, vieron en lontananza el charco de luces encendidas: las calles y las pocas casas que a esa hora velaban todavía en San José. Y en el centro de todo, como un imponente ornamento metafórico, la cúpula de oro puro del Capitolio, iluminada, lujosa y fuera de toda proporción.

–¡Saint Jo! –exclamaron ambos, como si no lo esperaran.

Todo se hizo con el mayor sigilo. La Ruby se dirigió al mesón y con su sonrisa más seductora relevó al conserje diurno. Se colocó el casquete reglamentario de terciopelo azul, con el monograma del hotel sobre la frente: mirándose en el espejo, lo sesgó sobre su ceja derecha. Gustavo entró por la puerta principal y la saludó. Al pasar, se dejó caer en una otomana de cuero castaño y se puso a hojear un *Time*. El experto en arqueología primitiva se despidió de su colega con un beso en la mejilla.

Gustavo se quedó vigilando a la Ruby. ¿Estaría sexualmente inquieta, tan ansiosa como él? Concentrada en los papeles que revisaba de pie, tras el mesón, no lo parecía, lo que no dejó de estremecerlo con un ligero resentimiento: hubiera querido que el contacto dentro del auto, toda esa ternura casi infantil que sintieron el uno por el otro, la hubiese incendiado por completo, sin dejar nada fuera de su hoguera.

Al poco rato la Ruby le hizo señas de que se acercara. Sin levantar la vista de sus papeles, le advirtió:

–Sube por la escalera de servicio, para que no te luzcas; te podrían ver. No prendas la luz. Espérame en el rellano de tu piso, detrás de la puerta de vidrio. Estoy contigo en diez minutos más: lo que me demoro en subir.

Gustavo le tocó la mano sobre el mesón. Ella frunció sus labios, mandándole un beso. Él subió los seis pisos a la carrera, sin cansarse. Encendió la luz automática en cada piso, pero no al llegar al sexto. Esperó, disimulado entre la baranda de la escalera de servicio y la puerta de la lavandería, tal como ella le había indicado. A través de la puerta con llave que conducía al pasillo del piso seis –había un boceto sobre su vidrio esmerilado–, distinguió la puerta de su propia *suite,* con su inconfundible plaquita de numeración junto al timbre: quedaba casi al frente de la puerta de vidrio que lo ocultaba en la penumbra del rellano. El pozo de la escalera de servicio no tenía calefacción. Con la espalda apoyada en la pared fría, Gustavo temblaba, sin pensar en Marcelo, ni en Nat, ni en Nina, ni en los Butler, ni en los chinos... esperando, esperándola. Pasaron cinco largos minutos, y oyó que una puerta, abajo, se abría. La silueta de la Ruby se dibujó por un segundo a contraluz, y después la puerta se cerró, anulándola. La Ruby no iba encendiendo la luz automática de cada piso al subir, pero resollaba de tal manera, avanzaba tan lentamente, que, asomándose al pozo, Gustavo le preguntó, con un susurro que cayó resonando como una piedra:

–¿Bajo a ayudarte?

–No.

–Por lo menos, prende las luces.

–¡No! Me pueden ver.

Subió un piso más: sus bufidos se aproximaban. Le pareció a Gustavo que calentaban todo el aire del pozo. También se le ocurrió que se estaba demorando demasiado en el tercer piso. Ella le susurró, con un eco sordo que subió hasta él:

–Espera. Me voy a demorar un minuto.

Gustavo encendió un cigarrillo.

–¿Estás fumando? –le preguntó la Ruby.

–Sí, estoy nervioso.

–Apaga.

–¿Por qué?

–Puede sonar la alarma del humo.

–Ah... claro.

–Apaga y espérame.

Gustavo se quedó contando los minutos. En el corredor alfombrado, afuera, no se oían pasos. La caja de los ascensores resonaba en el silencio. Oyó dos pisos más abajo los bufidos de la Ruby, demorándose ahí un poco más, quién sabe por qué; y después la sintió subir sigilosamente hasta el sexto piso: la vio aparecer –como si emergiera de la espuma del mar– poco a poco, completamente desnuda.

–¡Ruby! –gritó ahogadamente, extasiado, incrédulo, abalanzándose goloso y tierno sobre ella–. ¡Estás loca! ¡Tanto miedo que tenías!

–¿Tienes tu llave?

Él se la entregó:

–Es la misma que abre esta puerta –dijo la Ruby, metiéndola en la cerradura de la puerta de vidrio–. Espera tres minutos. Quiero entrar yo primero para esperarte lista.

¡Qué mala de la cabeza, la Ruby!, pensaba Gustavo entretanto. ¡Qué afición por el clandestinaje, que a él también lo estaba excitando, porque todo esto tenía una lúbrica ingenuidad de juego de niños perversos! Vio la comba de su espalda sobre la cerradura, reflejando la escasa luz, lechosa y fantasmal. Mantuvo la puerta de vidrio esmerilado abierta, para estar seguro de que todo andaba bien.

La Ruby empujó la puerta del 607 y entró. No alcanzó a cerrar, porque al dar el primer paso soltó un grito agudo, se le cayó la cartera con su cadenita al suelo y, al inclinarse para recogerla, se oyó otro grito de espanto, un aullido de mujer, y el golpe de lo que pareció un zapato lanzado contra la puerta. La Ruby corrió a refugiarse en los brazos de Gustavo, sollozando; con un escalofrío, él palpó su espalda viscosa por el sudor. Detrás de la puerta seguían los gritos de aquella mujer inidentificable. Bajaron dos pisos, hasta el rincón donde la Ruby había dejado su ropa amontonada. Seguía sollozando entrecortadamente mientras se vestía, apoyada en Gustavo para lograr introducir su pie tembloroso en la abertura del calzón.

–¿Quién era? –preguntó él.

–No sé –dijo ella, más serena–. ¿Cómo quieres que conozca el nombre de todas las mujeres que metes en tu *suite?*

–Pero, ¿cómo era?

–¿Cómo voy a saberlo? Tenía puesta una camisa de seda celeste. ¿Por qué no me advertiste que tenías una invitada a pasar la noche contigo?

–No seas tonta, Ruby. No hagas las cosas más difíciles.

Quiso abrazarla, acariciarla… quizás por última vez, si su furia seguía aumentando; ella rechazó su beso y sus manos, antes de salir de la oscuridad de la escala, en el primer piso, a la luz oficial del *lobby.* Al otro lado del parquet, el mesón la esperaba, vacío.

–¡Por lo menos no voy a tener que explicarle a nadie mi ausencia!

–¿Quién diablos estará en mi *suite?*

–Debe ser tu enamorada, la que te llamó por teléfono el otro día ofreciéndote *a real fuck.*

–Eso no merece respuesta.

–Es que no tiene.

Él titubeó.

–Tengo que subir y entrar como si tal cosa, y negar

de plano tu existencia. No te pueden haber identificado en los cinco segundos que duró tu intromisión…

–¿Estás insinuando que soy una entrometida?

–No, no, Ruby, ¿cómo se te ocurre? Esos problemas no son los que me preocupan ahora.

–A ti nunca te preocupan los problemas de los demás, sólo los tuyos… ¡ésos sí que son problemas!

–En todo caso, voy a subir. Al fin y al cabo, la *suite* 607 es mi *suite*. No pueden usurpármela, ni echarme de ella. No creo que encuentre a nadie. ¿Por qué nadie ha llamado pidiendo explicaciones a la conserje? ¿O ayuda? Lo que honradamente creo, mi querida Ruby, para que te des cuenta de que no eres perfecta, es que sencillamente te equivocaste de puerta. Sucede todo el tiempo, en todos los hoteles. Voy a subir a mi *suite;* te apuesto a que está vacía.

–Anda.

Gustavo le dio la espalda para encaminarse a los ascensores.

–Gustavo… –llamó ella.

Se dio vuelta para mirarla.

–Ten cuidado, mi amor, mira que puede pasarte algo y no quiero enviudar antes de casarme…

Gustavo le sonrió:

–Mi amor…

–Anda. Llámame por teléfono apenas sepas algo.

Gustavo le lanzó un beso, y desapareció hacia los ascensores.

Libro quinto

Los números primos

Capítulo dieciséis

La Ruby se ordenó velozmente la blusa y se acicaló un poco frente al espejo que había al lado del mesón. Miró el plano de las habitaciones del sexto piso: la *suite* de Gustavo aparecía ocupada; también la otra, simétrica, frente a la puerta de servicio en el otro extremo del pasillo. Corrió a detenerlo, antes de que entrara en el ascensor.

–Ahí está la solución del misterio –exclamó, mostrándole el plano a Gustavo–. Una desconocida se equivocó de extremo del pasillo y, en vez de subir en el ascensor de su lado, subió por el del tuyo y se instaló en tu *suite*. Debe haber estado borracha. No recuerdo cómo era, pero me dio la impresión de que estaba un poco *groggy*.

–¡Brillante! –la celebró Gustavo–. Pero no llames por teléfono todavía, mira que tenemos que pensar en cómo justificar tu aparición en la *suite* 607, desnuda y a las doce y cuarto de la noche. ¡Qué locura fue ésa!

–¿Estás arrepentido?

–¡Al contrario! Me encanta. Quisiera repetirlo, si fuera posible... y ya no es posible, nuestra inocencia está perdida. No me sorprendería verte llegar a cualquier parte como Dios te echó al mundo.

–Ya sé: si esa mujer te dice algo, convéncela de que fue una alucinación suya. Seguro que estaba drogada... con pastillas para dormir, supongo, o tranquilizantes. ¿Vas?

–Voy a subir y entrar con mi llave, como si tal cosa. Te diré que es bastante desagradable hacerlo.

–Espera...

–No puedo esperar más.

–¿Por qué no?

–¡Por curiosidad! Me urge saber quién está en mi habitación.

–Telefonéame. Si necesitas ayuda para desalojarla, yo despierto a los rondines para que te ayuden a deshacerte de la intrusa. ¡Es el colmo, francamente!

–Espero que las cosas no lleguen a tanto.

–Esa señora me vio y puede hablar, Gustavo.

–Te llamo apenas sepa quién es.

–Sin falta.

Gustavo se dirigió a los ascensores.

Desembarcó en su piso. Sacó la llave, pero titubeó: ¿golpear o no? No golpear. No tenía ninguna razón certificable para suponer que hubiera alguien adentro... era necesario que la intrusa clasificara a la Ruby como una aparición, un espectro de la fatiga y el sueño. Abrió la puerta sin pensar más y entró: un zapato lo golpeó con violencia entre los ojos, cegándolo. Se tambaleó, entre aturdido y furioso, y avanzó dos pasos más, pero una voz demasiado conocida le gritó:

–¡Gustavo!

Abrió tamaños ojos al reconocer la voz de Nina.

–¡Casi me matas! –farfulló.

Nina tenía un bulto acunado en sus brazos.

–¡Nat! –exclamó Gustavo, encendiendo la luz–. Déjame verlo.

Y sin siquiera darle un beso a Nina, se acercó a escarbar en ese tumulto de chales y pañales:

–¡Es un guarisapo!–dijo–. ¡Qué feo es!

–Igualito a ti, no más.

–¡No me vengas con eso a la hora nona! Para que sepas, hay personas aquí que no me encuentran feo.

–Exótico te hallarán.

–¡Es tan chico y tan flaco!

–Es ochomesino el pobrecito.

–¡Mira ese pelito negro, como una pelusa, que le sale casi de las cejas! No me vengas a decir que eso no es raro. Y llora como un chincol... Pajarito, ¿no le dices nada a tu papá?

–A mí ni me has mirado.

–A ti te tengo muy vista.

–Ni un beso de bienvenida por esta sorpresa...

La besó en la frente.

–Bah, muchas gracias... peor es nada, dicen.

–Tiene un olor raro esta guagua.

–A caca. Vas a tener que acostumbrarte.

Gustavo arriscó la nariz.

–Es caquita de tu hijo, Gustavo, no puedes reaccionar así...

Nina había desempaquetado al niño sobre la cama.

–No es caca –dijo–, es pipí. No sé por qué este niño tiene *tan juerte l'orina*, como decían los huasos en el fundo de mi papá.

Mientras cambiaba a Nat, sin mirar a Gustavo, le dijo:

–No me has preguntado por qué estoy aquí.

–¿Por qué estás aquí? Te esperaba dentro de un mes.

–Lo dices como si no te gustara esta sorpresa. Me dan ganas de volverme a Santiago ahora mismo.

La miró: estaba inclinada sobre la cama para terminar la muda, manipulando ese cuerpecito liviano, de pollo desplumado; ella también tenía el espinazo flaco. ¿Así iba a ser el espinazo de Nat cuando creciera? Lo haría practicar deportes desde chico. La tomó de la cintura, besándola en la cara.

–No me has contado por qué esta sorpresa.

Todavía sin mirarlo, Nina le susurró:

–¿Agradable?

–No seas tontita.

–No me has contestado. Dime sí o no.

–Claro que sí pues, Nina. Muy agradable. Pero también inexplicable. Te echaba de menos. Te lo dije por teléfono. Hasta lloré.

–Sí. Pero después llamaste una sola vez más... Mira, se durmió.

–Parece que se estuviera ahogando, porque no respira. Te llamé una cantidad de veces más. ¿No se va a caer de la cama? Dicen que los niños que se caen de la cama se ponen tontos.

–No se mueve. No creo que se caiga.

–Ven, entonces.

Gustavo se arrellanó en el sillón del dormitorio, junto al televisor. Se palmoteó las rodillas, tentando a Nina para que se sentara en ellas, una ventaja con la que la Ruby no podía competir. La reciente aparición desnuda de su amiga, en todo caso, parecía haberse extraviado entre los pliegues del sueño de Nina. ¿Qué sucedería si no la hubiera olvidado? Nina no tenía la menor vocación para el género picaresco y podía ofenderse. Estaba de pie, en camisa de dormir, sosteniéndole la mirada sin decir una palabra. Él le preguntó:

–¿Y esa camisa de dormir? Qué linda. Te queda muy bien. ¿Es nueva?

–De mi *trosseau*.

–No te la había visto. No parece que tuviera once años.

–Nunca me la puse, finalmente. Siempre la guardé para mejor ocasión.

–¿Ésta sería la mejor ocasión?

–Depende de ti.

–Por favor, no me cargues con toda la culpa a mí.

–¿Culpa de qué? Nadie ha hablado de culpa. Te estás echando al agua solito, oye. Algo habrás hecho.

–Puede ser. Pero todavía no me has dicho por qué te viniste de repente y sin avisar.

–Estás cambiando de tema. En fin, hacía mucho que estaba con ganas de reunirme contigo. Te echaba de menos. Y aunque rabiaba con tus gastos de teléfono, me gustaba que me llamaras. Una vez hasta lloraste. ¡Me echabas tanto de menos, dijiste! Eso una mujer no lo olvida. Y después dejaste de llamar. Yo me desesperé telefoneándote una y otra y otra vez, y nunca estabas, ni aquí ni en tu oficina. No entiendo por qué.

–Debe ser porque andaba buscando casa. Me costó mucho encontrar una que me gustara. Mañana podemos ir a verla. Es preciosa, al lado de un río y todo. Puede ser que no haya zancudos...

–No seas idiota, no me tires maní como a un mono cambiándome de tema. No sé tú, pero yo no me he puesto idiota todavía. ¿Qué andabas haciendo? No me vengas con ese cuento de que andabas viendo casas de noche.

–La verdad es que Marcelo Chiriboga, que te dije que estaba aquí, es muy bueno para la farra y salíamos hasta tarde casi todas las noches. Pero ya se fue...

–¿Y hoy, por ejemplo? Si Chiriboga se fue, ¿en qué te quedaste hasta tan tarde?

Gustavo se puso de pie. Fue hasta el moisés y entreabrió el chal para mirar a su hijo. No vio más que algo como una nuez terriblemente arrugada entre las espumas del ajuar. Nina fue a la ventana: descorrió un poquito la cortina y después el visillo. Cuando el trozo de noche estrellada cayó dentro de la pieza, volvió a correr la cortina, excluyéndolo todo, porque le dio miedo. Gustavo fue al baño, donde trató de orinar sin éxito, porque lo había hecho hacía poco rato, a campo traviesa. Mientras se lavaba las manos morosamente, interpeló a su mujer:

–¿Qué te pasa, Nina? Estás muy rara.

–No digamos nada de lo raro que estás tú.

–Llegué tan tarde porque fuimos a dejar a Marcelo Chiriboga al aeropuerto, y después paramos a comer algo en el camino de vuelta.

–¿Por qué estás hablando en plural? ¿Quiénes son los que "paramos a comer algo"?

–Nos llevó una amiga de Marcelo.

–¿Y tuya?

–También. ¿Por qué no voy a tener amigas?

–Parece que la quieres mucho.

Gustavo enrojeció, tartamudeando:

–Sí. Muchísimo. La Ruby fue muy buena con Marcelo.

–¿Contigo también?

–Claro.

–¿Se llama Ruby esta tipa? ¡Qué ridiculez de nombre!

–No sé qué tiene de particular llamarse Ruby.

–¡Huy, cómo defiende el caballero a su amorcito norteamericano!

–¿Y tú, has visto a la Ruby?

–¿Dónde quieres que la haya visto, pues Gustavo?

–Conócela primero, y después me das noticias. A ver si crees que es posible enamorarse de una mujer como ella... o tenerle celos –mintió traicioneramente Gustavo, ruborizado por su propia falta de nobleza. Algo en él se conmovió, y quedó arrepentido, rogándole mentalmente a la Ruby que lo perdonara. Nina lo notó agitado:

–Te creo, mi amor. Lo que no quita que pueda ser otra.

–¡Qué va a ser otra, si estaba tan preocupado por ti! Llamaba y llamaba por teléfono a la casa y nunca estabas. Llamé a tu mamá, a tus hermanas, a tus colegas. No sé si habrá sido un complot, pero parecía que me reconocían la voz: cuando decía que era de Estados Unidos, de parte mía, colgaban. Y no sé por qué, en la casa de nosotros ni siquiera levantaban el fono. No estaba ni la Rosalía, parece, que le encanta el teléfono. ¿Qué pasó? ¿Te fuiste a El Quisco? ¿En pleno invierno y con una guagua recién nacida? ¡Qué inconsciente eres! Y ni siquiera hacerme llegar un mensaje, dejarme dicho con alguien... ¡Si hasta a la casa del pediatra llamé! Claro que a las dos de la mañana, y nadie me contestó.

–No me fui a El Quisco. No he ido ni una sola vez desde que nació Nat. Cuando supe lo tuyo, agarré a Nat y con la Rosalía nos fuimos a instalar en la casa de mi mamá. Ella, mis hermanas y mis primas han sido un apoyo maravilloso para mí. Hasta la Rosalía está picada contigo... no quiere saber nada de ti.

–¿De qué me estás hablando? No te entiendo. ¿Por qué está picada conmigo la Rosalía? ¿Qué le he hecho?

–Tan picada que se negó a hacerte las empanadas que yo te quería traer; ni el pan de huevo, ni el manjar blanco... te los hizo la Samuela de mi mamá. Movilizó a toda la casa y estuvo amasando hasta tarde antenoche. ¡Antenoche! Es increíble estar aquí, tan lejos, con el niño, en tan poco tiempo...

–No me importa que la pesada de la Rosalía no me haya hecho las empanadas. Siempre me han gustado mucho más las de la Samuela, para que sepas. Ésas que nos servía tu mamá los domingos cuando íbamos a almorzar a la calle Huelén.

–Que no te oiga la Rosalía, porque se me va; ¡y yo no puedo vivir sin ella!

–¿Que no estaba tan picada conmigo? ¡Soy yo el que debería estar picado con ella!

–Ella... y para qué te digo nada mi mamá y mis hermanas. Y mis primas. Y una amiga de esa colega mía, la Aminda Flores, esa negrucha flaca que no te gusta, me llamó por teléfono sin conocerme y me dijo que a ella le había pasado lo mismo...

—No entiendo nada. ¿Qué hice yo? A ti, ¿qué te pasó? ¿Por qué la mitad de Santiago está hablando de mí? ¿Qué has contado por ahí? Seguro que alguna locura tuya... alguna ocurrencia sin pies ni cabeza.

—Tienes pies. Y tiene cabeza.

—¿Qué dices?

Sentada al borde de la cama, Nina se desarmó repentinamente con un sollozo y se cubrió la cara con las manos. Sus hombros frágiles se estremecían. La seda de su camisa de dormir dibujaba los ángulos de sus rodillas. Tenía el pelo pegoteado, las fibras del cuello tensas, el pecho hueco, los pies metidos en unas cómodas, prosaicas pantuflas de moletón a cuadros. ¿Por qué las mujeres tenían la manía de creer que estar cómodas significa vestirse con cosas viejas y horribles?, pensó Gustavo. ¿Acaso verse feas es la única manera de sentirse cómodas? Fue a sentarse en la cama, junto a su mujer. ¡Qué distinta de la estudiante que cantó *Isabelle, si le roi savait ça* bajo una lluvia de pétalos! ¿Era posible seguir queriéndola después de conocer la abundante calidez de la Ruby, su inteligencia libre, aquel espumeante regocijo, pese a sus dramas? Para intentar querer de nuevo a Nina, le puso su mano abierta sobre el muslo. Ella, inmediatamente, le echó los brazos al cuello y continuó con sus sollozos. Él estrechó su diminuta cintura; le gustó tanto como siempre le había gustado... pese a que abrazar el gran ruedo de la Ruby le producía un placer no muy diferente. ¿Por qué tenía que ser una o la otra, y no ambas, cada una a su manera?

—Mi amor, no llores... —la consoló.

—Dime que me quieres.

—¿Qué te pasa, Nina?

—No me lo has dicho. Las mujeres necesitamos que nos repitan que nos quieren, una y mil veces. Nunca es suficiente. Dímelo...

—¿Cómo te lo voy a decir si estás enojada conmigo y no se me ocurre por qué?

Nina se incorporó. Se sonó la nariz con un *kleenex* y se secó las lágrimas. Las manos le temblaban, pero lo miró de frente:

—Me lo escribieron todo.

—¿Quién te lo escribió?

—¡Ah, quién! Eso es lo que quieres saber. No preguntas *qué* me escribieron, porque sabes muy bien lo que es, sino *quién* traicionó tu secreto. Te estás entregando atado de pies y manos.

—¡Qué insoportable eres! No sé cómo te he aguantado tanto tiempo. Te voy a decir la verdad: lo he pasado brutal aquí estos días solo.

—Así lo he sabido. Que lo estás pasando brutal.

—¿Qué tiene de malo?

Nina dejó pasar un instante de silencio, y dijo:

—Dicen que andas con una mujer joven. ¿Estás repitiendo el cliché del profesor maduro que seduce a una alumna ingenua, impresionada por el caudal de su sabiduría?

—No hay *una* mujer. Tengo varias amigas.

—Y parece que algunas enemigas.

—¿Enemigas? ¿Yo? No veo por qué.

—En todo caso, quiero decirte que una de ésas, probablemente una de las rechazadas, me escribió a Santiago diciéndome que todo el campus murmuraba acerca de tus andanzas con esta chiquilla... No creas que tengo ganas de hacer el ridículo.

—Ésa es una mentira de mujer envidiosa. Nadie puede saber nada.

—¿Has sabido ser discreto, entonces? Te felicito.

—Sin embargo, por lo que tú dices, parece que lo supiera todo el mundo. Y con tu ayuda, también lo saben todos en Santiago... ¡Qué vergüenza! ¿Te dicen además quién sería mi preferida?

—No.

—¿No sabes su nombre, ni a qué se dedica, ni cómo es?

—Nada. Lo que ya te dije, no más.

Gustavo dio un suspiro de alivio que Nina percibió.

—Qué bueno que la gente sea discreta. ¿No te parece? —observó.

—¿Quién escribió la carta? Dime inmediatamente

quién escribió esa carta difamatoria, para ir a matarla por joderte la vida de esa manera allá en Santiago. No hay derecho, francamente...

—¿No será otra enamorada tuya?

—Mis enamoradas no escriben cartas. Hacen otras cosas más ricas.

—No seas indecente.

Gustavo se puso de pie, muy alto junto a la cama, desde donde lo miró Nina. Pero Nat comenzó... ¿a crujir?, ¿eso era? Y Nina le dedicó toda su atención, olvidándose de su marido. Mientras lo arrullaba para que se durmiera de nuevo, dijo:

—Terminaba la carta con un garabato que parecía ser una *M* y una *B*. Tú sabrás quién quiere hacerte daño.

—¡Maud Butler! ¡Vieja intrusa! No sabía que quisiera hacerme daño.

—Ah. ¿Así es que sabes quién es la mujer despechada? Debes haberla herido mucho a la pobre, como sólo tú eres capaz de herir, y lo haces sin darte cuenta: hieres a todo el mundo, con un chiste o con historias contadas sin pensar en los demás, sólo en ti mismo, en brillar... A mí, por ejemplo, tu falta total de tino me ha dejado llena de moretones durante nuestra vida juntos. Pobre Maud Butler. ¿Es muy linda?

—Maud Butler es la hermana del famoso doctor Jeremy Butler, la lumbrera de estos pagos...

—Mejor, porque arribista sí que eres.

—Tiene ochenta y cuatro años y es una especie de muñecona ridícula. Además de sorda como una tapia, usa audífonos de colores que hacen juego con sus vestidos. Vive confundiéndolo todo. En todo caso, mi amor, no sabe escribir, y para qué decir hablar, en castellano.

—Le habrán traducido la carta.

—¿Quién?

—Tú sabrás quiénes son sus amigas.

—No puede ser.

—¿Qué no puede ser?

—Josefina Viveros.

—Creí que era íntima amiga tuya.

—Por lo que veo, las cosas no son como yo pensaba.

–Pero, ¿por qué lo hizo?

–Yo estimo mucho a Josefina, y me interesa, porque es un personaje convulsionado. Jamás se me ha ocurrido pensar en ella como una persona veraz ni leal. Sus cualidades son otras, y no tienen nada que ver con todo esto. Pensándolo bien, no me parece imposible que ella haya traducido la carta de Mi Hermana Maud. ¿Quién sino Josefina?

–¿Quién es *Mi Hermana Maud?*

–Después te cuento.

–Pero no es *tu* hermana...

Nina, sin ninguna necesidad, tomó a Nat en brazos. Gustavo pensó que lo hacía con cierta malicia, como una *Madona con el niño.* Era una actitud tan clásica, *tan vista,* que no podía haber tomado a su hijo en brazos, frente a su marido, con inocencia. A Gustavo le dio rabia. Nina se sacó del escote un pechito exiguo y le puso el pezón en la boca a su hijo, que al instante comenzó a chupar. Gustavo, confuso e irracional, le dijo:

–Deja al niño. No quiero que le dediques toda tu vida a él.

–Es que a esta hora le toca.

–¡Déjalo, te digo...! –casi gritó, odiando a ese chiquillo feo y desconocido que invadía su intimidad, adueñándose de un pecho que le pertenecía sólo a él.

–¿Para qué? –preguntó Nina desafiante.

–Para esto –respondió él, avanzando; Nina vio, estupefacta, que él le arrebataba al niño de los brazos y lo depositaba en el medio de la cama de dos plazas.

–¿Estás loco? –gritó ella.

El niño comenzó a llorar su llanto de pájaro diminuto. La teta de Nina colgaba, con aspecto de estar vacía –aunque baboseada–, sobre su camisa de seda: por consolar a su hijo, se había olvidado de guardarla.

–Mira lo que has hecho, bruto, animal. ¡Qué torpe eres!

–Ahora voy a ser más torpe todavía.

Y la tomó de los hombros, zamarreándola, abrazándola, pegando al suyo el exiguo cuerpo de Nina, violentamente despierto, besándola en la boca, mojándosela, y los cartílagos de sus orejas y su nariz, y los pliegues delicados de sus párpados, mientras Nat, sobre la cama, se desgañitaba llorando. Esta vez sí que la guagua se había hecho caca, porque la habitación estaba hedionda.

Le quitó la camisa de seda a su mujer, rasgando el escote. Nina, entregada, suspiraba hondo, semidesnuda, como si conservara púdicamente su frío pese al abrazo. Sin hacer caso de los llantos de Nat, rodaron encima de la cama, junto al niño, e hicieron el amor desaforada y copiosamente en su presencia, entregados, sin premeditación ni preparativos, como si ésa fuera la primera vez y ellos un par de chiquillos entusiastas. Finalmente, cuando pareció despuntar el alba, se quedaron dormidos, él al borde de la cama, abrazando a Nina, que tenía a Nat cerca de su espalda. La guagua también se durmió. Entre sueños, Gustavo reordenó lo ocurrido. Se dio cuenta de que, mientras hacía el amor con Nina, pervivía en él un ápice de libertad que le escamoteaba ese cuerpo mínimo, de piel lisa pero fría, y recreaba el de la Ruby, y fue con la Ruby que hizo el amor, como en una escena de *realidad virtual*.

Al despertar, a la mañana siguiente, Gustavo fingió que seguía durmiendo. Sentada entre las sábanas, desnuda aún, Nina se puso a Nat al pecho, y el niño comenzó a mamar vorazmente, atragantándose. Ella miraba a su cría con una atención animal: le limpiaba la boca y las legañas con un algodón, como si lo hiciera con su propia lengua, como las perras. Después de sacarle los flatos, colocó a Nat, satisfecho y dormido, entre su propio cuerpo y el de Gustavo, que la odió por establecer esa separación entre él y ella. Nina se pasó de memoria una peineta por el pelo, sin espejo. Como no tenía ganas de levantarse, se inclinó sobre el cuerpo de Gustavo, a quien creía profundamente dormido, para recoger del suelo de ese lado el camisón de su ajuar, usado esa noche por primera vez, y que él, en un arrebato de pasión –sintió el orgullo de ser capaz, a su edad y después de tantos años de cotidiano vínculo, de despertar la pasión en su marido–, le había rasgado. Se hundió luego en la muerte provisional del sueño. Acurrucado en su borde de la cama, Gustavo intentó dormirse otra vez. Quería rechazar esta realidad, con la esperanza de que la Ruby lo convocara de nuevo a la todopoderosa *realidad virtual* del calor de su abrazo, donde él y ella lo olvidaban todo menos sus cuerpos, lastimados por la llaga de sus confidencias. ¿Qué podía importarle Josefina? ¿Qué lo preocupaba de Maud, si la Ruby estaba dispuesta a acogerlo?

–¡Qué pena! –exclamó Mi Hermana Maud, mirando desde la ventanilla del auto los arces enrojecidos que bordeaban las calles.

–¿Pena de qué? –le preguntó Jeremy, irritado ante esa irrelevante exclamación que cortaba su discurso sobre un viaje que él había hecho a Italia, en un otoño pretérito.

–De que llueva: no vamos a tener un otoño rojo este año, y Mrs. Zuleta no podrá conocer nuestro campus en todo su esplendor. Mira, Josefina, ya se están cayendo las hojas... esa dueña de casa aprovechó el escampado para barrer su cuneta. Me figuro que se le habrá atascado un desagüe...

El doctor Butler cortó bruscamente la divagación de su hermana:

–¡Me has hecho perder el hilo, Maud! Como decía, en Agrigento y Selinunte despachamos temprano los templos y tomamos el tren a Paestum.

–Eso queda cerca de Nápoles, ¿no? –preguntó Rolando, que conducía lento, como les gustaba a los hermanos Butler.

–Al sur –explicó Jeremy–. El otoño de la Magna Grecia no necesita vestirse de rojo, como en las tarjetas postales de Nueva Inglaterra, para ser impresionante: es magro, esencial, esquelético. Escasea la adiposidad de la vegetación.

–¡La adiposidad de la vegetación! ¡Qué frase más feliz, doctor Butler! –exclamó Josefina–. Usted debió haber sido escritor.

–Lo he sido… Mi primera publicación nada tuvo que ver con la ciencia: se tituló *Recuerdos de Italia,* en 1925… En ese tiempo yo era Rhodes Scholar en Oxford. Mi vecino de cuarto, en Magdalen, era un músico; Bates se llamaba, norteamericano como yo. Tuvo una carrera interesante después, hasta que a los treinta y dos años los franquistas lo fusilaron: combatía por la Brigada Internacional. Como ni él ni yo teníamos dinero para viajar a Estados Unidos, ese otoño del 24 nos fuimos a Italia. No sé por qué uno de mis profesores sostenía que Euclides había nacido en Selinunte, hipótesis antojadiza con la que no me he vuelto a topar. No nos parecieron nada de seductoras ni Selinunte ni Agrigento (nos habíamos dirigido a Sicilia directamente desde Londres, tras la pista de Euclides), sobre todo porque miraban hacia África, un mundo que carecía de las reverberaciones clásicas que nosotros andábamos buscando. Tomamos, como dije, un tren a Paestum. Llegamos al anochecer: caía una profunda noche color violeta, caudalosa de estrellas sobre las olas clásicas del mar Tirreno: el templo de Hera se recortaba en proporción áurea contra el Mediterráneo. ¿Qué más podíamos pedir? Como éramos jóvenes y dueños de largas y ágiles piernas norteamericanas, trepamos hasta la cornisa, donde nos instalamos a contemplar el mar. Hablamos de lo humano y lo divino, y de nosotros, hasta la madrugada. Dormimos encumbrados allí. Nos despertó el sol del mediodía. De ese diálogo Bates salió con una vocación musical admirable, y yo quedé convencido de la necesidad de dedicarle mi vida a la elegante eficacia de mis teoremas. Una vez de vuelta en Oxford, Bates compuso una sonata *(Opus 4),* que dedicó a "mi amigo Virchow"; yo le dediqué mis *Recuerdos de Italia* a "mi amigo Brahms", en memoria del legendario viaje de esos dos íntimos, el gran patólogo y el admirado músico, eternizado en el *Concierto de piano número dos* de Brahms, que también se conoce como los *Recuerdos de Italia.* Lo tarareamos desde la cornisa del templo de Hera esa noche. Y olvidamos a Euclides, porque sentimos que el Tirreno anochecido nos proporcionaba un eco de la armonía del pensamiento euclidiano.

Era como si el doctor Butler hubiera calculado la duración exacta de su parlamento –no era imposible, acostumbrado como estaba a calcular tantas conferencias que en su vida había dado–, porque justo con su última frase Rolando detuvo el auto, al pie de la escalinata del Congreve/San José. Venía pensando: ¿por qué no redactar un artículo aprovechando lo que el gran matemático acababa de contar? ¿No era ésa otra faceta de esta celebridad, desconocida por el estúpido público que se nutría de anécdotas? Mientras Rolando estacionaba, Josefina enarboló un gran paraguas para proteger a los Butler; entraron al hotel, y ella marcó, en el mesón del conserje, el 607.

–*Gustavo Zuleta speaking*.

Josefina había oído que Nina le susurraba a su marido: "Contesta tú, mi amor, yo no conozco a nadie aquí".

–¿Gustavo? –preguntó Josefina.

–¿Josefina? –preguntó Gustavo.

–Buenos días. ¿Cómo llegó Nina? ¿Tuvo buen viaje?

–¡Estupendo! El avión ni se movió. Pero está agotada.

–¿No será que la pasión del reencuentro la dejó agotada?

Gustavo se rió. A Nina no le iba a gustar nada esa clase de bromas, especialidad de los Viveros. Josefina continuó:

–Estamos aquí abajo, en el *lobby*. Vinimos a saludarlos. ¿Podemos subir a darle un beso a Nina, y a que nos muestren a Nat?

Oyó la misma voz: "No, no... ahora no...".

Sin hacerle caso, Gustavo dijo:

–¿Pueden esperar unos diez minutos? Nina va a tener que cambiar al niño y echarse una mano de gato.

–Trajimos al doctor Butler y a Mi Hermana Maud.

–¡Son tan de etiqueta, por Dios, Josefina, y esto está todo revuelto! ¿Cómo se te fue a ocurrir traerlos? En fin, pídeles excusas en mi nombre, diles que tenemos que prepararnos, y lo mismo la guagua. Esperen diez minutos en el bar del sótano, en el salón de encina. Hay televisión y todo.

"¡Veinte minutos, por lo menos!", volvió a susurrar Nina.

—En diez minutos, entonces...

—Ponme a Nina en el teléfono. ¡Quiubo, mi linda! ¡Por fin vamos a conocerte a ti y a Nat! Vamos subiendo a darles un abrazo, aunque estés en paños menores... un beso no más. Cinco minutos, para darte la bienvenida... No te preocupes, si todos tenemos mucho que hacer los lunes.

—En veinte minutos —alcanzó a decirle Nina, pero Josefina ya había colgado.

Rabiando, rabiando, Nina fue perfectamente eficaz y rápida para hacerlo todo: recoger, cambiar a Nat, que estaba fétido a caca, maquillarse —ya que no alcanzaba a darse una ducha— y ordenar la cama, acusando a su marido de abusador, tan machista con sus exigencias. Mientras oía sus reproches, Gustavo metió la ropa desparramada dentro de las maletas y así, a medio cerrar, vomitando toda clase de prendas íntimas, las escondió en un closet ya repleto, junto a un pequeño canasto estilo Caperucita Roja, cubierto con un paño blanco cosido al ruedo de mimbre. Miró a Nina en calzón, enagua y medias, parada frente a la ventana. Alzó los brazos para alisarse el pelo, sin la elegancia de *otra* —pensó él—, sin esa sugerencia de todo un mundo de caricias... aunque su perfil trazaba una línea finísima al quedarse con la vista fija en la pradera; ¿o era el vidrio mismo lo que examinaba? El vidrio... Gustavo enrojeció al recordar que una tarde, después de visitar al médico, la Ruby había llegado con una radiografía de su tórax. El galeno, sin fiarse de las apariencias, se la había pedido: al fin, la pronunció sana. La Ruby había subido al 607 con el gran sobre.

—Regálamela —le pidió Gustavo cuando ella se la mostró.

—¡Qué tontería! ¿Para qué?

—Me encanta. Eres tan preciosa por dentro como por fuera. Quiero tenerte sin el disfraz de tu carne; es como ir más allá... ¿Me la regalas?

Se la dio. Estuvieron sentados un buen rato en la cama, comentándola admirativamente. ¿Cómo se llamaba el poeta que hablaba de "el jardín azul de tus pulmones, tu garganta elegante y anillada?". Gustavo sentía que tenerla así, por dentro, era como tenerla de todas las maneras posibles. Pegó la radiografía en el vidrio: era hermoso contemplar el paisaje a través de sus costillas.

—¿Y esto? —preguntó Nina al fijarse en ese *vitreau* anatómico.

—De la Ruby.

—¿Por qué la tienes pegada aquí?

—Cuando la Ruby vino a dejar sábanas para la cama, porque además de conserje es *dueña de casa* en el hotel, estuvo mirándola en el vidrio para preguntarme cosas sobre su enfermedad... ya sabes lo aficionado a los médicos que soy yo.

—¿Está tísica la pobre?

Gustavo se rió:

—Tú me dirás si te parece tísica cuando la conozcas. Despégala para devolvérsela. Se me había olvidado.

Era mentira, porque se regocijaba en ella todas las mañanas mientras se hacía el nudo de la corbata.

Nina la desprendió del cristal y se la entregó. La noche anterior, después de satisfacer a su esposa, él había llorado en la oscuridad, meditando que su vida —¡qué admirable oportunidad para autodramatizarse!— ya nunca sería lo que había sido. Sin proponérselo, la Ruby se la había roto. En su corazón ya no cabía otra criatura.

Nina había dejado un vestidito de seda gris, de lo más *soigné*, extendido sobre la cama. Estaba pasándoselo por encima de la cabeza cuando, semiasomada entre los pliegues, le preguntó a su marido:

—¿Es muy amiga tuya la Ruby?

—Espera a conocerla, te digo, antes de ponerte celosa.

Terminó de peinarse: sin mejorar su aspecto, pensó vengativamente Gustavo. Iba a decirle algo, para contrarrestar su propia deslealtad con su amiga —decirle, por lo menos, que la Ruby se había portado magníficamente con él, perdonándole incluso ciertos manejos económicos discutibles—, pero golpearon a la puerta.

—¡Qué pesados! —gruñó Nina—. Ábreles, son tus amigos...

Esperando a las visitas con Nat en brazos, puso lo que en Chile llaman *cara de palo*, para que desde el principio la vieran dispuesta a conservar una elegante y distante formalidad. Maud y Josefina la avasallaron con efusiones y besos, a ella y al niño, mientras, después de saludar a Nina con más sobriedad, Rolando y Jeremy se acomodaron en el sofá de la alcoba –apenas cabían el sofá y los dos sillones, pero ésa era la razón de que la 607 se llamara *suite*, no dormitorio, y costaba tres veces más, según había explicado la Ruby–, y Gustavo se instaló con ellos para atenderlos, obedeciendo a Nina, siempre impositiva con sus maneras cortesanas del barrio Blanco Encalada. Nina se replegó un poco ante el exceso de inmotivados besos con que Josefina la agobiaba, mientras Mi Hermana Maud sostenía a su retoño con una mueca entre el pavor y el asco. Cuando Josefina transfirió sus caricias al niño, arrullándolo, Maud se animó, sumando a las de Josefina sus propias exclamaciones.

Nina fue al baño a llenar de agua un florero para el gigantesco ramo –casi puro verde, observó– que Josefina le traía: exuberante sobre el tocador, invadió la sobrepoblada habitación con tal atmósfera de selva que a Nina le bastó un mínimo de fantasía para que las ramas siguieran creciendo con frondosidad de helechos y flores carnívoras, con lagartos empollando huevos y monas descendiendo por las lianas para amamantar con sus tetitas alargadas –como las suyas, pensó– a sus crías chillonas, entre ellas a Nat. Sacudió la cabeza para ahuyentar esas imágenes, y les preguntó a los hombres si se encontraban a su gusto en el sofá. Con un mohín encantador le rogó a Rolando, que había encendido su pipa:

–Perdón, profesor Viveros, pero el humo les hace mal a las guaguas...

–¡No faltaba más, Ninita, por Dios! Si el vicio no es para tanto.

Los hombres comentaban la repentina partida de Marcelo Chiriboga y sus misteriosas relaciones con la Ruby, causa de lo que, en buenas cuentas, había sido una fuga.

–Simpática la Ruby, buena para el picoteo –opinó Rolando–. No sé si para grandes amores.

Amable y sonriente, aceptando cualquier cosa que se dijera, Gustavo tuvo durante un segundo la loca esperanza de que la escena de gineceo que se desarrollaba en el cuarto vecino no fuera más que *realidad virtual*, y que los verdaderos Nat y Nina se hubieran perdido en uno de sus innumerables cambios de avión durante el viaje... o de que su madre, sus primas, sus colegas, sus médicos hubieran logrado retenerla en Chile... o de que el nacimiento de Nat no fuera más que una broma pesada, aunque desgarradora. Una de las mujeres alzó la voz para preguntarles qué edad se suponía que tuviera Adèle de Lusignan. Rolando respondió:

–Dicen que es alta y majestuosa. Su edad no la ha revelado Dios a los hombres. La única forma de averiguarla sería con la prueba del carbono 14...

El doctor Butler, hoy animado y lúcido, continuó:

–...la conozco desde que llegó aquí, y la estimo. Es una chiquilla excepcional. Y, cosa que no todos aprecian en ella, tiene una inteligencia muy fina, pese a sus absurdos arrebatos y sus entusiasmos juveniles. Cuando se trató de que fuera mi secretaria, comencé a explicarle el enigma de los números primos: aunque le faltó base para seguir, entendió bastante más que una persona del montón. No, no se puede despachar a la Ruby así no más, diciendo que está buena para el picoteo...

Rolando enrojeció con el desaire que le hacía el doctor Butler al contradecirlo... Pero claro: ¿no se murmuró acaso que fue su amante, por lo menos durante esas semanas de preparación para su labor secretarial junto al sabio? ¡Con razón la defendía! Desde el gineceo, Nina, que había parado la oreja, preguntó:

–¿Quién es esta Ruby?

–Una muchacha un poco gorda –contestó el doctor Butler.

–No le hagas caso –le dijo Josefina al oído–. Es un verdadero elefante, mi linda. Que es buena para el picoteo lo saben casi todos los hombres de este pueblo, e incluso dicen que algunos *gay*...

–¿Tú también lo sabes? –le preguntó Nina a Gustavo, que se ruborizó.

–No te preocupes –volvió a susurrarle Josefina–. La Ruby es vergonzosamente virgen, la única, dicen, que va quedando al oeste del Mississippi. Un fenómeno que concita la atención de innumerables estudiosos y turistas: es como si fuera un monumento histórico, una curiosidad paleolítica.

–Este niño es Libra –estaba diciendo Mi Hermana Maud, sin permitir que le quitaran a Nat de los brazos–. Con ascendiente en Leo...

–¿Será de asbesto este techo? –quiso saber Nina.

–Puede ser. Conozco a una señora que tiene una amiga que se murió de cáncer por dormir debajo de un techo de asbesto.

–Hasta en Chile se dice que es peligroso. ¿Cómo es posible que suceda en un país como éste?

–Tienes que visitar el pueblo, es muy bonito. Y ver la instalación de Pier-Paolo Vitello en la biblioteca. Muy estimulante...

–Y los Libra con ascendiente en Leo, generalmente, son artistas...

–Lo que quiero saber es si hay alguna misa por la tarde durante la semana –dijo Nina–. Quisiera comulgar.

–No tengo idea. Hay que preguntarle a la Ruby.

–¿Es católica, la Ruby?

–Católica, apostólica y romana, la Ruby. Y observante.

–Tiene dedos de pianista esta guagua –opinó Mi Hermana Maud.

–La verdad –estaba diciéndoles Rolando a los hombres, en la alcoba– es que yo no sé nada acerca de los números primos. Sé lo que todo el mundo sabe, porque me lo enseñaron en el colegio: número primo es el número entero divisible sólo por sí mismo o por la unidad. No entiendo con qué fin lo estudian, y menos por qué la gente del Pentágono se interesa por fomentar esas investigaciones que nos parecen, a los legos, tan inútiles.

–Bueno, es muy claro, ¿no? –dijo el doctor Butler; tenía las dos manos cruzadas encima de la empuñadura del bastón, la contera hundida en la alfombra. Mantenía la mirada, con sus ojos perturbadoramente claros, clavados en un punto fijo del espacio. No en nuestro espacio, pensó Gustavo; en otro espacio, al cual el común de los mortales no tiene acceso. Igual que Borges. Sábato le negaba la ceguera al autor de *Ficciones*, calificándola de afectación... sin imaginar, acaso, que de ese modo Borges escrutaba otros ámbitos. Y esta enigmática mirada blanca del matemático equivalía, tal vez, a la penetrante adivinación de aquellos otros ojos ciegos.

—¿Cómo, muy claro? —preguntaron al unísono los dos chilenos.

—Las autoridades se interesan en los números primos porque éstos pueden abrir el conocimiento y permitir la elaboración de instrumentos que intervendrían, protagónicamente, en asuntos tan capitales hoy en día como la fusión nuclear controlada. Manejándola, el hombre se transformaría en un dios, dotado de toda clase de poderes para dominar su entorno. ¿Quieren que lo aclare? Bueno, es muy simple: imagínense un estallido atómico que no sólo durara un segundo, sino que produjera una cantidad de energía igualmente fenomenal que la de la bomba... pero susceptible de ser encadenada y, luego, utilizada, almacenada, conducida, distribuida, como se hace con el caudal de un río, por ejemplo, cuando por medio de represas y compuertas se almacena, distribuye y dispersa, controlándola, la potencia de sus aguas, hasta hacerla caer gota a gota por una llave. ¡Sería la salvación del mundo! ¿Cómo no le va a urgir la solución de los enigmas de los números primos al Pentágono? ¿Cómo no va a gastar millones apoyando toda investigación que nos acerque a una respuesta pragmática a las especulaciones en torno a esta quimera? ¡Imagínense el poderío de los Estados Unidos si logramos encadenar la energía del átomo y controlarla! Todos los expertos opinan que ésta es una carrera que no pueden arriesgarse a perder. ¿Detonar la bomba final? Pamplinas inventadas por mentes malsanas: la gente de este pueblo, de este país —el vulgo, en suma—, sólo sabe endiosar la violencia y la muerte... que les genera réditos a los empresarios.

—Bastante consolador —opinó Gustavo—. ¿Entonces ya no tendremos puras matanzas de Tom y Jerry cuando llevemos a nuestros sobrinos a la *matinée*?

—No es ése el único servicio que pueden prestar los números primos. Esto puede interesarle, profesor Zuleta, porque tiene que ver con el lenguaje: parece que en los números primos se está encontrando la clave que permitiría descifrar criptografías de toda clase. Estados Unidos es una potencia bélica, más allá de toda su cacareada bondad con los pueblos no industrializados. Un país y un gobierno imperialistas: siempre estamos preparándonos para una guerra u otra. Y por medio de los números primos se espera llegar a comprender todos los idiomas cifrados; para Estados Unidos, entonces, ya no existirán los secretos de guerra ni de inteligencia.

–¿Por eso los chinos? ¿No constituye su idioma para nosotros una especie de lenguaje cifrado, de criptograma?

–Tal vez sí, pero no es eso lo importante. Lo que importa es que mis chinos son absolutamente brillantes. Agudos e inteligentísimos. Claro que además son imbéciles. Como toda la gente incapaz de apreciar la poesía y las grandes metáforas del pasado, actualizadas y eternizadas por el lenguaje. Si nuestros gobernantes son tan ineficaces, no es sólo por su corrupción generalizada, que es una realidad comprobable, sino porque jamás han leído a Rilke, no conocen a Baudelaire, ni los toca Keats. Por eso son imbéciles. La ciencia, en sus manos, tenderá siempre a ser apenas una tecnología; la economía, un problema de contabilidad; la política, un *match* de boxeo donde gana el más fuerte. Es como pedirle a la criada (antes había criadas, ahora por suerte no) que para el *gin tonic,* al que yo fui tan aficionado, traiga el limón cortado en planos paralelos perpendiculares al eje mayor...

Todos se rieron; incluso las señoras, que pululaban en el otro cuarto. Josefina amplió el chiste:

–Mi papá, un ingeniero de minas que jamás encontró más que yacimientos de arena, nos enseñaba que al acostarnos debíamos dejar nuestras pantuflas en un ángulo de noventa grados respecto al larguero de la cama...

Volvieron a reírse. Ambos profesores ya estaban aburridos con la perorata del sabio, pero, al oír hablar de poesía, Gustavo se reanimó:

–¿Y los chinos? ¿Me va a decir que no tienen poesía? Con el llanto de Nat y el cacareo de las mujeres en el dormitorio, no oí muy bien lo que dijo...

–Dije que *mis* chinos son brillantes. Sobre todo

uno, cuyo nombre me reservo. Espero que dentro de unos años gane la Medalla Fields de la Unión Matemática Internacional, el Premio Nobel para matemáticos no mayores de cuarenta años. Mis dos chinos tienen mentes tan especializadas en este sector de la Teoría de los Números, que, de no obtener los debidos *kudos,* pueden convertirse en peligrosos trisectores, seres obsesionados por una idea única a la que lo refieren todo, celosos de que otros se la roben, pretendan refutarla, la menosprecien; son víctimas de su propia fijación. Si sienten amenazada su obsesión, o puesta en duda, estos seres mansos se pueden transformar en monstruos de violencia. Son víctimas de lo que los psicólogos llaman una *paranoia vera;* y por mucha verosimilitud lógica que contengan sus argumentaciones, parten de premisas equivocadas y llegan a unas conclusiones que, generalmente, son barbaridades...

Las señoras todavía comentaban, con entusiasmo, los riesgos cancerígenos del asbesto, y no oyeron los golpecitos en la puerta; cuando se repitieron, Nina fue a abrir.

Entró la Ruby: una dama desconocida, ataviada con un traje negro, semiamplio, que la hacía verse casi delgada. El pelo, tirante, lo tenía sujeto con un riguroso moño en la nuca. La coronaba una pequeña toca con un velito de telaraña sobre los ojos. Lucía guantes blancos, como patas de gato, y entre sus delicados dedos llevaba un discreto ramito de capullos de rosa color té. Gustavo reconoció inmediatamente uno de sus trucos, la eficacia magnética de sus disfraces: esta vez, personificaba a una dama elegante. Discreta y esbelta, sería imposible pensar que hubiese irrumpido desnuda, en este mismo lugar.

Con un beso y una cálida pero circunspecta frase de bienvenida, le entregó el mazo de rosas a Nina. Al entrar en el pequeño dormitorio de la *suite,* la Ruby pareció desplazar el aire, absorberlo todo con sus pulmones sin fondo, para metabolizarlo y devolverlo inutilizado; el espacio, entonces, se achicó alrededor de ella, de modo que los demás visitantes tuvieron que arrinconarse. Las maletas se desmoronaron en el closet; una, mal cerrada, estalló en el suelo, regando toda la *suite* de calzones, corpiños, enaguas, piyamas que se enredaban en los pies. Las visitas, inquietas, se trasladaban difícilmente de un sitio a otro, sin lograr acomodarse.

La Ruby, como en cámara lenta, fue a darle un beso a cada uno de los tres hombres sentados en el sofá de la alcoba. Luego se reintegró al gineceo. Nina le estaba quitando ramajes verdes al ramo traído por Josefina: no podía respirar en esa pieza tan llena, explicó, y dejó cinco claveles desangelados en el gran florero, ahogada con tanta rama en sus brazos.

–Démelos –le dijo la Ruby, notando su incomodidad–. Yo los tiro en el incinerador.

–Gracias, mi linda –le dijo Nina con una sonrisa–. ¡Qué amor de muchacha! –les comentó a los demás cuando la Ruby salió–. Un poco gorda. ¿Para qué se vestirá de viuda? Pero es una monada. Parece una muñeca sonriente, aunque es demasiado grande para jugar con ella...

Esa noche, Josefina le contó a Gustavo esta primera impresión de la Ruby que había tenido Nina. Y cuando él le pasó el comentario a la Ruby misma, para congraciarla con Nina, ella repuso:

–Que trate de jugar conmigo, a ver cómo le va...

Cuando volvió del incinerador, la Ruby tropezó con la maleta caída, trastabilló, y las mujeres se replegaron con el niño todo lo posible, para evitar un desastre. Mientras ella misma recogía la ropa que las demás pisoteaban, le pidió a Nina que se quitara de donde estaba, a lo que ésta respondió:

–No se preocupe, Ruby. Yo recojo después.

Y como la Ruby no le hizo caso, Nina le cerró el closet en las narices, y casi le pilló los dedos. Las señoras se sentaron al borde de la cama, dándoles la espalda a los hombres de la alcoba, y se pusieron a discutir el presente y el futuro de Nat, que dormía en la cama detrás de ellas. La Ruby tomó al niño en brazos, sigilosamente, sin que las señoras se dieran cuenta, y se puso a pasearlo por el estrecho espacio entre la cama y la otra pared. Nat, que despertó, parecía estar embobado en esos brazos rollizos. Jugueteó con los pechos de la Ruby y comenzó a gorjear de puro gusto. Nina se dio vuelta y, al verlo tocándole los pezones, se lo arrebató indignada. La Ruby sonrió al decir:

—¡Este niño tiene una personalidad avasalladora!

—La única avasalladora es usted —le contestó Nina en castellano, sentándose otra vez en el borde de la cama, entre Maud y Josefina—. Aquí no va a tener dónde sentarse, Ruby. ¿Por qué no acompaña a los caballeros en la alcoba?

—No es mala idea —repuso la Ruby, y al desplazarse hacia uno de los sillones vacíos, les preguntó coquetamente a los hombres—: ¿Interrumpo?

—Cómo se te ocurre... Al contrario, encantados —respondieron los caballeros. Gustavo y Rolando se pusieron de pie para acogerla. Ella respondió con su sonrisa luminosa a la sonrisa de piano que le dedicaba el anciano sabio.

—Por favor, no interrumpan su conversación; sigan con lo que estaban hablando...

—Comentábamos la famosa *Conjetura de Goldbach*, que, claro, todo el mundo conoce... —dijo Jeremy.

—No, no... —se rieron los otros, y Rolando agregó—: Parece que nosotros no formamos parte de "todo el mundo...".

—¿No? Bueno, Goldbach conjeturó así: "Todo número par mayor que dos puede expresarse como la suma de dos números primos". En 1930 Vinogradov, en la Unión Soviética, demostró que ningún número par puede requerir, para ser expresado como una suma de primos, más de trescientos mil sumandos. Ocho es igual a dos más dos más dos más dos: cuatro primos; pero también puede expresarse así: ocho es igual a tres más cinco, o sea dos primos. Una de las cuestiones importantes que propone esta conjetura es calcular el menor número de sumandos primos suficientes para obtener un número par dado. Se imaginarán la importancia de todo esto cuando los números se elevan a potencias inmensas... Los primos son la única forma de manejar sumas que apenas caben en la cabeza.

–¿Sobre la *Conjetura de Goldbach* será el examen que tienen que rendir mañana los chinitos?

–No, es demasiado básica. Les aseguro que las cosas son muchísimo más sofisticadas que eso. La *Conjetura de Goldbach* es como el abecé, casi tan simple como la formulación algebraica del *Teorema de los Números Primos* de Gauss, en el siglo XVIII. Supongo que eso sí lo conocen.

–Ni de nombre –dijo la Ruby.

–Sí lo conoces, aunque no te acuerdas. Una mañana estuvimos hablando de ese teorema, tú y yo; te lo expliqué y lo entendiste. ¿Tienes un papelito y un lápiz? Cuando lo veas, te acordarás...

La Ruby hurgó en su pequeña cartera-sobre, adminículo en el que, a pesar de su exiguo porte, cabía de todo: pilas para radio, anteojos, recortes de periódico, billetera, maquillaje, espejito; además de su ocioso pañuelito de encaje, que a Gustavo –no sabía por qué– lo excitaba tanto y lo enamoraba. Le pasó un delgado lápiz de plata al doctor Butler y arrancó una hojita de su libreta de teléfonos. El sabio anotó:

$$\int_{Z}^{N} \frac{dx}{\log x}$$

$$\frac{p(\mu)}{\int_{Z}^{N} \dfrac{dx}{\log x}}$$

cuando (μ) tiende a infinito.

La Ruby se quedó mirando.

–¿Lo recuerdas ahora? –preguntó él.

–Vagamente.

–No son cosas que se puedan recordar vagamente. Se recuerdan o no se recuerdan, y sanseacabó.

–¿Éste es el teorema para los chinitos, entonces?

–No, este teorema pertenece todavía a un universo demasiado simple. Existe, sin embargo, una interesante conjetura que permanece aún como un problema abierto: hay infinitos pares de gemelos.

—¿Gemelos? ¿Qué tienen que ver los gemelos con la *Teoría de Números?* —preguntó Rolando, alarmado, entre bostezo y bostezo—. ¿Tienen facultades especiales los gemelos? ¿O se refiere usted a esa cita de Faulkner que Gustavo siempre repite: *"A book is a writer's secret life, the dark twin of a man"?* ¿O los gemelos de que usted habla no tienen nada que ver con nada?

—No afirmaría tajantemente que no tienen nada que ver con ese viejo alcohólico y genial que fue Faulkner, con quien tuve el honor de emborracharme durante una gira de conferencias en Mississippi. A lo que me refiero es a los números gemelos, es decir, a dos primos impares contiguos. En *Los elementos,* el texto clásico escrito por Euclides alrededor del 300 antes de Cristo, ya se encuentra la demostración de la infinitud de los primos, tan elegantemente expresada, por lo demás, como todo lo de Euclides: "Los primos son más que cualquier multitud dada de ellos"; evita, muy a la griega, la palabra *infinito,* que no les gustaba porque la encontraban altisonante, pretenciosa y sin fundamento. Sin embargo, nadie ha podido probar, ni refutar, la *Conjetura de Gauss,* llamada el *Teorema de los Números Primos;* es esa fórmula que anoté en la hojita que usted, profesor Zuleta, ha guardado tan cuidadosamente. He escrito dos preguntas que les voy a proponer, entre muchas otras, a los chinos; están referidas a los *primos gemelos,* y ellos lo saben. Tienen que elegir por lo menos una para desarrollar. En fin, me parece que es hora de irnos a casa. ¿Nos llevas, Rolando?

—Como decimos en Chile, me dejó con la bala pasada, doctor Butler; quiero saber más sobre este asunto —dijo Gustavo.

—¡La bala pasada! —se rió Jeremy Butler poniéndose de pie—. ¡Qué término más ingenioso! Los científicos vivimos con la bala pasada. ¿Sabe algo de matemáticas?

—Lo que aprendí en el colegio. Ya se me olvidó.

—Si quiere leer algo básico pero inteligente, le recomiendo *What is Mathematics?,* de Courcut y Robbins. Me alegra que esto le interese. Los literatos que no han leído a Euclides son tan incompletos y peligrosos como los políticos y economistas que no han leído a Rilke. Vaya a visitarme una tarde, para charlar y tomar un café.

–Muy honrado...

–Que no sea una honra. Que sea más bien un placer, joven.

–Pinchaste con el doctor Butler –le susurró al oído Josefina, al darle un beso de despedida–. Cuidadito. Hay que estar preparado para cualquier cosa. Que conste que te advertí.

La Ruby iba a salir con los demás. Josefina informó a Gustavo que le había entregado la llave de la casa amarilla a Nina. La Ruby se haría cargo de los Zuleta para llevarlos a almorzar.

–Los espero en el *lobby*. ¿En cuánto rato más?

–Menos de media hora –respondió Nina, y después de que la Ruby hubo cerrado la puerta, le dijo a Gustavo–: Hubiera preferido almorzar los tres solos.

–¿Los tres?

–Claro: tú, yo y Nat.

–¿Vamos a llevar a Nat?

–¿Cómo se te ocurre que lo voy a dejar solo aquí?

–Qué lata. No vamos a poder conversar. Los niños siempre repiten lo que oyen hablar a sus padres...

–¡Qué tonto eres! ¿No ves que es una guagua? No entiende, y probablemente tampoco oye. No sabe decir más que *agú*. Tenemos que cambiarnos, ¿no es cierto, Nat? Porque vamos al campo, ¿no?

–Apúrate, que no quiero hacer esperar a la Ruby.

–La Ruby, la Ruby, siempre la Ruby.

Cuando todos se fueron, el dormitorio de la *suite* 607 pareció enorme. Y muy silencioso. No se oían los autos que pasaban por la avenida, aunque de vez en cuando penetraban los gritos de los deportistas que corrían detrás de la misteriosa pelota ovalada, en el prado frente al hotel, junto al río. Gustavo se quedó un rato observándolos desde su ventana, y en la gran parábola del cielo perfectamente azul buscó augurios de catástrofe, cualquier indicio de un fenómeno natural –como Anita el día de su llegada– que borrara a Nat y a Nina y a la Ruby y a él y a todo el pueblo de San José de la faz de la tierra, para no verse obligado a enfrentarse con nada. Nina, entretanto, sentada en el borde de la cama con Nat en brazos, desnudó uno de sus pechitos alargados, que se bamboleaba como una oreja de *Spaniel,* y le metió la punta entre las encías desdentadas: tan oscuro era el pezón que Gustavo creyó que lo estaba amamantando con salsa de chocolate.

–Parece un viejito –observó.

–Tengo que darle la papa antes de salir –le explicó Nina sin levantar la vista. Su marido percibió que esa relación absorbente entre Nat y Nina lo dejaba a él fuera de la cancha.

Nina lo hizo todo con gran precisión: una perfecta economía de gestos no aprendidos sino heredados, que delataba el entrenamiento inconsciente en la larguísima historia femenina. Eran actos grabados en el ADN de Nina desde la repartición de los roles sexuales en la prehistoria, gestos que la ligaban a su género acaso desde antes de que hombres y mujeres bajaran de los árboles. La Ruby, en cambio, tenía algo de burbujeante, de artificio fugaz, como la espuma, algo que parecía eximirla de esa esclavitud antropológica: obedecía a un modelo nuevo, dotado de libertades juguetonas que su mujer desconocía. ¡Que Nina no se contara el cuento! La-verdad-de-la-verdad era que no se había embarazado por descuido –le puede pasar a cualquiera, se defendía ella cuando Gustavo se lo reprochaba–, sino que había aguardado el momento que juzgó propicio para ambos, sin importarle la opinión de su pareja. Nadie había tenido que enseñarle triquiñuelas como ésta; lo sabía todo desde siempre, desde antes de que se casaran, desde antes de que Nina fuera Nina y él fuera él, desde la prehistoria del género, desde las antiquísimas diosas de la fertilidad excavadas en el subsuelo de Anatolia, desde la Pacha Mama y la ubicua Venus de Willendorf. Gustavo miró al niño. Era feo.

¡Tan feíto el pobre! A pesar de eso –narcisista, inseguro de su propia gallardía, convencido de que le habían cambiado la guagua en la clínica–, vislumbró cierto remedo de sí mismo en ese bulto de carne bochornosa; fantaseándolo monito pegado a la teta de su mona-madre, logró enternecerse un poco. Pero no lo suficiente como para acercarse. Y menos para disfrutar con su olor a leche, a madre, a caca, a pomadas. Con el niño en brazos, Nina se colocó a su lado mirando por la ventana, apretó los ojos para no ver y sacudió la cabeza:

–¡No me gusta todo esto! –exclamó con pasión–. ¡Tanta pradera... tan inacabable! Sé que estoy como huasa que rechaza lo nuevo y suspira por la Cordillera y el pastel de choclo: *Chile, país de rincones...* ¿Te acuerdas del Pedagógico? ¿Quién escribió esa lata? Pero así no más es: añoro la intimidad del Valle Central, el "rinconcito" del que hemos hablado tantas veces... Aquí todo es pura desolación, pura intemperie. Bueno, basta de quejas: *j'y suis et j'y reste.*

–Vamos. Si quieres, yo llevo el moisés.

–Por lo menos hasta el primer piso.

La Ruby los esperaba en el *lobby*, siempre elegante, aunque con su ropa de trabajo. Se incautó inmediatamente del moisés. Nina le preguntó en un susurro a Gustavo si la Ruby iba a almorzar con ellos. Claro, dijo él, por lo del auto. Iban a usar el suyo para ir a almorzar, y luego pasear un poco, para conocer la casa amarilla, que sería la casa de Nina por un año o más... ¡cómo anhelaba verla!

Al salir por la puerta giratoria del hotel, Gustavo casi chocó con un chino. Dándose vuelta, buscó instintivamente al otro, para ratificar la doble identidad de los matemáticos. La puerta giraba y giraba, enloquecida: no eran dos los chinos, sino un interminable ejército de chinos virtuales repetidos en los vidrios sin entrar ni salir del hotel, sino multiplicándose, girando y girando en un juego enloquecedor. Nina, que al pasar entre tantos cuerpos jóvenes en el *lobby* arriscó la nariz con desagrado, se quedó mirando a los chinos antes de bajar la escalinata.

–¡Por Dios! Tanto chino... ¡qué miedo!

–¿Miedo?

–Son tan raros.

Al avanzar por la Jeremy Butler Avenue hacia el restaurante, los alcanzó otro auto; a Nina le pareció lleno de chinos: saludaron a la Ruby agitando la mano, sonriéndole con sus rictus de calavera. El restaurante donde entraron estaba repleto de estudiantes comiendo *hot dogs,* pizzas, hamburguesas, pollo frito, *potato skins,* papas fritas. Al principio Nina se sintió contenta:

–¿Es un MacDonald's?

–Claro.

–En Santiago hay uno igual.

–¿Te gusta?

–Cuando Nat sea grande, lo voy a llevar.

Pidió un bife a las brasas con papas fritas. Pero cuando los mozos presentaron las pizzas pedidas por su marido y por la Ruby, se horrorizó ante la dimensión de los platos, el espesor de la masa, el cerro de papas fritas. ¡No aguantaba más tanta gorda, tantos hombres-montaña, tanto pernil húmedo enfundado en *shorts* diminutos, tantos castillos de helado púrpura chorreando salsa de plástico color chocolate! Lo que más la impresionó fue la concentración con que la Ruby tragaba y tragaba, sin ver nada alrededor, sin oír el ruido insoportable, ni las risas y los chillidos, como si tuviera desconcertados todos sus sentidos, salvo el gusto. Nat lloró en el moisés, sobre la silla, pero la Ruby no pareció percibirlo. Nina fue a tomarlo en brazos: antes de completar el gesto, se quedó mirando a dos chinos que comían arroz con palillos, en silencio, al fondo del restaurante, más allá de las tetas y los brazos desnudos, de los tórax musculosos aprisionados en camisetas mínimas, de las bocas abiertas, de los mozos gritones y las gordas que pretendían deslizarse entre otros cuerpos por espacios donde, evidentemente, no iban a caber.

–Quiero irme –dijo Nina, plañidera.

–¿Por qué? Ya viene tu bife.

–No quiero.

–Cómo no vas a querer.

–No quiero nada. Se me quitó el hambre.

Pusieron frente a ella una tabla con un pedazo de

carne sanguinolenta, un bife que medía dos jemes, y un montón de papas fritas con una inexplicable frutilla en la cima. Nina lo miró y dijo:

–No puedo.

–¿Por qué?

–Es tan enorme... no sabría por dónde empezar.

–Come, tonta. La carne en este país es rica y no es cara.

–No puedo.

–¿Qué te pasa?

–Todo es tan grande. Hay tanto de más. Mira cómo pasan los platos de vuelta, a medio comer. ¿Qué hacen con tanto que sobra? ¿Lo botan? ¿Basura? ¿Lo queman todo, lo venden, lo reciclan? Seguro que aquí no hay monjitas adonde mandarlo... ¿Qué hacen con todo lo que sobra?

–Se lo llevan a Helena Vander Valk, supongo –dijo la Ruby, celebrando su propio chiste entre bocado y bocado–. Ella lo manda todo a los países necesitados.

–Lo que es yo –exclamó Nina, convencida–, juro que lo único que voy a comer de ahora en adelante son naranjas y pan ácimo.

El niño se había puesto rojo chillando. Gustavo le hizo un gesto a la Ruby, indicándole que se comiera el bife de Nina, para que no se perdiera: ella alargó el brazo a través de la mesa, se adueñó de la tabla y el cuchillo, y se lanzó sobre la pieza sangrienta con ansias de antropófago. Masticando, el jugo le ennegrecía la comisura de los labios. No miraba a nadie. Ni siquiera a Nina, que le dijo a Gustavo:

–¿Por qué no ve a un médico esta pobre? Por lo menos, que haga dieta.

La Ruby levantó la cabeza:

–Yo' soy mi obesidad. Jamás me rebajaré a hacer dieta: mi lema es *gordura es hermosura*. Nadie ni nada me hará cambiar de opinión.

–Vi un cementerio de autos en el camino –casi gritó Nina, exaltada–. Kilómetros y kilómetros de chatarra.

–Sí. Basura. Como las empanadas de la pobre Samuela. Vamos a tener que botarlas, deben estar podridas.

Nina se puso de pie bruscamente:

–¡Las empanadas que te mandó mi mamá de regalo para que no te olvidaras de que eres chileno! ¡La pobre Samuela estuvo amasando hasta la medianoche para tenértelas listas a tiempo!

Desalentada, se dejó caer en su silla. Lloró con los ojos cubiertos por sus manos, hipando.

–Vamos –dijo Gustavo–. ¿Puedes agarrar el moisés por favor, Ruby? Gracias. Vamos, Nina. Estás descompuesta.

–¿Adónde me quieres llevar?

–¿No habíamos quedado de ir a ver la casa?

–No puedo. La guagua está llorando. Se asusta con tanta gente grande, con este alboroto espantoso, estos olores que desconoce... No puedo ir contigo. Me voy. Voy a buscar un taxi. Otro día veo la casa. Te creo que es linda.

–¿Estás loca que no vas a ir? ¡Ah, esas mañas sí que no te las aguanto! Tienes que venir conmigo. Si te resistes, te arrastro. Me has hecho perder el tiempo durante meses, y ahora, cuando encontré algo que creo que te va a gustar, te echas para atrás... ¡Ah, no!

La pescó de un brazo, obligándola a salir entre las mesas ocupadas. Las colas esperaban y los curiosos estupefactos se ponían de pie para presenciar el escándalo. Fuera del MacDonald's, entre docenas de autos estacionados, la Ruby intentó mediar: conocía a todos los taxistas de San José y podía detener al primero que pasara para llevar a Nat al hotel; ella misma lo acostaría y lo haría dormir: tenía un trato muy especial con las guaguas, no en vano se había ganado la vida como *baby-sitter* durante años. Era imprescindible que Nina le echara, por lo menos un vistazo a la casa. Una hora bastaba. Después, cuando llegaran, podía ir a comprar lo que hiciera falta para instalarse mañana. Nina no dijo nada, borracha de estupor. Dejó que Gustavo la metiera dentro del auto mientras la Ruby, bajo la vigilancia de Gustavo, tomaba un taxi con Nat, ahora más tranquilo.

En cuanto Gustavo puso en marcha ese auto que tantos recuerdos le traía, Nina, como drogada –confesó que la Ruby le había dado una píldora rosada, a escondidas–, le gritó que no quería ver nunca más tanta comida ni tanto desperdicio. Gustavo pensaba: ¿quién habló de "la aceleración de la abundancia para un futuro definitivamente deshumanizado"?; ¿o sería algo que en algún momento él mismo pensó? ¿O lo escribió Edward Said... o Aguilar Camín? Nina iba jurando a voz en cuello no volver a poner jamás la vista en gente monstruificada por la sobrealimentación. ¡No ver nunca más a la Ruby se le antojó paradisíaco! Todo era basura, grasa deformante. La Ruby no era deforme, le advirtió Gustavo. Pero los pensamientos de Nina enfilaron por otros rieles: tan enorme, Estados Unidos, tan inclemente; tan gigantesco el avión que la trajo, y tan lejos de todo; tan desmedidos los bifes y las pizzas. Y cuando visitaron la casa, la encontró disparatadamente colosal –¡esa preciosa casa amarilla tan inmanejable!–: Gustavo no había pensado en el trabajo que significaría para ella vivir en este país espantoso, donde ni servicio iban a tener. Era tan irracional dar por descontado que ella sola iba a ser capaz de mantener limpia esta casa... Era lo menos adecuada del mundo para personas más bien compactas y menudas, como ellos. ¿Cómo resonarían sus pasos en esos recintos todavía flamantes, hediondos a pintura y yeso y desuso? ¿Y las ventoleras que silbaban en esos ventanales, que aún no hallaban un buen ajuste? ¿Cómo hacer un plato de charquicán en esa cocina del porte de una catedral? ¿Cómo comerlo en ese refectorio con tal cantidad de sillas que parecía una sala de consejo? Y los dos salones y la biblioteca y los cinco increíbles dormitorios y los porches y las terrazas y las escaleras escondidas por un panel giratorio, para alcanzar por allí los sótanos... no, no, no, no, no. ¡Que la sacara ahora mismo de ese lugar, si no quería que se volviera loca! Y la nata de zancudos y tábanos en el río, donde estaba segura de haber visto pasar, flotando a la deriva como una pajita, un cadáver con pantalones colorados. Nina le explicaba a su marido que su parto había sido demasiado reciente y prematuro, y además con cesárea: de todo ese proceso había salido demasiado débil. ¡La casa quedaba tan lejos de todo, para ella que estaba acostumbrada a tener el almacén de don Santos en una esquina y la carnicería del Tito en la otra! Decían que en Estados

Unidos había tanto crimen y tanta droga, y tanto negro suelto y tanto chino, sí, los chinos, sobre todo, le daban miedo. Y le decían que los techos de asbesto daban cáncer y que hasta las aspirinas eran peligrosas, porque producían... ¿diabetes?, ¿cirrosis?, ¿úlceras?, ¿sida? ¿Cómo saber quién tenía sida y quién no, y quién podía contagiarlo... dentistas, peluqueros, pedicuros? Ella estaba habituada a una vida muy diferente. Nadie podía exigirle que se acostumbrara a tantos peligros. En Chile tenía su propio espacio, sus alumnos, sus colegas, sus publicaciones, sus primas, su mamá, sus hermanas y cuñadas, y su propiedad sin pretensiones en El Quisco. Y ahora Gustavo le venía con esta absurda mansión en un país descomunal, donde todo el mundo era rico a una escala que ignoraba al ser humano y constituía una antesala para transformarlo todo en desperdicio.

–¿Qué quieres hacer?

–No sé. No sé. Todavía no sé. No me apures. El apuro también es parte de la deshumanización. Déjame tranquilizarme. Quiero ver a mi hijo, primero que nada. Vamos al hotel.

–Acuérdate de que dejé pagados tres meses de la casa amarilla. La *suite* del hotel sale muy cara y dudo que la universidad me la siga pagando por mucho tiempo más...

–¿Quieres que me vuelva loca ahora mismo en ese disparadero?

–Volvamos al hotel, entonces.

–Quiero que me devuelvan a mi hijo.

–¡Que feíto es! ¿No podemos hacer algo? ¿No te lo habrán cambiado en la clínica? A veces se me ocurre...

–¡Te odio! Voy a gritar. Quiero ir a misa esta misma noche. Y confesarme y comulgar, a ver si eso me consuela y me quita el odio que siento por ti.

–Que la Ruby se quede con el niño. Yo te acompaño.

–¡Te quedas tú con Nat, que para eso es tu hijo, y despachas a la Ruby! No soporto ver ni una vez más a tu famosa Ruby.

–¿*Mi Ruby*?

Desde el pasillo oyeron chillar al pobre Nat. Nina corrió despavorida, se agarró de la manilla de la puerta y se puso a sacudirla hasta que la Ruby le abrió: tenía un pote de *baby food* de Johnson & Johnson en una mano, mientras con la otra abría la puerta; y con la boca sujetaba la cucharita, que goteaba papilla. Nina entró como una tromba, con Gustavo detrás, y tomó en sus brazos a Nat. Lo meció hasta apaciguarlo mientras Gustavo, furioso con la Ruby, la reprendía ásperamente hasta casi hacerla llorar: no había derecho, ¡dándole *baby food* al niño fuera de las horas en que le tocaba! ¡Desbarataba todo el organigrama de su alimentación! La Ruby tenía los ojos húmedos. Nina husmeó:

—Hay un olor raro aquí. Y no es caca.

—¡Las empanadas...! —exclamó Gustavo—. Estarán chuñuscas.

—Nada de raro —dijo la Ruby, enrojeciendo al disimular un eructo—. Como casi no comí en el MacDonald's, probé unas cosas de cebolla que encontré en un canasto.

La cara de Nina estaba descompuesta, su voz ahogada: justo antes de descalabrarse, reunió fuerzas para silabear:

—Por favor, Gustavo, dile que se vaya, o me va a dar un ataque surtido...

La Ruby comprendió. Tomó su radiografía y su carterita, la apretó entre su codo y su cuerpo, y después de decir "bye bye, Nat", y luego "bye, Mrs. Zuleta", salió de la habitación limpiándose la boca con una servilletita de papel. Gustavo la acompañó hasta el ascensor. La puerta se abrió. Mirando para ambos lados, le dio un besito en su boca con olor a empanada.

—Mañana te llamo —murmuró.

—Veremos.

La Ruby desapareció.

Se oyó un grito de Nina desde la 607:

—¡Gustavooo...!

Corrió a la *suite:* Nina, con Nat en brazos, se paseaba como leona alrededor de la cama.

—¡Este niñito se está volando de fiebre!

Gustavo le tocó la frente: ardía.

—¡El termómetro, al tiro! ¿Trajiste?

—¿Cómo iba a acordarme de tanta cosa?

—¿Ves que no eres perfecta?

Nat comenzó a soltar unos estornudos como de pajarito, de puerta que rechina al abrirse con el viento. Hacía unas muecas repetidas que le deformaban la cara. Gustavo se puso a escarbar en su *nécessaire* mientras Nina ponía a Nat boca abajo sobre la cama y le quitaba los pañales. Gustavo le pasó un termómetro:

—¿Ves que yo sí soy perfecto? Para que no rabies tanto conmigo por ser hipocondríaco, como alegas que soy: yo sí que traje un termómetro.

Nina lo miró y se descompuso.

—¿No tienes otro?

—¿Qué tiene de malo éste? —preguntó Gustavo.

—¡Es tan gordo! Le va a doler el potito.

—Las guaguas tienen poto de goma.

¡Eso les pasaba por sacar de paseo a la guagua con la humedad que dejó el chaparrón! Cosas de estos gringos locos... y ella, la tonta, venir a hacerles caso. Gustavo llamó a la farmacia preguntando si tenían termómetros delgados: le respondieron negativamente. Nina telefoneó a Chile: su mamá la retó y le dijo que las guaguas no se sacan a la calle en un clima desconocido; depués llamó a su hermana mayor, pero no estaba; y a la jefa del departamento de Francés, que no tenía hijos y desde el primer día la había tomado bajo su protección. Todas le repitieron lo mismo: era locura de gringos eso de sacar a una guagua con ese clima; pero nadie le dijo qué hacer. Gustavo se atrevió a pasarle una caja de *kleenex* para que se sonara los mocos y sonara a Nat, que seguía estornudando. Todo era agresivamente grande en Estados Unidos: la casa, los bifes, las mujeres, los termómetros... pero no existían las cosas esenciales, como termómetros razonables y nanas que hicieran la comida y el aseo y salieran de compras a la esquina. Y cerca de esa casa junto al río no existían los boliches amigos, con gatos durmiendo sobre un montón de diarios, y sacos de garbanzos esperando boquiabiertos a los clientes, y un palito con un cartón con el precio ensartado en las legumbres. Oyó a Gustavo saliendo del dormitorio.

–Voy a buscar un termómetro.

–No me dejes sola mucho rato. Está tan congestionado el pobre.

Abajo, Gustavo se dirigió al mesón. La Ruby estaba de turno, radiante: los clientes no podían dejar de devolverle su sonrisa infecciosa.

–Necesito un termómetro. ¡Urgente! –le pidió Gustavo.

–¿Nat está con fiebre?

–No sé. Nina está llorando. Llamó por teléfono a su madre y a sus hermanas en Chile, y lo único a que atinaron fue decirle que comenzara por ponerle un termómetro.

No había público en el mesón; Gustavo arrastró a la Ruby al cuartito contiguo, reservado a los conserjes, y abrazando su contorno tan inmenso, pero tan manejable, sintió su aliento en la oreja:

–Jamás podré dejarte, Ruby.

–*Never say never* –le advirtió ella, y lo besó con toda su boca; parecía una boca pequeña, pero besando era como una caverna abrigada contra la intemperie. En su interior habitaba un animal enrollado, caliente, acariciante, que lo acogía: la lengua de la Ruby, rebuscando en su boca hasta las últimas migajas de su persona. Se desprendió de ella con los ojos ardiendo, como irritados.

–Necesito urgente un termómetro chico, Ruby.

Ella escarbó en su cartera y extrajo un termómetro chiquito, delgado, transparente, un termómetro frívolo que hacía juego con su pañuelito de encaje, su carterita, sus zapatos de tiritas y tacos de aguja. Todo congruente, no con el calado real de su persona sino con el fantasma de lo que debió haber sido. Para ese fantasma compraba sus adornos. Gustavo tomó el termómetro y escapó hacia el ascensor. Nina le metió el termómetro en el trasero a su hijo; al sacarlo, tras unos minutos, leyó aterrorizada: ¡noventa y ocho grados! Gustavo se lo quitó:

–Noventa y ocho Farenheit.

–¿Cuánto es eso en fiebre de verdad? Mucho, ¿no?

Gustavo llamó por teléfono a la conserje, que le dio la equivalencia.

–Treinta y seis y medio –le dijo a Nina.

–No te creo. ¿Quién te lo dijo?

–La Ruby.

Al oír la respuesta, Nina dejó caer el termómetro que sostenía entre el índice y el pulgar; rebotó en la cerradura de la maleta y se quebró en mil pedazos, dejando un reguero de plata.

–¡Mira lo que hiciste!

–¿Era de ella?

–Sí.

–¡No quiero saber nunca más nada de esa mujer espantosa, te dije! Es un monstruo. No la aguanto más. No quiero oír su nombre nunca más en mi vida. Si la nombras una vez más, me voy a poner a chillar. ¿Me oíste?

–Ya estás chillando.

–¿Ah, sí? No sabes cómo puedo chillar yo. Vas a ver.

–¿Celos?

–¿De ese monstruo? No seas ridículo.

–Sí; son celos.

–Muy bien: celos. ¿Y qué?

–¿Ves que no eres perfecta?

–Quedamos en que en esta familia tú eras el único perfecto.

–Los dos somos una mierda, entonces; ya está.

–¿Y Nat?

–También.

–No puedes decir eso del niño.

–¿Quieres oírlo? Nat es una mierda. Y tú también, por haber aguantado que en la clínica te cambiaran tu guagua preciosa por este guarisapo negro.

–No me digas que te estás poniendo racista en Estados Unidos.

–No. Pero tampoco me he puesto *politically correct.*

–¿Qué es eso?

–Otro día te explico.

Capítulo diecisiete

Esa tarde, a las ocho, Nina se fue a misa sola —había divisado entre los árboles la torre de St Mark, la iglesia católica, media cuadra antes del hotel Congreve/San José—, y muy contrita rezó no sólo por la salud física de Nat, sino además por su salud espiritual, cuando creciera; y sollozó, rogándole al Señor que aplacara el rencor criminal que sentía contra su marido, y que la bendijera devolviéndole la paz. Cuando entonaron los cánticos comunitarios —mientras rezaba con la cabeza gacha—, miró por el rabillo del ojo a su compañera de banco, que con tanto sentimiento y tan buen timbre acometía los legatos: era una negra espectacular, con un peinado como de carey. Adornada con bordados y zarandajas estilo *folk,* vestía un traje artesanal *onda lana,* como dirían sus sobrinos de Chile con evidente desdén por algo tan anticuado. Nina se acercó al altar para recibir la comunión. La hostia que el cura depositó en su lengua era tan enorme —y carnosa, como un trozo de marraqueta—, que le fue incómodo paladearla mientras, con la cabeza gacha y las manos juntas, pretendía volver a su asiento: el Cuerpo del Señor, que le llenaba la boca, la distraía tanto que no encontró su lugar sino hasta sentir que la llamaban —"¡pssst, pssst!"—, y su compañera de banco se corrió para hacerle lugar. Hincada, hizo grandes esfuerzos por entablar un diálogo con Dios; éste, sin embargo, se lo negaba, porque Nina concentraba sus esfuerzos en engullir la papilla bendita, sin lograrlo: se le quedó atascada en la garganta. Estuvo carraspeando durante el resto de la misa, para desalojar de su tráquea los vestigios de hostia, donde obstruían tanto su respiración como la saliva que intentaba tragar. Al final de la misa, después de darle la paz a su vecina de banco, salió corriendo. Se ocultó en un matorral del prado y vomitó el Cuerpo del Señor.

–La mujer de Zuleta es mucho más simpática que él. Y más ocurrente– comentaron en la fiesta de los Viveros, celebrando su versión de la eucaristía vespertina, aunque a ella esa risa más bien la disgustó. Esa opinión quedaría fija para siempre en el mundo académico de San José... pero al día siguiente todo cambió de signo con los insospechados desastres.

Nina se resistió largo rato a ir a la fiesta de los Viveros. ¿Cómo, con quién, por cuánto rato iban a dejar a Nat? La Ruby habría sido la persona más adecuada, pero dada la aversión que Nina sentía por ella, Gustavo optó por ni siquiera proponerlo. En todo caso, la Ruby también estaba invitada a casa de los Viveros. Nina no podía llevar al niño, era impensable exponerlo por segunda vez en el mismo día, aunque no tuviera fiebre. Su obligación era ir, le gritó Gustavo, puesto que Josefina se había dado tanto trabajo para festejarlos; festejarla a ella, no a él –a él ya lo tenían demasiado visto–. Josefina les ofreció hablar ella misma con el arqueólogo-antropólogo que hacía de portero y botones: era un muchacho espléndido y casi todas sus amigas lo usaban como *baby-sitter*. A los Zuleta les pareció tan ridículamente joven, además de corto vista, que sería absurdo confiar en él. Así y todo, Josefina le rogó que ayudara a sus amigos: estarían fuera de casa durante una hora, a lo más. El antropólogo contestó que encantado, podían disponer de él por el tiempo que quisieran. Tenía que repasar *Tristes tropiques* para la prueba del jueves siguiente, de modo que una guagua de dos meses sería para él, con su experiencia como *baby-sitter*, el pupilo ideal: a esa edad los niños no hacen otra cosa que dormir, y podría concentrarse sin problemas en su texto. Permanecieron sólo la hora prometida en la famosa fiesta de los Viveros, la fiesta donde Nina, mucho tiempo después, aseguraba haber conocido por lo menos a uno de los chinos, aunque tal vez a los dos. Hicieron rueda con los demás alrededor de la Ruby, que bailó una especie de fantasía oriental; cambiaron cuatro palabras amables con uno y después con otro invitado, saludaron y deletrearon pacientemente sus nombres a por lo menos una docena de personas cuyas identidades nadie registró, y al cabo de cincuenta y cinco minutos –Nina todavía con arcadas y escupiendo gelatinosas migajas de hostia– regresaron al hotel. Pagaron y despacharon al simpático arqueólogo-antropólogo-botones-conserje. La pareja, entonces, agotada por el ajetreo del día, se acostó. Durmieron como dos benditos toda la noche, junto a Nat, que hizo lo mismo porque era un niño muy considerado con sus mayores.

Después de que los Zuleta partieron, los invitados se quedaron un rato comentando a la pareja de novatos... Nina parecía un poco enfermiza, o más bien frágil, porque tosió tanto... qué iba a hacer con un hombre de tanto brío –*spinto*, dijo el catedrático de Italiano, que no tenía más de dos alumnos en su curso– que a veces resultaba pesado por eso mismo... ella, tan compuestita en cuestiones de indumentaria, como la mayoría de las chilenas. Gorsk le había comunicado a Gustavo que encontró brillante a Nina, que lo había leído todo; Gustavo no pudo dejar de evocarla, conmovido, leyendo *La náusea* a todo sol, en los prados del campus de Macul, tan concentrada que ni saludaba a los profesores y compañeros que pasaban. Ni a él mismo lo reconocía, y tuvo que *pasearle la cuadra* un año, según su madre, antes de que ella lo notara. Se atrevió a declararse una noche después de asistir a una reposición de la maravillosa *Quai aux brumes*, con Michèle Morgan en su plenitud juvenil, y logró besarla atracándola contra una reja bajo la espesura de los árboles, entre farol y farol, a metros de la puerta de su casa: besos que nunca pudieron desconcentrarla de sus textos... Hacía doce, catorce años de eso, calculó Gustavo, años que habían ido apagando el entusiasmo, dejando un rescoldo que apenas encandilaba los bordes de su sensibilidad. Hasta encontrarse con alguien como Marcelo Chiriboga, que lo hacía sentir de nuevo el clamor de las grandes voces.

Gorsk manifestó que todo eso era muy convencional, muy folclórico, aunque confesó sentir una viva simpatía por esa pareja de jóvenes exóticos que se asombraban con todo, porque recién comenzaban a vivir, y tenían un origen tan remoto y extraño.

Los comentarios duraron poco; el día siguiente era de trabajo, así es que pasadas las once de la noche los invitados se dispersaron en una sola bandada, abandonando a los Viveros junto al cadáver de una fiesta que, en realidad, nunca llegó a tomar vuelo. Al apagar las luces del piso bajo, antes de subir a acostarse, Josefina le dijo a Rolando que ella no se había presentado en casa de los Butler en toda la tarde, y tenía el pálpito, quién sabe por qué, de que no todo andaba bien por allá. Rolando la besó en la frente y se fue a acostar. Josefina anotó en su agenda el compromiso de "pasar a buscar a Nina mañana a las nueve", para llevarla a desayunar en el Student's Union: la idea era que conociera el ambiente típico de una cafetería universitaria norteamericana.

Estacionó frente a la casa de los Butler. La fachada oscura renovó su impresión de siempre: no sólo deshabitada, sino además –daba esa sensación– desde hacía muchas generaciones... nadie vivía allí, y ella era una arqueóloga de un siglo venidero que se aprestaba a examinar las causas del silencio en un mundo extinto. Un haz de luces caía sobre el prado desde atrás de la casa.

Jeremy... se dijo Josefina: para verlo había venido.

Entró por la cocina al estudio contiguo. La cabeza del sabio se había desplomado sobre sus cuadernos, desordenando sus papeles, su lápiz y unos memos caídos por el suelo: ¿alguien había entrado con un arma contundente y ultimado a Jeremy? Sólo conservaba su latido, en el estudio silencioso, un gran panel electrónico, con sus lucecitas amarillas, verdes, rojas, apagándose y prendiéndose, parpadeando y volviendo a titilar y a apagarse –le pareció a Josefina que sin concierto– alrededor de las grandes pantallas del computador. Jeremy no respiraba. Más allá de la ventana el tiempo se había remansado: a lo más, avanzaba a pinitos hacia algún lugar desconocido.

Se acercó por detrás y acarició ligeramente el cuello del matemático. Jeremy, ese monigote digital, se enderezó de golpe en su sillón. Nada había sucedido. Obedeciendo a su mecanismo programado, el sabio examinó una de las pantallas, tecleó una docena de palabras, y todo fue cambiando en esas superficies dotadas de una vida acaso más activa que la humana. Suavemente, Josefina le dijo:

–¿Jeremy?

–¿Josefina?

–¿Qué haces trabajando a esta hora?

–El examen de mañana es a las nueve.

–¿Dura cuatro horas? ¿Hasta la una?

–Cuatro.

–¿Quién va a ganar?

–El que gane.

–Tú sabes que eso no puede ser.

–¿Por qué?

–Tiene que ganar alguien que además cuente con tu confianza como persona.

–Sabes muy bien que no hay nadie que cuente con mi confianza.

–¿Ni yo?

Jeremy rotó su silla giratoria y se quedó mirando a Josefina, de pie ante él; ella se rió un poquito.

–Ni tú –dijo el matemático.

–¿Por qué me sales con eso ahora, si desde hace tantos años soy tu gestora para asuntos que nadie más debe conocer?

–No sé si me gusta tu empeño en que Er sea el vencedor.

–A mí sí me gusta. Y estoy dispuesta a cualquier cosa para que todo suceda como a mí me conviene.

–¿Por qué no subes a ver a Mi Hermana Maud? Hace rato que no la oigo. Después bajas y me ayudas.

–¿A qué?

–A lo que te pida.

–¿Después de tantos años de pedírtelo yo?

–Después de tantos años. Haré lo que pueda.

Josefina se sacó los zapatos y con los pies desnudos subió la escalera alfombrada hasta el dormitorio de los hermanos Butler, en el segundo piso. Mi Hermana Maud, con el sombrerito de flores puesto, los anteojos calados, el audífono insertado en la oreja, dormía vestida sobre su cama. Le sacó su diadema y sus zapatos, y dejó el audífono y las gafas sobre el velador. Le tomó el pulso. Le sujetó el termómetro en la axila, calva como la de un niño. Todo estaba bien. Sin que Maud se diera cuenta, la desvistió, le puso una camisa de dormir, abrió la cama y, con algo de esfuerzo, logró meter ese cuerpo disminuido y cadavérico entre las sábanas. Desdobló el *plaid* con el *tartan* familiar, igual al de su hermano, sobre los pies de su cama. Fue a buscar un vaso de agua al baño para dejárselo encima del velador. La anciana no se lo tomaba jamás, porque se hacía pipí, decía; pero si se despertaba de noche y no lo encontraba donde debía estar, quedaba tan intranquila que dormía irregularmente, despertando de nuevo a cada rato. Josefina tamizó la luz y bajó a reunirse con Jeremy en su estudio.

–Tengo acalambradas las piernas por estar sentado tanto rato...

–¿Quieres que te haga un masaje?

–¿Tienes tiempo?

–El que quieras. ¿Dónde?

–¿Qué te parece el sofá de la biblioteca?

Era una habitación que los hermanos Butler muy rara vez abrían, y menos aun usaban. Josefina misma, después de tantos años de casi convivencia con ellos, había entrado solamente en contadas ocasiones. Mi Hermana Maud no leía ni el periódico y el sabio, a estas alturas, parecía ya haberlo leído todo; consultaba sólo una docena de libros científicos modélicos, para los cuales había hecho instalar una repisa en su cuarto de trabajo. Los tenía a mano para el raro caso de que alguna información no fuera accesible por medio del computador: los libros, las bibliotecas, alegaba Jeremy –pese a enorgullecerse de su asombrosa cultura humanista, además de científica–, se iban transformando más y más en vestigios del pasado, objetos de museo o de coleccionista de curiosidades. Cuando Josefina entró en esa habitación oscura, la asaltó el olor a libros húmedos y cortinas polvorientas, a cera, a insecticida, a pulidor para bronces. La agredieron los olores de ese ámbito sellado, encerrados como en el sótano de una pirámide desde que esas sustancias dejaron de usarse, hacía muchos años. Intentó encender la luz: no funcionaba. Tuvo que dejar la puerta abierta al pasillo, para que la luz de afuera señalara los espacios entre los muebles. Un hedor de plumas azumagadas la guió hasta el lugar ocupado por el sofá. Acomodó los cojines lo mejor posible y se tendió sobre ellos. Se abrió el escote de la blusa. En la puerta se recortó la silueta de Jeremy, cojeando, apoyado en su bastón.

–¿Josefina?

–Jeremy...

–¿Dónde estás?

–En el sofá. Ven...

Jeremy avanzó entre los muebles, cuya posición exacta conservaba en su memoria prodigiosamente repleta de detalles. Hasta hacía unos años frecuentaba su biblioteca para leer, sobre todo poesía –Browning y Mathew Arnold–, disfrutándolo notablemente, hasta el advenimiento de los computadores. Éstos cautivaron de un modo tan absoluto su favor, que ahora cualquier información que no le llegara por ese conducto le parecía sospechosa. Se paró junto al sofá, con las rodillas apoyadas en el relleno de plumas. Se hallaba tan cerca, que Josefina pudo ver el foco de sus ojos blancos: luminosos como una ventana en la noche, recorrían la pared sobre el sofá.

–¿Qué miras, Jeremy?

–Mis premios, mis honores. El certificado de la Medalla Fields, los diplomas de *Doctor Honoris Causa* de Harvard, de Princeton, de Upsala, de Oxford y de Cambridge, y de no sé cuántas universidades más. Son vestigios peligrosos de los cuales sería necesario deshacerme...

–Dime la verdad, Jeremy: ¿tus ojos no andan buscando, más bien, un espejo que colgaba ahí antes de que Mi Hermana Maud me lo regalara, hace cuatro años? ¿No será que necesitas un reflejo tuyo también en esta biblioteca, ya desprovista del espíritu que le confieren los lectores?

–¡Qué poco sutil eres, amiga mía! ¿No te das cuenta de que una cosa es lo mismo que la otra, y no tienen distinta trascendencia? Esto que estoy acariciando es toda nuestra posibilidad de trascendencia... –Jeremy le estaba palpando un seno, mientras ella acariciaba la parte delantera de su pantalón, que bajo su mano comenzaba a animarse.

–¡Jeremy! ¡Qué burro! Siéntate a mi lado.

–No me hables.

Josefina le metió la mano en el pantalón. Tomó el sexo casi inerte del sabio, que fue extinguiéndose allí mismo, dejándole la palma apenas húmeda. Jeremy, muy quieto, juntó los párpados y se pasó los dedos por las hebras teñidas de su pelo, mientras Josefina le guardaba lo que había sacado de su pantalón.

–No soy el mismo desde la operación –suspiró–. ¿Para qué me engañaron los médicos, diciéndome que iba a quedar igual que antes?

–Tenían miedo de que fuera cáncer.

–Yo no tenía miedo.

–Pero no fue cáncer. ¿Estás arrepentido de haber testado a favor mío?

–No. ¿Qué haría Mi Hermana Maud con mis caudales? En todo caso, a ella la dejo en usufructo. Cuídala, Josefina. Es muy tonta, la pobrecita. Necesita estar cómoda. El capital irá finalmente a manos de ese sinvergüenza de Max, después de ti. ¿Qué me importa que el tarambana de tu hijo haga lo que se le antoje con mi dinero? Para entonces yo y Maud y tú y el cursi de tu marido estaremos todos pudriéndonos bajo tierra, "nutriendo la mies", como dice T. S. Eliot. Y todo lo que conocemos, incluso el dinero, ya no tendrá valor. La estructura del poder va a cambiar: nos llegará desde de una fuente que todavía desconocemos. No puede seguir en manos de estos mercachifles sin escrúpulos, estos economistas que están estrangulando al mundo, exterminando el espíritu, la cultura y la memoria.

Josefina escuchaba la voz seductora del matemático, que hablaba de pie en la oscuridad. Vaciló de tal manera al encaminarse de nuevo hacia su estudio que, a pesar de su bastón, Josefina tuvo que apoyarlo del otro brazo, arreglándose, en el camino, su blusa desordenada. Jeremy se sentó en el sillón de su escritorio, en el otro extremo del estudio, lejos del parpadeo luminoso de las pantallas. Josefina se paró junto a él; Jeremy abrió dos carpetas sobre el fieltro verde: *Duo,* decía una; *Er,* la otra.

–Quiero hacer algo por ti.

–Tú sabes muy bien lo que puedes hacer.

–¿Quieres que gane Duo?

–¿Para qué te haces el tonto? Te he dicho que Er.

–He trabajado dos años con los chinos –dijo el profesor Butler con una voz que se fue perdiendo por la galería de la muerte–. Tengo muy claro lo que sabe cada uno. ¡Duo y Er...! Mis preguntas apuntan, te confieso que un poco malévolamente, hacia lo que yo sé que cada uno no sabe. ¿Qué me cuesta sustituir las preguntas de uno por las del otro? Nada.

–Claro. Nada.

Mientras observaba a Josefina, que cambiaba los papeles de los exámenes de una carpeta a otra, concentradísima, Jeremy tuvo la sensación de que una mirada extraña a ellos dos los envolvía desde la penumbra, una proyección fantasmal de la conciencia de su fechoría... una mirada que se escabulló cuando él se propuso dar vuelta la cabeza. No era más que una metáfora, concluyó, de los temas que esta noche lo preocupaban: su "pequeña vida", como a veces mantenía con afectada aunque elegante modestia, "rodeada está de sueño". No era la primera vez que se sentía en una duermevela donde las luces del pasado no lograban vencer a las sombras del futuro. Le preguntó, como despertando, a Josefina:

–¿Qué planes tienes con Er?

–Si gana...

–Ganará. No te preocupes.

–Si gana y me quiere, abandonaré a Rolando para irme con él a Washington y vivir cerca del pobre Max.

–No me vengas con ese cuento del "pobre Max". ¡Por suerte no es hijo mío! No me importa que ese engendro inservible se quede con mi dinero, pero me repugnaría saber que lo único que dejo al morir es esa basura.

Josefina se burló de Jeremy:

–No volvamos sobre ese temita. En todo caso, ¿cómo podría ser hijo tuyo si nunca pasamos de los prolegómenos? Es sólo una fantasía con que te consuelas para no enfrentarte a tu aridez.

–Te lo he dicho mil veces: "Mi vida está hecha de la materia de los sueños".

La lástima pesó en el corazón de Josefina. Jeremy, rengueando, se paseaba por su estudio. Apagó las pantallas de los computadores. Él mismo se fue extinguiendo al repetir:

–No pasé... no... nunca...

–¿Nunca, Jeremy? ¿Cómo es posible? ¿Y tu famoso apetito, tus célebres conquistas de muchachitas inocentes que después se vanagloriaban por el campus? ¿Y la Ruby?

–No pasó... no pasé... todo lo he resuelto siempre en los prolegómenos, en acotaciones y epílogos, sin entrega.

–¿Eres virgen, entonces, como la Ruby?

–¡Pobres muchachitas! ¡Lo pasan tan mal conmigo! Por suerte no lo saben. Casi todas quedan convencidas de que lo que les brindo es pasión y, después de sobajearse conmigo, evitan en el futuro otros encuentros eróticos: cuando se les ofrece la ocasión, no se adaptan y son muy desgraciadas. ¿Subamos?

–Subamos. Aquí quedan las dos carpetas: ésta es para Duo, y ésta para Er.

–No las ʋayas a confundir.

–No vale la pena, ahora.

Lo ayudó a subir la escala hasta su dormitorio, donde lo sentó a los pies de su cama. Vuelta hacia el otro lado, Maud Butler respiraba con la acompasada respiración de los que no tienen problemas. Josefina le quitó la chaqueta a Jeremy, los pantalones, el chaleco, la camisa, los calzoncillos sucios –los conocía: ella les lavaba la ropa en la máquina– y la camiseta, que estaba limpia: Jeremy pertenecía a una raza que sudaba poco y sin olor. Le puso el piyama y lo tapó con las frazadas.

Luego extendió sobre sus piernas entumecidas un *plaid* igual al que cubría a su hermana.

–Buenas noches, mi querido Jeremy. ¿Necesitas algo más?

–Que me pases a buscar mañana a las ocho y media en auto. El examen dura cuatro horas. A la una estaré listo para que me traigas de vuelta a mi casa. ¡Voy a estar agotado! No quiero ver a nadie durante tres días.

–Tan temprano no puedo. Le prometí a la hija de Gorsk, que vive en Alaska y está aquí de paso porque se va a divorciar, llevarla a ese *outlet* nuevo que hay camino a Chicago, a setenta kilómetros de aquí. Pero a la una sí puedo pasar a recogerte. Buenas noches, Jeremy. Gracias.

Él le tomó la mano y le besó la palma. Josefina sintió sus dientes falsos, más fríos que los naturales. Revisó el velador para ver si estaba todo: las gafas, el audífono, el libro con extractos de la Biblia. Una cosa que vio allí le reveló el misterio del vaso de Mi Hermana Maud: sus dientes feroces, de dimensiones exageradas por el cristal del vaso. Las fauces ortopédicas, a punto de dar un mordisco, flotaban en el agua y parecían reírse de ella.

Josefina salió de la casa y se fue a acostar. Justo antes de quedarse dormida tuvo un sobresalto: había dejado todas las luces apagadas donde los Butler, menos la del estudio. Estuvo a punto de levantarse para volver allá... pero hacía frío, su cama estaba caliente y la máscara de seda con que se había tapado los ojos le iba a permitir hundirse en un sueño apacible, sin pensar en mañana ni en lo que acababa de suceder esa noche. Se equivocó: sobre su almohada se quedó añorando el tiempo en que ella y Rolando habían compartido algo más que la misma cama; si el insomnio la enervaba, no tenía más que deslizarse hasta los brazos de su marido, o arrimarse al calor de su espalda, para conciliar el sueño: esa posibilidad, desde hacía tiempo no realizada, era lo que con mayor fuerza la mantenía junto a Rolando.

A la misma hora en que Josefina se revolvía en su lecho, Mi Hermana Maud despertó. Se puso los dientes, las gafas y el audífono, y echándose el pelo hacia atrás, para que no la molestara en los ojos, se lo recogió con un gesto preciso al ponerse su diadema de margaritas. Comprobó que su hermano dormía a pierna suelta. Apoyando su escaso peso en la baranda, dando ligeros tropezones, logró bajar al primer piso. Fue a la cocina, donde se preparó un sándwich de lechuga y tomate, y llenó con whisky un vaso que se zampó al seco. Tras devorar su merienda nocturna, apagó la luz y pasó al estudio para apagar la lámpara que a Josefina se le había quedado encendida. Se entretuvo un rato prendiendo y apagando, poniéndoles y quitándoles color a las poderosas pantallas de su hermano. Se inclinó sobre las carpetas y estuvo manoseándolas un minuto. Al salir vio la puerta entreabierta de la biblioteca. Encendió una pequeña ampolleta en la escalera y volvió; se acercó al sofá.

—¡Ah! ¡Aquí se quedaron haciendo porquerías los sinvergüenzas! —dijo Maud Butler en voz alta—. ¡Creen que soy una tonta porque me quedé dormida! ¡Me las van a pagar muy caro!

La anciana golpeó los cojines para esponjarlos. Subió dificultosamente a su cuarto; lo compartía con su hermano, aparentemente por temor, pero en realidad para vigilarlo.

¿Se había tomado o no su *Sonmatarax*, que los médicos le tenían prohibido? En fin, aunque durmiera hasta tarde, el examen terminaba a la una; tenía tiempo de sobra para llegar a esa hora y enfrentarse con Jeremy. Se quedó un rato alistando su maquillaje, su espejo, su peineta y su escobilla de pelo. Los dejó ordenados en la mesita-trípode que acercó a su cama. Eligió una diadema fresca y apropiada, y un vestido de seda, además de su ropa interior, que extendió sobre la cama. El efecto del *Sonmatarax*, sumado al alcohol, se fue filtrando en sus huesos porosos. Se metió en la cama. Lo poco que lograba recuperar la lucecita nocturna que Josefina les dejaba encendida, se fue desdibujando, y a los cinco minutos ya había caído la pesadísima cortina de su ahogado sueño.

—Ésta es la Jeremy Butler Avenue, la calle principal. Mira cómo entran los chiquillos a la librería Prairie Lights; y cómo salen, apurados, después de desayunar en cualquier boliche, para asistir a la clase de las nueve y diez. Y éste es el Capitolio. Lindo, ¿no te parece? Con su cúpula dorada y todo... es una miniatura del Capitolio de

Washington. ¿No has estado nunca en Washington? Tienen que ir de todas maneras. Es una cuidad maravillosa, un verdadero paraíso, todo blanco y dorado, con sus cerezos en flor y sus monumentos y todo... Es la ciudad que concentra todo el poder del mundo. ¡No dejen de ir! Yo tengo mi oficina en *este* Capitolio, en el segundo piso. También Jeremy, al otro extremo del corredor: la suya es una verdadera *suite* de lujo, te diré. Es así porque se trata de Jeremy, la joya de nuestra universidad. Ahí, en las dos salitas de seminario contiguas a su despacho, se llevará a cabo el famoso examen. Seguro que ya hay estudiantes afuera, esperando el resultado, aunque no lo anuncian sino a las doce y cuarenta y cinco, y son recién las nueve y cuarto. Dicen que se han cruzado miles de dólares en apuestas; como nadie es capaz de distinguir a un chino del otro, están más enconadas todavía... Supongo que no importa; en el hipódromo también se juegan miles de dólares y, lo que es yo, no sabría distinguir un caballo de otro. En el Capitolio está nuestra maravillosa biblioteca, muy famosa, la tienes que conocer. Mira, aquí comienza el bosque. ¿Quieres que nos bajemos para dar un paseo a pie? Ya se están poniendo preciosos los arces. ¿No, por el niño? ¿Qué le puede pasar, si lo tienes bien abrigadito en su moisés? ¡Qué bueno es este niñito lindo, que no llora ni molesta! A ver, sonríale a la tía. Tienes que enseñarle a dormir con la ventana abierta, Nina, por lo del aire, aquí es muy puro. No como el de Santiago, que está insoportable de contaminado. Estos paraguas blancos en la vereda son de la famosa Tasca, que frecuentábamos tanto con Marcelo Chiriboga. ¡No sabes el encanto que era Marcelo! Nos hicimos íntimos. Nos contó toda su vida, con lujo de detalles. Rolando ya comenzó a escribir un artículo sobre Chiriboga para no sé qué revista. ¿Pero por qué, Nina...? No creo que Gustavo se vaya a enojar con Rolando por eso. Marcelo Chiriboga es un personaje público, un bien cultural; le pertenece al que gane el quién vive y se acabó. No te puedes poner así, Nina por Dios... ¡Mira que enojarse por una tontería! Bueno, ya está, díselo a Gustavo, no le tengo miedo. No creo que él vaya a tener la misma reacción que tú... que me parece infantil, por decir lo menos. ¡Con lo susceptible que eres, no me extraña que Gustavo se haya entusiasmado con la Ruby, que es puro dejarse estar, dejar pasar...! Claro que se han hecho amigos. ¿No lo sabías? Aquí se ha murmurado mucho... Pese a su obesidad, no hay hombre que no pique con ella. No creo que lleguen a mucho, porque la pobre es entusiastamente virgen. Bueno, te he hecho dar un rodeo para que tengas una visión del pueblo donde vas a vivir. Ahora estamos en la parte de atrás del Union, a media cuadra del Capitolio, que desde aquí no se ve. Después del desayuno te llevaré a la biblioteca. ¡Es una maravilla, con instalaciones de ese genio que es Pier-Paolo Vitello y todo! Ahora, libros, lo que se llama libros, no sé si hay. Rolando dice que no hay nada.

–Me encantaría conocerla, pero no sé si voy a poder ir. Ya son las nueve y media, y quedé de juntarme con Gustavo en el hotel para ir a Sears y otras tiendas a comprar lo que hace falta para la casa, esa maldita casa, tan enorme que no sé cómo la voy a manejar. Odio al corredor que se la ofreció...

–Yo sé quién fue.

–¿Quién?

–¿No adivinas?

–¡La Ruby!

–Podría ser, aunque no te lo aseguro.

Entraron en la cafetería, bulliciosa de gente joven. Nina se sintió un poco cohibida por llegar con un moisés, pero se tranquilizó al ver que las estudiantes que pasaban se detenían –era casi un reflejo– para hacerle monerías a Nat. Tomando café y unos bollos, Josefina le dijo que no fuera a Sears por ningún motivo; ella conocía una tienda –un *outlet* genial– que por las mismas cosas pedía la mitad del precio.

–No me digas. Me interesa, regio el dato. ¿Cuándo vamos?

–Esta misma tarde, si quieres. Muchas señoras latinoamericanas de los pueblos de alrededor compran ahí.

–Ah, qué pena. Yo lo que menos quiero es andar vestida como señora latinoamericana. ¡La mayoría son tan siúticas!

–¡Huy! ¡Hacía años que no oía esa palabra tan fea!

–¿Por qué tan fea?

–El desdén chileno, mijita. Una de las cosas que me hizo huir de Chile a los diecinueve años fue esa palabra, cuando me anduvo pelando la madre de los *chorreados* Achával, porque a mí me convidaba a salir el menor. ¡Claro que aquí las cosas son iguales o peores! Pero en otra clave, a veces no reconocible para nosotros.

–Tienes que explicarme eso.

–Mira, en este país, entre muchas otras cosas, es cuestión de *old money* y *new money*...

–Qué interesante –la cortó Nina; ya no podía respirar en ese ambiente atestado, recargado de estrógeno y testosterona–. Lo siento tanto, amorosa, pero me tengo que ir. Otro día me lo explicas todo. Tengo que reunirme con Gustavo para esas compras...

–¿No quedamos en salir juntas esta tarde?

–Sí. Pero quedé de juntarme primero con él... Después te llamo.

–¿Te doy un consejo? Mira que sabe más el diablo por viejo que por diablo. Quiero ser una hermana mayor para ti, sobre todo en estas circunstancias.

–¿De qué circunstancias me estás hablando? –preguntó Nina, y poniéndose de pie tomó el moisés. Nat había comenzado a aullar.

–¿Por qué te pones así, mi linda? Relájate. Te digo las cosas con las mejores intenciones.

–Gracias. Pero no quiero demorarme más. ¿Cuál es tu gran consejo?

–Es un consejo muy básico. Algo que si no está en los Evangelios, deberían ponerlo. Es el primer consejo que todas las madres tienen que darles a sus hijas al casarse... porque seguro que en el rubro sexo las chiquillas podrían darles clases de posgrado a las mamás. Mi consejo es que nunca, pero nunca jamás, salgas de compras con tu marido. No hay peor negocio. Una siempre sale perdiendo, comprando lo más barato, que por último no te sirve. Con tu pololo puedes ir de compras; con tu marido, jamás.

Nina no pudo dejar de reírse con las perlas de sabiduría de Josefina, ofrecidas como un oráculo, con plena seriedad. Tomó el moisés y se despidió de su amiga, advirtiéndole que ella no tenía pololo.

–Ya tendrás... Date tiempo y con seguridad te saldrá alguno. En este pueblo los estudiantes andan como animales sobrados. Espero que te consigas pololo, porque los años no pasan en vano. Si no, a ver si te presento a un candidato de mi criadero.

Nina salió por la puerta principal y tomó el primer taxi. La conversación la había dejado rumiando ciertas *circunstancias* que no dejaban de ser molestas. No se trataba de la Ruby. Era más bien el asunto de Rolando birlándole el tema *Marcelo Chiriboga* al pobre Gustavo. ¡No podía ser! ¡Esto era la selva! ¡Todos unos antropófagos! Tenía que hablar con Gustavo; cada minuto contaba: se imaginó, mientras viajaba en el taxi, a Rolando inclinado frente a su computador, sacándole ventaja a Gustavo con cada golpe sobre las teclas. Invadiéndolo, destruyéndolo, devorándolo, descuartizándolo. ¡Ah, ella no se lo iba a permitir! Los Viveros eran unos manipuladores, unos traicioneros sin ningún sentido de las jerarquías, sin un asomo de sensibilidad. Nina sintió que los vestigios de la hostia le picaban de nuevo en la garganta, atragantándola, produciéndole una tosecita tonta.

En la *suite* 607 se quitó los zapatos y depositó el moisés de Nat sobre la cama, todavía tosiendo. Lavó al niño con una esponja húmeda, le limpió las manitos con agua de colonia (un frasquito de Jean-Marie Farina comprado en el *duty free* de Chicago; era un regalo para Gustavo, pero lo abrió sin titubear) y volvió a vestirlo, para depositarlo en la cuna. Luego se puso a hacer las maletas –por lo menos las suyas–, pensando con un escalofrío en el día siguiente, cuando se cambiaran a esa casa que aborrecía, aunque no podía negar que era preciosa. Dobló cuidadosamente sus echarpes de seda: quién sabe por qué aparecieron tirados por todas partes, revueltos con la ropa. No tocó la ropa de Gustavo, ordenada en los clósets, porque no quería que la acusara de entrometida. ¿Sería Gustavo el que había sacado sus echarpes... y para qué? ¿Tal vez... para mostrárselos a la Ruby? ¿O la Ruby misma los revolvió para entretenerse mientras cuidaba a Nat? Este pensamiento la enfureció. Luego tomó la ropita de Nat... tan minúscula, pobre crío, tan tierna, y la metió con cuidado en su *nécessaire* de plástico acolchado, celeste, con un Mickey Mouse en una esquina. ¿Cuándo iban a llevar a Nat a Disneylandia, que era toda su ilusión? Washington y el Capitolio podían quedar para después.

De pronto irrumpió Gustavo acezando, hecho una tromba:

–Vengo a decirte que no vengo.

–¿Qué quieres decirme con eso?

–Que no puedo salir contigo ahora. Tengo demasiadas cosas que hacer, demasiado urgentes.

–¿Como qué?

–Son cosas mías, mi linda. Voy a tener que hacer de *chairman* en un debate de los académicos sobre el problema que suscitó la intervención del imbécil de Mark el otro día en La Tasca, cuando insultó a los latinoamericanos. Hoy salió un artículo, en un diario de Chicago, acusando a Saint Jo de ser un criadero de reaccionarios. ¡Quién sabe quién les llevó el cuento! Las autoridades de la Universidad están enloquecidas. Voy a tener que hacer una exposición sobre el asunto, porque fui testigo ocular.

–¡Ay, qué lindo, mijito! ¡Quiero ir a escucharte!

–¡Por ningún motivo! Voy a tener que hablar en inglés para que me entiendan los periodistas, y me da vergüenza que me oigas, mi amor.

–Qué pena. Y yo que tengo tanto que contarte... sobre Chiriboga. ¿Sabías que Rolando está terminando un gran artículo sobre las opiniones que Marcelo Chiriboga ha vertido en privado aquí en San José? Es para una publicación académica.

–¡Qué mala noticia! ¡Se fue al diablo la primicia de lo que yo pensaba escribir! Es un ratero intelectual ese Rolando, un peuco, un ave de rapiña. Pero ahora tengo preocupaciones más inmediatas. Deséame buena suerte.

–Buena suerte, mi amor. Estoy muy orgullosa de ti.

Pero no fue como para que Nina se enorgulleciera de la intervención de su marido: la audiencia completa no duró más de cuarenta y cinco minutos, y él habló dos minutos por reloj. Luego votaron por expulsar al pobre Mark, diciendo que se ocuparían del resto del asunto más tarde, en la reunión bimensual de todo el cuerpo docente. El presidente tomó nota, archivó el recorte de diario que había suscitado una reacción tan fuerte de los profesores, y dio vuelta la página. Gustavo quedó libre, con más de una hora en sus manos para hacer lo que quisiera antes de recoger a Nina y llevarla a Sears. Llamó por teléfono a la Ruby, a la oficina de corredores, a unos metros de la cafetería universitaria.

Llegó en cinco minutos. Le dio unos besos bastante más pegajosos que simples besos de saludo. Le acarició el pelo y su delicada oreja transparente, desprovista de adornos.

¡Por suerte no usaba colgandijos metálicos, como Josefina, que sonaba como vaca madrina, anunciando de lejos su presencia! Los estudiantes se codeaban y se quedaban mirándolos, divertidos con la escena del nuevo profesor que se había dejado atrapar tan pronto por la sirena más casta y más celebrada de Saint Jo. La Ruby se llevó a Gustavo a dar un breve paseo por una plazuela cercana pero recoleta, y allí, en un banco de parque –¡como en mis buenos tiempos!, se dijo Gustavo, ¡en mis horas muertas del Parque Forestal!–, estuvieron besándose, abrazados, durante largo rato. Él miró su reloj, no para ver la hora sino para certificar que tenía por delante la eternidad, hundido en los brazos de la Ruby... Se puso de pie de un salto:

–En tres cuartos de hora tengo que ir a buscar a Nina. Por favor, vamos... ven, déjame ayudarte, levántate. Vamos a almorzar.

–Es una lata esto de ser *la otra.*

–¡La otra, y la otra, y la otra, y también la otra... todas mis mujeres! ¡Pero ahora, por favor, vámonos!

En la cafetería se propusieron comer rápido. Él pidió una cuña de *kuchen* de manzana y una coca-cola; ella, que se disponía a pedir lo mismo, se arrepintió en el último momento y se decidió por un helado doble. Bebieron, mientras esperaban, sendas coca-colas en esos vasos

de cartón que tanto amedrentaban a Nina. Cuando trajeron el helado de la Ruby, resultó ser un torreón color
obispo –una de esas espantosas mezclas yanquis sin gusto
a nada; esta vez, una exótica combinación de mora con
frambuesa y pistacho, con sabor a neumático– que ella
tardó poco en deglutir.

–¡Pero Ruby...!

–¿Qué tiene? Son helados no más.

Probó una cucharadita.

–Pura azúcar.

–Falsa azúcar. Tienes que entender que a veces es
necesario poner unos cuantos centímetros de grasa pro-
tectora entre una y el mundo.

Él se rió:

–Buena excusa. ¿Quieres otra copa?

–¿No tenías tanto apuro?

Se levantaron, dejándole la mesa a un grupo de estudiantes. Algunos reconocieron a Gustavo y lo saludaron –con un poco de ironía, sintió él– al verlo salir con la
Ruby. Ya era tarde para volver a la plazuela. Nina estaría
esperándolo. Buscaron una escalera de servicio por donde circulara poca gente. Les pareció que una pareja se
perdía en los pisos superiores. Amparados por la penumbra, Gustavo y la Ruby, anhelantes, se unieron en un beso de despedida, muy distinto –más emocionante– de todos los besos que él había dado en su vida. Pese a que fue
una unión fugaz, Gustavo se dio cuenta de que el beso la
sellaba definitivamente dentro de su emoción: jamás podría borrar la impronta de esa tibia boca de animal, sonriente aun en el momento de matar. ¡Tenía tanto que decirle! Ella le advirtió:

–No ahora, mi amor. Tienes que volver donde Nina. Se lo prometiste. Cumple... sobre todo en los asuntos
del corazón, si quieres que pueda confiar en ti.

La Ruby lo acompañó a tomar el bus. Iba diciéndole que, a pesar de que era muy claro que Nina no la quería, estaba dispuesta a ayudarlos a cambiarse a su "pala-
cio" junto al río. Seguro que iban a necesitar a alguien
con fuerza. Gustavo tomó el bus. Dejó a la Ruby parada
en las gradas de la cafetería; la brisa otoñal le revolvía la

melena. Le hizo una seña de adiós con la mano: la visión que tuvo de ella desde la ventanilla trasera del bus, alejándose, seguiría conmoviéndolo durante muchos años.

El examen de los chinos, entretanto, se desarrollaba sin interrupciones. Cada chino fue encerrado en una de las pequeñas salas de seminario de la *suite* de oficinas del doctor Butler. Cada uno disponía de lápices, gomas, papel, reglas, compases y escuadras, maquinitas calculadoras y garrafas de agua helada, con sus vasos de cristal cortado, de los de antes, préstamo de Mi Hermana Maud para ocasiones tan solemnes como ésta. En la pared de cada sala colgaba un reloj cuyo tic-tac iba marcando las nueve y media, las nueve y cuarenta y cinco, las diez, las diez y media, las once, las once y media, a medida que los chinos llenaban hoja tras hoja con fórmulas, signos y cábalas que podían, también, ser letras o números de escritura china, llaves, signos y equivalencias griegas irreconocibles para los legos. Concentrados, ninguno de los dos chinos parecía oír nada. Los curiosos esperaban afuera, cruzando apuestas y escuchando sus *walkmans* en silencio, consumiendo coca-colas y bolsas de palomitas de maíz.

En la oficina del sabio se oía su voz pausada, de hermoso timbre y noble dicción, ofreciendo sus ideas, que avanzaban –sinuosas y sutiles– recogiendo esto o aquello, rechazando lo de más allá, especulando, efectuando sorpresivos cambios de frente, de nivel, de dirección, de hondura. Escuchándolo en su despacho, se encontraba también el presidente de la Universidad de San José, así como altos personeros de diversas comisiones y altos empleados administrativos. De pronto, imprevistamente, apareció en la puerta Mi Hermana Maud.

–¡Jeremy!– exclamó, alterada.

–¡Maud Butler! ¿Qué haces aquí? –preguntó él, levantándose.

–¡Vine a delatarte, cerdo repugnante!

Las autoridades universitarias, pese al inexplicable insulto, se pusieron de pie y saludaron a Mi Hermana Maud con gran deferencia, como si éste no fuera más que otro de los habituales cócteles académicos del pueblo. Jeremy, que había palidecido, inmóvil detrás de su escritorio, dijo:

–Por favor, señores, tomen asiento. Tú en el sofá *Chesterfield*, Maud. ¿Qué te puedo servir? Tengo un whisky excelente. ¿No? ¿Una coca-cola, un vaso de agua?

–Un vaso de agua.

–Como mis chinos –dijo el profesor.

–Exactamente –dijo Maud Butler, sorbiendo un poco de líquido.

Procedió a relatar lo sucedido anoche en su casa: Jeremy, en la penumbra, cambiaba de carpeta las preguntas, todo por darle en el gusto a una amante encaprichada por favorecer a uno de los chinos, que la tenía embrujada. Sí, Maud había presenciado en detalle la escabrosa escena, desde las sombras. Para que no la sorprendieran, subió a acostarse y, como siempre, se durmió. Mucho más tarde, Jeremy había subido con su amante –cuyo nombre se reservaba–, quien lo desvistió y lo acostó, suministrándole un *Sonmatarax* para que descansara bien y amaneciera fresco. Finalmente, ella había despertado en la madrugada: vagamente inquieta, bajó a tomar un whisky para entonarse y seguir durmiendo en paz. Volvió a hacer el cambio de las preguntas. Tanto ella como la amante de Jeremy estaban empeñadas en que ganara Er, pero como no se habían puesto de acuerdo, se les armó un enredo de exámenes, carpetas, identidades. En realidad, estaba convencida de que su amiga no era capaz de distinguir a un chino del otro; y que Jeremy no les mintiera: él tampoco. Poniéndose de pie, el presidente de la Universidad encaró a Jeremy:

–¿Es verdad todo esto?

–Algo de lo que mi hermana dice, sí. No todo.

–En todo caso, me parece que es nuestra obligación declarar nulo este examen, y hacerlo constar notarialmente. ¿Podría alguien llamar al notario? Esto no debe trascender mientras no se haga una pesquisa y se adjudiquen multas, encarcelamientos y culpas. Sí, el notario debe dejar constancia de los sucesos, según lo que cuentan los hermanos Butler.

"Estamos consternados, doctor Butler, de verlo envuelto en una intriga tan sórdida como ésta. ¡Usted, uno de los personajes más ilustres del país! En fin, creo que mientras persista la menor sospecha sobre nosotros como corporación, es nuestro deber colocar todo, oficialmente, en manos del gobierno, para que lo juzgue. Se trata de una frivolidad de lo peor. Pone en entredicho nuestra seriedad como institución, y la del Pentágono... y muchas cosas más. ¿Estamos de acuerdo, señores? Es un asunto lamentable, pero me parece que debemos anular no sólo la validez del trabajo de estos muchachos: nos vemos también obligados a poner en duda la calidad de toda la enseñanza impartida hasta hoy por el doctor Butler, de modo que las candidaturas al cargo en el Pentágono tendrían que ser suspendidas... Veremos qué nos comunican desde Washington".

Eran recién pasadas las doce y media. Apareció un chino, sonriendo, en la puerta del seminario, y agitó triunfante las páginas de su trabajo:

–¡Er...! –exclamó Maud, alborozada.

–No, Duo –la corrigió Jeremy.

–Er –insistió ella.

Los espectadores, irritados y confundidos, se servían otro taco de whisky puro, encendían otro cigarrillo, dejaban la revista que estaban hojeando, miraban al colega vecino enarcando las cejas, gesticulando desoladoras preguntas mudas: si el Duo de Maud era el Er de Jeremy, y el Duo de Jeremy era el Er de Maud, ¿a quién había protegido Maud con el cambio de preguntas anoche, justo después –¿o fue antes?– de que Jeremy y su amante, en la penumbra de su escritorio, hicieran el cambalache. ¿Quién ganaba la prueba en el improbable caso de que el examen no fuera anulado por las autoridades del Pentágono, a causa de los desfachatados galanteos –para decirlo suavemente– del anciano doctor Butler? El segundo chino apareció en la puerta, cabizbajo, con su prueba en la mano.

–¡Er! –exclamó Jeremy.

–No, Duo –susurró su hermana.

El profesor alargó finalmente su mano para recibir las hojas que los dos chinos le entregaban. Tomó un lápiz rojo y se sentó al escritorio, hundiendo su cabeza en las pruebas.

–En diez minutos podré comunicarles un resultado tentativo. Voy a echar un vistazo a estos trabajos –su lápiz rojo corría veloz sobre las páginas.

Los académicos, formando grupos, ya no bebían whisky ni fumaban. Ahora se echaban una pastilla de *Maalox* en la boca, o una menta, o una aspirina con mucha agua. El doctor Butler, absorto, anotaba observaciones en los márgenes, alteraba cifras equivocadas, numeraciones, reordenaba gráficos. Al fin dictaminó:

–¡Duo! La prueba de Duo es sobresaliente.

Mi Hermana Maud se puso de pie, trémula de ira. Se le cayó la cartera al suelo y no la recogió.

–¡No, Jeremy! ¡Er, Er es el que gana...! Er... –farfulló, salpicando saliva.

–No –respondió el sabio, perfectamente lúcido y consciente de que estaba premiando al amigo de Josefina–. Tengo que corregir con más cuidado, eso sí, y mandar estas pruebas al Pentágono. Ellos tendrán la última palabra. Pero es Duo, toda la vida. Te felicito, Duo.

El chino que todos creían que se llamaba Er hizo una ceremoniosa venia, sin sonreír. Pero, a diferencia de otras ocasiones en que se celebraron exámenes competitivos, esta vez los profesores no aplaudieron ni felicitaron al triunfador, aunque se formaron grupos que murmuraban en los rincones. Algunos se fueron. Arrinconados contra la puerta de la sala de seminarios, los dos chinos se pusieron a discutir entre sí con una pasión tan amenazadora que parecían listos para saltarse al cuello. Un chino agarró brutalmente a Maud del brazo, mientras el otro, dirigiéndole imprecaciones, se esforzó brutalmente por obligarlo a soltarla. Los señores de traje oscuro que deliberaban no registraron nada de esto. Jeremy sí. Desprendió el brazo de su hermana de las garras crispadas de Er –todos creían que se llamaba Duo–, ordenándole que guardara compostura: éste era un país civilizado donde no podían permitirse barbaridades a lo Mao. Maud salió al pasillo, corriendo tan rápidamente como sus pobres piernas se lo permitían. Antes de que saliera, Jeremy la detuvo, gritándole:

—¡Hermana! ¡Se te ven los calzoncillos colorados!

Al ver que Jeremy se reía, Maud comenzó a correr de veras, huyendo de uno de los chinos que la perseguía. Iba aterrorizada, porque creyó reconocer el objeto que Er tenía en la mano. Sollozaba, no tanto por temor como por vergüenza ante lo que su hermano acababa de gritarle, y se sujetaba frenéticamente la pollera contra los muslos. Alcanzar el auto para proteger sus calzoncillos colorados... ir a encerrarse en su casa... El matemático corría también, ayudado por Duo, que lo hacía volar. Todos, seguidos por el desmadejado séquito de académicos y por el estado llano de los estudiantes, que insistían en conocer el resultado de las pruebas para saldar sus apuestas. Bajaron corriendo las escalinatas. Los filmaba, desde abajo, un camarógrafo que dijo haber sido enviado por la CNN a reportear al doctor Butler examinando a los futuros candidatos para el Pentágono; si faltaban noticias de importancia, mostrarían a Butler, siempre una buena imagen televisiva. Maud bajó la larga, la larguísima escalinata a toda carrera, ante los ojos vigilantes de los leones *couchants*. Tropezó. Cayendo en las gradas, se golpeó la cabeza. Quedó tirada, quejándose y sangrando. Er le gritó una palabrota china y Maud gimoteó al verlo alzar su pistola. El chino la ultimó con un balazo que atravesó su diadema de jacintos rosados. Tras un prolongado tiritón de su pierna derecha, el cuerpo quedó inerte, sin un gemido, los ojos implorantes pero fijos.

Jeremy se inclinó sobre ella con la intención de hacerle respiración boca a boca, y entonces el otro chino disparó sobre él un balazo que le dio en el ojo izquierdo, tan azul, tan claro, dejándolo convertido en un charco colorado. Duo huía con una pistola en la mano. Se agolpó la concurrencia, gritando, clamorosa y desconcertada, para hacer no sabían qué por los dos cadáveres, ya fuera del alcance de toda ayuda. Er se lanzó en persecución de su colega: lo alcanzó en el prado de begonias, cianotus y nevadas que simulaban vegetalmente la bandera de Estados Unidos. Allí, en medio de las estrellitas blancas, un chino –el cañón todavía humeante– esperaba al otro, que lo encaró, insultándolo y haciendo ademán de quitarle su arma. El primer chino disparó. Con una estrella roja en medio del pecho, el segundo chino se desplomó entre los cianotus. Se acercaba la vociferante manada dispuesta a impedir que Duo –¿o Er?– terminara su mortífera labor. Pero el chino alcanzó a ponerse la pistola en la sien y apretar el gatillo: el público, enardecido, recibió su cuerpo exangüe. Sólo entonces le arrebataron el arma. Pero la arrebataron de la mano de un muerto.

Habían transcurrido cuatro minutos desde el primer disparo hasta el último, los famosos cuatro minutos sangrientos que la prensa desparramó por el mundo. La CNN se negó a comprar el reportaje de todo el asunto, que el periodista había filmado en vivo; la noticia no tenía más que un interés local. *Larry King Live,* en cambio, lo adquirió, y el camarógrafo se hizo rico y famoso. Larry King montó varias horas de reportaje en torno a este desgraciado hecho, y estremeció al público, por lo menos durante una semana, con la historia de esos cuatro extraños personajes encerrados en una ignota universidad del Medioeste. El gran público, sin embargo, la masa autoritaria, lo olvidó todo a la semana siguiente: nuevos desastres encandilaron a los televidentes con la novedad. Larry King había logrado prolongar el interés del público con una seguidilla de coloridas entrevistas a académicos, senadores, notarios, policías, médicos y abogados, y también a muchos estudiantes y a gente de la calle. Todos en San José estaban dichosos de figurar en *Larry King Live.*

Anonadado por lo que acababa de suceder, Gustavo se tendió en su cama, abrazando a Nina y al niño, como amparándolos. El dormitorio olía a caca: no le habían cambiado a tiempo los pañales a Nat, hechizados como estaban por las imágenes de una tragedia en la que Gustavo casi... casi se vio envuelto. En buenas cuentas, todo había sucedido a unos pocos pasos de donde él se encontraba galanteando con la Ruby. El aire rancio del dormitorio estaba aun más pesado por los efluvios de pomadas y colonias, y parecía incluso peligroso con el aerosol purificador de aire y su aroma de rosa apócrifa, con el que a Nina se le había pasado la mano. A veces reconocían un rostro en la pantalla, o un lugar, y lo señalaban con el dedo: pronunciaban acongojadamente su nombre, sin más comentarios. El niño lloró de hambre, pero Nina, que no dejó un momento de sollozar y quejarse, despotricando contra San José, contra el país, contra la casa amarilla, contra la biblioteca sin libros, contra los Viveros, contra Gustavo mismo, no lograba librarse de la fascinación de la tele. Cuando Nat lloraba, le metía el chupete en la boca; el niño se calmaba durante un minuto, pero luego lo escupía, baboseando su piyama. Gustavo se había venido al trote desde el paradero del bus, con la limpia intención de franquearse por fin con Nina y participarle su pasión por la gordura de la Ruby. Analizarían uno frente al otro las mutuas frustraciones. Llegó a la 607 entusiasmado, vibrante con la altura de sus propósitos. Pero las noticias lo hicieron esquinar violentamente una curva; así, perdió de vista todo lo ocurrido en su pasado recientísimo, y se vio obligado a encarar estos síntomas de un futuro desesperanzador, pura competencia y poder, progresivamente más y más deshumanizado.

En ese momento de suma fragilidad, con la duda instalada en el dormitorio de los Zuleta, un huracán abrió la puerta y entró la Ruby, desmelenada, manchada de sangre y lágrimas, la ropa sudada y revuelta, víctima de una alteración incontrolable. Gustavo y Nina se incorporaron de golpe en la cama. La Ruby, de pie ante ellos, relató atropelladamente, temblando, lo sucedido: Mi Hermana Maud había irrumpido en el examen para delatar a Jeremy y luego había huido; salió persiguiéndola un tropel, Er a la cabeza... Sobre las gradas del Capitolio, en presencia de los leones indiferentes y de una caótica multitud de estudiantes incrédulos, un chino ultimó de un balazo a la anciana. El otro disparó sobre el doctor Butler y huyó a toda carrera hacia el prado de la Bandera Nacional, donde el primer chino lo alcanzó y lo derribó de un tiro. Acto seguido, se voló la tapa de los sesos. A todo esto, Josefina se había ido a un *outlet* fuera del pueblo con su marido y con la hija de Gorsk, que estaba a punto de divorciarse y necesitaba distraerse un poco, sobre todo porque la perspectiva de que su marido le quitara a sus hijos la tenía destrozada. Mientras ellas hacían compras, Rolando jugaba una vuelta de golf en una pequeña cancha adyacente. Iban a estar fuera todo el fin de semana, porque pensaban llevarse a la pobre chiquilla a Chicago, para que se divirtiera un par de días.

Parada a los pies de la cama, sin siquiera mirar a Nina, la Ruby urgió a Gustavo:

–Tienes que venir inmediatamente.

–¿Para qué...? –preguntó Nina, defensiva.

–Tu obligación es ayudar.

–¿Ayudar a qué? –insistió Nina.

–Gustavo no se da cuenta –le respondió la Ruby–, ni tú tampoco, porque están encerrados aquí. Existe el peligro de que lo que les sucedió a Jeremy y a Mi Hermana Maud y a los dos chinos se transforme esta tarde en un estallido de violencia generalizada. Este pueblo se puede hundir en el terror y la locura. Todos los habitantes de San José se sienten angustiosamente descolocados por la revelación: esta falta de seriedad en los altos círculos universitarios rompe el dogma que ha hecho vivir hasta hoy a la población. Todos sienten culpa y se preguntan: ¿dónde nos equivocamos? La gente abandonó sus trabajos; para ver la televisión, se supone, pero tengo el pálpito de que es por miedo. Los taxistas no salen; la movilización colectiva está parada. Hay como un levantamiento de la población. Los estudiantes están congregados en la Plaza del Capitolio y escuchan a los que arengan a la multitud. Dicen que estos oradores son esbirros de políticos reaccionarios que pretenden sembrar el pánico. Anda por lo menos una docena de *skinheads* bastante sospechosos, jamás antes vistos en el campus. Se cree que tienen intenciones de linchar a todos los profesores de matemáticas, y además sacrificar al pobre Vitello, como un escarmiento para los falsarios. Está tan fea la situación, que a mí, que me tocaba turno en el hotel, me dieron la tarde libre para ir a ayudar... Ven tú también, me parece que es tu deber.

–¡No lo voy a dejar exponerse por una causa ajena a las causas de los suyos! –bramó Nina furiosa, de pie, con la guagua en brazos–. Ya se expuso una vez para el *once,* cuando Pinochet lo mandó a buscar... pero mi mamá, que estaba enferma, lo escondió debajo de su cama. ¡Gracias a Dios no lo encontraron y no le pasó nada, y la cosa se diluyó porque andaban buscando a peces más gordos! ¡No, Gustavo, por el amor de Dios, no te vayas a exponer otra vez! Piensa en nosotros, quédate... tienes que protegernos a mí y a la guagua... No vayas a hacer estupideces.

Pero Gustavo no le hizo caso y se fue con la Ruby: era una mujer distinta ahora, más compleja, más impredecible, alguien que le confirmaba su entusiasmo por las personas que son más que la suma de sus componentes. Pasó toda la tarde y la primera parte de la noche prestando declaraciones ante la policía y reconociendo los cadáveres: sus rostros se le quedaron melancólicamente adheridos a la memoria. Manejó un autobús repleto en que no se hablaba de otra cosa que de los crímenes. Celebró una reunión con sus alumnos para discutir culpas, asignar tareas, establecer qué parte de los hechos pertenecía a la historia comprobable y cuáles –al cabo de apenas unas horas– obedecían a una leyenda que ya se estaba formando. Tomó huellas digitales, habló con el pastor y el cura para decidir qué se haría respecto a las impenetrables relaciones de estos orientales con el Dios de Occidente. Trazó un cuidadoso plano de los probables movimientos de los actores en tal o cual escena. Sacaron a la calle a tímidos ciudadanos para interrogarlos, implorarles, forzarlos; ellos inmediatamente bajaban sus defensas si se trataba de aparecer en la tele, ya que estaban filmando todo el campus. Los médicos forenses prohibieron mover los cadáveres un solo centímetro del lugar donde había caído. Y más tarde, la apoteosis de la llegada del cónsul de la China en Chicago, que bajó del cielo en un helicóptero guiado por los focos que se entrecruzaban y trenzaban, iluminándolo todo para que aterrizara. La nave descendió verticalmente, como una gaviota que se lanza en picada sobre un pez, para posarse al fin en el prado frente a la escalinata del Capitolio, a los pies mismos de los leones *couchants,* que en esta ocasión levantaron la cabeza para rugir en honor del diplomático oriental. La Ruby, a la cabeza de los viejos tercios de Gordura es Hermosura, se adueñó de las cocinas de la cafetería universitaria y, a costo de la contrita Universidad, mantuvo abierta una olla popular hasta muy entrada la noche. Entonces, entre las sirenas que rugían y los focos que se cruzaban bailando en la oscuridad del cielo, el cónsul de la China partió de regreso. Su helicóptero, tras navegar un instante en la plateada telaraña de los haces de luz, se perdió entre los astros. El cónsul regresaba a Chicago con cara de circunstancia –si es que un chino puede tener cara de circunstancia–, porque abogados y forenses se había negado a entregarle los cadáveres. Estados Unidos era un país civilizado, le aseguraron; la muerte de una persona, y para qué decir de cuatro, tenía una importancia real y legal, no mística. Los despojos, tendidos en la plazoleta de laja después de que sustituyeron los periódicos ensangrentados del primer momento por dignas sábanas blancas, se quedaban en San José.

Las especulaciones acerca del cuádruple crimen fueron creciendo a medida que avanzaba la noche. Llegaron curiosos de pueblos vecinos, de los campos, de los bloques habitacionales, a ver si lo ocurrido en San José era, en verdad, para tanto. Gustavo, en esta ocasión de revuelo popular en que empeñó toda su pasión, se sintió ligado ardientemente a la Ruby. Pasada la medianoche, agotado, soñoliento, comprobó que iba quedando menos gente y menos agitación en las calles. Le pidió al mismo cholito conflictivo de la otra noche, que se había sumado a las fuerzas antiterroristas –"contra los fachos", como decía–, que por favor lo llevara de vuelta al hotel en su automóvil. Para el cholito conflictivo todos los estudiantes eran *skinheads* en potencia;

en realidad, todo el mundo, incluidos los senderistas, eran fachos. Él se proclamaba un socialista agresivo, lleno de intolerancia y rencor: le iba explicando a Gustavo, mientras manejaba, que éstos eran sentimientos fundamentales para todo cambio positivo.

–¿Cambio de qué... a qué? –le preguntó Gustavo entre bostezos, de ésos que hacen doler las carretillas.

El cholito conflictivo no alcanzó a contestar; se habían detenido ante el hotel y lo miraba, escandalizado.

–¿Aquí vives...? –le preguntó–. Es muy burgués este hotel. Muy caro.

–No es culpa mía, oye...

Y cerró la puerta del auto en las narices del cholito, detestándolo por hacerlo sentirse culpable por algo no vergonzoso; además, era verdad que no había sido suya la elección. ¿Qué iba a pensar de él cuando le señalaran la casa amarilla como su residencia? Prefirió no imaginarlo. No tenía para qué, porque pensaba hacer lo posible para que sus caminos no se volvieran a cruzar. Atravesó el *lobby* lentamente; el arqueólogo-conserje, desde su escritorio, le sonrió, saludándolo con la mano pese a su ropa sucia y en jirones, lo que lo hizo sentirse como un héroe después de una jornada de duro combate: el arrojado reportero-fotógrafo –uno de los ideales de su adolescencia– que vuelve a casa, a los brazos de su mujer, desharrapado y herido después de las sangrientas escaramuzas.

Abrió la puerta de la 607. La luz estaba encendida. No estaba Nat. Ni Nina. Ni las maletas que la había visto empacar durante las últimas horas. Abrió el clóset: nada. Se dirigió al saloncito: nadie. Sólo persistía el repugnante olor a caca y a pomadas de Nat. Encima de la colcha de su cama –abierta con el esmero particular de Nina, que a él le encantaba–, un sobre con su nombre: *Gustavo*. Lo abrió.

Amor mío:

Me vuelvo a Chile con Nat. No puedo seguir soportando ni un día más el terror que me produce este país: por su obesidad generalizada, por su despilfarro, por crímenes como el de esta mañana. Tampoco soporto la soledad en que me dejas, ni esa aterrorizante casa amarilla, sin servicio, sin mi mamá, mis her-

manas, mis primas que me ayuden a criar a Nat. Soy un ser limitado, una persona modesta que sólo sabe vivir una vida; no la que me ofreces en Estados Unidos, que a ti, según parece, te excita tanto. Me voy porque no puedo más con mi miedo a todo esto. La hostia enorme todavía me raspa la garganta. Adiós, amor mío. Te espero en El Quisco, cuando toda esta tormenta haya pasado. Un beso muy grande de tu Nina.

Gustavo llamó inmediatamente por teléfono al aeropuerto de Chicago y preguntó por el número del vuelo de Nina. A estas horas, le dijeron, estaría saliendo de Ciudad de México rumbo a Santiago, para llegar allá a las nueve de la mañana. Reservó pasaje a Santiago en un vuelo equivalente de las siete de la mañana del día siguiente, desde Chicago, sin que le importaran los trasbordos y escalas.

Lo reservó a pesar de todo, porque él tampoco quería permanecer un día más en San José. A la mañana siguiente, sin mudarse, ni ducharse, ni afeitarse, con la misma ropa heroica e inmunda de anoche (¡que Nina lo viera!), como un sonámbulo guiado por la droga que su cuerpo aún no había eliminado, hizo su maleta en diez minutos (dejó su sombrero de huaso y sus espuelas, que no eran verdaderamente de plata) y partió en un taxi a Chicago. Llegó un minuto antes de que despegara el avión.

Iba volando sobre Tennessee cuando recordó que no se había despedido de la Ruby.

Epílogo

Capítulo dieciocho

Éste es el final de mi novela *Donde van a morir los elefantes*. Estamos en 1999. Escribo desde mi casa –antes *bungalow*– de El Quisco, mientras observo a Nina desde mi ventana. La veo ir de acá para allá, trasladando maceteros en la carretilla, o un canasto a lo Caperucita Roja –a los que siempre fue tan aficionada–, lleno de hojas y ramitas secas para hacer un ramo de otoño, o para encender una fogata en el jardín al atardecer, la primera fogata de la temporada. La sigue para todos lados Nat, un negrucho feíto, igual a mí, que ha cambiado poco desde que Nina llegó a San José con él metido en un moisés celeste, hace seis años. Hemos comprado la casita de al lado. Botamos la pandereta, agrandamos el jardín y le agregamos un segundo piso a ese lado de la casa, donde hay un espacioso dormitorio matrimonial y un buen estudio para mí. El salón y el comedor, abajo, también los agrandamos, uniéndolos a los de la otra casa, de modo que nos resulta agradable invitar a la parentela a pasar un fin de semana, y disfrutamos escuchando música y leyendo, o jugando bridge si hay cuarto, o ajedrez, o dominó. Se oye desde lejos la asonancia de las corrientes y contracorrientes del mar. También suelo invitar a algún académico de paso, con el que me complace discutir mi tentativa de actualizar las teorías, un poco pasadas de moda, de Gaston Bachelard (sobre todo en *La poétique de l'espace*). Con nuestro último visitante extranjero, por ejemplo, me quedé hasta las dos de la mañana analizando el alcance de las palabras de Jonathan Culler: *"To engage in the study of literature is not to produce yet another interpretation of* King Lear, *but to advance one's understanding of the conventions and operations of an institution, a mode of discourse"*.

Escribiendo esta novela en secreto –nadie en mi familia sabe que la escribo; a veces siento la tentación de ocultarme, a lo Fernando Pessoa, tras diversos heterónimos que me reemplacen y compartan la insoportable responsabilidad de la autoría–, he comprendido lo ocioso que es hacerlo y, por eso mismo, lo glorioso –humanamente, no trascendentemente– de esta gratuita actividad mía. No creo en la inmortalidad, ni en la eterna sobrevivencia del arte. Creo, en cambio, en la infinita dignidad del ser humano en su tentativa de conocimiento, no tanto racional, sino ese conocimiento que aporta la creación artística con sus mutaciones, contradicciones, olvidos y redescubrimientos. Me alboroza tomar parte, como escritor, en esa absurda tentativa de autosuficiencia. El hecho de *hacer* –y *leer* también es, en cierto sentido, *hacer*– me parece más interesante que *significar,* o que explicar una obra de arte, que para mí no es reducirla a algo distinto de sí misma, porque todo razonamiento reductivo es insuficiente frente a un soneto de Keats, por ejemplo, o a la *Historia de Genji* de Murasaki Shikubu, donde el texto mismo aporta las claves de su grandeza. Lo apasionante es siempre la metáfora sumergida, la historia implícita, aquello escondido en la *forma* tiránica, siempre presente en una novela de calidad, aun en las más convencionales, porque no es necesario hacer vanguardia, ni ser un escritor conceptual o minimalista, para encontrarse con la aventura de un lenguaje rico en invenciones y hallazgos; ni tampoco abanderarse con el afán consciente de cruzar fronteras. En fin, éstas son disquisiciones vacías para un escritor como yo, embarcado sobre todo en satisfacer ese antiquísimo impulso de contar un cuento. Pero debo cuidarme de no aparentar excesiva modestia, de artesano, o de obrero, afectaciones cuyos resabios heredamos de la década del 30, y de las que en Chile ha resultado tan difícil desembarazarse. Lo que debo hacer es recoger el guante contra la teorización sobre una obra de arte, mecanismo que, en esencia, excluye toda visión que no sea la que se postula; así, se aprecia sólo una sección, una tajada del resultado de las aventuras de la creación, resultado casi siempre confuso, a veces sólo intuido, siempre perturbador y conflictivo. El arte no suele ser tribuna. La tribuna no trata más que de pequeñas parcelas acotadas que se refieren a la razón, no al espíritu. No creo que ninguna obra de arte pueda reducirse a otro discurso que no sea su propio texto. No es una llave mágica decir: "La literatura debe ser..."; o bien: "Este párrafo debe leerse como...". El *deber* no existe en literatura. Ella no es sino un fin en sí misma, y su objetivo es sólo deleitar y, de paso (¿quién lo dijo?), "alejar un poco el muro donde comienza la oscuridad". Se trata, pues, de ampliar, de estimular, de ventilar el departamento estanco de la información y la opinión, para leer el discurso implícito en que se encarna, consciente o inconscientemente, la aventura de la imaginación.

Espero que mi biografía de Marcelo Chiriboga sea eso, ya que ha sido tan bien recibida, tan admirada, tan traducida y editada en distintos idiomas. Las reediciones de la obra de Chiriboga, a raíz del éxito de mi libro, han hecho posible que Adèle de Lusignan –que se volvió a casar, con un individuo muchísimo más joven que ella y, según la fotografía publicada en una revista del corazón, con aspecto de *macró* argentino– recaudara grandes cantidades de dólares que le permiten languidecer en brazos de su amado. Éste, seguramente, será el último de una serie sobre la cual, en su vida, Marcelo Chiriboga tendía lo que él llamaba "el tupido velo", si no del secreto total –conmigo, por ejemplo, discutió muchos de estos problemas en San José–, de la compasión y la discreción, cualidades tan humanas y propias de él, que fue siempre lo contrario de un *duro*.

El final de este escrito tiene una coda que se refiere a mi historia personal, relacionada con el fervor que desde hace tantos años siento por la obra de Chiriboga. Carlos Fuentes se encargó de organizar un seminario sobre Chiriboga, de cuatro días de duración, en la Wood-

row Wilson Foundation de Washington DC. De esto hace
ya un año. Fuentes, con su generosidad habitual, me escribió ensalzando mi *Retrato de Marcelo Chiriboga*, pidién-
dome en nombre de Joe Tulchin que presidiera el simposio, coordinado por Susan Nugent y Arlynn Charles.
Acepté la invitación y volé directamente a Nueva York,
donde pasé una semana viendo un poco de teatro (una
reposición de *La muerte y la doncella*, de mi compatriota
Ariel Dorfman, realmente notable), almorzando todos
los días en el Moma o en la cafetería del Metropolitan,
asistiendo a una nueva producción de *Così fan tutte*, dis-
cutiendo toda una tarde con Susan Sontag sobre qué es
ser *politically correct*, u otra con Silvia Molloy para criticar-
le su asombrosa novela. Como quería revisar por última
vez mi ponencia, salía rara vez de noche y, en general,
me hacía llevar un plato de comida a mi habitación: afortunadamente, no soy un *gourmet* –una de mis limitaciones
es que me da un poco de repugnancia toda la comida,
salvo la más monacal; y bastante risa y compasión los que
presumen de exquisitos en la mesa–, de modo que pude
afinar los últimos puntos de mi texto *Notas en el revés de
un retrato*, referido, claro, a mi biografía de Chiriboga.
Me quedó muy bien. El jueves tomé un avión a Washington DC: Carlos Fuentes me esperaba en el aeropuerto.
Almorzamos juntos, acompañados por su preciosa mujer
Silvia Lemus, y nos reímos bastante comentando el crip-
tosentimentalismo, tan norteamericano, de la Sontag. La
tarde de mi llegada se efectuó un cóctel de bienvenida
en la rotonda de la Woodrow Wilson Foundation. Luego
nos dirigimos a la acogedora biblioteca y sala de sesiones
de esa institución. He sabido que, por desgracia, se piensa abandonar ese lugar entrañable para trasladarse a un
edificio nuevo, expresamente construido, con toda clase
de comodidades para los académicos. Sin duda, será más
cómodo, sin las empinadas escaleritas ocultas, sin los misterios del viejo *castillo*, apodo con que se la conoce en
Washington... pero carecerá, lamentablemente, de estilo,
de personalidad, perderá su inigualable pátina, su notable carga poética, depositada por generaciones de estudiosos que prepararon sus libros en esos ámbitos de pe-

numbra y madera oscura. En esta ocasión la mesa estuvo constituida por escritores de gran talla: Sara Castro-Klarén, estudiosa de literatura peruana y latinoamericana de la Universidad de Johns Hopkins; Carlos Fuentes, a quien todo el mundo conoce; Jay Tolson, autor de la reciente y espectacular biografía literaria de Walker Percy, *Pilgrim in the Ruins;* y por el brillante crítico literario Denis Donohue, de quien recuerdo su reciente artículo en el *New York Review of Books* sobre *All the Pretty Horses,* de Corman MacCarthy, a quien compara con justicia discutible con William Faulkner. Esta novela me parece especialmente interesante desde un punto de vista que Donohue no toca: esencialmente, se trata de una novela de tácito imperialismo norteamericano –acabo de leer el libro de Edward Said, que toca puntos paralelos, aplicables a Estados Unidos, pero eso funciona incluso a nivel de idioma: el texto de MacCarthy, salpicado de hispanismos, refiere la historia de una invasión, en este caso la invasión efectuada por un niño norteamericano que se aventura en terreno mexicano; pero en esta parte del libro, que no es la mejor, los personajes mexicanos valen sólo como clichés, y son reflejos de la necesidad que los yanquis tienen de que los latinoamericanos correspondamos a un molde fijo para ellos, a un estereotipo inamovible de sexo, violencia, prejuicios ancestrales, naturaleza salvaje, apetitos insaciables de dinero y de otros cuerpos, primitivismo, caricatura, en todo sentido, de lo que ellos querrían que fuéramos. ¿Por qué no escribir, entonces, la novela de una invasión nuestra del territorio de ellos, salpicando nuestro texto de anglicismos, caricaturizando tan cruelmente el mundo norteamericano, que los personajes se transformen también en clichés, ejerciendo así nuestro derecho de invadirlos y colonizarlos... y desconocerlos –¿y, por qué no, vengarnos?–, como ellos nos invaden, se apropian de nosotros y nos colonizan?

Supongo que esto no tiene solución. En todo caso, soy partidario de las limitaciones personales y nacionales: son lo que le dan su forma única a un texto; así como creo en la subjetivización que arrastra la realidad de la historia para hacerla parte de la imaginación. En recuerdo de episodios de mi vida que ella no conoce, esa noche llevé a Susan Nugent a cenar a un restaurante evocativamente llamado La Tasca (si mal no recuerdo, La Tasca del Alabardero), igual que otra Tasca, no madrileña sino del Medioeste, que conocí hace muchos años. Después de cenar, deposité a Susan en su tren y caminé hacia mi hotel en Georgetown, con pocas ganas, sin embargo, de meterme en la cama. Extendido sobre la colcha floreada, no sé por qué ni para qué, me encontré con la pesada guía telefónica de Washington entre las manos. La hojeé ociosamente. Pensé, casi sin pensarlo: ¿qué amigo tengo en Washington? La automática respuesta fue: Jeremy Butler. Estaba recorriendo la *B*, Burns, Burns, Burns, muchos Burns, menos Burr, Burr... Bu, Bu, Butler, James, John, John, John, nada de Jeremy; al disponerme a cerrar la guía pensé "bah, si está muerto... yo mismo vi el cadáver baleado", y me reí un poco de mi mala memoria. Pero entonces mi vista tropezó con un Jeremy un poco más adelante, en la *M*, donde figuraba un Max-Jeremy Butler. Recordé que hacía unos años, a través de Gorsk, que se despedía de mí con una carta antes de retirarse a cuidar su plantación de kiwis en un valle cerca de Santa Fe, me enteré, entre muchas otras cosas, de que después de la muerte de los Butler y los chinos, Josefina había abandonado a Rolando; él fue a hacerse cargo de una cátedra en la Universidad de Vancouver, y ella, cargada con los millones de los Butler, de quienes fue la única heredera, trasladó su residencia a Washington DC, lugar que en sus palabras siempre equivalió a un Paraíso Terrenal. Allí vivía ahora con su hijo Max. Desde que lanzó el cuento de su adopción por Jeremy, Max abandonó su *matronímico* Martínez por el apellido Butler, agregándole el Jeremy para que todo el mundo supiera de quién se trataba. Marqué el número que figuraba como suyo y Josefina misma contestó el teléfono:

–¡Gustavo, mi amor!

–Josefina... ¡Qué increíble, después de tantos años...! ¿Cómo estás?

–¡Preciosa, como siempre! ¿Y tú, rompecorazones, cómo estás? ¿Tan lindo como antes?

Recordé que en alguna parte había leído esta defi-

nición de lo que es un neurótico: "Neurótico es aquél a
quien uno saluda preguntándole, por fórmula de cortesía, ¿cómo estás?, y él, sin más invitación, te cuenta con
detalle toda su vida". Según esta definición, Josefina se
había transformado en una neurótica: antes no pasaba
de ser una loca. Me lo contó todo de sí misma, de Rolando, de todo el mundo en San José. De Gorsk y de Danny
y de Robinson (resultó no ser su hijo sino su amante) y
de la secretaria de Español, y de la de Matemáticas, y de
Portia y de la Sirena (casada con un hindú), y del arqueólogo-conserje, y del cura católico que se desmayó durante las pesquisas de *los cuatro minutos sangrientos*.

–¿Y la Ruby?

–¿Qué Ruby?

–La Ruby MacNamara.

–¿Una obesita de lo más simpática?

–Claro. ¿Te acuerdas?

–Ah, sí, la Ruby. Dicen que se casó con Félix y se
fue del pueblo sin dejar rastros. He oído decir que tiene
unas mellicitas de cinco años, tan gordas como ella... Y
tiene un restaurante aquí cerca, en Baltimore, a la vuelta
de la esquina, como quien dijera, en el muelle mismo.
Creo que siempre está ahí, casi como un aviso, una ense-
ña... Sí, era encantadora la Ruby. ¿Te acuerdas de lo enamorado de ella que estuvo ese escritor, creo que era escritor, no recuerdo si peruano o boliviano...? ¿Cómo se
llamaba? ¿Chopitea?

–Era ecuatoriano y se llamaba Marcelo Chiriboga.
Oye, ¿quieres cenar conmigo mañana por la noche, en
La Tasca?

–¿En La Tasca del Alabardero? Regio. ¿Separo una
mesa a tu nombre?

–Hazme ese favor. Voy a estar feliz de verte.

–Yo también. ¿Mañana a las ocho, entonces?

–A las ocho y media. Tengo que leer un *paper* en el
simposio.

Al día siguiente asistí a la sesión de las nueve de la
mañana y después tomé un taxi que me llevó a la esta-
ción. Estaba dispuesto a saltarme todas las ponencias, no
me importaba cuán importantes fueran, pero necesitaba

–sí, en ese instante necesité ansiosamente, como con hambre– volver a ver a la Ruby. Yo debía leer mi *paper* a las siete de la tarde. Tenía tiempo de más para ir a Baltimore y volver, porque sólo quería divisar, quizás de lejos, a la Ruby.

Tuve tiempo para imaginarme lo peor durante la hora que duró el viaje en tren a Baltimore. Me fui a ver la casa de Edgar Allan Poe en un taxi, ya que era temprano, pero no me bajé; incluso en ese asoleado mediodía de comienzos de otoño, el lugar me pareció lúgubre… sobrevolado, naturalmente, por una bandada de cuervos. Le pedí al taxista que me llevara al muelle, al mejor restaurante. Allí me dejó.

Pero no me quedé en lo que el taxista insistió que era "el mejor restaurante del muelle". Iba a sentarme cuando vi a un hombre obeso, de pelo negro, piel rosada y ojos azules, sentado a una mesa del restaurante vecino, con aspecto relajado, en mangas de camisa, fumando y leyendo un periódico que mantenía ampliamente abierto. Me senté en una mesa cercana y pedí un *Negroni*. ¿Era Félix? No estaba seguro. ¡Habían pasado tantos años! ¿Cinco, seis? La edad de Nat, que ahora tiene seis. Pasé delante de él, por si me reconocía. Alzó apenas la vista, sacudió apenas la cabeza a modo de bienvenida y me dirigió una de esas estereotipadas sonrisas yanquis, porque sí, que se apagó en su rostro en menos de medio segundo. Volvió a concentrarse en su periódico. Pedí otro *Negroni* para reunir las fuerzas que me impulsaran a caer en brazos del viejo amigo que no me reconocía. Pensé que tal vez no fuera sólo cuestión de tiempo y de lo que había hecho el tiempo con mi rostro, sino que durante todo ese período su mente debió haber estado tan enfocada en otras cosas, tan preocupada de problemas que no me concernían, que lo que menos esperaba Félix era encontrarse en un muelle de Baltimore con un chileno conocido en otra etapa de su existencia, en un Medioeste ya olvidado. Me senté en la silla y sorbí ansiosamente mi *Negroni*. Pasaba el rato. Félix no terminaba de leer el periódico. Arriba de mi cabeza y de los barcos a vela planeaban las gaviotas, como encarnaciones atomizadas del alma de Poe, negras, tétricas, ávidas; de repente se dejaban caer, una, y más allá otra, sobre los restos que flotaban alrededor de los barcos, para que sus buches reciclaran los desperdicios.

Vi acercarse una figura que reconocí al instante. Pero, ¿cómo, si era delgada y grácil? Venía con dos niñitas vestidas iguales –sin duda, mellizas–, rubias, divertidas, regordetas. A medida que se iban acercando a Félix, fui reconociendo en ellas la tantas veces evocada –sobre todo en el silencio de mi estudio en El Quisco–, la inolvidable sonrisa, feral y húmeda, que la Ruby me enviaba ahora como un mensaje en los labios de sus mellizas. ¡Cómo hubiera querido abrazarlas, besarlas! ¿Qué edad exacta podían tener?, ¿cinco años, cuatro y medio? De pronto me acometió una sospecha: todo lo de la Ruby, en el campamento de Snake River, la *realidad virtual* del banquete romano, París, su cutánea relación con el doctor Butler, con Marcelo, conmigo, todo había sido falso, una mentira formidablemente urdida, como una red viciosa, para atraparnos a todos nosotros, que no éramos sino encarnaciones de esas espantosas hamburguesas que ella engullía, una tras otra, en el MacDonald's. No pude seguir elucubrando. La figura esbelta de la Ruby se acercó a Félix. Él la acogió con una pequeña venia, que a mí me pareció fría –¿por qué había de hacer aspavientos, si lo más probable era que se acabaran de levantar, después de la noche recién pasada juntos en el lecho matrimonial?–, y ni siquiera se levantó para acogerla. ¡Cómo son de mal educados estos machistas españoles!, pensé.

No quise mirar a la Ruby bruscamente, de sopetón. Fui entrenando mis ojos para que observaran primero a Félix, que tenía unas cuantas canas, y luego examiné las delicadezas con que estaba cargada su mesa, y más tarde a las niñas, que jugaban peligrosamente en el borde del muelle, riendo una risa reconocible, y sólo después de este periplo llegué a observar a la Ruby. ¡Qué bella era, despojada de su obesidad! Qué fina la nariz, con qué perfección calzaba su piel sobre sus huesos, sobre su garganta... Isak Dinesen lo hubiera dicho: tenía la piel tan fina que al beber un vaso de vino tinto su trayecto se veía, en transparencia, bajando por su garganta. La sonrisa era hospitalaria, como siempre. Los mismos pies, las mismas muñecas, las mismas manos delicadas, ahora parte de la estructura, no vestigios arcaizantes de una Ruby anterior a su obesidad. La Ruby ya no era obesa. Tenía algo de racial, de sangre pura, de aristocrático –¿de dónde, en Snake River?–: ese perfil perfecto, esas orejas lúcidas, ese pelo fino pero fuerte, peinado con la melenita de paje de siempre... todos los detalles amados. ¿Pero dónde estaba la Ruby, mi Ruby, espléndida de carne sobrante, en que las facciones finamente trazadas eran como la punta de un iceberg asomando del océano de su obesidad, de modo que los enamorados, yo por lo pronto, teníamos que amar su forma divina escondida en el fondo de sus carnes, y con nuestro amor descubrirla para adorarla? ¡Cuántas veces le había oído decir a la Ruby que ella *era* su gordura! Amar a esta mujer bella, elegante, esbelta, que ahora veía, casi no era amar a la Ruby. Era amar a una extraña, una intrusa, una tránsfuga que había tomado su lugar. Pasé junto a ella antes de retirarme, melancólicamente defraudado. No me miró, lo que me afrentó con una herida incurable. Pero en el último momento, al retirarse, me dirigió una de esas sonrisas de un segundo, que iluminó la amada identidad de su rostro. Se apagó sin que yo, su pasado, dejara ni un solo rastro. Claro, era tan inconcebible que yo estuviera allí, que no logró adaptar su imaginación a este intruso de otro planeta. Yo tampoco lograba adaptarme: no concebía ese infierno de dietas y tratamientos, antes noblemente desdeñados, a los que debió haberse sometido la Ruby para llegar a esto.

Tomé el tren a Washington. No tuve cabeza para concentrarme en las brillantes ponencias de la tarde. La mía, por suerte, había sido aplazada para el día siguiente, a las once: era la última del simposio, la que debía clausurarlo. Me fui temprano a La Tasca. Me senté a una mesa y estuve casi una hora tomando melancólicos *Negronis* de enamorado antes de que, puntual, Josefina apareciera saludando a todo el mundo, haciendo sonar el *clickety-clack* de sus colgandijos de siempre: aros largos, pulseras, cadenas en el cuello, pero –me fijé– ahora de oro genuino. Sentándose, pidió también un *Negroni,* besándome al protestar que me veía tan lindo, tan elegante, como toda la vida. No había cambiado nada: su cutis grasoso, su pelo pintado sin pretensión de simular otra cosa que el artificial dorado *perilla de catre*, como lo llamaba mi madre con desdén. Lo único nuevo era que su nariz había adquirido las mismas venitas amoratadas que la nariz del repudiado Rolando, acerca del cual me abstuve de preguntar, venitas de nariz de borrachito cuentero y parlanchín, de ésos que uno encontraba con tanta frecuencia en los bares de antes en Santiago. Eso era lo que con los años había cambiado en Josefina, eso y algo en la boca, donde evidentemente le habían hecho un trabajo. Le conté que había visto a la Ruby.

–¿Y cómo la encontraste?

–Preciosa, absolutamente preciosa.

–Muy delgada, ¿no? Yo la veo de vez en cuando. Lo que te conté antes, que nada sabía de ella, era mentira: no te niego que me dio un poco de celos comprobar que todavía la querías... celos o envidia, no sé.

–Es curioso, pero tengo la sensación de que con la pérdida de peso se ha evaporado, bueno... su alma, ella misma...

–¡Qué enamorado estás, pese a Nina, el tiempo y la distancia!

Me reí.

–¿De qué te ríes?

–Me da risa lo que dices. ¿No es otra mentira tuya?

–Eres sensible. No me extraña que la Ruby se haya enamorado de ti.

–¿Por qué no te extraña?

–Porque percibiste inmediatamente que la Ruby... bueno, no es la Ruby.

–No entiendo lo que estás hablando.

Entonces Josefina se sacó los anillos, los aros de las orejas, los brazaletes de la muñeca y suspiró hondo, como una nadadora que va a zambullirse en una piscina. Luego comenzó:

–Tengo que contarte, primero que nada, que la Ruby quedó hecha una ruina humana cuando volviste con tu legítima, tu insignificante Nina. Sí, sí, no me contradigas: conmovedora, ingenua, simpática sí que es, pero insignificante.

"Durante un año la Ruby se fue como desactivando, como enmudeciendo, y no hacía más que comer y comer y comer, e inflarse casi hasta la inmovilidad, pero buscando toda clase de justificaciones, no con el desparpajo con que comía antes. Decía estupideces, como que en un país civilizado, por ejemplo Francia, existe una tradición muy respetada del atractivo de la mujer *potelette*, cosa que se podía comprobar mirando tarjetas postales de época, sobre todo las postales pornográficas, en que mujeres tan *potelettes* como ella se exhiben desnudas como objeto erótico. Pero ni ella misma se convencía con estas argumentaciones. Hasta que el médico le dijo que si no se internaba inmediatamente para perder peso, moriría muy pronto. Su estado era grave. Su corazón no era capaz de irrigar tanta masa. Así es que por fin se internó, proyectando dos meses de cama, con dieta, ejercicios y píldoras antidepresivas, además de psicoterapia de apoyo. No pudo soportarlo. Me dijo que había sentido que los doctores le estaban robando el alma. Hasta que, a la semana de estar internada, una tarde, cuando los médicos estaban mirando para otra parte, logró escabullirse sin que nadie lo notara, antes de que la dieran de alta. No, no fue una tarde. Tiene que haber sido una mañana de mucho sol, como eran esos veranos en San José. Subió hasta el último piso del único edificio alto que hay allá, como de seis pisos, igual que el hotel Congreve/San José. Me cuenta que en la terraza solitaria –de esas terrazas viejas, mal tenidas, polvorientas, con cañones de ventilación y chimeneas como siluetas de fantasmas negros por todas partes– sollozaba y sollozaba, y que no sabe si involuntariamente o porque en algún nivel de sí misma existía el deseo, se apoyó en una chimenea frágil, dio un traspié y, al afirmarse en ella, la chimenea cedió ante su peso y la Ruby cayó, gritando, edificio abajo. Cayó muy lentamente, me cuenta la Ruby. Le pareció una eternidad, tanto que asegura haber pensado en mil cosas durante la caída: en ti, para empezar; en que jamás debió haber intentado adelgazar, porque la gordura era lo suyo y debía aprender a enfrentarse con un futuro más bien breve, y morir la muerte lamentable de todas las gordas. Quedó no sólo brutalmente contusa con la caída, sino con todos sus huesos rotos, triturada como un pajarito... que desde luego la Ruby no es.

"Pero la Ruby no sería la Ruby si no le sucedieran cosas insólitas, entre cómicas y mortíferas. Resulta que no cayó en el pavimento, porque si así hubiera sido ya no existiría; aterrizó encima del techo de un auto estacionado justo abajo, con un señor sesentón y solitario adentro: el brutal impacto fue amortiguado por el auto. Le hundió el techo y mató al desconocido, que recibió el feroz golpe de su caída... amortiguada, claro, por el techo del auto, pero también por su propia obesidad, que en ese tiempo había llegado a ser inmanejable".

–¡No puede ser! ¡Pobrecita!

–Sí. Pobre. Sufrió mucho. Se fracturó veintiún huesos. Estuvo ocho meses enyesada, bajo vigilancia médica, en una clínica, mientras la familia de la víctima daba pasos escandalosos para inculparla y sacarle todo el dinero que tenía.

–¡Qué país de mierda! Te apuesto a que había un ejército de abogados dispuestos a sacarle dinero, y más abogados dispuestos a explotar a la familia del occiso.

–Pero esto no es todo –dijo Josefina–. El cuento tiene una parte peor, aun más alucinante...

–¿Qué puede ser peor?

–Te conté antes que la Ruby me dijo después que su caída fue muy lenta, muy lenta... aunque claro, eso es imposible...

–Claro que es imposible.

–Sin embargo, tiene algo de sustancia. Figúrate que ese día, el de la escapatoria de la clínica, a la Ruby, que no tiene mucho sentido de las cosas porque para ella todo se resuelve con una especie de gran teatralidad, se le ocurrió salir vestida de blanco, con un amplio delantal de la clínica, con echarpes, chales, mangas enormes, todo flotante y demasiado grande. Apenas me puedo imaginar cómo flotó todo eso, y cómo, en cierta medida, debe haber ayudado a la supuesta lentitud de la caída, o al planeo de la Ruby. El hecho es que, al caer, su increíble figura de alas blancas pasó ante un balcón, donde un anciano muy enfermo estaba tomando sol; al ver que la Ruby caía, gritó "es el fin... un ángel...", según la enfermera que lo acompañaba, y enseguida gritó de nuevo, al sufrir una convulsión y estirar la pata. En su caída, entonces, la Ruby no se mató ella, cosa que alcanzó a desear, sino que mató a otras dos personas: al señor que ocupaba el auto, y al anciano que creyó ver un ángel blanco que desde el cielo venía volando a llevárselo.

Quedé completamente mudo. El relato me pareció surrealista, de pésimo gusto, alucinatorio, poco serio. Sin embargo, así parece que fue. Comenzamos a comer en silencio nuestros langostinos al ajillo, que preparan tan maravillosamente en La Tasca del Alabardero. Eran unos langostinos gordos, carnosos, sobrealimentados; seguro que, como buenos langostinos norteamericanos, jamás habían comido algo que no estuviera *enriched*. Terminé mi plato antes de preguntarle a Josefina:

–¿Cómo está ahora, pobrecita?

–A veces la veo. Como en casa de mi nuera, que es maniática del orden, de la limpieza y de la buena mesa, tengo muy poco que hacer, echo de menos mi trabajo en mi oficina del Capitolio de San José. La Ruby me avisa cuando viene a Washington de compras, sobre todo a una melancólica tienda que se llama The Forgotten Woman, especializada en ropa –bellísima, por lo demás, y bastante barata– para mujeres obesas, y como nunca tengo nada que hacer, la acompaño. Nos quedamos un rato en algún bar, rememorando tiempos pasados, sobre todo hablando de ti, ella devorando como tú sabes que sólo ella es capaz de devorar.

–¿Devorando? ¿Me vas a decir que la Ruby, y no me lo puedes negar porque la vi estilizadísima y muy bella con mis propios ojos, no sigue un régimen estricto, sino que come como antes? ¿Cómo lo hace? Está tan linda, tan frágil, que da miedo tocarla. Esa piel, esa risa, esos ojos inolvidables... ¿De qué color los tiene ahora?

–¿Quién?

–Bueno, estamos hablando de la Ruby MacNamara, ¿no?

–No sé.

–¿Cómo, *no sé?*

–Déjame terminar el cuento.

–¿Me vas a decir que siguen los portentos?

–Fíjate que sí. Durante su hospitalización, el que le sirvió de paño de lágrimas, de soporte moral y financiero, fue nuestro amigo Félix, el de La Tasca, el que mató de una patada a la Lupita.

–Un bruto. Lo recuerdo muy bien. Lo vi en el restaurante de Baltimore esta mañana. Ni se dignó a reconocerme. Ni a saludarme. Ni siquiera a mirarme. ¿Qué te parece? Estaba leyendo el diario y después llegaron las mellizas, que absorbieron toda su atención, de la mano de la Ruby, fresca, delgada, una diosa de finura y distinción. ¿De dónde habrá sacado esa finura? No sabes las veces que he soñado con la Ruby, pero con la Ruby obesa de San José; no me gusta verla transformada en esta señora tan compuestita. Te diré que el tal Félix tampoco se molestó en darle la bienvenida a su esposa con el besito de rigor en la mejilla.

–Es que la que tú viste esta mañana no es su mujer.

Me puse de pie como protesta. No soportaba que Josefina siguiera hablando. Bebí de golpe mi vaso de vino. Josefina alzó el suyo y lo chocó con el mío: estábamos comiendo conejo al *aioli*, muy catalán el asunto... que no me tenía muy convencido. Me senté lentamente, como si yo fuera el cuerpo de la Ruby planeando. Sin quitarle los ojos de encima, porque tuve la sensación de que, como tantas otras veces, Josefina estaba intrigando, la interrogué:

–¿Qué me estás diciendo?

–Siéntate. No te enojes. Esta vez no miento. Mañana puedes ir a Baltimore, si quieres, y comprobarlo.

–Bueno. Te creo. Sigue.

–La Ruby no vio a nadie, ni siquiera a mí, a su salida de la clínica. Y si no fuera porque una vez nos encontramos por casualidad en una liquidación muy buena de Nieman Marcus, donde yo tengo cuenta porque Max me la abrió ahí...

–¿Max? ¿Por qué Max, por Dios?

–Es mi hijo, ¿no? Como tal, tiene derecho a exigirme que tenga confianza en él. La plata de Jeremy, ahora, está a su nombre; su abogado, que es su íntimo amigo, lo convenció de que, dadas mis relaciones con Jeremy –y con Maud, debo agregar–, Max tiene derecho a una parte importante de esa herencia, que yo le cedí, dejándome lo suficiente. Soy casi una vieja y no tengo demasiadas necesidades, fuera de los trapos, que todavía me encantan.

Debo decir que en ese momento tuve la terrible fantasía de encontrar sorpresivamente a Josefina, dentro de dos años, en una esquina ventosa del salvaje invierno de Washington, acarreando sacos: una *bag lady*. Porque era seguro que dentro de poco Max la iba a estafar, dejándola en la calle. Prefiero que haya sido sólo una fantasía, no una premonición de desastre, otro más.

Josefina continuó:

–En realidad, el resto se puede contar en cuatro palabras. A la salida de la clínica, después de seis meses, probablemente el mismo día de su alta, Félix y la Ruby se casaron, abandonaron el pueblo y vinieron a hacerse cargo del restaurante del muelle en Baltimore. Te advierto que Félix no ha oído jamás el nombre de Edgar Allan Poe, y si la Ruby lo supo alguna vez, ya lo ha olvidado, porque posee no sé qué don para olvidar lo que quiere olvidar, y transformarse en otra. ¿Es la encarnación número qué sé yo cuánto la que la Ruby está viviendo ahora? ¿Las cosas siempre estuvieron destinadas a ser como ahora? A veces me cansa pensar en la Ruby: eso de comenzar de nuevo cada vez debe ser agotador. Se establecieron aquí, ambos trabajando en el restaurante, comiendo a sus anchas, y la Ruby quedó embarazada... Sé que temes que sean tuyas las mellizas, pero esto no sucedió sino mucho tiempo después de que tú, tan cuerdamente, volvieras donde Nina. Dio a luz al cabo de unos meses al precioso par de mellizas que viste esta mañana con su padre, jugando y riendo felices.

–¿Y su madre?

–¿Su madre? Quítate el velo de los ojos, querido mío, que la que viste esta mañana con las mellizas no es su madre.

–¿No son hijitas de la Ruby, entonces? ¡Qué pena, son igualitas a lo que ella fue!

–Déjame explicarte un poco. Félix y la Ruby han ganado muchísimo dinero. Cuando iban a nacer las mellizas, vieron que con la gordura de ambos no iban a poder cuidarlas, educarlas, criarlas. Entonces, la Ruby hizo una cosa bastante inteligente, plan que Félix subvencionó con su dinero y su confianza hasta las últimas consecuencias. Tú sabes que en este país es muy difícil que alguien desaparezca o se pierda. Con ayuda de detectives privados, policías y abogados, la Ruby siguió la pista de su familia, desde Snake River, por todo el mapa de Norteamérica, hasta enterarse de que sus padres habían muerto... pero no su hermana menor, Louise, que trabajaba de mesera en un restaurante de Disneylandia. Se puso en contacto con ella. Fue a visitarla y quedó encantada con los modales, la dulzura y la belleza de Louise. Por primera vez se sintió respaldada por el afecto de una familia, algo que jamás antes había tenido ocasión de disfrutar, ni menos ese calor que da el vínculo entre mujeres de la misma cuna. Compartió con ella recuerdos, secretos, complicidades. La Ruby convenció a su hermana –y parece que le costó, porque Louise valoraba su independencia, aunque eso la había expuesto a más de una humillación en manos de los hombres– de que se trasladara a vivir con ellos en Baltimore, para formar parte de la familia, haciéndose cargo de las mellizas: algún día entrarían en la adolescencia y ella temía que le sacaran canas verdes. La mujer hermosa y estilizada que viste en Baltimore no es la Ruby con muchos kilos de menos; viste a Louise, "tía Louise", como le dicen las mellizas. Una se llama Marie-Louise y la otra Anna-Louise. Todas las mañanas, después de que Félix parte a comprar mariscos y pescados en el mercado de Baltimore, muy temprano, con el objeto de tener acceso a primicias para su restaurante, ellas, las tres, se encaraman en la vasta cama matrimonial de la Ruby para comentar los sucesos del día anterior, o a veces para oír cuentos que la Ruby recuerda de su paso por la universidad. O bien ella habla con Louise del remoto y primitivo mundo de su niñez, pintándoles a las mellizas retratos amablemente censurados de Snake River y de sus padres. Creo que Félix la hace muy feliz, en todo sentido... aunque con su vientre abultado parecería imposible. Probablemente, pero ésta es sólo una suposición, siempre la hizo feliz, desde los tiempos de San José. Tal como lo veo ahora, no es imposible que mantuvieran una relación secreta, compartiendo los secretos de los gordos, relación que nunca, a nadie, no sé por qué, se le ocurrió plantearse como la relación erótica y sentimental básica en la vida de la Ruby, que, para preservarla, la mantuvo escondida.

Con los codos apoyados en la mesa, a ambos lados de mi flan con azúcar tostada, dejé caer mi cabeza en la palma de mis manos, donde la mantuve un buen rato mientras Josefina, cuchareando poco a poco, me observaba. Hasta que me dijo:

−¿Qué te pasa?

−No sé. Nada.

−¿La Ruby? ¿Te gustaría verla?

Levanté la cabeza, exclamando:

−¡No, por Dios!

−Le tienes miedo.

−No a ella. A mí mismo. Estoy confundido. En este momento, lo que más siento es una especie de laceración de celos. ¡Félix! ¿Quién hubiera pensado que era tan canalla, tan hipócrita?

−¿Canalla? Es lo último que diría de Félix. Es un buen hombre. Bruto a la española, claro, lo que significa muchísimas limitaciones; pero le da estabilidad a la Ruby, la quiere y la mima. ¿Qué más puede pedir una mujer en esta época, sobre todo cuando ha pasado una larga temporada en los infiernos? No los juzgues mal...

Levanté la vista para examinar esta nueva fase de mi vieja amiga Josefina, antes híspida, ahora aplacada, sus temibles tentáculos de otro tiempo en reposo, acogidos a una digna jubilación. Era claro que esta mujer, ya no joven, jamás deseable, desprovista del poder conferido por una media naranja brillante, enjaezada como mula en feria para esta ocasión, rara vez invitada por un hombre a salir, se sintió obligada, con una ingenuidad un poco conmovedora, a reactualizar −aunque no fuera más que para esta noche− sus triunfos en los pretéritos desfiles de entonces, donde su presencia era motivo de regocijo, o por lo menos de curiosidad.

–¿Justificas su doble vida en aquella época?

–Doble, y tal vez triple, o cuádruple. Acuérdate de Marcelo Chiriboga. Justifico todos los dobleces y los niveles que puede tener una vida. Acuérdate de que yo nunca he tenido una relación como la tuya con Nina.

–¿Qué sabes tú de mi relación con Nina?

A estas alturas yo estaba bastante descolocado con las revelaciones de Josefina. Ella había logrado establecer la inquietud en mi inexistente vínculo con la Ruby. Desde luego, no pude dejar de pensar en la espina de su persistente presencia, con raíces en un pasado que yo creía completamente mío... y no mío y de Marcelo Chiriboga y de Félix, y en mi escasa voluntad de compartir a la Ruby con ellos. Peor, sin embargo, y más irremediablemente doloroso, era pensar no sólo que la Ruby, con la que tantas veces había soñado al abrazar el cuerpo tan económico de Nina en la cama de nuestro dormitorio recién estrenado de El Quisco, anhelando la imposible interposición de un cuerpo que fuera todo lo contrario, para saciarme en su tibieza y generosidad... Sí, el dolor de pensar que la Ruby, según Josefina, continuaba obesa y espléndida como la criatura de mis sueños, y yo estaba allí, sin atreverme a intentar un acercamiento a ella pese a saber exactamente dónde encontrarla. Era duro, porque la Ruby era feliz. Difícil de soportar. Yo había disfrutado de un momento de liberación al ver a Louise, radiante y fina en el muelle, y confundirla con la Ruby, rodeada por el aleteo de las gaviotas depredadoras. Y pensé, con un suspiro de alivio, que pese a mi admiración por lo que creí un nuevo avatar, alcanzado a costa de pura voluntad por deshacerse de su gordura, había sentido una especie de desilusión: significaba que ella había cedido a las presiones de la conveniencia social en forma definitiva. Y la Ruby que yo amé era aquella Ruby exuberante en sus convicciones, la de Gordura es Hermosura, la de los versátiles espejos deformantes y los disfraces insólitos, todo eso posible sólo a través de su obesidad y sus teorías. Era verdad que, durante cinco minutos, pude admirar su belleza transubstanciada en la delicadeza de Louise: la acepté como otra posibilidad de su inmenso poder, pero ésa no era ya la encantadora muchacha cuyas carnes se agitaban con sus bailes o sus carcajadas, y que al sonreír lo hacía no sólo con un gesto de los labios y los ojos, sino de todo el cuerpo, de su bello trasero, sus pechos, sus caderas, su vientre y sus brazos magníficos que se llenaban, como su rostro, de maliciosos hoyuelos. Ver a Louise fue mi liberación. Cuando volví al hotel para cambiarme antes del seminario de la tarde, llamé por teléfono a Nina: me esperaba en El Quisco, junto a Nat y uno de sus primos de su misma edad, me dijo, y yo le contesté que la amaba y que mi único anhelo era estar de nuevo con ella. Pero las palabras de Josefina, que arrancaban la venda de mis ojos, actualizaron la visión de la Ruby de antes, ésa que amé y continuaba amando, gordísima, rubia, de manos y pies delicados. ¿Usaba aún los zapatitos de taco de aguja y tiritas de charol? Para completar la imagen, debía preguntárselo a Josefina, y la respuesta debía ser "sí".

–¿Quieres volver a verla? –quiso saber Josefina, la gestora impenitente de tantas citas amorosas que no la incluían. Y luego cortó mi silencio–: Sería fácil arreglarlo.

–¿Cómo? ¿Cómo voy a saber que no le produzco un disgusto?

–Podríamos hacerle una visita en la mañana, cuando Félix haya salido a encargar pescado para su restaurante. Estará en cama...

Cerré los ojos otra vez. La imaginé desayunando en cama, incorporada entre los gordos almohadones de encaje blanco que le encantaban, y un inevitable gato negro dormitando en su canasta, cerca del rayo de sol que caía sobre la alfombra. Imaginé la bandeja cargada, traída por Louise: *waffles* con miel de arce, un revuelto de huevos, café con tostadas y mermelada y panecillos dulces. Me produjo un horror pasajero esta bandeja, ella devorándolo todo; pero en un abrir y cerrar de ojos me adapté a ella como a un complemento necesario.

–¡Estás loca!– exclamé.

–¿Por qué?

–No puedo ir a meterme así no más a una casa ajena. En el muelle, Félix no me reconoció... o me quitó la vista. No, no puedo imponerme. Parto a Santiago mañana a mediodía, inmediatamente después de cerrar el coloquio con mi *paper.*

–Pero habría otras formas de verla...

–¿Cómo?

–Por ejemplo, encontrarnos "casualmente" en Nieman Marcus, camino a The Forgotten Woman, donde nunca deja de ir a comprar algo... Ella misma me lo sugirió.

Casi grité de sorpresa:

–¿La Ruby te lo dijo...?

–Sí, ella. Sabía que venías. Cuando colgué, tras mi primera conversación contigo, la llamé de inmediato. La aterra verte. Pero yo creo que deben hacerlo. Los dos deben hacerlo. No quiso que te dijera nada de nuestra conversación.

Sonreí complacido. Ella le había rogado que no me dijera que sabía de mi presencia y que temía verme. Como yo temía quedarme y no volver nunca más donde Nina. Ahora estaba seguro de que, de proponérmelo, podría volver a entablar la relación más gozosa que me tocó tener en la vida.

–Lo siento mucho –dijo Josefina.

–¿Por qué tanto?

–Porque entonces ninguno de los dos va a completarse.

Me reí a carcajadas de ella, diciéndole:

–En el fondo eres una sentimental incurable, mi querida Josefina. ¿Crees, en realidad, que se puede, o siquiera que haya existido esa situación, o que sea conveniente eso de completarse, de amar en forma total? No seas absurda. La vida está hecha de fragmentos, y a duras penas uno logra reunirlos. Nada, ninguna relación es completa. Nadie lo es todo para nadie. El amor completo es una invención retórica, una forma de expresar algo mucho más confuso y elemental, y que por comodidad o necesidad de estilo bautizaron así los románticos. Los jóvenes, por lo pronto, no creen en eso; me imagino que, cuando Nat crezca, ni siquiera van a recordar el nombre que le dimos a ese espejismo. Y no por eso Nat va a ser desgraciado, aunque puede serlo por otras cosas. Y no porque yo tenga conciencia de esa falacia soy desgraciado. Me desespera mucho más que se lleve a cabo, como se viene anunciando en Washington, la clausura de la Biblioteca del Congreso, por ejemplo, porque con la falta de interés por la lectura, con el aumento desmedido de las publicaciones, con el papel que se autodestruye, con los robos y la nueva indigencia de Estados Unidos, resulta imposible mantenerla funcionando. ¡Qué le vamos a hacer! Pero he llegado a convencerme de que los libros no morirán. Supongo que porque, en mi limitada experiencia, yo no puedo vivir sin ellos. Te reconozco que ahora, en 1999, la novela ya no es una forma central, y que la idea misma de *forma* está desprestigiándose. El posmodernismo está iniciando esa sana tarea demoledora. Pero los que tienen algo que decir, una percepción nueva, o por lo menos distinta, una bella subjetivización del mundo, no pueden dejar de expresarlo, y se expresará de otras maneras, seguramente distintas de mi adorada forma de novela. Ya verás. El Paraíso está aquí; siempre que uno sepa cómo armar los fragmentos.

Pagué. Afuera, en la calle, nos despedimos bajo la lluvia, protegidos por su gran paraguas colorado, como ésos que los escoceses usan para jugar golf en su mal clima de paisajes dominados por prados, setos y árboles. Al escarbar en su cartera buscando dinero para el taxi, me preguntó:

–¿Sobre qué es el *paper* que vas a leer mañana?

–Se llama *'Lisibilité et ilisibilité' en las novelas de Chiriboga...* No me pongas esa cara. Rolando hubiera comprendido de qué voy a hablar.

–Pero ahora vivo con Max y Roxana, que no entienden nada de nada, salvo de rock... y ahora yo tampoco entiendo. Necesito mucho tiempo y toda mi energía para tratar de sobrevivir.

El taxi se detuvo ante nosotros. Josefina abrió la puerta pero demoró en subir, porque yo le estaba diciendo:

–Pero he decidido cambiar mi *paper*: me voy al hotel a escribir otro. Voy a trabajar toda la noche.

—¿Como se va a llamar?

—*El amor en las novelas de Marcelo Chiriboga.*

Josefina había cerrado el paraguas y, ya dentro del taxi, riéndose, me preguntó:

—¿Sobre quién será tu *paper*, sobre él o sobre ti?

Pensé un segundo.

—Creo que sobre los dos. Pero ni de eso estoy seguro.

El taxi se fue poniendo en movimiento poco a poco, porque el tráfico, a esa hora, era insoportable. Josefina alcanzó a bajar la ventanilla y me dijo, casi a gritos para que su voz me alcanzara por sobre el clamor de la ciudad:

—¿No será sobre ustedes tres?

Esta octava reimpresión
se terminó de imprimir
en el mes de mayo de 1996,
en Color EFE, Paso 192,(1870) Avellaneda,
Buenos Aires, República Argentina.